8.6.06 ✓

HEYNE ‹

Das Buch:

Fünf Monate nach dem Mord an ihrer Schwester soll die junge Schauspielerin Elizabeth Lange als Zeugin der Anklage aussagen. Der Multimillionär Ted Winters wird beschuldigt, seine Verlobte, die erfolgreiche Schauspielerin Leila LaSalle, vom Balkon ihres New Yorker Apartments im vierzigsten Stock gestoßen zu haben. Elizabeth ist über den schrecklichen Tod ihrer Schwester noch immer nicht hinweg. Auch die Dreharbeiten zu einem neuen Film in Venedig haben sie nicht ablenken können. Zurück in New York, holen die quälenden Gedanken um die letzten Sekunden im Leben ihrer Schwester sie wieder ein: Was geschah wirklich? Wieso hat Leilas Verlobter, der sie doch wirklich liebte, sie im Streit kaltblütig in die Tiefe gestoßen? Hatte Elizabeth sich all die Jahre in Ted Winters getäuscht? War er nicht der aufrichtige Freund, den sie kannte? Aber nur er konnte Leila getötet haben. Aufgrund ihrer Aussage würde Ted verurteilt werden, sie mußte nur die Nerven behalten ...

Um vor Beginn des Prozesses ein wenig Ruhe zu finden, nimmt Elizabeth das Angebot von Freunden an, einige Tage auf deren exklusiver Schönheitsfarm Cypress Point Spa in Kalifornien zu verbringen. Zu spät erkennt sie, daß man sie in eine Falle gelockt hat ...

Die Autorin:

Mary Higgins Clark wurde 1928 geboren. Mit ihren Spannungsromanen hat sie weltweit Millionen von Leserinnen und Lesern gewonnen, und mit jedem neuen Roman erobert sie die Bestsellerlisten. Beinamen wie »Königin der Spannung« und »Meisterin des sanften Schreckens« zeugen von ihrer großen Popularität. Mary Higgins Clark lebt in Saddle River, New Jersey.

Im Wilhelm Heyne Verlag erscheinen:

Schrei in der Nacht, Das Haus am Potomac, Wintersturm, Die Gnadenfrist, Doppelschatten, Das Anastasia-Syndrom, Wo waren Sie, Dr. Highley?, Schlaf wohl, mein süßes Kind, Tödliche Fesseln, Träum süß, kleine Schwester, Schwesterlein komm tanz mit mir, Das fremde Gesicht, Das Haus auf den Klippen, Sechs Richtige, Ein Gesicht so schön und kalt, Stille Nacht, Mondlicht steht dir gut, Sieh dich nicht um, Und tot bist du, Nimm dich in acht, In einer Winternacht, Wenn wir uns wiedersehen, Denn vergeben wird dir nie, Vergiss die Toten nicht, Du entkommst mir nicht, Und morgen in das kühle Grab, Dass du ewig denkst an mich.

MARY
HIGGINS CLARK

Schlangen im Paradies

Roman

Aus dem Amerikanischen
von Liselotte Julius

WILHELM HEYNE VERLAG
MÜNCHEN

Titel der Originalausgabe
WEEP NO MORE, MY LADY

Umwelthinweis:
Dieses Buch wurde auf chlor- und säurefreiem Papier gedruckt.

Taschenbuchausgabe 08/2005

Printed in Germany 2005
Umschlagillustration: photonica/ Rob Carter
Umschlaggestaltung: Eisele Grafik-Design, München
Satz: Leingärtner, Nabburg
Druck und Bindung: GGP Media GmbH, Pößneck

ISBN: 3-453-72050-4
www.heyne.de

Prolog
Juli 1969

Die Sonne tauchte Kentucky in glühende Hitze. Die achtjährige Elizabeth suchte, in eine Ecke der schmalen Veranda gedrückt, Schutz in dem spärlichen Schattenstreifen, den das überhängende Vordach warf. Das Haar, obwohl zurückgebunden, lastete ihr schwer im Nacken. Die Straße war menschenleer, die meisten Leute hielten entweder ihren sonntäglichen Mittagsschlaf oder tummelten sich in der städtischen Badeanstalt. Sie wäre auch gern schwimmen gegangen, hütete sich aber wohlweislich, um Erlaubnis zu bitten. Ihre Mutter und Matt hatten den ganzen Tag über getrunken und dann zu streiten angefangen. Sie haßte diese Auseinandersetzungen, besonders im Sommer, wenn die Fenster offenstanden. Alle Kinder hörten dann auf zu spielen und lauschten interessiert. Diesmal war der Krach wirklich lautstark ausgefallen. Ihre Mutter hatte Matt wüste Schimpfworte ins Gesicht geschrien, so lange, bis er sie wieder schlug. Jetzt schliefen sie beide, schlaff hingestreckt, ohne Bettdecke, die leeren Gläser neben sich auf dem Fußboden.

Wenn doch ihre Schwester Leila bloß nicht jeden Samstag und Sonntag arbeiten würde! Bevor Leila den sonntäglichen Job annahm, hatte sie den Tag ausdrücklich für Elizabeth reserviert und ihn gemeinsam mit ihr verbracht. Die Mädchen in Leilas Alter zogen meistens mit Jungen herum, doch Leila nie. Sie wollte nach New York und Schauspielerin werden und nicht in Lumber Creek, Kentucky, hockenbleiben. «Weißt du, Spatz, was der Haken bei all diesen Provinznestern ist? Da heiratet jeder gleich nach der High School, und das Ende vom Lied ist dann ein Haufen plärrender Gören mit vollgekleckerten Turnhemden. Das bitte nicht mit mir.»

Elizabeth hörte Leilas Schilderungen über ihre Zukunft als Star andächtig zu, auch wenn sie ihr zugleich Angst einflößten. Sie konnte es sich nicht vorstellen, in diesem Haus zusammen mit Mama und Matt zu leben – ohne Leila.

Zum Spielen war es zu heiß. Leise stand sie auf und zog ihr T-Shirt unter dem Gurtband der Shorts zurecht. Sie war ein mageres Kind, langbeinig, auf der Nase ein paar hingetupfte Sommersprossen. Ihre weit auseinanderliegenden Augen hatten einen ernsthaften, erwachsenen Ausdruck – «Prinzessin Rührmichnichtan» nannte Leila sie. Leila erfand ständig Namen für alle Welt – manchmal lustige, manchmal aber auch recht gehässige, wenn sie die Leute nicht mochte.

Im Haus war es womöglich noch heißer als auf der Veranda. Die grelle Nachmittagssonne schien durch die schmutzigen Fenster auf die Couch mit den durchgesessenen Sprungfedern und dem an den Nähten bereits herausquellenden Werg, auf den Linoleumboden, dessen ursprüngliche Farbe man schon gar nicht mehr erkennen konnte und der unter dem Ausguß voller Risse und Buckel war. Vier Jahre wohnten sie jetzt hier. An das andere Haus, in Milwaukee, konnte sich Elizabeth nur noch schwach erinnern. Es war ein bißchen größer, mit einer richtigen Küche, zwei Badezimmern und einem großen Hof. Elizabeth hätte gern im Wohnzimmer aufgeräumt, aber sobald Matt aufstand, würde es ja doch im Nu wieder ein heilloses Durcheinander geben – Bierflaschen, Zigarrenasche, achtlos herumliegende Kleidungsstücke. Doch vielleicht lohnte sich ein Versuch.

Aus dem offenen Schlafzimmer ertönte Schnarchen, rauh, widerlich. Sie spähte hinein. Mama und Matt hatten sich offensichtlich wieder vertragen. Sie lagen ineinander verschlungen da – sein rechtes Bein über ihrem linken, sein Gesicht in ihrem Haar vergraben. Hoffentlich wachten sie auf, bevor Leila heimkam. Leila konnte es nicht ausstehen, sie so zu sehen.

Leila machte offenbar Überstunden. Die Schnellgaststätte lag in der Nähe der Badeanstalt, und an manchen heißen Tagen erschienen einige Kellnerinnen einfach nicht zur Arbeit. «Ich hab meine Tage gekriegt», jammerten sie dann dem Geschäftsführer am Telefon vor. «Scheußliche Krämpfe, ehrlich.»

Leila hatte ihr davon erzählt und erklärt, was es bedeutete. «Mit deinen acht Jahren bist du zwar noch ziemlich klein, aber bei mir hat Mama sich nie zu einem Gespräch aufgerafft, und wie's dann passiert ist, konnte ich vor lauter Rückenschmerzen kaum nach Hause laufen und dachte, ich würde gleich tot umfallen. Ich will nicht, daß es dir auch so geht, und ich möchte auch nicht, daß andere Kinder irgendwelche dunklen Andeutungen machen und du dir sonst was vorstellst.»

Elizabeth tat ihr Bestes, das Wohnzimmer einigermaßen in Ordnung zu bringen. Sie ließ die Jalousien dreiviertel herunter, um die allzu grelle Sonne abzuhalten. Sie leerte die Aschenbecher, wischte die Tischplatten ab und räumte die Bierflaschen weg, die Mama und Matt vor ihrem Krach geleert hatten. Danach ging sie in ihr Zimmer, das gerade Platz bot für ein Bett, eine Kommode und einen Rohrstuhl mit geborstenem Sitz. Leila hatte ihr zum Geburtstag eine weiße Tagesdecke aus Chenille geschenkt und ein gebrauchtes Bücherregel gekauft, das sie rot gestrichen und an die Wand gehängt hatte.

Mindestens die Hälfte der Bücher im Regal waren Theaterstücke. Elizabeth suchte sich einen ihrer Lieblinge heraus, «Unsere kleine Stadt». Leila hatte voriges Jahr in der High School die Emily gespielt und ihre Rolle so oft mit Elizabeth geprobt, daß die sie ebenfalls auswendig konnte. Manchmal las sie sich während der Rechenstunde ein ganzes Theaterstück lautlos aus dem Kopf vor. Das machte ihr weitaus mehr Spaß, als das Einmaleins herunterzuleiern.

Sie mußte eingedöst sein, denn als sie die Augen aufschlug, beugte sich Matt über sie. Sein Atem roch nach Tabak und Bier, was noch schlimmer wurde, als er lächelte und dabei zu keuchen begann. Elizabeth wich zurück, aber sie konnte sich ihm nicht entziehen. Er tätschelte ihr Bein. «Muß ja 'n ziemlich langweiliges Buch sein, Liz.»

Er wußte genau, daß sie Wert darauf legte, mit vollem Vornamen angeredet zu werden.

«Ist Mama wach? Dann kann ich anfangen, das Abendessen zu machen.»

«Deine Mama wird noch 'ne Weile schlafen. Wie wär's, wenn ich mich 'n bißchen hinlege und wir beide dann vielleicht gemeinsam lesen?» In Sekundenschnelle wurde Elizabeth an die Wand geschubst, und Matt machte sich auf dem Bett breit. Sie begann sich zu winden. «Ich steh jetzt auf und fange mit den Hacksteaks an», sagte sie, bemüht, ihre Angst nicht zu zeigen.

Er hielt ihre Arme mit festem Griff umklammert. «Vorher umarmst du Daddy erst mal so richtig lieb, Schätzchen.»

«Du bist nicht mein Daddy.» Blitzartig erkannte sie, daß sie in der Falle saß. Sie wollte versuchen, Mama durch Rufen zu wecken, aber jetzt küßte Matt sie.

«Bist 'n hübsches kleines Ding», murmelte er. «Aus dir wird später mal 'ne richtige Schönheit.» Seine Hand glitt über ihr Bein, tastete sich weiter nach oben.

«Ich mag das nicht», sagte sie.

«Was magst du nicht, Baby?»

Und dann sah sie über Matts Schulter hinweg Leila in der Tür stehen. Ihre grünen Augen waren dunkel vor Wut. Blitzschnell hatte sie das Zimmer durchquert und Matt so kräftig am Schopf gepackt, daß sein Kopf zurückschnellte, wobei sie ihn heftig anschrie – alles Wörter, die Elizabeth nicht verstand. Und dann brüllte sie: «Schlimm genug, was die anderen Kerle mir angetan haben, aber ich bringe dich um, wenn du sie auch nur anrührst!»

Matts Füße landeten krachend auf dem Boden. Mit einer Seitwärtsdrehung versuchte er, sich von Leila freizumachen. Doch sie hatte sein langes Haar fest im Griff, so daß jede Bewegung für ihn schmerzhaft war. Er fing seinerseits an, Leila anzuschreien, und wollte auf sie einschlagen.

Mama mußte wohl den Lärm gehört haben, denn das Schnarchen verstummte. Sie kam ins Zimmer, in ein Bettlaken gehüllt, Ringe unter den trüben Augen, das schöne rote Haar zerzaust. «Was geht hier vor?» murmelte sie. Ihre verschlafene Stimme klang ärgerlich. Elizabeth entdeckte eine Beule an ihrer Stirn.

«Mach du lieber deiner Tochter klar, daß sie nicht verrückt spielen soll, wo ich doch bloß 'n bißchen nett sein und ihrer Schwester vorlesen wollte – was ist denn da schon dabei?» Es hörte sich wütend an, aber Elizabeth merkte, daß Matt es mit der Angst zu tun bekam.

«Und du mach lieber diesem miesen Kinderschänder klar, daß er sich rausscheren soll, oder ich rufe die Polizei.» Leila riß Matt noch einmal heftig am Schopf, bevor sie ihn losließ, um ihn herumging, sich zu Elizabeth aufs Bett setzte und sie in die Arme nahm.

Mama begann auf Matt einzuschreien, dann begann Leila, auf Mama einzuschreien, und schließlich gingen Mama und Matt in ihr Zimmer und stritten sich dort weiter. Danach – lange Schweigepausen. Als sie aus dem Zimmer kamen, waren sie angezogen und sagten, das Ganze sei ein Mißverständnis und sie wollten jetzt ein Weilchen ausgehen, solange die beiden Mädchen hier zusammen wären.

Nachdem sie das Haus verlassen hatten, sagte Leila: «Ob du

wohl eine Dose Suppe aufmachen und uns ein Hacksteak braten könntest? Ich muß inzwischen nachdenken.» Bereitwillig ging Elizabeth in die Küche, um das Essen vorzubereiten. Während sie es schweigend verzehrten, merkte Elizabeth, wie froh sie über Mamas und Matts Abwesenheit war. Wenn sie zu Hause waren, tranken sie und küßten sich, oder sie stritten und küßten sich. Beides war gleich gräßlich.

«Sie ändert sich nie», erklärte Leila schließlich.

«Wer?»

«Mama. Sie ist 'ne Säuferin, und egal wen, einen Kerl wird sie immer haben, bis sie dann einfach kein lebendes Mannsbild mehr findet. Aber ich kann dich nicht bei Matt zurücklassen.»

Zurücklassen! Leila durfte nicht weggehen...

«Also pack deine Sachen zusammen», befahl Leila. «Wenn dieser Schuft anfängt, dich zu betatschen, bist du hier nicht mehr sicher. Wir nehmen den letzten Bus nach New York.» Dann streckte sie die Hand aus und zerzauste ihr das Haar. «Wie ich es schaffe, wenn wir erst mal dort sind, das weiß nur der liebe Gott, Spatz, aber ich passe auf dich auf, das verspreche ich.»

An diesen Augenblick erinnerte sich Elizabeth später überdeutlich. Sie sah jede Einzelheit vor sich: Leilas Augen, nicht mehr von Zorn verdunkelt, sondern wieder smaragdgrün schimmernd, aber mit einem stahlharten Blick; Leilas schlanker, straffer Körper, ihre katzenhafte Anmut; Leilas glänzendes rotes Haar, das in dem von oben hereinfallenden Licht noch heller aufleuchtete; Leilas volltönende, kehlige Stimme, die sagte: «Hab keine Angst, Spatz. Es wird Zeit, den Staub unserer alten Heimat Kentucky von den Füßen zu schütteln.»

Dann begann Leila, trotzig lachend, zu singen: «Ich will dich nie mehr weinen sehn...»

Samstag, 29. August 1987

1

Die Sonne versank hinter den Zwillingstürmen des World Trade Center, als die Maschine aus Rom über Manhattan zu kreisen begann. Elizabeth preßte die Stirn an die Scheibe, trank den Anblick in sich hinein: die Wolkenkratzer, die frisch renovierte Freiheitsstatue, eine Fähre beim Durchqueren der Narrows. Diesen Augenblick hatte sie früher am Ende einer Reise genossen: das Gefühl, nach Hause zu kommen. Diesmal jedoch wünschte sie sich sehnlichst, an Bord bleiben zu können, weiterzufliegen – egal, wohin...

«Einfach zauberhaft, dieser Blick, finden Sie nicht?» Als sie an Bord gekommen war, hatte die Platznachbarin, ein Großmuttertyp, freundlich gelächelt und ihr Buch aufgeschlagen. Zu ihrer Erleichterung, denn sieben Stunden Konversation mit einer Unbekannten, das war das Letzte, was sich Elizabeth wünschte. Jetzt hatte sie freilich nichts mehr dagegen. In wenigen Minuten würden sie ja landen. Also fand sie den Blick ebenfalls zauberhaft.

«Das war meine dritte Italien-Reise», fuhr ihre Nachbarin fort. «Aber ich bin das letzte Mal im August dort gewesen. Es wimmelt nur so von Touristen. Und diese schreckliche Hitze. Wo waren Sie überall?»

Die Maschine setzte zum Landeanflug auf den Kennedy Airport an. Elizabeth fand, daß sie die Frage genausogut direkt beantworten konnte, anstatt irgendwelche Ausflüchte zu machen. «Ich bin Schauspielerin und war zu Dreharbeiten in Venedig.»

«Wie aufregend. Auf den ersten Blick erinnerten Sie mich ein bißchen an Candy Bergen. Sie haben fast die gleiche Größe und ebenso schönes blondes Haar und blaugraue Augen. Müßte ich Ihren Namen kennen?»

«Keineswegs.»

Es gab einen leichten Ruck, als das Flugzeug auf der Landebahn aufsetzte und auszurollen begann. Um weitere Fragen zu verhindern, zog Elizabeth ihre Bordtasche unter dem Sitz hervor und überprüfte ostentativ den Inhalt. Wenn Leila hier wäre, dachte sie, hätte es kein solches Ratespiel gegeben. Leila LaSalle erkannte jeder sofort. Aber Leila wäre ja erster und nicht Touristen-Klasse geflogen.

Wäre geflogen. Nach all den Monaten war es an der Zeit, ihren Tod als Tatsache zu akzeptieren.

Auf einem Zeitungsstand gleich hinter der Zollschranke stapelte sich die Abendausgabe des *Globe.* Unmöglich, die Schlagzeile zu übersehen. PROZESSBEGINN 8. SEPTEMBER! Der Untertitel lautete: «Richter Michael lehnt jede weitere Verschiebung im Mordprozeß gegen Multimillionär Ted Winters kategorisch ab.» Den Rest der Titelseite füllte eine vergrößerte Porträtaufnahme von Ted. In seinen Augen lag Bitterkeit; um den Mund hatte er einen harten, unbeugsamen Zug. Das Foto war entstanden, nachdem er erfahren hatte, daß die Anklagejury ihn beschuldigte, seine Verlobte Leila LaSalle ermordet zu haben.

Im Taxi las Elizabeth dann den Artikel – sämtliche Einzelheiten über Leilas Tod und das ganze Beweismaterial gegen Ted wurden wiederaufgewärmt. Über die nächsten drei Seiten verstreut Fotos von Leila: Leila bei einer Premiere mit ihrem ersten Ehemann; Leila auf Safari mit ihrem zweiten Ehemann; Leila mit Ted; Leila bei Entgegennahme des Oscar – alles

Archivmaterial. Ein Foto erregte ihre Aufmerksamkeit. In Leilas Lächeln lag ein Anflug von Weichheit, eine Andeutung von Verletzlichkeit, was durchaus im Gegensatz stand zu dem arrogant hochgereckten Kinn, dem spöttischen Augenausdruck. Die halbe weibliche Jugend Amerikas hatte sich befleißigt, diesen Ausdruck nachzuahmen, Leila zu kopieren, wie sie das Haar zurückwarf, wie sie über die Schulter lächelte.

«Da wären wir.»

Verwirrt blickte Elizabeth auf. Das Taxi hielt vor dem Hamilton Arms, Ecke Fifty-seventh Street und Park Avenue. Die Zeitung rutschte ihr vom Schoß. Sie zwang sich zu einem gelassenen Tonfall. «Entschuldigen Sie bitte. Ich hab Ihnen die falsche Adresse angegeben. Ich möchte Ecke Eleventh und Fifth.»

«Ich hab den Taxameter schon abgeschaltet.»

«Dann lassen Sie ihn eben neu laufen.» Ihre Hände zitterten, als sie nach der Geldbörse suchte. Sie spürte, wie der Türsteher auf das Taxi zukam, und blickte nicht hoch. Sie wollte nicht erkannt werden. Gedankenlos hatte sie Leilas Adresse angegeben. Dies war das Gebäude, in dem Ted den Mord an Leila begangen hatte. Hier hatte er sie im Rausch und in rasender Wut von der Terrasse ihrer Wohnung hinuntergestoßen.

Elizabeth begann unkontrollierbar zu zittern bei der Vorstellung, die sie nicht loswerden konnte. Leilas wunderbarer Körper im weißen Satinpyjama, die flatternde rote Haarmähne, während sie vierzig Stockwerke tief auf den betonierten Hof stürzt.

Und die ständigen Fragen... War sie bei Bewußtsein? Wieviel hat sie realisiert?

Wie grauenvoll müssen diese letzten Sekunden für sie gewesen sein!

Wenn ich bei ihr geblieben wäre, dachte Elizabeth, wäre das niemals geschehen...

2

Nach zweimonatiger Abwesenheit wirkte die Wohnung eng und stickig. Doch sobald sie die Fenster öffnete, wehte eine Brise herein und brachte jene sonderbar anheimelnde Mischung von Gerüchen mit sich, die so typisch für New York war: die scharfen exotischen Düfte aus dem kleinen indischen Restaurant gleich um die Ecke, dazu ein zarter Hauch von Blumen von der gegenüberliegenden Terrasse, die beißenden Abgaswolken der Busse auf der Fifth Avenue, eine Spur von Meeresluft vom Hudson. Ein paar Minuten lang atmete Elizabeth tief durch und spürte, wie sie sich allmählich entkrampfte. Nun war sie also hier, und es tat gut, daheim zu sein. Die Filmarbeit in Italien war doch nichts als wieder ein Entfliehen gewesen, ein weiterer kurzfristiger Aufschub. Doch mit alldem ließ sich die Tatsache nicht aus dem Bewußtsein verdrängen, daß sie letztlich vor Gericht erscheinen mußte, als Zeugin der Anklage gegen Ted.

Sie packte rasch aus und stellte ihre Pflanzen in den Ausguß. Offensichtlich hatte die Frau des Hausverwalters ihr Versprechen, sie regelmäßig zu gießen, nicht gehalten. Sie entfernte die verdorrten Blätter und wandte sich dann dem Postberg auf dem Eßzimmertisch zu. Sie sah ihn flüchtig durch, sortierte Reklamesendungen und Gutscheine aus, trennte die Privatbriefe von den Rechnungen. Lächelnd betrachtete sie einen Umschlag mit auffallend schöner Handschrift und exaktem Absender auf der oberen Ecke: *Miss Dora Samuels, Cypress Point Spa, Pebble Beach, California*. Sammy. Doch bevor sie ihn las, öffnete sie zögernd den amtlichen Umschlag OFFICE OF THE DISTRICT ATTORNEY!

Ein kurzes Schreiben. Es bestätigte die Vereinbarung, daß sie Staatsanwalt William Murphy nach ihrer Rückkehr am 29. August anrufen und einen Termin zwecks Überprüfung ihrer Zeugenaussage ausmachen würde.

Auf den Schock, den ihr diese amtliche Mitteilung versetzte, war sie nicht vorbereitet, obwohl sie doch vorhin die Zeitung gelesen und dem Taxifahrer Leilas Adresse angegeben hatte. Ihr Mund wurde trocken. Sie bekam Platzangst. Die endlosen Vernehmungen vor der Anklagejury standen ihr wieder vor Augen. Der Tag, an dem sie im Zeugenstand ohnmächtig geworden war, nachdem man ihr die Fotos von Leilas Leiche gezeigt hatte. Mein Gott, jetzt fängt das alles noch einmal von vorn an, dachte sie...

Das Telefon klingelte. «Hallo», flüsterte sie kaum hörbar.

«Elizabeth», dröhnte es ihr entgegen. «Wie geht's dir denn? Ich mach mir Sorgen um dich.»

Min von Schreiber! Ausgerechnet! Elizabeth fühlte sich prompt noch erschöpfter. Min hatte Leila den ersten Job als Fotomodell verschafft, war jetzt mit einem österreichischen Baron verheiratet und Eigentümerin von Cypress Point Spa in Pebble Beach, einem mondänen Kurzentrum. Eine gute alte Freundin, aber im Augenblick fühlte sich Elizabeth ihr nicht gewachsen. Und trotzdem gehörte Min zu den Menschen, denen sie nie etwas abschlagen konnte.

Elizabeth bemühte sich, munter zu klingen. «Mir geht's prima, Min. Ein bißchen müde vielleicht. Ich bin erst vor ein paar Minuten nach Hause gekommen.»

«Pack ja nicht aus. Morgen früh kommst du her. Am Schalter von American Airlines ist ein Ticket für dich hinterlegt. Der übliche Flug. Jason holt dich am Flugplatz ab.»

«Ausgeschlossen, Min. Ich kann nicht.»

«Als mein Gast.»

Elizabeth unterdrückte ein Lachen. Leila hatte immer gesagt, dies seien die drei Worte, die auszusprechen Min am schwersten fielen. «Aber, Min...»

«Kein Aber. Neulich in Venedig hast du einfach jämmerlich ausgesehen. Klapperdürr. Dieser verdammte Prozeß wird die Hölle. Also komm. Du brauchst Ruhe. Laß dich verwöhnen.»

Elizabeth konnte sich Min deutlich vergegenwärtigen: das tiefschwarze Haar, das hochgekämmt den Kopf wie ein Helm umschloß, die dominierende Art, mit der sie als selbstverständlich voraussetzte, daß jeder ihrer Wünsche erfüllt wurde. Nach etlichen vergeblichen Protesten, in denen Elizabeth die Gründe aufzählte, weshalb sie nicht kommen konnte, hörte sie sich in Mins Pläne einwilligen. «Also dann morgen. Ich freue mich auf dich, Min.» Sie lächelte, als sie den Hörer auflegte.

Viereinhalbtausend Kilometer entfernt wartete Minna von Schreiber auf das Freizeichen, wählte dann sofort eine neue Nummer. Als sich der Teilnehmer meldete, flüsterte sie: «Sie hatten recht. Es ging ganz einfach. Sie kommt. Vergessen Sie nicht, Überraschung zu mimen, wenn Sie sie sehen.»

Ihr Mann kam herein, während sie telefonierte, und wartete das Ende des Gesprächs ab. Dann explodierte er: «Du hast sie also tatsächlich eingeladen?»

Sie blickte trotzig auf. «Allerdings.»

Helmut von Schreiber runzelte die Stirn. Seine porzellanblauen Augen verfinsterten sich. «Nach all meinen Warnungen? Elizabeth könnte dieses Kartenhaus rundum zusammenfallen lassen, Minna. Bis zum Wochenende wirst du diese Einladung bereuen, wie du noch nie im Leben etwas bereut hast.»

Elizabeth beschloß, den Anruf beim Staatsanwalt sofort hinter sich zu bringen. William Murphy freute sich offenbar, von ihr zu hören. «Ich fing gerade an, mir Ihretwegen Sorgen zu machen, Miss Lange.»

«Ich hatte Ihnen doch gesagt, daß ich heute zurückkomme. Ich habe nicht damit gerechnet, Sie am Samstag anzutreffen.»

«Massenhaft Arbeit. Der Verhandlungstermin steht jetzt fest. Am 8. September fangen wir an.»

«Das hab ich gelesen.»

«Ich muß Ihre Aussage noch mal mit Ihnen durchgehen, um Ihr Gedächtnis aufzufrischen.»

«Das Ganze ist mir nie aus dem Kopf gegangen.»

«Verstehe. Aber ich muß über die speziellen Fragen sprechen, die der Verteidiger Ihnen stellen wird. Ich schlage vor, daß Sie am Montag auf ein paar Stunden herkommen, und dann könnten wir ja für nächsten Freitag noch einen weiteren Termin vereinbaren. Sie sind doch diese Woche hier erreichbar?»

«Ich verreise morgen früh», entgegnete sie. «Können wir denn nicht am Freitag über alles reden?»

Die Antwort beunruhigte sie. «Ich hätte gern eine Vorbesprechung. Es ist erst drei Uhr. Mit einem Taxi könnten Sie in einer Viertelstunde hier sein.»

Zögernd willigte sie ein. Mit einem Blick auf Sammys Brief beschloß sie, ihn erst nach ihrer Rückkehr zu lesen. Dann hätte sie wenigstens etwas, worauf sie sich freuen konnte. Sie duschte geschwind, drehte sich das Haar zu einem Knoten, zog ein leichtes blaues Baumwollkostüm an und dazu Sandalen.

Eine halbe Stunde später saß sie dem Staatsanwalt in seinem vollgestopften Büro gegenüber. Das Mobiliar bestand aus Schreibtisch, drei Stühlen und einer Reihe Aktenschränken aus grauem Stahl. Überall türmten sich in Pappdeckel sortierte Aktenbündel – auf dem Schreibtisch, auf dem Fußboden, auf den Metallschränken. William Murphy scheint das Durcheinander nicht weiter zu stören – oder er hat sich damit abgefunden, dachte Elizabeth.

Murphy, ein Enddreißiger mit beginnender Glatze, pausbäkkig, starker New Yorker Akzent, vermittelte den Eindruck von scharfem Intellekt und unermüdlicher Energie. Nach den Verhandlungen vor der Anklagejury hatte er ihr mitgeteilt, daß man Ted hauptsächlich aufgrund ihrer Aussage angeklagt habe. Sie wußte, daß er ihr damit hohes Lob zu zollen meinte.

Er schlug einen dicken Aktenordner auf: *Das Volk des Staates New York gegen Andrew Edward Winters III.* «Ich weiß, wie schwer dies für Sie ist», begann er. «Sie werden gezwungen sein, den Tod Ihrer Schwester noch einmal zu durchleben und damit auch den ganzen Schmerz. Und Sie werden als Zeugin gegen einen Mann aussagen, den Sie gern hatten und dem Sie vertrauten.»

«Ted hat Leila getötet. Der Mensch, den ich kannte, existiert nicht.»

«In dem vorliegenden Fall gibt es kein Wenn und Aber. Ihre Schwester hat durch ihn das Leben eingebüßt, es ist meine Aufgabe, mit Ihrer Hilfe dafür zu sorgen, daß er seine Freiheit einbüßt. Der Prozeß wird Ihnen furchtbare Qualen bereiten, aber danach werden Sie es leichter haben, zu Ihrem eigenen Leben zurückzufinden, das kann ich Ihnen versprechen. Nach der Vereidigung wird man Sie nach Ihren Personalien fragen. Wie ich weiß, ist ‹Lange› Ihr Künstlername. Denken Sie daran, daß Sie den Geschworenen den richtigen Familiennamen angeben müssen – La-Salle. Und nun wollen wir Ihre Aussage noch einmal durchgehen. Man wird Sie fragen, ob Sie bei Ihrer Schwester gewohnt haben.»

«Nein, nach dem College bin ich in eine eigene Wohnung gezogen.»

«Leben Ihre Eltern noch?»

«Nein, meine Mutter starb drei Jahre nachdem Leila und ich nach New York kamen. Meinen Vater habe ich nie gekannt.»

«Schildern Sie den Tag vor dem Mord.»

«Ich war drei Monate auswärts auf Tournee ... Ich kam am Freitag, dem 28. März, abends zurück, gerade noch rechtzeitig zu Leilas Generalprobe.»

«Wie fanden Sie Ihre Schwester vor?»

«Sie stand offensichtlich furchtbar unter Druck und vergaß dauernd ihren Text. Ihr Spiel war eine glatte Katastrophe.

Während der Pause ging ich zu ihr in die Garderobe. Sie hat nie getrunken, höchstens mal ein Glas Wein, und jetzt hatte sie sich puren Scotch eingeschenkt. Ich nahm ihn ihr weg und schüttete ihn ins Waschbecken.»

«Wie reagierte sie?»

«Sie war außer sich vor Wut. Ein völlig anderer Mensch. Aus Alkohol hatte sie sich nie viel gemacht, aber plötzlich trank sie in Mengen ... Ted kam in die Garderobe. Sie schrie uns beide an, wir sollten rausgehen.»

«Hat Sie dieses Verhalten überrascht?»

«Es wäre wohl richtiger zu sagen, daß es mich entsetzt hat.»

«Haben Sie mit Winters darüber gesprochen?»

«Er wirkte bestürzt. Er war ebenfalls viel unterwegs gewesen.»

«Geschäftlich?»

«Ja, ich nehme an ...»

«Die Vorstellung lief schlecht?»

«Ein Reinfall. Leila weigerte sich strikt, vor den Vorhang zu treten und sich zu verbeugen. Hinterher gingen wir alle ins *Elaine*.»

«Wen meinen Sie mit ‹wir›?»

«Leila ... Ted und Craig ... mich ... Syd und Cheryl ... Baron und Baronin von Schreiber. Den engen Freundeskreis.»

«Sie werden vor der Jury nähere Erklärungen zu den einzelnen Personen abgeben müssen.»

«Syd Melnick war Leilas Agent. Cheryl Crane ist eine sehr bekannte Schauspielerin. Baron und Baronin von Schreiber sind die Besitzer von Cypress Point Spa in Kalifornien. Min – die Baronin – hatte früher eine Fotomodell-Agentur in New York. Sie verschaffte Leila ihren ersten Job. Ted Winters – ihn kennt jeder, er war Leilas Verlobter. Craig Babcock ist Mitarbeiter von Ted, geschäftsführender Vizepräsident von Winters Enterprises.»

«Was geschah im *Elaine*?»

«Es gab eine fürchterliche Szene. Irgend jemand rief Leila zu, er habe gehört, das neue Stück sei durchgefallen. Sie wurde fuchsteufelswild. Und ob!› brüllte sie. ‹Eine Superpleite, aber ohne mich! Habt ihr das alle gehört? Ich steige aus!› Danach feuerte sie Syd Melnick. Sie warf ihm vor, er habe sie nur seiner Prozente wegen da reingeritten. In den letzten zwei Jahren hätte er ihr alles mögliche aufgeschwatzt, weil er das Geld brauchte.» Elizabeth biß sich auf die Lippen. «Eins müssen Sie verstehen – das war nicht die wirkliche Leila. Sicher, wenn sie in einem neuen Stück spielte, konnte es Überreaktionen geben. Sie war schließlich eine Perfektionistin. Aber so wie an dem Abend hat sie sich noch nie aufgeführt.»

«Was taten Sie?»

«Wir haben uns alle bemüht, sie zu beruhigen. Doch das bewirkte nur das Gegenteil. Als Ted versuchte, vernünftig mit ihr zu reden, zog sie den Verlobungsring vom Finger und schleuderte ihn quer durchs Lokal.»

«Wie reagierte er?»

«Er war wütend, wollte sich aber nichts anmerken lassen. Ein Kellner brachte den Ring zurück, und Ted steckte ihn ein. Er versuchte, die Sache ins Lächerliche zu ziehen, und sagte ungefähr: ‹Den nehm ich erst mal in Verwahrung bis morgen, wenn sie sich wieder abgeregt hat.› Danach verfrachteten wir sie ins Auto und fuhren nach Hause. Ted half mir, sie zu Bett zu bringen. Ich versprach ihm, dafür zu sorgen, daß sie ihn am nächsten Morgen anrief, sobald sie aufwachte.»

«Im Zeugenstand werde ich Sie nun nach den Wohnverhältnissen der beiden fragen.»

«Er hatte im zweiten Stock ein eigenes Apartment. Ich blieb die Nacht über bei Leila. Sie schlief bis mittags. Als sie nach zwölf aufwachte, fühlte sie sich miserabel. Ich gab ihr Aspirin, und sie legte sich wieder hin. Ich rief an ihrer Stelle bei Ted an. Er war im Büro und bat mich, ihr auszurichten, daß er abends gegen sieben zu ihr hinaufkäme.»

Elizabeth merkte, daß ihre Stimme zu schwanken anfing.

«Tut mir leid, aber ich muß weitermachen. Vielleicht könnten Sie das Ganze einfach nur als Probe ansehen. Je besser Sie vorbereitet sind, desto leichter wird es Ihnen später im Zeugenstand fallen.»

«Ist schon gut.»

«Haben Sie mit Ihrer Schwester über den vorhergehenden Abend gesprochen?»

«Nein. Sie wollte offenbar nicht darüber reden. Sie war sehr still. Ich solle jetzt nach Hause fahren und endlich auspacken, sagte sie. Ich hatte nämlich meine Koffer nur abgestellt und war dann gleich ins Theater gestürzt. Sie bat mich, sie gegen acht anzurufen, wir würden dann zusammen zu Abend essen. Ich nahm an, sie meinte damit sich, Ted und mich. Aber dann erklärte sie, daß sie seinen Ring nicht zurücknehmen würde. Sie sei fertig mit ihm.»

«Das ist ein sehr wichtiger Punkt, Miss Lange. Ihre Schwester sagte Ihnen, sie gedenke die Verlobung mit Ted Winters zu lösen?»

«Ja.» Elizabeth starrte auf ihre Hände hinunter. Sie erinnerte sich, wie sie sie Leila auf die Schultern gelegt und ihr dann damit über die Stirn gestrichen hatte. *Hör auf, Leila. Das meinst du doch nicht im Ernst.*

Aber ja, Spatz.

Nein, das stimmt nicht.

Was du denkst, ist deine Sache, Spatz. Ruf mich jedenfalls gegen acht an, ja?

In diesen letzten Minuten, die sie bei Leila war, hatte sie ihr die kalte Kompresse auf die Stirn gelegt, hatte sie fest in die Decken eingepackt und dabei gedacht, daß sie in ein paar Stunden wieder ganz sie selbst sein und die Geschichte amüsiert lachend als köstliche Anekdote zum besten geben würde. «Also hab ich Syd rausgeschmissen, Teds Ring weggeschmissen und die Rolle hingeschmissen. Das alles ging im

Elaine in knapp zwei Minuten über die Bühne. Eine reife Leistung, oder?» Und dann würde sie den Kopf in den Nacken werfen und lachen, und rückblickend bekäme der Zwischenfall plötzlich Komik – ein Star, der in der Öffentlichkeit seinen Koller kriegt.

«Es war reines Wunschdenken, weil ich unbedingt daran glauben wollte», hörte Elizabeth sich zu William Murphy sagen.

Hastig begann sie den Rest herauszusprudeln. «Ich rief um acht an ... Leila und Ted stritten sich. Sie klang, als habe sie wieder getrunken. Sie bat mich, in einer Stunde noch mal anzurufen. Das tat ich. Sie weinte. Sie hatte Ted weggeschickt und wiederholte unentwegt, daß sie keinem Mann trauen könne, daß sie keinen haben wolle, und ich solle mit ihr zusammen fortgehen.»

«Wie reagierten Sie darauf?»

«Ich ließ nichts unversucht, um sie zu beruhigen. Ich erinnerte sie daran, daß sie bei jedem neuen Stück solche nervösen Zustände bekam. Ich sagte ihr, diesmal sei ihr die Rolle wirklich auf den Leib geschrieben. Ich hielt ihr vor, daß Ted ganz vernarrt in sie sei, und das wisse sie auch. Dann tat ich wütend. Ich erklärte ihr ...» Elizabeth stockte. Ihr Gesicht wurde kreidebleich. «Ich erklärte ihr, sie höre sich haargenau so an wie Mama, wenn sie wieder mal blau war.»

«Was sagte sie?»

«Anscheinend hatte sie das gar nicht mitgekriegt. Sie wiederholte nur dauernd: ‹Ich bin fertig mit Ted. Du bist die einzige, der ich noch vertrauen kann. Versprich mir, Spatz, daß du mit mir weggehst.›»

Elizabeth versuchte nicht mehr, die Tränen zurückzudrängen, die ihr in die Augen stiegen. «Sie weinte und schluchzte ...»

«Und dann ...»

«Ted kam zurück. Er begann sie anzuschreien.»

William Murphy beugte sich vor. Seine Stimme wurde eisig. «Also, Miss Lange, hier handelt es sich um den entscheidenden Punkt Ihrer Aussage. Bevor Sie sich im Zeugenstand näher dazu äußern, muß ich das Fundament legen, um den Richter zu überzeugen, daß Sie diese Stimme tatsächlich erkannt haben. Das gedenke ich folgendermaßen zu tun ...» Er hielt inne, um die Spannung zu erhöhen.

«Frage: Sie hörten eine Stimme?»

«Ja», entgegnete sie tonlos.

«Wie laut war diese Stimme?»

«Sie schrie.»

«Wie klang diese Stimme?»

«Wütend.»

«Wie viele Wörter hörten Sie diese Stimme aussprechen?»

Elizabeth überlegte kurz. «Elf Wörter. Zwei Sätze.»

«Haben Sie diese Stimme schon mal gehört, Miss Lange?»

«Unzählige Male.» Teds Stimme klang ihr in den Ohren. Ted, wie er lachte und Leila zurief: «He, Primadonna, beeil dich! Ich hab Hunger!» Ted, wie er Leila geschickt an einem allzu enthusiastischen Verehrer vorbeilotste: «Steig schnell ein, Liebling.» Ted, wie er im vergangenen Jahr bei ihrer eigenen Off-Broadway-Premiere erschien. «Ich soll Leila haarklein Bericht erstatten. Das Ganze kann ich in drei Worten zusammenfassen: Du warst einmalig ...»

Was hatte Murphy sie gefragt? ... «Miss Lange, haben Sie erkannt, wessen Stimme Ihre Schwester anschrie?»

«Eindeutig!»

«Miß Lange, wem gehörte die Stimme, die im Hintergrund schrie?»

«Ted ... Ted Winters.»

«Was schrie er?»

Unwillkürlich antwortete sie diesmal lauter: «Leg den Hörer auf! Du sollst den Hörer auflegen, sag ich!»

«Hat Ihre Schwester darauf reagiert?»

«Ja.» Elizabeth rutschte unruhig hin und her. «Müssen wir das bis ins einzelne durchgehen?»

«Das wird es Ihnen erleichtern, wenn Sie sich vor dem Prozeß überwinden, darüber zu reden. Also was hat Leila gesagt?»

«Sie schluchzte immer noch... und sagte: ‹Verschwinde. Du willst ein Falke sein...?› Und dann knallte der Hörer auf die Gabel.»

«Sie hat den Hörer hingeknallt?»

«Ich weiß nicht, wer von beiden das getan hat.»

«Miss Lange, macht das Wort ‹Falke› für Sie irgendeinen Sinn?»

«Ja.» Sie sah Leilas Gesicht deutlich vor sich, den zärtlichen Augenausdruck, wenn sie Ted anblickte, die spontane Art, wie sie auf ihn zuging und ihn küßte. *Ich liebe dich, mein Falke.*

«Und wieso?»

«Das war Teds Spitzname... der Kosename, den ihm meine Schwester gegeben hatte. Das tat sie nämlich mit Vorliebe – für jeden, der ihr nahestand, dachte sie sich einen passenden Namen aus.»

«Hat sie irgendwann noch jemanden so genannt?»

«Nein... nie.» Elizabeth stand abrupt auf und ging zum Fenster. Es war mit einer Staubschicht bedeckt. Ein Schwall feuchtwarmer Luft schlug ihr entgegen. Wenn ich doch nur hier wegkäme, dachte sie sehnsüchtig.

«Nur noch ein paar Minuten, Miss Lange, das verspreche ich Ihnen. Wissen Sie, um welche Zeit der Hörer hingeknallt wurde?»

«Genau um 21 Uhr 30.»

«Sind Sie da absolut sicher?»

«Ja. Während meiner Abwesenheit muß es einen Stromausfall gegeben haben. Ich habe an dem Morgen meine Uhr neu gestellt. Die Zeit stimmt, kein Zweifel.»

«Was taten Sie dann?»

«Ich war schrecklich aufgeregt. Ich mußte Leila sehen, stürzte auf die Straße. Es dauerte mindestens fünfzehn Minuten, bis ich ein Taxi erwischte. Als ich in Leilas Apartment kam, war es zehn vorbei.»

«Und es war kein Mensch da.»

«Niemand. Ich versuchte Ted anzurufen. Es meldete sich keiner. Da wartete ich einfach.» Sie wartete die ganze Nacht, schwankend zwischen Sorge und Erleichterung; sie hoffte, Leila und Ted hätten sich wieder versöhnt und wären ausgegangen, und ahnte nicht, daß Leila tot und zerschmettert im Hof lag.

«Als am nächsten Morgen die Leiche entdeckt wurde, nahmen Sie an, sie müsse von der Terrasse gestürzt sein? Warum sollte sie in einer kalten Märznacht nach draußen gehen?»

«Sie stand gern auf der Terrasse und genoß den Blick auf die Stadt. Bei jedem Wetter. Ich mahnte sie immer wieder zur Vorsicht... Das Geländer war nicht besonders hoch. Schließlich hatte sie viel getrunken, dachte ich, sich zu weit über die Brüstung gelehnt, das Gleichgewicht verloren und war dann hinuntergestürzt...»

Sie erinnerte sich – an den gemeinsamen Schmerz: Hand in Hand hatten Ted und sie bei der Trauerfeier geweint. Mit festem Griff hatte er sie gestützt, als sie, von Schluchzen geschüttelt, zusammenzubrechen drohte. «Ich weiß, Spatz. Ich weiß», tröstete er sie. In Teds Jacht waren sie aufs Meer hinausgefahren, um Leilas Asche zu verstreuen.

Und dann war nach zwei Wochen eine Augenzeugin aufgetaucht und hatte unter Eid ausgesagt, sie habe gesehen, wie Ted um 21 Uhr 30 Leila von der Terrasse gestoßen habe.

«Ohne Ihre Aussage könnte die Verteidigung diese Sally Ross als Zeugin in der Luft zerreißen», hörte sie William Murphy sagen. «Wie Sie wissen, ist sie nachweislich psychisch schwer gestört. Bedauerlich, daß sie so lange gewartet hat, bis sie mit ihrer Geschichte rausrückte. Die Tatsache, daß ihr Psychiater nicht da war und sie es ihm zuerst sagen wollte, erklärt das Ganze wenigstens halbwegs.»

«Ohne meine Aussage steht ihr Wort gegen Teds, und er bestreitet, noch mal in Leilas Apartment gegangen zu sein.» Als sie von der Augenzeugin erfahren hatte, war sie außer sich geraten. Sie hatte Ted restlos vertraut, bis ihr dieser William Murphy mitteilte, daß Ted strikt ableugnete, in Leilas Apartment zurückgekehrt zu sein.

«Sie können beschwören, daß er dort war, daß sie sich stritten, daß der Hörer um 21 Uhr 30 aufgeknallt wurde. Sally Ross sah, daß Leila um 21 Uhr 31 von der Terrasse gestoßen wurde. Teds Version, er habe Leilas Apartment gegen zehn nach neun verlassen, um in sein eigenes zu gehen, wo er telefonierte und dann ein Taxi nach Connecticut nahm, hält nicht stand. Neben den Aussagen von Ihnen und dieser Frau haben wir in dem Fall auch noch starke Indizien. Sein zerkratztes Gesicht. Die von ihm stammenden Hautfetzen unter Leilas Fingernägeln. Die Blutspuren von ihr auf seinem Hemd. Die Aussage des Taxifahrers, daß er leichenblaß war und zitterte – daß er ihn kaum zu seinem Haus dirigieren konnte. Und warum zum Teufel hat er sich nicht seinen eigenen Chauffeur kommen lassen, damit er ihn nach Connecticut fährt? Weil er in Panik war, darum! Er kann keinerlei Beweis vorbringen, daß er irgend jemand telefonisch erreicht hat. Und er hat ein Motiv – Leila hatte ihm den Laufpaß gegeben. Aber über eins müssen Sie sich im klaren sein: die Verteidigung wird auf der Tatsache herumreiten, daß Sie und Ted Winters nach Leilas Tod eine so enge Beziehung hatten.»

«Wir beide liebten sie am meisten», entgegnete Elizabeth leise. «Oder wenigstens dachte ich das. Kann ich jetzt bitte gehen?»

«Lassen wir's dabei bewenden. Sie sehen wirklich reichlich erschöpft aus. Das wird eine langwierige und unerfreuliche

Verhandlung. Versuchen Sie, sich in der kommenden Woche etwas zu entspannen. Wissen Sie schon, wo Sie die nächsten paar Tage verbringen wollen?»

«Ja. Baronin von Schreiber hat mich nach Cypress Point Spa eingeladen.»

«Das ist doch hoffentlich nicht Ihr Ernst?»

«Warum sollte ich darüber Witze machen?»

Murphys Augen verengten sich. Sein Gesicht lief rot an, und die Backenknochen traten plötzlich scharf hervor. Offenbar mußte er sich beherrschen, um nicht loszubrüllen. «Ich fürchte, Miss Lange, Sie unterschätzen Ihren Stellenwert. Ohne Sie würde die andere Zeugin von der Verteidigung abgeschmettert. Das heißt, durch Ihre Aussage wird einer der vermögendsten, einflußreichsten Männer dieses Landes für mindestens fünfzehn Jahre ins Gefängnis wandern, und sogar für dreißig, wenn ich Mord zweiten Grades durchkriege. Handelte es sich hier um einen Mafia-Prozeß, hätte ich Sie bis zum Ende des Verfahrens unter falschem Namen und mit Polizeischutz in einem Hotel versteckt. Der Baron von Schreiber und seine Frau mögen ja Freunde von Ihnen sein, aber genauso von Ted Winters, für den sie in New York als Zeugen auftreten werden. Und Sie beabsichtigen ernstlich, ausgerechnet jetzt dorthin zu reisen?»

«Ich weiß, daß Min und ihr Mann als Leumundszeugen für Ted aussagen», erwiderte Elizabeth. «Ihrer Meinung nach ist er nicht fähig, einen Mord zu begehen. Ich wäre der gleichen Ansicht, wenn ich ihn nicht mit eigenen Ohren gehört hätte. Die beiden folgen ihrem Gewissen und ich dem meinen. Wir alle handeln so, wie wir müssen.»

Auf die Tirade, die Murphy nun losließ, war Elizabeth nicht gefaßt. Seine beschwörenden, mitunter sarkastischen Worte dröhnten ihr in den Ohren. «An dieser Einladung ist was faul. Das müßten Sie doch selber sehen. Sie behaupten, die Schreibers liebten Ihre Schwester. Dann fragen Sie sich doch gefälligst mal, wieso sie für Leilas Mörder auf die Barrikaden gehen wollen. Ich bestehe darauf, daß Sie sich von den beiden fernhalten, wenn schon nicht um meinetwillen oder in Ihrem eigenen Interesse, dann deshalb, weil Sie Gerechtigkeit für Leila verlangen!»

Es verwirrte Elizabeth, daß er sie so offensichtlich wegen ihrer Naivität verachtete, und sie erklärte sich schließlich bereit, die Reise abzublasen. Sie versprach, statt dessen nach Easthampton zu fahren, dort entweder Freunde zu besuchen oder sich in einem Hotel einzuquartieren.

«Ob Sie allein oder in Gesellschaft sind, seien Sie jedenfalls vorsichtig», schärfte Murphy ihr ein. Nachdem er seinen Willen durchgesetzt hatte, quälte er sich ein Lächeln ab, das jedoch sofort erstarrte, und seine Augen blickten finster und zugleich besorgt. «Vergessen Sie eins nicht – ohne Ihre Aussage bleibt Ted Winters auf freiem Fuß.»

Trotz der drückenden Schwüle beschloß Elizabeth, zu Fuß nach Hause zu gehen. Sie kam sich vor wie ein Punchingball, den eine Serie von wohlgezielten Schlägen rastlos hin- und herfliegen ließ. Natürlich hatte der Staatsanwalt recht. Sie hätte Mins Einladung ablehnen sollen. Sie würde sich in Easthampton bei niemandem melden, sondern lieber in ein Hotel gehen und die nächsten paar Tage nur müßig am Strand liegen.

Leila hatte immer gewitzelt: «Auf die Couch zwecks Seelenmassage wirst du nie müssen, Spatz. Dich braucht man nur in einen Bikini zu stecken und ins Meer zu tauchen, und schon bist du wunschlos glücklich.» Das stimmte. Sie erinnerte sich, mit welcher Begeisterung sie Leila die Preise gezeigt hatte, die sie beim Wettschwimmen gewonnen hatte. Vor acht Jahren hatte sie für die Olympiamannschaft einen zweiten Platz belegt. Und in Cypress Point Spa hatte sie vier Sommer lang Kurse für Unterwasseraerobic geleitet.

Unterwegs besorgte sie etwas zu essen – nur das Nötigste, um sich abends einen Salat und morgens rasch ein Frühstück zu machen. Als sie die letzten beiden Häuserblocks passierte, dachte sie, wie fern doch alles gerückt war. Ihr ganzes Leben vor Leilas Tod erschien ihr wie die unscharfen, vergilbten Fotos im Familienalbum.

Auf dem Tisch in der Eßecke lag die Post, obenauf Sammys Brief. Wieder mußte Elizabeth beim Anblick der gestochenen Handschrift lächeln. Sie sah Sammy deutlich vor sich – die zerbrechliche Gestalt, die irgendwie an einen Vogel erinnerte; die klugen Augen, eulenhaft hinter der randlosen Brille; die spitzenbesetzten Blusen und die soliden Strickjacken. Vor zehn Jahren hatte sich Sammy auf Leilas Anzeige um die Stelle einer Halbtags-Sekretärin beworben und sich binnen einer Woche unentbehrlich gemacht. Nach Leilas Tod hatte Min sie als Empfangsdame und Sekretärin für das Kurzentrum engagiert.

Elizabeth beschloß, den Brief nach dem Abendessen zu lesen. In ein paar Minuten hatte sie einen leichten Kaftan übergezogen, den Salat angemacht und sich ein Glas eisgekühlten Chablis eingeschenkt. Okay, Sammy, jetzt können wir uns in Ruhe unterhalten, dachte sie, als sie den Brief öffnete.

Die erste Seite enthielt das Übliche.

Liebe Elizabeth

Ich hoffe, Sie sind gesund und einigermaßen zufrieden. Mir kommt es vor, als ob ich Leila von Tag zu Tag mehr vermisse, und ich kann nur erahnen, wie Ihnen zumute ist. Ich bin überzeugt, daß alles besser wird, sobald der Prozeß hinter Ihnen liegt.

Es hat mir gutgetan, für Min zu arbeiten, trotzdem denke ich, daß ich den Job bald aufgeben werde. Ich habe mich nie richtig von der Operation erholt.

Elizabeth drehte das Blatt um, las ein paar Zeilen auf der Rückseite; dann schnürte es ihr die Kehle zu, sie schob die Salatschüssel weg.

Sie wissen ja, daß ich Leilas Fanpost weiterhin beantwortet habe. Es bleiben immer noch drei große Säcke zu erledigen. Ich schreibe Ihnen, weil ich gerade auf einen sehr beunruhigenden anonymen Brief gestoßen bin. Er ist gemein und bösartig und gehört offenbar zu einer ganzen Serie. Diesen hier hatte Leila nicht geöffnet, aber die vorhergegangenen muß sie gesehen haben. Vielleicht wären die eine Erklärung dafür, warum sie in jenen letzten Wochen so völlig durcheinander war. Das Schreckliche daran ist, daß der Brief, den ich entdeckt habe, eindeutig von einem Menschen stammt, der sie gut kannte. Eigentlich wollte ich ihn diesem Brief beilegen, aber da ich nicht weiß, wer während Ihrer Abwesenheit Ihre Post für Sie aufbewahrt, wollte ich lieber vermeiden, daß ihn womöglich ein Unbefugter zu Gesicht bekommt. Rufen Sie mich an, sobald Sie wieder in New York sind?
Herzlichst Ihre
Sammy.

Je öfter Elizabeth diesen Brief las, desto mehr versetzte er sie in kaltes Grausen. Leila hatte also sehr beunruhigende, bösartige anonyme Briefe erhalten von einem Menschen, der sie genau kannte. Sammy, die nie zu Übertreibungen neigte, hielt es für denkbar, daß sich Leilas psychischer Zusammenbruch dadurch erklären ließ. In all diesen Monaten hatte Elizabeth in schlaflosen Nächten darüber nachgegrübelt, was Leila wohl zur Hysterie getrieben haben könnte. Gemeine anonyme Briefe, verfaßt von jemand, der sie gut kannte. Wer? Warum? Ob Sammy irgendeine dunkle Ahnung hatte?

Sie griff zum Telefon und wählte die Nummer des Büros in

Cypress Point Spa. Hoffentlich meldet sich Sammy, dachte sie. Doch am Apparat war Min. Sammy sei verreist, teilte sie Elizabeth mit. Zu Besuch bei einer Kusine, irgendwo in der Nähe von San Francisco. Sie käme Montagabend zurück. «Du siehst sie ja dann.» Mins Tonfall verriet Neugier. «Du klingst so aufgeregt, Elizabeth. Was gibt's denn so Dringendes mit Sammy zu reden?»

Das war der geeignete Augenblick, Min mitzuteilen, daß sie nicht käme. «Der Staatsanwalt...», wollte Elizabeth gerade anheben, als ihr Blick auf Sammys Brief fiel. Sie mußte sie unbedingt sehen, nichts konnte sie daran hindern. Es war der gleiche zwanghafte Impuls, der sie in jener verhängnisvollen Nacht zu Leilas Apartment jagen ließ. Also sagte sie statt dessen: «Das eilt überhaupt nicht, Min. Auf Wiedersehen bis morgen.»

Ehe sie zu Bett ging, schrieb sie ein paar Zeilen an William Murphy mit Adresse und Telefonnummer des Kurzentrums. Gleich darauf zerriß sie den Zettel. Wozu diese Warnung? Schließlich war sie keine Zeugin gegen die Mafia und wollte weiter nichts als alte Freunde besuchen – Menschen, denen sie Liebe und Vertrauen entgegenbrachte, Menschen, die sie liebten und sich Sorgen um sie machten. Sollte er doch ruhig denken, sie sei in Easthampton.

Seit Monaten wußte er, daß es unerläßlich war, Elizabeth zu töten. Tag und Nacht hatte ihn der Gedanke an die Gefahr, die sie darstellte, begleitet. Ursprünglich hatte er geplant, sie in New York aus dem Weg zu räumen.

Der Prozeß stand unmittelbar bevor, so daß sie zweifellos jene letzten Tage innerlich immer wieder durchlebte, Sekunde um Sekunde. Dabei würde ihr unausweichlich klar werden, was sie ja bereits wußte – und mit diesem Erkennntnisprozeß wäre sein Schicksal besiegelt.

Ihr Tod würde in Kalifornien weniger offiziellen Verdacht

erregen als in New York. Es gab verschiedene Möglichkeiten, sie in Cypress Point Spa zu beseitigen und das Ganze als Unfall zu tarnen. Er vergegenwärtigte sich ihre persönlichen Eigenheiten und Gewohnheiten, um den geeigneten Weg zu finden.

Ein Blick auf die Uhr. In New York war es jetzt Mitternacht. Träume süß, Elizabeth, dachte er.

Deine Zeit läuft ab.

Sonntag, 30. August 1987

Das Wort zum Tage:
Wo sind sie, die Liebe, Schönheit und Wahrheit, die wir suchen?

SHELLEY

Guten Morgen, lieber Gast!

Wir wünschen Ihnen viel Freude für den neuen Tag in Cypress Point Spa.

Wir können Ihnen die erfreuliche Mitteilung machen, daß zusätzlich zu Ihrem individuellen Tagesprogramm zwischen 10 und 16 Uhr in der Damenabteilung Spezialkurse über die Kunst des Make-up stattfinden. Wie wäre es, wenn Sie sich in Ihren Freistunden von Madame Renford aus Beverly Hills in die Geheimnisse der schönsten Frauen der Welt einweihen ließen?

Unser Gast in der Herrenabteilung ist heute der bekannte Bodybuilder Jack Richard, der sein Trainingsprogramm um 16 Uhr vorführen wird.

Das musikalische Programm nach dem Diner bietet etwas ganz Besonderes. Der Cellist Fione Navaralla, einer der erfolgreichsten jungen Künstler in England, spielt Stücke von Ludwig van Beethoven.

Wir hoffen, daß alle unsere Gäste einen angenehmen, erholsamen Tag verbringen. Denken Sie daran – um wirklich schön zu sein, müssen wir im Innern gleichbleibend heiter und gelassen sein und frei von beunruhigenden oder quälenden Gedanken.

Baron und Baronin von Schreiber

1

Mins langjähriger Chauffeur Jason wartete vor dem Flugsteig, seine silbergraue Uniform schimmerte hell in der sonnendurchfluteten Ankunftshalle. Die kleine, drahtige Statur verriet noch immer den einstigen Jockey. Ein Rennunfall hatte seine Karriere beendet. Als Min ihn engagierte, arbeitete er als Stallbursche. Elizabeth wußte, daß er Min bedingungslos ergeben war. Das gleiche traf auch auf das übrige Personal zu. Die Fältchen in seinem zerknitterten Gesicht vertieften sich, als er sie entdeckte und willkommen hieß. «Schön, daß Sie wieder da sind, Miss Lange.» Ob er sich wohl auch daran erinnerte, daß sie das letzte Mal zusammen mit Leila hergekommen war?

Sie beugte sich zu ihm und küßte ihn auf die Wange. «Würden Sie bitte mit der ‹Miss Lange›-Tour aufhören, Jason? Man könnte mich ja sonst glatt für einen zahlenden Gast oder so was halten.» Sie bemerkte die diskrete Karte mit dem Namen Alvirah Meehan in seiner Hand. «Sie holen noch jemand ab?»

«Nur eine Person. Eigentlich müßte sie längst draußen sein. Die Passagiere aus der ersten Klasse steigen meistens auch als erste aus.»

Wer spart schon am Flugpreis, wenn er sich mindestens dreitausend Dollar wöchentlich für den Aufenthalt in Cypress Point Spa leisten kann, dachte Elizabeth. Gemeinsam mit Jason musterte sie die von Bord gehenden Passagiere. Jason hielt mehreren vorbeikommenden eleganten Frauen die Karte entgegen, ohne Ergebnis. «Hoffentlich hat sie das Flugzeug nicht verpaßt», murmelte er, als noch eine Nachzüglerin auftauchte, eine massige Mittfünfzigerin mit breitem, scharfgeschnittenem Gesicht und sich lichtendem rötlichbraunen Haar. Sie trug ein grellrot bis rosa gemustertes und offensichtlich kostspieliges Baumwollkleid, das überhaupt nicht zu ihr paßte. An Taille und Oberschenkeln schlug es Falten, und der Saum rutschte über die Knie. Ein untrügliches Gefühl sagte Elizabeth, daß dies Mrs. Alvirah Meehan war.

Sie entdeckte ihren Namen auf der Karte und strebte mit strahlendem, erleichtertem Lächeln auf sie zu, ergriff Jasons Hand und schüttelte sie kräftig. «Da wäre ich also», verkündete sie. «Bin ich froh, euch zu sehen! Ich hatte solchen Bammel, es könnte irgendein Kuddelmuddel geben und keiner mich abholen.»

«Wir lassen nie einen Gast im Stich.»

Elizabeth konnte nur mit Mühe ernst bleiben bei Jasons entgeistertem Gesichtsausdruck. Mrs. Meehan entsprach offensichtlich nicht seiner Klischeevorstellung von einem Gast in Cypress Point Spa. «Könnte ich bitte Ihre Gepäckscheine haben, Ma'am?»

«Das ist aber nett. Ist für mich 'ne Tortur, nach 'ner langen Reise auch noch ums Gepäck anzustehn. Natürlich fahren Willy und ich meistens mit dem Greyhound-Bus, und da kriegt man ja die Koffer gleich, aber trotzdem ... Ich hab nicht viel Zeug dabei. Eigentlich wollt' ich ja groß einkaufen, aber da sagte meine Freundin May: ‹Wart lieber damit, Alvirah, und sieh dir erst mal an, was die Leute dort tragen. In diesen Luxusschuppen gibt's doch jede Menge Boutiquen ... Da zahlst du zwar Überpreise, aber kriegst wenigstens das Richtige für dein teures Geld.›» Sie reichte Jason das Ticket mit den angehefteten Gepäckabschnitten und wandte sich zu Elizabeth. «Ich bin Alvirah Meehan. Gehen Sie auch ins Kurzentrum? Sie sehen wahrhaftig nicht so aus, als ob Sie's nötig hätten, Kindchen!»

Eine Viertelstunde später verließen sie in der gepflegten Silbermetallic-Limousine das Flughafengelände. Alvirah lehnte sich, wohlig aufseufzend, in die brokatbezogenen Polster zurück. «Meine Güte, fühlt sich das aber toll an!»

Elizabeth betrachtete die Hände ihrer Nachbarin. Verarbeitete Hände mit verdickten Knöcheln und Schwielen. An den kurzen, stumpfen Fingernägeln hatte weder die offensichtlich teure Maniküre noch der glänzende Nagellack etwas verschönern können. Die Neugier, die sie gegenüber Alvirah Meehan empfand, brachte sie vorübergehend von den ständigen Gedanken an Leila ab. Diese Frau gefiel ihr instinktiv – sie hatte etwas bemerkenswert Offenes, Anziehendes an sich –, doch wer war sie? Wie kam sie ausgerechnet nach Cypress Point?

«Ich kann mich immer noch nicht dran gewöhnen», plauderte Alvirah munter weiter. «Ich denk mir, im nächsten Augenblick sitz ich wieder in meinem Wohnzimmer und nehme ein Fußbad. Jede Woche in fünf verschiedenen Häusern putzen, das ist kein Honigschlecken, kann ich Ihnen flüstern. Und der Job am Freitag war einfach das Letzte – sechs Gören und lauter Nieten, aber am schlimmsten war die Mutter. Und dann wurden bei der Lotterie die Nummern gezogen, und wir hatten alle. Willy und ich, wir konnten es gar nicht fassen. Nein ... ‹Willy›, hab ich zu ihm gesagt, ‹jetzt sind wir reich.› Und er hat gebrüllt: ‹Und ob wir reich sind!› Sie müssen das doch im vergangenen Monat gelesen haben? Vierzig Millionen Dollar, und eben haben wir noch jeden Cent zweimal umgedreht.»

«Sie haben vierzig Millionen Dollar in der Lotterie gewonnen?»

«Wundert mich, daß Sie's nicht gelesen haben. Wir haben den größten Lotteriegewinn gemacht, den's im Staat New York je gegeben hat. Na, wie finden Sie das?»

«Ich finde das großartig», sagte Elizabeth ernst.

«Tja, und was ich als erstes tun wollte, das wußte ich haargenau, nämlich nach Cypress Point Spa gehen. Seit zehn Jahren hab ich dauernd davon gelesen und mir immer ausgemalt, wie's sein müßte, wenn ich 'ne Zeitlang dort sein und mit all den berühmten Leuten zusammentreffen könnte.

Normalerweise muß man ja Monate vorher reservieren, aber ich hab's einfach so geschafft!» Sie schnippte mit den Fingern.

Weil Min zweifellos erkannt hat, wie werbewirksam es ist, wenn Alvirah Meehan aller Welt von ihrem Wunschtraum erzählt, einmal im Leben nach Cypress Point zu kommen, dachte Elizabeth. Min ließ sich nie eine Gelegenheit entgehen.

Sie waren auf der Küstenstraße angelangt. «Das soll doch angeblich so 'ne herrliche Strecke sein», sagte Alvirah. «Na, mich reißt's nicht vom Stuhl.»

«Ein bißchen weiter wird's atemberaubend», murmelte Elizabeth.

Alvirah Meehan richtete sich auf, wandte sich Elizabeth zu und musterte sie prüfend. «Bei meinem dauernden Gequatsche hab ich doch glatt Ihren Namen überhört.»

«Elizabeth Lange.»

Die braunen Augen, die bereits durch die dicken Brillengläser vergrößert wurden, weiteten sich noch mehr. «Ich weiß, wer Sie sind – die Schwester von Leila LaSalle. Sie war meine Lieblingsschauspielerin. Ich bin genau im Bilde über Leila und Sie. Wie Sie beide nach New York gekommen sind, als Sie noch ein kleines Mädchen waren, das ist eine so schöne, rührende Geschichte. Zwei Abende vor ihrem Tod hab ich noch 'ne öffentliche Probe ihres letzten Stücks gesehen. Ach, das tut mir leid – ich wollte Sie wirklich nicht aufregen ...»

«Schon gut, ich hab bloß schreckliche Kopfschmerzen. Vielleicht wird's besser, wenn ich mich ein bißchen ausruhe ...»

Elizabeth drehte den Kopf zum Fenster und strich sich über die Augen. Um Leila zu verstehen, mußte man diese Kindheit erlebt haben, diese Fahrt nach New York, die Angst und die Enttäuschungen ... Und man mußte wissen, daß es alles andere als eine schöne, rührende Geschichte war, auch wenn es sich in der Zeitschrift *People* noch so gut las ...

Die Busfahrt von Lexington nach New York dauerte vierzehn Stunden. Elizabeth hatte sich auf ihrem Sitz zusammengerollt und schlief, den Kopf in Leilas Schoß. Sie war ein bißchen verängstigt und traurig bei dem Gedanken an Mama, die bei ihrer Rückkehr das Haus leer vorfinden würde. Doch sie wußte auch, daß Matt sagen würde: «Trink erst mal 'nen Schluck, Schatz.» Dann würde er Mama ins Schlafzimmer ziehen, und bald darauf würden die beiden lachen und kreischen und die Sprungfedern ächzen und quietschen.

Leila erklärte ihr, welche Bundesstaaten sie durchquerten: Maryland, Delaware, New Jersey. Dann gab es anstelle der Felder nur noch häßliche Kesselbehälter, und die Straße wurde immer belebter. Beim Lincoln Tunnel mußte der Bus ständig bremsen und dann wieder anfahren. Elizabeth wurde irgendwie flau im Magen. «Lieber Himmel, Spatz, du darfst dich jetzt nicht übergeben, es sind ja nur noch ein paar Minuten.»

Sie konnte es kaum abwarten, aus dem Bus herauszukommen. Endlich wollte sie wieder kühle, klare Luft atmen. Aber die war schwer und drückend und so heiß – sogar noch heißer als daheim. Bevor Elizabeth gereizt und müde ihr Klagelied anstimmen konnte, merkte sie, wie erschöpft Leila aussah.

Sie hatten gerade den Busbahnhof verlassen, als ein Mann auf Leila zukam. Er war mager, hatte dunkles, lockiges Haar und ein ziemliche Stirnglatze, lange Koteletten und kleine braune Augen, die zu schielen anfingen, wenn er lächelte. «Ich bin Lon Pedsell», stellte er sich vor. «Sind Sie das Fotomodell, das die Agentur Arbitron aus Maryland schickt?»

Natürlich war Leila nicht dieses Fotomodell, aber Elizabeth merkte, daß sie die Fragen nicht rundweg verneinen wollte. «In dem Bus war sonst keine in meinem Alter», antwortete sie ausweichend.

«Und Sie sehen ganz nach einem Fotomodell aus.»

«Ich bin Schauspielerin.»

Der Mann strahlte, als habe Leila ihm ein Geschenk gemacht. «Das ist eine Chance für mich und hoffentlich auch für Sie. Wenn Sie als Fotomodell arbeiten wollen, wären Sie goldrichtig. Es bringt hundert Dollar für eine Sitzung.»

Leila stellte die Koffer ab und drückte Elizabeths Schulter. Das hieß bei ihr: «Überlaß das Reden mir.»

«Ich sehe schon, Sie sind einverstanden», sagte Lon Pedsell. «Gehen wir. Draußen steht mein Wagen.»

Beim Anblick seines Ateliers war Elizabeth perplex. Wenn Leila von New York sprach, hatte sie sich immer die herrlichsten Arbeitsplätze für sie ausgemalt. Doch Lon Pedsell brachte sie in eine schmutzige Straße, ungefähr sechs Häuserblocks vom Busbahnhof entfernt. Auf den Vorplätzen hockten Scharen von Menschen, und das Trottoir war mit Abfällen übersät. «Ich muß mich entschuldigen für meine derzeitige Behausung. Es handelt sich um eine Notlösung», erklärte er. «Ich mußte meine bisherige Wohnung am anderen Ende der Stadt aufgeben, und die neue wird gerade eingerichtet.»

Das Apartment, in das er sie führte, lag im vierten Stock und war genauso unordentlich wie Mamas Haus. Lon hatte darauf bestanden, die beiden großen Koffer zu schleppen, und keuchte schwer. «Wie wär's, wenn ich Ihrer kleinen Schwester ein Coke hole und sie solange vor den Fernseher setze, während Sie Modell stehen?» wandte er sich an Leila.

Elizabeth merkte, daß Leila nicht recht wußte, was sie tun sollte. «Um was für Fotos geht's hier eigentlich?» erkundigte sie sich.

«Um eine neue Kollektion von Badeanzügen. Genaugenommen mache ich die Probeaufnahmen für die Agentur. Das Mädchen, das die dort aussuchen, posiert dann für die gesamte Anzeigenserie. Sie haben wirklich Dusel, daß Sie mir heute über den Weg gelaufen sind. Ich ahne so was, als ob Sie genau der Typ sind, der denen vorschwebt.»

Er führte sie in die Küche, einen winzigen, schmuddeligen Raum. Auf einem Sims über dem Ausguß stand ein kleiner Fernseher. Er goß Elizabeth ein Coke ein und Wein für sich und Leila. «Ich nehme auch ein Coke», erklärte Leila.

«Bedienen Sie sich.» Er schaltete den Fernseher ein. «Ich mache jetzt die Tür zu, Elizabeth, damit ich mich konzentrieren kann. Du bleibst hübsch hier und vertreibst dir die Zeit.»

Elizabeth schaute sich drei Programme an. Gelegentlich hörte sie Leilas laute Stimme von nebenan: «Dagegen hab ich was», doch das hörte sich nicht verängstigt an, sondern eher irgendwie bekümmmert. Nach einer Weile erschien sie wieder. «Ich bin fertig, Spatz. Nimm deine Sachen.» Dann wandte sie sich an Lon: «Wissen Sie, wo wir ein möbliertes Zimmer kriegen können?»

«Wollen Sie hier übernachten?»

«Nein. Geben Sie mir nur die hundert Dollar.»

«Sobald Sie diese Quittung unterschrieben haben ...»

Während sie unterzeichnete, lächelte er Elizabeth zu. «Du kannst stolz auf deine große Schwester sein. Sie ist auf dem besten Wege, ein Topmodell zu werden.»

Leila reichte ihm das Papier. «Geben Sie mir die hundert Dollar.»

«Oh, die bekommen Sie von der Agentur. Hier haben Sie die Karte. Gehen Sie vormittags dort vorbei, die stellen Ihnen dann den Scheck aus.»

«Aber Sie haben doch gesagt ...»

«Sie müssen unbedingt lernen, Leila, wie der Laden läuft. Die Bezahlung der Modelle ist nicht Sache der Fotografen, sondern der Agentur. Die erledigt das, sobald ihr die Quittung vorliegt.»

Er machte keinerlei Anstalten, ihnen beim Hinuntertragen der Koffer zu helfen.

Nach einem Hamburger und einem Milchmixgetränk in

einem Restaurant wurde ihnen beiden wohler. Leila hatte einen Stadtplan von New York und eine Zeitung gekauft. Sie begann den Immobilienteil zu studieren. «Die Wohnung hier wär's ungefähr: ‹Penthaus; vierzehn Räume, einmaliger Blick, Panoramaterrasse.› Eines Tages haben wir so was, Spatz, das verspreche ich dir.»

Sie entdeckten eine Anzeige, in der Mitmieter gesucht wurden. Leila konsultierte den Stadtplan. «Gar nicht übel», meinte sie. «Ninety-fifth Street und West End Avenue, das ist nicht allzu weit, und wir haben Busverbindung.»

Die Wohnung erwies sich als annehmbar, doch das freundliche Lächeln der Frau erlosch schlagartig, als sie hörte, daß Elizabeth dazugehörte. «Kinder nehm ich nicht», erklärte sie rundheraus.

Es war überall das gleiche Lied. Schließlich, um 7 Uhr, fragte Leila einen Taxichauffeur, ob er irgendeine billige, aber ordentliche Unterkunft kenne, wo man auch Elizabeth aufnehmen würde. Er empfahl ihr eine Pension in Greenwich Village.

Am nächsten Morgen gingen sie zu der Fotomodell-Agentur in der Madison Avenue, um Leilas Honorar zu kassieren. Die Tür war verschlossen, und auf einem Schild stand: «Infomaterial bitte in den Briefkasten werfen.» Im Briefkasten steckte bereits ein halbes Dutzend kartonierter Umschläge. Leila drückte auf die Klingel. Durch die Sprechanlage ertönte eine Stimme: «Haben Sie einen Termin?»

«Wir wollen mein Geld holen.»

Daraufhin entwickelte sich ein Wortwechsel zwischen Leila und der Frauenstimme, die schließlich schrie: «Scheren Sie sich weg!» Leila drückte wiederum auf die Klingel und ließ den Knopf nicht los, bis jemand die Tür aufriß. Elizabeth schreckte zurück. Die Frau trug das dichte schwarze Haar zu Zöpfen geflochten und hochgesteckt. Die kohlschwarzen Augen und das ganze Gesicht verrieten rasende Wut. Sie war nicht mehr jung, aber bildschön. Ihr weißseidener Hausanzug brachte Elizabeth zum Bewußtsein, daß sie verblichene blaue Shorts trug und daß rund um die Taschen ihres Polohemdes die Farbe ausgelaufen war. Wie hübsch Leila aussieht, hatte sie noch beim Weggehen gedacht, aber jetzt, neben dieser Frau, wirkte sie aufgedonnert und schäbig.

«Hören Sie zu», sagte die Frau, «wenn Sie Ihr Foto dalassen wollen, können Sie das tun. Aber wenn Sie noch einmal versuchen, hier einzudringen, laß ich Sie verhaften.»

Leila hielt ihr die Quittung hin. «Sie schulden mir hundert Dollar, und ohne die geh ich nicht.»

Die Frau nahm den Zettel, las ihn und bekam einen solchen Lachanfall, daß sie sich gegen die Tür lehnen mußte. «Sie sind doch wirklich eine dumme Gans. Diese Gauner legen euch Provinztrottel alle mit so 'nem Wisch rein. Wo hat er Sie denn aufgegabelt? Im Busbahnhof? Sind Sie auch noch mit ihm im Bett gelandet?»

«Nein, bin ich nicht.» Leila schnappte sich das Papier, zerriß es und zertrat die Schnipsel mit dem Absatz. «Komm, Spatz. Der Kerl hat mich zum Narren gehalten, aber deshalb müssen wir uns noch lange nicht von dem Weibsbild auslachen lassen.»

Elizabeth merkte, daß Leila außer sich und den Tränen nahe war, und wollte verhindern, daß die Frau das mitbekam. Sie schüttelte Leilas Arm von der Schulter und pflanzte sich vor der Frau auf. «Ich finde Sie gemein», erklärte sie. «Der Mann war nett und freundlich, und wenn er meine Schwester umsonst arbeiten ließ, müßte Ihnen das leid tun, statt sich über uns lustig zu machen.» Sie wirbelte herum und zog Leila an den Händen fort. «Los, wir gehen.»

Sie marschierten zum Fahrstuhl, und die Frau rief ihnen nach: «Kommt zurück, ihr zwei.» Sie überhörten das. Dann schrie sie: «Ihr sollt zurückkommen, hab ich gesagt!»

Zwei Minuten später saßen sie in ihrem Privatbüro. «Aus Ihnen kann man was machen», wandte sich die Frau an Leila. «Aber diese Klamotten... Sie haben keinen Schimmer von Make-up; Sie brauchen einen flotten Haarschnitt – und eine Serie von guten Fotos. Haben Sie für den Halunken nackt posiert?»

«Ja.»

«Auch das noch. Wenn Sie irgendwas taugen, bringe ich Sie in einer Werbesendung für Ivory-Seife unter, und gleichzeitig wird Ihr Bild in einer einschlägigen Zeitschrift erscheinen. Filme von Ihnen hat er doch nicht gedreht, oder?»

«Nein, ich glaub's wenigstens nicht.»

«Immerhin etwas. Von jetzt ab manage ich Sie und buche Ihre Termine.»

Betäubt verabschiedeten sie sich. Leila hatte für den nächsten Tag mehrere Termine in einem Schönheitssalon. Danach war sie mit der Frau von der Agentur beim Fotografen verabredet.

«Nennen Sie mich Min», hatte die Frau gesagt. «Und machen Sie sich keine Gedanken wegen der Kleider. Ich bringe alles mit, was Sie brauchen.»

Elizabeth war so glücklich, daß sie wie auf Wolken schwebte, Leila dagegen blieb auffallend still. Sie gingen die Madison Avenue hinunter. Gutangezogene Menschen hasteten vorüber; die Sonne schien hell; fast an jeder Ecke gab es Stände, an denen Hot dogs oder Salzbrezeln feilgeboten wurden; Autos und Busse hupten sich gegenseitig an; die meisten Fußgänger schlängelten sich durch das Verkehrsgewühl, ohne sich um die roten Ampeln zu kümmern. Elizabeth fühlte sich glücklich und zu Hause. «Mir gefällt's hier», erklärte sie.

«Mir auch, Spatz. Und du hast mir den Tag gerettet. Ich weiß wahrhaftig nicht, wer von uns auf wen aufpaßt. Und Min ist ein prima Kerl. Aber eins haben sie mir endgültig beigebracht,

Spatz – mein Widerling von Vater, das Pack, mit dem sich Mama eingelassen hat, oder dieser Lump gestern: Nie wieder trau ich einem Mann über den Weg.»

2

Elizabeth schlug die Augen auf. Der Wagen glitt geräuschlos am Pebble Beach Goldin Club vorbei über die mit Bäumen gesäumte Straße, von der man hinter Hecken aus Bougainvillea und Azaleen die Landhäuser sehen konnte. Er drosselte das Tempo, als er eine Kurve nahm und der Baum, dem Cypress Point Spa seinen Namen verdankte, ins Blickfeld kam.

Schlaftrunken strich sie sich das Haar aus der Stirn und sah sich um. Neben ihr lächelte Alvirah Meehan verklärt. «Sie müssen fix und fertig sein, Kindchen», sagte sie. «Sie haben praktisch die ganze Strecke verschlafen.» Sie schaute hinaus und schüttelte den Kopf. «Ist das 'ne Wucht!» Der Wagen fuhr durch den prachtvollen schmiedeeisernen Toreingang zum Hauptgebäude hinauf, einer weiträumigen, dreistöckigen elfenbeinfarben verputzten Villa mit hellblauen Fensterläden. Mehrere Schwimmbecken waren über das Gelände verteilt, jeweils in Reichweite der verschiedenen Bungalow-Gruppen. Am Nordende des Grundstücks befand sich eine Terrasse, davor ein fünfzig Meter langes Schwimmbecken, das an beiden Seiten von Tischen mit Sonnenschirmen flankiert wurde. Dahinter erhoben sich zweistöckige, lavendelfarben gestrichene Zwillingsbauten. «Das sind die Kurzentren für Männer und Frauen», erklärte Elizabeth.

Die rechts vom Hauptgebäude gelegene Klinik war dessen verkleinertes Ebenbild. Eine Reihe von mit hohen, blühenden Hecken gesäumten Wegen führte zu verschiedenen Eingängen, durch die man in die Behandlungsräume gelangte. Diese waren jeweils so weit voneinander entfernt, daß die Gäste nicht zusammentrafen.

Als die Auffahrt eine Biegung machte, beugte sich Elizabeth schwer atmend vor. Zwischen Haupthaus und Klinik war ein gutes Stück weiter hinten ein riesiger Neubau zu sehen, dessen durch wuchtige Säulen akzentuierte schwarze Marmorfassade an einen drohend aufragenden Vulkan erinnerte, der jeden Augenblick ausbrechen konnte. Oder an ein Mausoleum, dachte Elizabeth.

«Was ist denn das?» erkundigte sich Alvirah Meehan.

«Die Kopie eines römischen Bades. Als ich vor zwei Jahren hier war, wurde gerade der Grund ausgehoben. Ist es schon eröffnet, Jason?»

«Noch nicht fertig, Miss Lange. Die bauen endlos weiter.»

Leila hatte sich unverhohlen lustig gemacht über dieses Projekt. «Wieder so eins von Helmuts bombastischen Hirngespinsten, um Min ihr Geld abzuknöpfen», lautete ihr Kommentar. «Der ist doch erst glücklich, wenn Mins Bankrott amtlich besiegelt wird.»

Der Wagen hielt vor der Treppe des Haupthauses. Jason war mit einem Satz draußen und riß die Tür auf. Alvirah Meehan zwängte sich wieder in ihre Schuhe und wuchtete sich aus den Polstern. «Vom Fußboden kommt man auch nicht schwerer hoch», meinte sie. «Sehen Sie mal, da ist ja Mrs. von Schreiber. Ich kenn sie von Fotos. Soll ich sie mit Baronin anreden?»

Elizabeth antwortete nicht. Sie streckte die Arme aus, als Min rasch, aber dennoch würdevoll die Verandastufen hinabkam. Leila hatte diese unnachahmliche Bewegungstechnik immer mit der *Queen Elizabeth* verglichen, wenn sie majestätisch in den Hafen einfährt. Min trug ein schlichtes bedrucktes Baumwollkleid, dem man erst auf den zweiten Blick ansah, daß es sich um ein Modell von Adolfo handelte. Das üppige dunkle Haar war zu einem Knoten hochgedreht. Sie schloß Elizabeth in die Arme und drückte sie stürmisch an sich. «Du bist viel zu mager», zischelte sie. «Im Badeanzug siehst du bestimmt wie ein Klappergestell aus.» Nach einer weiteren ungestümen Umarmung wandte Min ihre Aufmerksamkeit Alvirah zu. «Mrs. Meehan, die glücklichste Frau der Welt. Wie schön, Sie hierzuhaben.» Sie musterte Alvirah von Kopf bis Fuß. «In zwei Wochen wird jeder denken, daß Sie schon als Baby vierzig Millionen schwer waren.»

Alvirah Meehan strahlte. «Genauso fühle ich mich jetzt.»

«Du gehst nach oben ins Büro, Elizabeth. Helmut erwartet dich dort. Ich bringe Mrs. Meehan zu ihrem Bungalow und komme dann zu euch.»

Gehorsam betrat Elizabeth das Hauptgebäude, durchquerte die Halle mit dem kühlen Marmorfußboden, vorbei am Salon, dem Musikzimmer, den Speisesälen, und stieg die geschwungene Treppe hinauf, die zu den Privaträumen führte. Min und ihr Mann residierten in einem Bürotrakt, von dem aus man die Front sowie beide Seiten des Grundstücks überblickte. Von hier aus konnte Min jede Bewegung der Gäste und des Personals beobachten und alles unter Kontrolle halten. Beim Dinner regnete es dann Ermahnungen: «Als ich Sie lesend im Garten sah, hätten Sie eigentlich im Aerobic-Kurs sein sollen.» Auch Angestellte, die einen Gast warten ließen, erwischte sie mit unfehlbarer Sicherheit.

Elizabeth klopfte leise an die Tür zum privaten Bürotrakt. Als keine Antwort kam, öffnete sie. Auch diese Räume waren, wie alle anderen in Cypress Point Spa, erlesen möbliert. An der Wand über der perlgrauen Couch hing ein abstraktes Aquarell von Will Moses. Auf den dunklen Fliesen schimmerte ein Aubussonteppich. Der Schreibtisch im Empfang, ein echter Louis-quinze, war verwaist, was Elizabeth mit tiefer Enttäuschung erfüllte, bis sie sich erinnerte, daß Sammy ja am folgenden Abend zurückkommen sollte.

Zögernd näherte sie sich der halboffenen Tür zu dem gemeinsamen Büro der Schreibers, hielt dann wie vom Donner gerührt inne. Helmut von Schreiber stand an der gegenüberliegenden Wand, an der Bilder von Mins berühmtesten Gästen hingen. Elizabeths Augen folgten ihm, und sie biß sich auf die Lippen, um nicht laut aufzuschreien.

Es war eine Porträtstudie von Leila, die er so eingehend und mit hartem Gesichtsausdruck betrachtete, die Aufnahme, die bei ihrem letzten Aufenthalt hier gemacht worden war. Unverkennbar – das kräftige Grün ihres Kleides, das leuchtend rote Haar, das ihr Gesicht umrahmte, die Geste, mit der sie ein Champagnerglas hob, als wolle sie einen Toast ausbringen.

Er sollte nicht merken, daß er beobachtet wurde. Deshalb kehrte Elizabeth schleunigst ins Vorzimmer zurück, öffnete und schloß nachhaltig die Tür und rief dann: «Niemand da?»

Unmittelbar darauf kam er herbeigeeilt. Eine frappierende Veränderung hatte sich vollzogen: Das war wieder ganz der charmante, verbindliche Europäer, wie sie ihn von jeher kannte, mit dem warmen, herzlichen Lächeln, dem Kuß auf beide Wangen, dem dezenten, halblauten Kompliment: «Du wirst von Tag zu Tag schöner, Elizabeth. So jung, so makellos, so rank und schlank.»

«Lang und dünn, meinst du wohl.» Elizabeth trat einen Schritt zurück. «Laß dich anschauen, Helmut.» Sie musterte ihn prüfend, ohne die geringste Spur von Anspannung in den babyblauen Augen zu entdecken. Sein Lächeln wirkte gelöst und völlig natürlich, ließ die gleichmäßigen weißen Zähne aufblitzen. Wie hatte Leila ihn beschrieben? *Ich kann mir nicht helfen, Spatz, der Knabe erinnert mich immer an einen Spielzeugsoldaten. Was meinst du, ob Min ihn morgens aufzieht? Seine Ahnengalerie ist ja vielleicht ganz eindrucksvoll, aber ich gehe jede Wette ein, daß bei ihm die Kohlen nie gestimmt haben, bis er dann bei Min fündig wurde.*

Elizabeth hatte widersprochen: «Er ist immerhin Facharzt

für plastische Chirurgie und versteht mit Sicherheit eine Menge von Kurbehandlungen. Cypress Point hat einen hervorragenden Ruf.»

«Kann ja sein», hatte Leila entgegnet, «aber der Unterhalt verschlingt Unsummen. Ich würde meinen letzten Dollar darauf wetten, daß nicht mal diese Wucherpreise die laufenden Unkosten decken. Ich sollte mich ja mit so was auskennen, Spatz. Schließlich war ich bisher mit zwei Schnorrern verheiratet, stimmt's? Sicher behandelt er Min wie eine Königin, aber er bettet eben auch sein getöntes Haupthaar jeden Abend auf Kissenbezüge zu zweihundert Dollar. Und dann hat Min außer den Aufwendungen für Cypress Point noch eine schöne Stange Geld in sein verfallenes Schloß in Österreich gesteckt.»

Wie alle anderen hatte auch Helmut von Leilas Tod erschüttert gewirkt, doch jetzt fragte sich Elizabeth, ob das nicht bloß Theater gewesen war.

«Na, so sag schon. Ist alles in Ordnung mit mir? Du kommst mir irgendwie besorgt vor. Womöglich hast du ein paar Fältchen entdeckt?» Er lachte gedämpft.

Sie brachte ein Lächeln zustande. «Du siehst glänzend aus, finde ich. Vielleicht hast du mir bloß angemerkt, mit welchem Schrecken ich festgestellt habe, wieviel Zeit seit unserem letzten Zusammensein vergangen ist.»

«Komm.» Er nahm sie bei der Hand und führte sie zu der Gruppe von Art-deco-Korbmöbeln an der Fensterfront. Er schnitt ein Gesicht, als er sich niederließ. «Ich bemühe mich unentwegt, Min beizubringen, daß diese Dinge zum Anschauen, nicht zum Gebrauch gedacht sind. Und nun berichte, wie's dir ergangen ist.»

«Viel Arbeit. Natürlich will ich's ja so haben.»

«Warum bist du inzwischen nicht mal hiergewesen?»

Weil ich wußte, daß ich hier Leila überall vor mir sehen würde. «Ich habe Min vor drei Monaten in Venedig getroffen.»

«Und außerdem enthält Cypress Point zu viele Erinnerungen für dich, oder?»

«Das stimmt. Aber ihr habt mir beide gefehlt. Und ich freue mich auf das Wiedersehen mit Sammy. Wie geht es ihr deiner Meinung nach?»

«Du kennst doch Sammy. Sie klagt nie. Ich würde allerdings eher vermuten – nicht gut. Ich glaube nicht, daß sie sich jemals richtig erholt hat, weder von der Operation noch von dem Schock durch Leilas Tod. Und dann ist sie inzwischen über siebzig. Physiologisch noch kein hohes Alter, aber . . .»

Die Außentür wure energisch geschlossen, und Mins Stimme ertönte aus dem Vorzimmer: «Wart's nur ab, bis du die Lotteriegewinnerin besichtigt hast, Helmut. Da hast du mehr als genug zu tun. Wir müssen unbedingt Interviews für sie arrangieren. Wenn sie loslegt, hört sich's an, als wär's hier wie im siebenten Himmel.»

Sie eilte auf Elizabeth zu und umarmte sie stürmisch. «Wenn du wüßtest, wie viele Nächte ich wachgelegen und mir Sorgen um dich gemacht habe! Wie lange kannst du bleiben?»

«Nicht sehr lang. Nur bis Donnerstag.»

«Das sind ja bloß fünf Tage!»

«Ich weiß, aber der Staatsanwalt will am Freitag noch mal meine Aussage durchgehen.» Elizabeth empfand es wohltuend, daß Mins Arme sie so fest und liebevoll umfingen.

«Was müssen die denn durchgehen?»

«Die Fragen, die sie mir bei der Verhandlung stellen werden. Die Fragen, die mir Teds Anwalt stellen wird. Ich dachte, es würde genügen, einfach die Wahrheit zu sagen, aber anscheinend will die Verteidigung zu beweisen versuchen, daß ich mich mit dem Zeitpunkt des Anrufs irre.»

«Meinst du, daß du dich da irren könntest?» Mins Lippen streiften ihr Ohr, die Stimme hörte sich an, als flüstere sie von der Bühne ins Publikum. Verwirrt löste sich Elizabeth aus der Umarmung und sah, wie Helmut warnend die Stirn runzelte.

«Min, glaubst du, wenn ich nur den leisesten Zweifel hätte...»

«Schon gut», sagte Min eilfertig. «Wir sollten jetzt nicht davon sprechen. Du kannst also fünf Tage bleiben, um dich auszuruhen und verwöhnen zu lassen. Ich habe das Programm für dich persönlich zusammengestellt. Du fängst gleich am Nachmittag an mit einer kosmetischen Behandlung und anschließender Massage.»

Elizabeth verabschiedete sich nach ein paar Minuten. Schräge Sonnenstrahlen tanzten über die Blumenbeete neben dem Weg zu ihrem Bungalow. Beim Anblick der wilden Malven, der Heckenrosen, der blühenden Johannisbeersträucher überkam sie irgendwo im Unterbewußtsein ein Gefühl der Ruhe. Doch es vermochte nicht darüber hinwegzutäuschen, daß sich hinter der herzlichen Begrüßung und der scheinbaren Besorgnis von Min und Helmut etwas ganz anderes verbarg.

Die beiden waren aufgebracht, beunruhigt und feindselig. Und diese Feindseligkeit richtete sich gegen *sie*.

3

Syd Melnick fand die Fahrt von Beverly Hills nach Pebble Beach unerfreulich. Während der ganzen vier Stunden saß Cheryl Manning wortkarg und versteinert neben ihm. Die ersten drei Stunden hatte sie ihm nicht erlaubt, das Wagendach zurückzuklappen. Sie befürchtete, Gesichtshaut und Haar könnten im Fahrtwind zu sehr austrocknen. Kurz vor Carmel ließ sie ihn dann gewähren, denn sie legte Wert darauf, bei der Fahrt durch die Stadt erkannt zu werden.

Hin und wieder musterte Syd sie verstohlen. Keine Frage,

sie sah wirklich gut aus. Die blauschwarzen Haarmassen, die ihr Gesicht umwogten, wirkten aufregend sexy. Sie war sechsunddreißig; früher ein eher jungenhafter Typ, hatte sie jetzt die starke erotische Ausstrahlung der erfahrenen Frau, was ihr sehr zum Vorteil gereichte. «Denver» und «Dallas» hatten sich mittlerweile verbraucht und ihre Anziehungskraft für die Zuschauer verloren. Ein eindeutiger Trend zeichnete sich ab, mit den amourösen Eskapaden von Frauen in den Fünfzigern Schluß zu machen. Und in der Amanda hatte Cheryl endlich die Rolle gefunden, die sie zum Superstar hochkatapultieren konnte.

Wenn das klappte, würde auch Syd wieder zum Topagenten werden. Ein Schriftsteller war so gut wie sein letztes Buch. Der Marktwert eines Schauspielers richtete sich nach seinem letzten Film. Ein Agent brauchte Millionenabschlüsse, um zur ersten Garnitur zu zählen. Das Ziel, wieder zur Legende, zum zweiten Swifty Lazar zu werden, lag greifbar nahe. Und diesmal würde er das Geld nicht in Spielkasinos verpulvern oder auf der Rennbahn lassen, das schwor er sich.

In ein paar Tagen würde er erfahren, ob Cheryl die Rolle bekam. Umittelbar vor der Abfahrt hatte er auf ihr Drängen Bob Koenig zu Hause angerufen. Vor fünfundzwanzig Jahren hatten sie sich in Hollywood kennengelernt und angefreundet – Bob, frisch vom College, und Syd, Laufbursche im Studio. Heute war Bob Präsident von World Films. Scharfgeschnittenes Gesicht, breite Schultern, verkörperte er auch äußerlich haargenau den Studioboss des neuen Typs. Syd dagegen wußte, daß er dem Rollenklischee «Brooklyn» entsprach – mit seinem langen, etwas traurigen Gesicht, dem sich lichtenden Kraushaar und dem Ansatz zum Bauch, gegen den auch hartes Training nicht ankam. Ein weiterer Grund, Bob Koenig zu beneiden.

Heute hatte Bob sich seine Gereiztheit anmerken lassen. «Ruf mich nicht sonntags zu Hause an, um wieder übers

Geschäft zu reden! Cheryls Probeaufnahmen waren verdammt gut. Wir begutachten auch noch andere Mädchen. Du hörst von uns in den nächsten paar Tagen, so oder so. Und ich will dir noch was verraten. Sie im vorigen Jahr, als Leila LaSalle starb, in dem Stück auftreten zu lassen, war ein schwerer Mißgriff und macht uns die Entscheidung für sie so problematisch. Mich sonntags zu Hause anzurufen, ist auch ein schwerer Mißgriff.»

Bei der Erinnerung an das Gespräch bekam Syd feuchte Hände. Ohne Blick für die Landschaft grübelte er darüber nach, daß er einen Fehler begangen und eine Freundschaft mißbraucht hatte. Wenn er in Zukunft nicht besser aufpaßte, würde er keinen seiner Bekannten mehr telefonisch erreichen, sondern mit der Ausrede abgespeist werden, der Betreffende sei gerade «in einer Konferenz».

Und Bob hatte recht. Es war ein unverzeihlicher Fehler von ihm gewesen, daß er Cheryl überredet hatte, nach nur ein paar Proben kurzfristig in dem Stück einzuspringen. Die Kritiker hatten sie in der Luft zerrissen.

Cheryl hatte neben ihm gestanden, als er Bob anrief, und mitgehört, daß sie eben wegen jenes Stückes die Rolle vielleicht nicht bekommen würde. Und das löste natürlich eine Explosion aus. Nicht die erste und auch nicht die letzte.

Dieses verfluchte Stück! Er war so überzeugt davon gewesen, daß er nicht nachließ, bis er eine Million Dollar, teils geschnorrt, teils gepumpt, zusammenhatte, um sie in die Aufführung zu investieren! Es hätte ein Bombenerfolg werden können. Und dann hatte Leila angefangen zu trinken und es so zu drehen versucht, als sei das Stück daran schuld...

Syd geriet in Rage, seine Kehle war wie ausgedörrt. Was hatte er nicht alles für dieses Miststück getan, und dann feuerte sie ihn im vollbesetzten *Elaine*, schrie ihm ihre Beleidigungen vor der versammelten Branche ins Gesicht! Und dabei wußte sie, wieviel Geld er in dieses Stück gesteckt hatte!

Sie durchquerten Carmel; Touristenmassen auf den Straßen; strahlender Sonnenschein; alles so gelöst und heiter. Er nahm den längeren Weg und schlängelte sich durch die verkehrsreichsten Straßen. Dabei konnte er die Bemerkungen der Leute aufschnappen, als sie Cheryl erkannten. Jetzt lächelte sie natürlich, versprühte Charme und Liebreiz. Sie brauchte Publikum wie andere die Luft zum Atmen.

Sie gelangten zum Schlagbaum von Pebble Beach. Er bezahlte die Straßenbenutzungsgebühr. Sie passierten den Pebble Beach Club, Crocker Woodland, den Toreingang von Cypress Point Spa.

«Setz mich an meinem Bungalow ab», sagte Cheryl kurz angebunden. «Ich möchte keinem in die Arme laufen, bevor ich mich nicht wieder in Ordnung gebracht habe.»

Sie wandte sich ihm zu, nahm die Sonnenbrille ab. Ihre unvergleichlichen Augen loderten. «Wie stehen meine Chancen in Sachen Amanda, Syd?»

Er beantwortete die Frage genauso, wie er es in der vergangenen Woche ein dutzendmal getan hatte. «Bestens, Baby», beteuerte er. «Allerbestens.»

Das sollten sie auch, sagte er sich, sonst ist alles aus.

4

Die «Westwind» ging in Schräglage, machte eine Kurve und begann niederzugehen zur Landung auf dem Flugplatz von Monterey. Methodisch kontrollierte Ted das Instrumentenbrett. Der Flug von Hawaii war gut verlaufen – keine starken Strömungen, nur gemächlich dahintreibende Wolkenbänke, wie Zuckerwatte. Komisch, er mochte Wolken, liebte es, über ihnen oder durch sie hindurchzufliegen, aber Zuckerwatte hatte er schon als Kind nicht ausstehen können. Wieder eine der vielen Widersprüchlichkeiten in seinem Leben...

Auf dem Kopilotensitz regte sich John Moore, zum Zeichen seiner Bereitschaft, die Steuerung zu übernehmen, sofern Ted dies wollte. Moore war seit zehn Jahren Chefpilot von Winters Enterprises. Doch Ted wollte die Landung selber durchführen, um festzustellen, wie sanft er die Maschine aufsetzen konnte.

Craig war vor einer Stunde aufgetaucht und hatte ihn gedrängt, sich von John ablösen zu lassen.

«Die Cocktails sein serviert an Ihre Lieblingstisch in die Ecke, Monsieur Wintärs.»

Die täuschend echte Nachahmung des Geschäftsführers im *Four Seasons* mit seinem französischen Akzent gehörte zu Craigs Glanznummern.

«Um Himmels willen, verschone mich heute mit weiteren Proben deiner Imitationskünste. Ich kann das jetzt nicht brauchen.»

Ein Warnsignal für Craig, so daß er Teds Entscheidung, am Instrumentenbrett zu bleiben, widerspruchslos schluckte.

Die Landebahn sauste auf sie zu. Ted drückte die Maschine vorn leicht nach unten. Wie lange hatte er wohl noch die Freiheit, Flugzeuge zu steuern, zu reisen, einen Drink an der Bar zu nehmen, wenn er Lust dazu hatte, kurz – ein normales menschliches Dasein zu führen? Der Prozeß begann in der nächsten Woche. Er mochte seinen neuen Anwalt nicht. Henry Bartlett war zu großspurig, zu sehr auf Imagepflege bedacht. Ted konnte sich ohne weiteres eine Anzeige im *New Yorker*, auf der Bartlett eine Flasche Scotch in der Hand hielt, vorstellen und dazu den Werbetext: «Dies ist die einzige Marke, die ich meinen Gästen vorzusetzen pflege.»

Die Laufräder setzten auf. Von dem Ruck war im Innern der Maschine so gut wie nichts zu spüren. Ted schaltete die Triebwerke um. «Saubere Landung, Sir», sagte John leise.

Erschöpft fuhr sich Ted mit der Hand über die Stirn. Wenn er John doch bloß dieses «Sir» abgewöhnen könnte! Und Henry Bartlett sein ewiges «Teddy». Hielten sich alle Strafverteidiger für berechtigt, sich derart herablassend zu gebärden, nur weil man ihre Dienste benötigte? Eine interessante Frage. Unter anderen Umständen hätte er nie etwas mit einem Mann wie Bartlett zu tun gehabt. Aber den angeblich besten Strafverteidiger des Landes hinauszuwerfen, wenn man mit einer lebenslänglichen Haftstrafe rechnen muß, wäre unklug. Er hatte sich immer für klug gehalten. Dessen war er sich nun nicht mehr so sicher.

Wenige Minuten später waren sie in einer Limousine nach Cypress Point Spa unterwegs. «Ich hab schon viel von der Monterey-Halbinsel gehört», bemerkte Bartlett, als sie auf den Highway 68 einbogen. «Trotzdem ist mir nach wie vor unklar, weshalb wir uns nicht in Ihr Haus nach Connecticut oder in Ihre New Yorker Wohnung zum Arbeiten zurückziehen konnten, aber Sie bezahlen ja die Rechnungen.»

«Wir sind hier, weil Ted in Cypress Point die Ruhe und Entspannung findet, die er braucht», erklärte Craig. Sein scharfer Ton war unüberhörbar.

Ted saß rechts auf der geräumigen Rückbank, Bartlett neben ihm. Craig hatte sich ihnen gegenüber, neben der Bar, plaziert. Er klappte den Deckel auf und mixte einen Martini, den er leicht lächelnd überreichte. «Du kennst doch Mins strikte Regeln punkto Alkohol. Kipp den lieber fix runter.»

Ted schüttelte den Kopf. «Die Erinnerung an das vorige Mal reicht mir. Da habe ich auch fix runtergekippt. Hast du ein kühles Bier da?»

«Teddy, ich möchte Sie bitten, nicht mehr von diesem Abend zu erzählen, als könnten Sie sich nicht mehr recht daran erinnern.»

Ted drehte sich zu Henry Bartlett um, musterte ihn eingehend, registrierte den Gesamteindruck: silbergraues Haar, weltläufiges Auftreten, leichter britischer Akzent. «Lassen Sie uns eins klarstellen», sagte er. «Nennen Sie mich ja nicht noch einmal Teddy. Mein Name ist Andrew Edward Winters, wie Sie wohl aus aus der stattlichen Vorschußzahlung ersehen haben dürften. Ich wurde von jeher Ted gerufen. Sollten Sie sich das zu schwer merken können, dürfen Sie mich Andrew nennen. Das hat meine Großmutter auch immer getan. Wenn Sie das begriffen haben, nicken Sie.»

«Immer mit der Ruhe», mahnte Craig leise.

«Mir wird sehr viel ruhiger zumute sein, wenn Henry und ich ein paar grundsätzliche Dinge geklärt haben.»

Er spürte, wie seine Hand das Glas umklammerte. Er geriet immer mehr durcheinander, das merkte er genau. In all den Monaten seit dem Anklagebeschluß hatte er sich sein seelisches Gleichgewicht bewahrt, indem er in seinem Haus in Maui Analysen über die Expansion der Städte und die Entwicklung der Einwohnerzahlen ausarbeitete, Hotels, Sportplätze und Einkaufszentren entwarf, die er bauen wollte, wenn das Ganze vorüber war. Irgendwie hatte er sich eingeredet, daß etwas geschehen, daß Elizabeth ihre irrige Aussage über den Zeitpunkt des Telefonanrufs erkennen und widerrufen, daß die soganannte Augenzeugin wegen ihres labilen Geisteszustands abgelehnt würde . . .

Elizabeth blieb unerschütterlich bei ihrer Darstellung, die Augenzeugin rückte keinen Zentimeter von ihrer Aussage ab, und der Prozeß nahte drohend. Die Erkenntnis, daß sein erster Anwalt im Grunde genommen mit seiner Verurteilung rechnete, hatte Ted einen Schock versetzt und ihn veranlaßt, Henry Bartlett zu engagieren.

«Na schön, vergessen wir das vorläufig», sagte Henry Bartlett steif. Und zu Craig gewandt: «Wenn Ted keinen Drink will, ich hätte gern einen.»

Ted nahm das Bier, das Craig ihm hinhielt, und starrte aus dem Fenster. Hatte Bartlett recht? War es Unsinn, hierherzukommen, anstatt die Arbeit von Connecticut oder von New York aus zu erledigen? Doch der Aufenthalt in Cypress Point gab ihm jedesmal irgendwie das Gefühl von Ruhe, von Wohlbefinden. Das lag an den vielen Sommern, die er als Kind auf der Monterey-Halbinsel verbracht hatte.

Der Wagen hielt an der Schranke vor Pebble Beach, und der Chauffeuer bezahlte die Straßengebühr. Die Prachtvillen mit Aussicht auf den Ozean kamen ins Blickfeld. Früher hatte er einmal geplant, sich hier ein Haus zu kaufen. Er und Kathy fanden die Gegend ideal für Teddy, der hier seine Ferien verbringen sollte. Und dann waren Teddy und Kathy tot.

Auf der linken Seite schimmerte der Pazifik wunderbar klar in der strahlenden Nachmittagssonne. Hier zu schwimmen war bei der starken Strömung riskant, aber es müßte köstlich sein, hineinzutauchen und sich vom Salzwasser umspülen zu lassen! Ob er sich wohl jemals wieder sauber fühlen, ob er jemals diese Bilder von Leilas zerschmetterter Leiche vergessen würde? In seinen Gedanken waren sie ständig da, gigantisch vergrößert, wie Plakatwände am Highway. Und in diesen letzten paar Monaten hatten die Zweifel begonnen.

«Egal, was du eben gedacht hast, hör auf damit, Ted», sagte Craig behutsam.

«Und du hör auf damit, in meinen Gedanken lesen zu wollen», herrschte Ted ihn an. Dann brachte er ein schwaches Lächeln zustande. «Entschuldige.»

«Schon vergessen.» Es klang aufrichtig und herzlich.

Craig hat sich von jeher darauf verstanden, eine Situation zu entschärfen, dachte Ted. Sie hatten sich im ersten Semester in Dartmouth kennengelernt. Craig war damals ein stämmiger Bursche gewesen. Mit siebzehn sah er aus wie ein blonder schwedischer Hüne. Mit vierunddreißig war er tipptopp durchtrainiert, straff, muskulös, keine Spur mehr von vierschrötig. Die kräftigen, groben Züge standen einem reifen Mann besser zu Gesicht als einem Halbwüchsigen. Auf dem

College hatte Craig ein Teilstipendium gehabt, sich aber auf jeden Job gestürzt, den er ergattern konnte – als Tellerwäscher in der Küche, als Zimmerkellner in der Hanover Inn, als Krankenpfleger im Hospital auf dem Campus.

Und dabei war er stets für mich da, erinnerte sich Ted. Nach dem College war er Craig zu seiner Überraschung im Waschraum der Chefetage von Winters Enterprise in die Arme gelaufen. «Warum hast du dich nicht an mich gewandt, wenn du hier 'nen Job wolltest?» Ihm war nicht recht klar, ob er sich über die Begegnung freute.

«Wenn ich was tauge, schaff ich's auch aus eigener Kraft.»

Dagegen ließ sich nichts sagen. Und er hatte es geschafft, bis zum geschäftsführenden Vizepräsidenten. Wenn ich ins Gefängnis gehe, dachte Ted, wird er den Laden leiten. Ich wüßte gern, wie oft er mit diesem Gedanken spielt. Er schüttelte sich, angewidert von seinen eigenen Gedankengängen. Ich leide ja unter Verfolgungswahn wie einer, der auf verlorenem Posten steht. Ich stehe auf verlorenem Posten!

Sie fuhren an Pebble Beach Lodge vorbei, am Golfplatz, an Crocker Woodland, und das Areal von Cypress Point Spa kam in Sicht. «Bald werden Sie verstehen, warum wir hierherwollten», wandte sich Craig an Henry. Er sah Ted ins Gesicht. «Wir werden ein hieb- und stichfestes Konzept für die Verteidigung erarbeiten. Du weißt doch, Cypress Point hat dir immer Glück gebracht.» Dann, nach einem Blick aus dem Seitenfenster, erstarrte er. «Ach du lieber Himmel, ich glaub's einfach nicht! Das Kabrio – Cheryl und Syd sind hier!»

Erbittert drehte er sich zu Henry Bartlett um. «Mir beginnt zu dämmern, daß Sie recht haben. Wir hätten nach Connecticut fahren sollen.»

5

Min hatte Elizabeth den Bungalow zugewiesen, der früher immer für Leila reserviert war. Er gehörte zur teuersten Kategorie, doch Elizabeth war nicht sicher, ob sie sich dadurch geschmeichelt fühlte. Alles in diesen Räumen rief ihr Leilas Namen entgegen, die Schonbezüge in dem bestimmten Smaragdgrün, das Leila liebte, der tiefe Lehnsessel mit dem dazugehörigen niedrigen Sofa, auf dem sich Leila nach einer anstrengenden Gymnastikstunde auszustrecken pflegte – «Lieber Himmel, Spatz, wenn ich so weitermache, können sie nach meinen Maßen eine Kollektion für Magersüchtige entwerfen!» Der Kommentar zu dem Schreibtisch mit den erlesenen Intarsien: «Erinnerst du dich noch an die Einrichtung von unserer armen Mama? Stilechter früher Sperrmüll.»

In der kurzen Zeit, die Elizabeth oben bei Min und Helmut gewesen war, hatte ein Zimmermädchen ihre Koffer ausgepackt. Auf dem Bett lagen ein blauer Badeanzug und ein Bademantel aus elfenbeinfarbenem Velours, an dem ihr Terminplan für den Nachmittag festgeheftet war: Massage 16 Uhr, Gesichtsbehandlung 17 Uhr.

Das Gebäude, in dem die Behandlungsräume für Frauen untergebracht waren, befand sich am Ende des 50-Meter-Schwimmbeckens – ein weiträumiger, abgeschlossener einstöckiger Bau, der an ein spanisches Adobe erinnerte. So friedlich er von außen wirkte, so betriebsam ging es zumeist drinnen zu, wo Frauen jeden Alters und jeder Gewichtsklasse in Bademänteln aus elfenbeinfarbenem Velours über die gekachelten Gänge hasteten und der nächsten Behandlung zustrebten.

Elizabeth machte sich darauf gefaßt, bekannten Gesichtern zu begegnen – einigen der Stammgäste, die ungefähr alle drei Monate herkamen und die sie bei ihrer sommerlichen Unterrichtstätigkeit gut kennengelernt hatte. Sie wappnete sich gegen die unvermeidlichen Beileidskundgebungen, gegen die kopfschüttelnden Bemerkungen: «Also das hätte ich Ted Winters niemals zugetraut...»

Doch sie konnte kein bekanntes Gesicht entdecken unter den Frauen, die scharenweise vom Fitneßtraining zur kosmetischen Behandlung eilten. Überdies schien insgesamt weniger Betrieb zu herrschen als sonst. Im Frauentrakt lag die Spitzenkapazität bei etwa 60 Personen, in der Männerabteilung galt das gleiche. Von einer solchen Größenordnung konnte jetzt nicht die Rede sein.

Sie rief sich den Farbkode der verschiedenen Türen ins Gedächtnis: rosa für Gesichtsbehandlung; gelb für Massagen; blaurot für Kräuterpackungen; weiß für Dampfstrahl; blau für Blitzguß. Die Trainingsräume lagen jenseits des Innenschwimmbeckens, offenbar in erweiterter Anzahl. Im zentral gelegenen Solarium gab es mehr einzelne Quecksilberdampflampen als früher. Ein bißchen enttäuscht wurde sich Elizabeth bewußt, daß es zu spät war, sich diesen Genuß auch nur ein paar Minuten zu gönnen.

Sie nahm sich vor, abends ausgiebig schwimmen zu gehen.

Die ihr zugeteilte Masseuse gehörte zum alten Stammpersonal. Gina, eine kleine, zierliche Person mit kräftigen Armen und Händen, freute sich sichtlich über das Wiedersehen. «Sie arbeiten doch hoffentlich wieder bei uns? Natürlich nicht. Das wär auch zu schön gewesen.»

Die Massageräume waren offenbar gründlich renoviert worden. Hörte Min denn nie auf, Geld für dieses Unternehmen auszugeben? Immerhin waren die neuen Behandlungstische luxuriös gepolstert, und sie spürte, wie sie sich unter Ginas geübten Händen zu entspannen begann.

Gina knetete ihre Schultermuskeln. «Sie sind durch und durch verkrampft.»

«Das kommt mir auch so vor.»

«Kein Wunder. Sie haben auch jede Menge Gründe.»

Elizabeth wußte, daß dies Ginas Art war, ihr Mitgefühl auszudrücken. Und sie wußte ferner, wenn sie kein Gespräch anfing, würde Gina stumm bleiben. Dabei kam ihr eine von Mins strikten Verhaltensregeln zu Hilfe, wonach Unterhaltungen mit Gästen nur gestattet waren, wenn diese es wünschten. «Aber quasselt ja nicht über eure eigenen Probleme», pflegte Min ihnen bei den allwöchentlichen Personalversammlungen einzuschärfen. «Davon will kein Mensch etwas hören.»

Es wäre hilfreich, Gina auszuhorchen, wie sie die Lage beurteilte. «Scheint nicht viel los zu sein heute», begann sie. «Sind alle auf dem Golfplatz?»

«Ich wünschte, es wär' so. Wissen Sie, hier ist seit fast zwei Jahren kein richtiger Betrieb mehr. Entspannen, Elizabeth, Ihr Arm fühlt sich hart wie'n Brett an.»

«Seit zwei Jahren? Was ist denn passiert?»

«Was soll ich dazu sagen? Angefangen hat's mit dem dämlichen Mausoleum. Die Leute zahlen doch nicht solche Preise, um Schuttberge zu sehen oder Preßlufthämmer zu hören. Und das Ding ist immer noch nicht fertig. Können Sie mir vielleicht sagen, wozu sie hier 'n römisches Bad brauchen?»

Elizabeth dachte an Leilas Bemerkungen darüber. «Genau das hat Leila auch immer gesagt.»

«Sie hatte recht. Ich muß Sie jetzt umdrehen.» Geschickt glättete sie das Laken. «Und wenn Sie schon den Namen erwähnen, muß ich Sie was fragen. Ist Ihnen eigentlich klar, was dieses Unternehmen Leila alles verdankt? Ihretwegen sind die Leute gekommen, weil sie hofften, ihr zu begegnen. Sie war die lebendige Reklame für Cypress Point, sie ganz allein. Und sie hat immer erzählt, daß sie und Ted Winters sich hier kennengelernt haben. Und jetzt – ich weiß nicht. Irgendwas ist anders geworden. Der Baron wirft das Geld wie verrückt zum Fenster raus – Sie haben doch die neuen Quecksilberdampflampen gesehen. Die Innenarbeiten am römischen Bad gehen endlos weiter. Und Min versucht, an allen Ecken und Enden zu knapsen. Ein Witz. Er klotzt ein römisches Bad hin, und sie predigt uns, sparsam mit den Handtüchern umzugehen!»

Die Kosmetikerin, eine Japanerin, war neu. Die Verspannung, die sich durch die Massage zu lösen begonnen hatte, wurde restlos beseitigt durch die warme Gesichtsmaske, die sie nach der Reinigung und dem Dampfbad auftrug. Elizabeth dämmerte ein. Die leise Stimme der Japanerin weckte sie: «Haben Sie gut geschlafen? Sie sahen so friedlich aus, und da hab ich vierzig Minuten länger gewartet, Zeit genug hatte ich ja.»

6

Während das Zimmermädchen ihre Koffer auspackte, inspizierte Alvirah Meehan ihre neue Unterkunft. Sie wanderte von Raum zu Raum, beäugte alles mit scharfem Blick, dem nichts entging. In Gedanken bastelte sie an dem Text, den sie in den brandneuen Recorder diktieren wollte.

«Haben Sie noch irgendwelche Wünsche, Madame?»

Das Zimmermädchen stand in der Tür zum Wohnzimmer. «Nein, vielen Dank.» Alvirah bemühte sich, den Tonfall von Mrs. Stevens zu kopieren, bei der sie dienstags putzte. Ein bißchen von oben herab, aber trotzdem freundlich.

Sobald sich die Tür hinter dem Zimmermädchen schloß, holte sie in Windeseile den Recorder aus dem eleganten Behälter. Der Reporter vom *New York Globe* hatte ihr gezeigt, wie das Ding funktionierte. Sie machte es sich auf der Couch im Wohnzimmer bequem und begann.

«Also, da wär' ich nun in Cypress Point Spa, und ich kann Ihnen versichern, es ist einfach Spitze. Ich spreche zum erstenmal auf Band und möchte mich vor allem bei Mr. Evans für sein Vertrauen bedanken. Als er mich und Willy nach dem Lotteriegewinn interviewt hat und ich ihm erzählte, wie ich mein Leben lang darauf versessen war, einmal nach Cypress Point Spa zu kommen, da sagte er, ich hätte 'nen Sinn fürs Dramatische und die Leser vom *Globe* würden sich brennend für alles interessieren, was ich von meinem Standpunkt aus über den Betrieb in so 'nem Luxusschuppen zu berichten hätte.

Er sagte, die Leute, mit denen ich da zusammenkäme, würden nicht mal im Traum daran denken, daß ich was mit Schreiben zu tun haben könnte, und darum würde ich vermutlich allerhand Interessantes zu hören kriegen. Als ich ihm dann erklärt hab, daß ich mein ganzes Leben lang 'n echter Kinofan gewesen bin und 'ne Menge über das Privatleben der Filmstars weiß, sagte er, ihm schwante, daß ich 'ne gute Artikelserie schreiben könnte und womöglich sogar ein Buch.»

Alvirah lächelte freudestrahlend und strich den Rock ihres purpurroten Reisekleides glatt.

«Ein Buch», fuhr sie fort und achtete darauf, direkt ins Mikrofon zu sprechen. «Ich, Alvirah Meehan. Aber wenn man an all die Prominenten denkt, die Bücher schreiben, und wie viele davon wirklich Mist sind, dann trau ich mir das schon zu.

Zu dem, was sich bisher getan hat: Ich fuhr in einer Limousine nach Cypress Point Spa, zusammen mit Elizabeth Lange. Sie ist eine hübsche junge Frau und tut mir leid. Ihre Augen schauen sehr traurig, und man merkt gleich, daß sie schwer unter Druck steht. Praktisch hat sie den ganzen Weg über von San Francisco an geschlafen. Elizabeth ist die Schwester von Leila LaSalle, sieht aber ganz anders aus. Leila hatte rotes Haar und grüne Augen. Sie konnte gleichzeitig auf

Sexbombe und ganz große Dame machen. Ich finde, Elizabeth läßt sich gut mit dem Wort ‹natürlich› beschreiben.

Sie ist etwas zu mager, hat breite Schultern, riesige blaue Augen, honigfarbenes, schulterlanges Haar, schöne, kräftige Zähne. Ein einziges Mal hat sie gelächelt, und da wurde einem richtig warm ums Herz. Sie ist ziemlich groß – meiner Schätzung nach ungefähr einsfünfundsiebzig. Ich möchte darauf wetten, daß sie singt. Sie hat eine so angenehme Sprechstimme, aber nicht dieser übertriebene Bühnenton, wie man ihn heute von so vielen dieser grünen Starlets zu hören kriegt. Ich vermute, man nennt die gar nicht mehr Starlets. Wenn ich mich ein bißchen mit ihr anfreunde, erzählt sie mir vielleicht ein paar interessante Einzelheiten über ihre Schwester und Ted Winters. Ich überlege mir, ob der *Globe* mich über den Prozeß berichten lassen will.»

Alvirah hielt inne, drückte die Rücklauftaste und spielte dann das Band noch einmal ab. Es klappte einwandfrei, der Recorder funktionierte. Vielleicht sollte sie nun etwas über ihre neue Umgebung sagen.

«Mrs. von Schreiber geleitete mich zu meinem Bungalow. Ich hätte beinahe laut gelacht, als sie das einen Bungalow nannte. Wir haben nämlich regelmäßig einen in Rockaway Beach an der Ninety-ninth Street gemietet, direkt neben dem Vergnügungspark. Wenn der Getränkeautomat unten im Sommer auf Hochtouren lief, hat die ganze Bude gewackelt.

Der Bungalow hier hat einen ganz in hellblauem Chintz gehaltenen Wohnraum, und überall verteilt liegen Perserbrükken – handgeknüpft – ich hab nachgesehen ... ein Schlafzimmer mit Himmelbett, einem kleinen Schreibtisch, einem bequemen Sessel, einer Kommode, einem Frisiertisch voller Kosmetika und allem, was man so zur Körperpflege braucht, und ein riesiges Bad mit 'ner eigenen Quecksilberdampflampe. Außerdem gibt's noch einen Raum mit eingebauten Bücherregalen, einer echten Ledercouch, Sesseln und einem ovalen Tisch. Im Obergeschoß sind noch zwei Schlafzimmer und Bäder, die ich natürlich wirklich nicht brauche. Der schiere Luxus! Ich muß mich dauernd kneifen, ob ich nicht vielleicht träume.

Baronin von Schreiber hat mir erkllärt, daß es früh um sieben mit einem flotten Spaziergang anfängt, an dem jeder Gast hier teilnehmen soll. Danach kriege ich ein kalorienarmes Frühstück im Zimmer serviert. Das Mädchen bringt gleich den Tagesplan für mich mit. Dazu gehört alles mögliche, zum Beispiel eine Gesichtsbehandlung, eine Massage, eine Kräuterpackung, ein Blitzguß – was immer das sein mag –, der Dampfstrahl, eine Pediküre, eine Maniküre und der Friseur. Das muß man sich mal vorstellen! Nachdem mich der Doktor von Kopf bis Fuß untersucht hat, kommt dann noch das Fitneßtraining dazu.

Jetzt lege ich mich noch ein bißchen aufs Ohr, und danach wird's Zeit, sich fürs Dinner zurechtzumachen. Ich ziehe den bunten Kaftan an, den ich bei Martha's auf der Park Avenue gekauft habe. Ich hab ihn der Baronin gezeigt, und sie sagte, er wär' genau richtig, aber die Kristallperlenkette, die ich in der Schießbude in Coney Island gewonnen habe, sollte ich lieber weglassen.»

Befriedigt strahlend schaltete Alvirah den Recorder aus. Wer hat jemals behauptet, Schreiben sei schwer? Mit einem Tonbandgerät war es ein Kinderspiel. Tonbandgerät! Hastig sprang sie auf und griff nach ihrer Handtasche. Aus einem Seitenfach mit Reißverschluß nahm sie eine kleine Schachtel, die eine rosettenförmige Anstecknadel enthielt.

Allerdings kein gewöhnliches Schmuckstück, dachte sie stolz. In dem hier war ein Mikrofon eingebaut; der Chefredakteur hatte ihr gesagt, sie solle es tragen, um damit Gespräche aufzunehmen. «Dann kann später niemand behaupten, Sie hätten ihn falsch zitiert.»

7

«Tut mir leid, daß ich Ihnen das zumuten muß, Ted, aber die Zeit wird knapp.» Henry Bartlett lehnte sich zurück in dem Polsterstuhl am Kopfende des Bibliothekstisches.

Ted spürte, wie es in der linken Schläfe hämmerte und der Schmerz über und hinter das linke Auge ausstrahlte. Er drehte den Kopf, um der durch das gegenüberliegende Fenster hereinflutenden Nachmittagssonne auszuweichen.

Sie saßen im Studio von Teds Bungalow, der in einem der zwei teuersten Unterkunftsbereiche von Cypress Point Spa lag. Craig, der Ted schräg gegenübersaß, machte ein ernstes Gesicht, die haselnußbraunen Augen blickten sorgenvoll.

Henry hatte diese Besprechung vor dem Dinner verlangt. «Uns bleibt nicht mehr viel Zeit», hatte er gesagt, «und solange wir uns nicht über unsere endgültige Strategie geeinigt haben, kommen wir keinen Schritt weiter.»

Zwanzig Jahre Gefängnis, dachte Ted. Das war das Urteil, das ihn erwartete. Unvorstellbar ... Bei der Entlassung wäre er dann vierundfünfzig. Sämtliche alten Gangsterfilme, die er sich gern im Spätprogramm ansah, kamen ihm unvermittelt in den Sinn. Stahlgitter, hartgesottene Gefängniswärter, in der Hauptrolle Jimmy Cagney als tollwütiger Killer. Dieses Genre schätzte er von jeher als willkommene Zerstreuung.

«Wir haben zwei Möglichkeiten», sagte Henry Bartlett. «Wir können bei Ihrer ursprünglichen Darstellung bleiben –»

«Meiner ursprünglichen Darstellung», unterbrach ihn Ted wutschnaubend.

«Lassen Sie mich doch ausreden! Sie verließen Leilas Apartment gegen zehn nach neun. Sie gingen in Ihre eigene Wohnung. Sie versuchten, Craig zu erreichen.» Und zu diesem gewandt: «Verdammt schade, daß Sie nicht abgehoben haben.»

«Ich sah mir eine Sendung an, die mich interessierte. Der

Anrufbeantworter war eingeschaltet. Ich wollte dann später bei allen zurückrufen, die eine Nachricht hinterlassen hatten. Und ich kann beschwören, das Telefon hat um 21 Uhr 20 geläutet, genau wie Ted sagt.»

«Warum haben Sie denn keine Nachricht hinterlassen, Ted?»

«Weil ich es hasse, mit Maschinen zu reden, besonders mit dieser.» Er preßte die Lippen zusammen. Craigs Gewohnheit, auf seinem Anrufbeantworter einen japanischen Hausdiener nachzuahmen, reizte ihn bis zur Weißglut, auch wenn die Imitation hervorragend war. Craig konnte jeden kopieren und hätte sich seinen Lebensunterhalt als Imitator verdienen können.

«Weshalb haben Sie denn Craig nun angerufen?»

«Mattscheibe. Ich war betrunken. Vermutlich wollte ich ihm mitteilen, daß ich eine Zeitlang weggehe.»

«Das hilft uns nicht weiter. Auch wenn Sie ihn erreicht hätten, würde uns das wahrscheinlich nicht weiterhelfen. Solange er nicht bestätigen kann, daß Sie genau um 21 Uhr 31 mit ihm gesprochen haben.»

Craig schlug mit der Faust auf den Tisch. «Dann werde ich das eben sagen. Ich bin zwar gegen Meineid, aber auch dagegen, daß Ted ins Kittchen wandert für etwas, das er nicht getan hat.»

«Dafür ist es zu spät. Sie haben bereits eine Aussage gemacht. Wenn Sie die jetzt widerrufen, verschlimmern Sie die Sache nur.» Bartlett überflog die Unterlagen, die er aus seiner Aktenmappe genommen hatte. Ted stand auf und trat ans Fenster. Er hatte vorgehabt, drüben im Kurzentrum eine Weile zu trainieren. Aber Bartlett wollte sich nicht von dieser Besprechung abbringen lassen. Seine Freiheit wurde bereits eingeschränkt.

Wie oft war er in den drei Jahren ihrer Beziehung mit Leila nach Cypress Point Spa gekommen? Acht- bis zehnmal vermutlich. Leila war gern hier. Sie hatte sich amüsiert über Mins Herrschsucht, über die Aufgeblasenheit des Barons. Sie hatte die ausgedehnten Spaziergänge an der Steilküste genossen. «Schon gut, Falke, dann geh eben zu deinem verdammten Golfspiel, wenn du nicht mitkommen willst, und wir treffen uns dann später bei mir.» Dazu dieses aufmunternde Zwinkern, der vielsagende Seitenblick, die langen, schlanken Finger, die ihm über die Schultern strichen. «Mein Gott, Falke, du wirkst auf mich wie eine Droge.» Oder wenn er sie in den Armen hielt, während sie auf der Couch lagen und sich Filme im Spätprogramm ansahen. Ihr leises Murmeln: «Min hütet sich, uns eins von ihren verdammt schmalen antiken Möbeln zuzumuten. Sie weiß, wie gern ich mit meinem Bettgenossen schmuse . . .» Hier, an diesem Ort, hatte er die Leila gefunden, die er liebte, die Leila, die sie selbst sein wollte.

Was sagte Bartlett? «Entweder versuchen wir, Elizabeth Lange und der sogenannten Augenzeugin rundheraus zu widersprechen, oder wir bemühen uns, aus diesen Aussagen für uns Nutzen zu ziehen.»

«Wie macht man das?» Mein Gott, ich hasse diesen Mann, dachte Ted. Wie er schon dasitzt, kühl und gelassen. Man könnte meinen, er spricht über eine Schachpartie, nicht über den Rest meines Lebens. Er erstickte fast an dieser unsinnigen Wut. Er mußte hier raus. Schon wenn er sich mit einem Menschen, den er nicht leiden konnte, im gleichen Raum aufhielt, löste das bei ihm Klaustrophobie aus. Wie könnte er zwei oder drei Jahrzehnte eine Zelle mit einem anderen Häftling teilen? Ausgeschlossen. Das kam auf keinen Fall in Frage.

«Sie erinnern sich nicht, das Taxi gerufen zu haben, oder an die Fahrt nach Connecticut?»

«Fehlanzeige.»

«Welches ist Ihre letzte klare Erinnerung an jenen Abend? Erzählen Sie mir das noch einmal.»

«Ich hatte mehrere Stunden mit Leila verbracht. Sie war hysterisch. Beschuldigte mich unentwegt, sie zu betrügen.»

«Haben Sie's getan?»

«Nein.»

«Weshalb hat sie Sie dann beschuldigt?»

«Leila war – schrecklich unsicher. Sie hatte schlechte Erfahrungen mit Männern gemacht und sich eingeredet, sie könnte nie mehr einem trauen. Ich dachte, soweit es unsere Beziehung betrifft, hätte ich sie davon abgebracht, aber von Zeit zu Zeit bekam sie Eifersuchtsanfälle.» Die Szene im Apartment. Leila, die sich auf ihn stürzte, ihm das Gesicht zerkratzte, ihre wütenden Beschuldigungen. Seine Hände, die ihre Gelenke mit eisernem Griff umklammert hielten, sie zu bändigen versuchten. Was hatte er empfunden? Ärger. Wut. Und Abscheu.

«Sie versuchten, ihr den Verlobungsring zurückzugeben?»

«Ja, und sie hat ihn zurückgewiesen.»

«Was geschah dann?»

«Elizabeth rief an. Leila begann in den Hörer zu schluchzen und schrie mich an, ich solle mich fortscheren. Ich sagte ihr, sie solle auflegen. Ich wollte der Sache auf den Grund gehen, wollte herausfinden, was das Ganze ausgelöst hatte. Ich erkannte, daß es hoffnungslos war, und verließ die Wohnung, um in mein Apartment zu gehen. Ich glaube, ich habe das Hemd gewechselt. Ich versuchte, Craig anzurufen. Ich erinnere mich, das Apartment verlassen zu haben. Danach ist der Film gerissen, und ich weiß erst wieder, daß ich tags darauf in Connecticut aufgewacht bin.»

«Ist Ihnen klar, Teddy, was der Ankläger mit dieser Darstellung tun wird? Haben Sie eine Ahnung, wie viele aktenkundige Fälle es gibt, wo Menschen in einem Wutanfall töten und danach in eine psychotische Phase geraten, in der sie den Vorgang restlos verdrängen? In der Fachsprache bezeichnet man das als retroaktive Amnesie. Als Ihr Anwalt muß ich

Ihnen etwas sagen: Diese Geschichte ist oberfaul! Für die Verteidigung gibt sie nichts her. Sicher, sicher, ohne Elizabeth Lange wäre das alles kein Problem ... Der Fall wäre nicht mal aufgerollt worden. Ich könnte aus dieser sogenannten Augenzeugin Hackfleisch machen. Das ist eine Verrückte, reif für die geschlossene Abteilung. Aber wenn Elizabeth beschwört, daß Sie um 21 Uhr 30 in der Wohnung waren und eine heftige Auseinandersetzung zwischen Ihnen und Leila stattgefunden hat, dann wird die Irre glaubwürdig, wenn sie aussagt, daß Sie Leila um 21 Uhr 31 von der Terrasse hinuntergestoßen haben.»

«Was tun wir nun dagegen?» fragte Craig.

«Wir spielen Hasard», entgegnete Bartlett. «Ted stimmt mit der Darstellung von Elizabeth überein. Er erinnerte sich jetzt, nach oben zurückgegangen zu sein. Leila war immer noch hysterisch. Sie knallte den Hörer auf und rannte auf die Terrasse. Sämtliche Gäste, die am Vorabend im *Elaine* waren, können bezeugen, in welch hochgradiger Erregung sie sich befand. Ihre Schwester gibt zu, daß sie getrunken hatte. Sie bangte um ihre Karriere. Sie hatte beschlossen, die Beziehung zu Ihnen zu lösen. Sie fühlte sich am Ende, erledigt. Sie wäre nicht die erste, die in einer solchen Lage einen Kopfsprung macht.»

Ted zuckte zusammen. Einen *Kopfsprung*. Waren alle Anwälte so gefühllos? Und dann das Bild von Leilas zerschmetterter Leiche; die erbarmungslosen Polizeifotos. Er spürte, wie ihm am ganzen Körper der Schweiß ausbrach.

Craig jedoch machte ein hoffnungsvolles Gesicht. «Das könnte klappen. In Tat und Wahrheit hat die Augenzeugin gesehen, wie Ted sich anstrengte, um Leila zu *retten*, und als Leila hinunterstürzte, setzte bei ihm eine Bewußtseinsstörung ein. Da begann die psychotische Phase. Das erklärt auch, wieso er im Taxi unverständlich vor sich hin gefaselt hat.»

Ted blickte durch das Fenster unverwandt auf den Ozean, der ungewöhnlich ruhig war, aber er wußte, daß die Flut bald donnernd heranrollen würde. Die Ruhe vor dem Sturm, dachte er. Im Augenblick haben wir eine rein klinische Diskussion. In zehn Tagen werde ich im Gerichtssaal stehen. *Das Volk des Staates New York gegen Andrew Edward Winters III.* «In Ihrer Theorie klafft ein großes Loch», sagte er unverblümt. «Wenn ich zugebe, daß ich in das Apartment zurückgekehrt bin und mich zusammen mit Leila auf der Terrasse befunden habe, steckte ich den Kopf in die Schlinge. Wenn die Geschworenen zu dem Schluß kommen, daß ich dabei war, sie umzubringen, wird man mich schuldig sprechen wegen vorsätzlichen Mordes.»

«Dieses Risiko müssen Sie möglicherweise eingehen.»

Ted kam zum Tisch zurück und begann, die aufgeschlagenen Ordner in Bartletts Aktentasche zu stopfen. Sein Lächeln war alles andere als freundlich. «Ich bin mir nicht sicher, ob ich dieses Risiko eingehen kann. Es muß eine bessere Lösung geben. Und die gedenke ich zu finden, koste es, was es wolle. *Ich gehe nicht ins Gefängnis!*»

8

Min seufzte genüßlich. «Das tut gut. Ich schwör dir, du hast mehr los als unsere sämtlichen Masseusen zusammengenommen.»

Helmut beugte sich zu ihr hinunter und küßte sie auf die Wange. «Dich zu berühren, mein Liebes, bereitet mir eben Vergnügen, auch wenn es sich nur darum handelt, deine Schultern locker zu machen.»

Sie befanden sich in ihrer Wohnung, die den ganzen dritten Stock des Hauptgebäudes einnahm. Min, in einen weiten Kimono gehüllt, saß an ihrem Frisiertisch. Das schwere rabenschwarze Haar war nicht mehr aufgesteckt, sondern fiel ihr über die Schultern. Sie musterte ihr Spiegelbild. Eine Reklame für das Haus war sie heute gewiß nicht. Schatten unter den Augen – wie lange hatte sie diese Partie nicht mehr liften lassen? Fünf Jahre? Mit ihr geschah etwas, das schwer hinzunehmen war. Sie war neunundfünfzig. Bis vor kurzem hätte man ihr zehn Jahre weniger gegeben. Jetzt nicht mehr.

Helmut lächelte ihr im Spiegel zu. Behutsam stützte er sein Kinn auf ihren Kopf. Das Blau seiner Augen erinnerte sie immer an die Färbung der Adria bei Dubrovnik, ihrer Geburtsstadt. Das lange, distinguierte, gleichmäßig gebräunte Gesicht war faltenlos, die dunkelbraunen Koteletten wiesen kein einziges graues Haar auf. Helmut war fünfzehn Jahre jünger als sie. In den ersten Ehejahren hatte das keine Rolle gespielt. Aber jetzt?

Sie hatte ihn nach Samuels Tod in Baden-Baden kennengelernt. Die fünf Jahre, die sie sich diesem pedantischen alten Mann gewidmet hatte, waren der Mühe wert gewesen. Er hatte ihr zwölf Millionen Dollar und diesen Besitz hinterlassen. Daß Helmut ihr plötzlich Aufmerksamkeit schenkte, hatte sie nicht um den Verstand gebracht. Kein Mann wird von einer fünfzehn Jahre älteren Frau fasziniert, ohne daß er dabei ein bestimmtes Ziel im Auge hat. Anfangs hatte sie es zynisch hingenommen, daß er sie hofierte, doch nach Ablauf von zwei Wochen wurde ihr klar, wie intensiv sie sich für ihn zu interessieren begann und ebenso für seinen Vorschlag, das Cypress Point Hotel zum Kurzentrum umzubauen ... Die Kosten waren beängstigend hoch, aber Helmut hatte sie beschworen, das als Investition und nicht als Ausgabe zu betrachten. Am Eröffnungstag hatte er sie gebeten, ihn zu heiraten.

Sie seufzte tief.

«Was ist denn, Minna?»

Wie lange hatten sie einander im Spiegel angesehen? «Du weißt doch.»

Er beugte sich hinunter und küßte sie auf die Wange.

So unglaublich es klingen mochte, aber sie waren glücklich miteinander gewesen. Sie hatte es nie gewagt, ihm zu gestehen, wie sehr sie ihn liebte, aus Angst, ihm diese Waffe in die Hand zu geben, stets auf der Suche nach irgendwelchen Anzeichen von Unrast. Doch er ignorierte die jungen Frauen, die mit ihm flirteten. Nur Leila hatte ihn anscheinend zu blenden vermocht, nur Leila hatte sie in diese Todesangst versetzt, in der sie zu ertrinken drohte.

Vielleicht hatte sie sich geirrt. Falls man ihm glauben konnte, hatte er Leila im Grunde nicht gemocht, sie sogar gehaßt. Leila war Helmut mit offenkundiger Verachtung begegnet – aber schließlich hatte Leila jeden Mann, den sie gut kannte, verachtet...

Die Schatten im Zimmer waren lang geworden. Die Brise vom Meer hatte sich merklich abgekühlt. Helmut umfaßte ihre Ellbogen. «Ruh dich ein wenig aus. In einer knappen Stunde mußt du dich mit der ganzen Meute abplagen.»

Sie umklammerte seine Hand. «Was meinst du, Helmut, wie wird sie reagieren?»

«Sehr heftig.»

«Sag so was nicht», jammerte sie. «Du weißt doch, Helmut, warum ich's versuchen muß. Das ist unsere einzige Chance.»

9

Um sieben wurde im Hauptgebäude die «Cocktail»-Stunde eingeläutet, und auf sämtlichen Wegen strömten die Gäste scharenweise herbei – Singles, Ehepaare, Gruppen. Alle waren gut angezogen, nicht zu formell – die Frauen trugen elegante Kaftane oder flatternde Überwürfe, die Männer Blazer, lange Hosen und Sporthemden. Dazu ein buntes Gemisch von prachtvollen Juwelen und originellem Modeschmuck. Bekannte Gesichter, herzliche Begrüßungen, kühles Nicken. Auf der erleuchteten Veranda servierten Kellner in elfenbeinfarbenen, blau abgesetzten Livreen Appetithäppchen und alkoholfreie «Cocktails».

Elizabeth entschloß sich für den einteiligen Hosenanzug aus blaßrosa Seide mit der fuchsroten Schärpe, dem letzten Geburtstagsgeschenk von Leila. Wie immer hatte sie dazu ein paar Zeilen auf ihrem Briefpapier geschrieben, die Elizabeth als Talisman im Seitenfach ihrer Geldbörse bei sich trug. Der Text lautete: «Zwischen Mai und Dezember liegt ein weiter Weg. Meinem lieben Steinbock-Schwesterlein die herzlichsten Glückwünsche zum Geburtstag vom Widder-Part.»

Nachdem sie sich fertig angezogen und Leilas Zeilen noch einmal gelesen hatte, fiel es Elizabeth irgendwie leichter, sich auf den Weg zum Hauptgebäude zu machen. Sie brachte ein etwas angestrengtes Lächeln zustande, als sie schließlich doch ein paar Stammgäste entdeckte. Mrs. Lowell aus Boston, die Mins Etablissement seit der Eröffnung immer wieder aufgesucht hatte. Gräfin d'Aronne die zerbrechliche, alternde Schönheit, der man jetzt ihre siebzig Jahre doch ansah. Durch die Ermordung ihres viel älteren ersten Mannes wurde sie bereits mit achtzehn zur Witwe. Seitdem hatte sie noch viermal geheiratet, nach jeder Scheidung jedoch bei den französischen Behörden die neuerliche Zuerkennung des Adelstitels beantragt.

«Du siehst blendend aus. Den Anzug hab ich zusammen mit Leila am Rodeo Drive ausgesucht.» Mins Stimme dröhnte ihr ins Ohr, Mins Arm hielt sie fest untergehakt. Elizabeth fühlte sich unerbittlich vorwärts getrieben. Es roch nach Meer und Bougainvillea, eine würzige Duftmischung. Ringsum Stimmengewirr und gelegentliches Auflachen als gepflegte Geräuschkulisse. Den musikalischen Rahmen lieferte Serber mit dem Violinkonzert in e-Moll von Mendelssohn-Bartholdy.

Ein Kellner bot ihr Getränke an – alkoholfreien Wein oder sonstige Soft Drinks. Sie wählte den alkoholfreien Wein. Leila hatte sich über Mins striktes Alkoholverbot mokiert: «Ich sag dir was, Spatz, die Hälfte der Kunden in diesem Laden sind Säufer. Die bringen sich alle ihren Schnapsvorrat mit, aber das reicht natürlich nicht. Also müssen sie sich notgedrungen einschränken und nehmen etliche Kilos ab, was Min dann als Erfolg für Cypress Point verbucht. Meinst du nicht auch, daß der Baron in seinem Studio eine Hausbar hat mit allem, was gut und teuer ist? Darauf kannst du jede Wette eingehen!»

Ich hätte nach Easthampton fahren sollen, dachte Elizabeth. Irgendwohin – alles andere, nur nicht hierher. Ihr war, als spüre sie Leilas Gegenwart, als versuche Leila, zu ihr zu sprechen ...

«Elizabeth.» Mins Stimme klang scharf. Scharf, aber auch nervös. «Die Gräfin redet mit dir.»

«Entschuldigen Sie vielmals.» Liebevoll ergriff sie die aristokratische Hand, die sich ihr entgegenstreckte.

Die Gräfin lächelte herzlich. «Ich habe mir Ihren letzten Film angesehen. Sie entwickeln sich zu einer ganz ausgezeichneten Schauspielerin, *chérie.*»

Gräfin d'Aronne hatte mit ihrem sechsten Sinn erahnt, daß sie nicht über Leila sprechen wollte. «Ich hatte Glück. Es war eine gute Rolle.» Und dann – sie wollte ihren Augen nicht trauen. «Da unten auf dem Weg, Min, kommen da nicht Syd und Cheryl?»

«Ja. Sie haben sich erst heute früh angemeldet. Ich hab vergessen, es dir zu sagen. Du hast doch nichts gegen ihre Anwesenheit?»

«Natürlich nicht. Es ist nur ...» Sie verstummte. Die Art und Weise, wie Leila an jenem Abend im *Elaine* mit Syd umgesprungen war, machte ihr immer noch zu schaffen. Syd hatte Leila schließlich zur Starkarriere verholfen. Gleichgültig, zu welchen Mißgriffen er sie in diesen letzten paar Jahren beschwatzt hatte, all die Verträge über Traumrollen, die er früher für sie ausgehandelt hatte, wogen das mehr als auf...

Und Cheryl? Unter dem Deckmantel von Freundschaft hatte zwischen ihr und Leila eine starke berufliche und private Rivalität bestanden. Leila hatte Cheryl Ted abspenstig gemacht. Cheryl hatte um ein Haar ihre Karriere ruiniert, als sie Leilas Rolle übernahm...

Unwillkürlich straffte Elizabeth den Rücken. Andererseits hatte Syd an Leila ein Vermögen verdient. Cheryl hatte nichts unversucht gelassen, um Ted zurückzugewinnen. Wäre ihr das doch bloß gelungen, dachte Elizabeth, vielleicht wäre Leila dann noch am Leben...

Sie hatten sie entdeckt. Beide wirkten ebenso überrascht wie sie. Die Gräfin murmelte: «Bitte nicht dieses gräßliche Flittchen...»

Sie kamen die Stufen herauf. Elizabeth musterte Cheryl sachlich, als sie sich näherte. Das Haar umgab ihr Gesicht wie ein dichtes Gespinst. Es war wesentlich dunkler als bei ihrer letzten Begegnung, was ihr sehr gut stand. Die letzte Begegnung? Die hatte bei der Trauerfeier für Leila stattgefunden.

Zögernd gestand Elizabeth sich ein, daß Cheryl noch nie besser ausgesehen hatte. Sie lächelte betörend, die berühmten bernsteinfarbenen Augen blickten sanft und zärtlich. Die Begrüßung hätte jeden, der sie nicht kannte, getäuscht. «Elizabeth, mein Schatz. Das hätte ich mir nicht träumen lassen, dich hier zu treffen, aber ich freu mich ja so! Wie ist's dir denn ergangen?»

Dann war Syd an der Reihe. Syd mit den spöttischen Augen und dem kummervollen Gesicht. Sie wußte, daß er aus der eigenen Tasche eine Million Dollar in Leilas Stück gesteckt hatte – Geld, das er sich wahrscheinlich geborgt hatte. Leila hatte ihn immer als «Krämerseele» bezeichnet. «Klar, er schuftet schwer für mich, Spatz, aber doch nur, weil ich ihm einen Haufen Geld einbringe. Sobald mein Marktwert sinkt und ich für ihn kein Aktivposten mehr bin, geht er über meine Leiche. Ohne mit der Wimper zu zucken.»

Elizabeth fröstelte, als Syd sie mit dem obligaten Kuß begrüßte. Er wußte eben genau, was er dem Showgeschäft schuldete. «Gut schaust du aus. Ich werde dich wohl demnächst deinem Agenten wegschnappen müssen. Eigentlich hatte ich erst nächste Woche damit gerechnet, dich zu sehen.»

Nächste Woche. Natürlich. Vermutlich würde die Verteidigung Cheryl und Syd als Zeugen über Leilas Gemütsverfassung an jenem Abend im *Elaine* befragen.

«Vertrittst du einen der Kursleiter?» erkundigte sich Cheryl.

«Elizabeth ist hier, weil ich sie eingeladen habe», fuhr Min sie an.

Wieso macht Min bloß einen so furchtbar nervösen Eindruck, fragte sich Elizabeth. Mins Augen schweiften ruhelos umher, die Hand umklammerte immer noch ihren Ellbogen, als fürchte sie, Elizabeth zu verlieren.

Den Neuankömmlingen wurden «Cocktails» serviert. Freunde der Gräfin gesellten sich zu ihnen. Der Moderator einer Talk-Show begrüßte Syd jovial: «Paß bloß auf, daß der Bursche, den du uns für die nächste Sendung verkaufen willst, nüchtern im Studio aufkreuzt.»

«Das erlebst du bei dem nie.»

Dann hörte sie eine bekannte Stimme hinter ihrem Rücken, die sie erstaunt ansprach: «Elizabeth, was tust du denn hier?»

Sie drehte sich um, und schon umschlossen sie Craigs Arme – die kräftigen, zuverlässigen Arme des Mannes, der zu ihr geeilt war, als er die Meldung in den Nachrichten gehört hatte, der bei ihr in Leilas Apartment geblieben war und zuhörte, als sie ihrem Schmerz Luft machte, der ihr geholfen hatte, dic Fragen der Polizei zu beantworten, dem es schließlich gelungen war, Ted ausfindig zu machen...

Im vergangenen Jahr hatte sie Craig drei- oder viermal gesehen. Er hatte sie während der Dreharbeiten besucht.

«Wenn ich schon in der gleichen Stadt bin, muß ich dich doch wenigstens kurz begrüßen», sagte er dann. In stillschweigendem Einverständnis vermieden sie es, über den bevorstehenden Prozeß zu sprechen, doch es verging kein Dinner, bei dem nicht irgendwie die Rede darauf kam. Durch Craig hatte sie erfahren, daß Ted sich in Maui aufhielt, daß er zerfahren und reizbar war, daß er sich um Geschäftliches so gut wie gar nicht kümmerte und zu seinen Freunden keinerlei Kontakt mehr hatte. Und es war Craig, der ihr die unvermeidliche Frage gestellt hatte: «Bist du sicher?»

Bei ihrer letzten Begegnung war sie herausgeplatzt: «Wie kann man sich über irgend etwas oder irgend jemand sicher sein?» Und sie hatte ihn gebeten, sich erst nach dem Prozeß wieder mit ihr in Verbindung zu setzen. «Ich weiß, was dir die Loyalität gebietet.»

Doch was hatte er jetzt hier zu suchen? Wieso war er nicht bei Ted, um sich gemeinsam mit ihm auf den Prozeß vorzubereiten? Und als sie sich aus seiner Umarmung löste, sah sie Ted die Verandatreppe hinaufkommen.

Sie spürte, wie ihr der Mund ausdörrte, Arme und Beine zu zittern begannen und das Herz ihr bis zum Hals schlug. Irgendwie war es ihr gelungen, sein Bild in diesen letzten Monaten aus dem Bewußtsein zu verdrängen, und in ihren Alpträumen blieb er stets wesenlos – sie sah nur die mörderischen Hände, die Leila über die Brüstung stießen, die grausamen Augen, die ihren Sturz beobachteten ...

Jetzt ging er die Treppe hinauf, eine unverändert imponierende Erscheinung. Andrew Edward Winters III., das dunkle Haar kontrastierte eindrucksvoll mit dem weißen Dinnerjakkett, das markante, gleichmäßige Gesicht war tief gebräunt – das selbstauferlegte Exil in Maui hatte ihn nur noch attraktiver gemacht.

In blindwütigem Haß hätte sich Elizabeth am liebsten auf ihn gestürzt, ihn die Treppe hinuntergestoßen, wie er es mit

Leila getan hatte, ihm sein gelassenes, hübsches Gesicht zerkratzt, genau wie Leila bei dem Versuch, ihr Leben zu retten. Sie hatte einen gallebitteren Geschmack im Mund und schluckte, um die aufsteigende Übelkeit zu unterdrücken.

«Da ist er ja!» schrie Cheryl. Blitzschnell schlängelte sie sich durch das Gedränge auf der Veranda – ihre Absätze klapperten, die Schärpe des rotseidenen Abendanzugs flatterte. Die Gespräche verstummten, Köpfe drehten sich um, als sie sich Ted in die Arme warf.

Wie ein Automat starrte Elizabeth auf die beiden hinunter. Es war, als blickte sie durch ein Kaleidoskop. Vor ihren Augen kreisten Farben, Wahrnehmungen – bruchstückhaft, zusammenhanglos. Teds weißes Jackett, Cheryls roter Hosenanzug; Teds dunkelbraunes Haar, seine langen, wohlgeformten Hände auf Cheryls Schultern, als er sich freizumachen suchte.

Bei der Verhandlung vor dem großen Geschworenengericht war sie an ihm vorbeigefegt, erfüllt von Selbsthaß, weil sie sich so hatte täuschen, so hereinlegen lassen von seinem Auftritt als Leilas gramgebeugter Verlobter. Jetzt blickte er hoch, und sie wußte, daß er sie gesehen hatte. Er wirkte erschreckt und entsetzt – oder war das auch bloß wieder gespielt? Er befreite seinen Arm aus Cheryls Umklammerung und kam die Stufen hinauf. Außerstande sich zu rühren, nahm sie vage wahr, wie die Menschen in ihrer unmittelbaren Umgebung jäh verstummten, während die weiter entfernten gar nicht merkten, was vor sich ging, und ihr munteres Geplauder fortsetzten. Ebenso verschwommen registrierte sie die letzten Töne des Violinkonzerts, den Geruch nach Blumen und Meer.

Er sah älter aus. Die Falten um Augen und Mund, die sich bei Leilas Tod abgezeichnet hatten, waren tiefer geworden und nun für immer in sein Gesicht eingemeißelt. Leila hatte ihn so geliebt, und er hatte sie getötet. Von neuem wallte Haß in Elizabeth auf. Die ganze unerträgliche Qual, das schmerzende Gefühl von Verlust, von Schuld, das wie ein Krebsgeschwür an ihrer Seele fraß, weil sie Leila am Ende im Stich gelassen hatte. Die Ursache für all das war dieser Mann.

«Elizabeth.»

Wie konnte er es wagen, sie anzusprechen? Das riß sie aus ihrer Erstarrung, sie wirbelte herum, wankte durch die Veranda in die Halle. Hinter sich hörte sie Absätze klappern. Min war ihr gefolgt. Elizabeth drehte sich wutentbrannt zu ihr um. «Hol dich der Teufel, Min. Was hast du dir denn bloß bei diesem infamen Spielchen gedacht?»

«Dort hinein.» Mit einer Kopfbewegung wies Min in Richtung Musiksalon. Sie sagte kein Wort, bis sie die Tür hinter sich geschlossen hatte. «Ich weiß, was ich tue, Elizabeth.»

«Ich nicht.» Elizabeth fühlte sich verraten. Erbittert fixierte sie Min. Kein Wunder, daß sie so nervös gewirkt hatte. Und jetzt war sie sogar noch nervöser – sie, die immer so gefeit gegen jegliche Belastungen schien, die immer den Eindruck von Überlegenheit vermittelt hatte, als könne sie jedes Problem lösen, zitterte nun.

«Als ich dich in Venedig traf, hast du mir selber erzählt, irgend etwas in dir könnte trotz allem nicht glauben, daß Ted imstande sein sollte, Leila etwas anzutun. Mir ist es egal, wie es sich ansieht. Ich kenne ihn länger als du – um Jahre länger... Du machst einen Fehler. Vergiß nicht, ich war an dem Abend ebenfalls im *Elaine*. Ich sage dir, Leila hatte den Verstand verloren. Anders läßt sich das nicht ausdrücken. Und du wußtest es! Komm mir nicht damit, daß du am nächsten Tag deine Uhr gestellt hast. Du warst außer dir ihretwegen. Bist du so unfehlbar, daß du sie nicht vielleicht doch falsch gestellt hast? Hattest du während des Telefongesprächs mit Leila kurz vor ihrem Tod fortwährend die Uhr im Auge? Betrachte Ted in den nächsten paar Tagen als Mensch, nicht als Ungeheuer. Denk daran, wie gut er zu Leila war.»

In Mins Gesicht spiegelte sich heftige Erregung. Ihre leise, eindringliche Stimme verfehlte ihre Wirkung nicht. Sie packte

Elizabeth beim Arm. «Du bist einer der aufrichtigsten Menschen, die ich kenne. Schon als kleines Mädchen hast du immer die Wahrheit gesagt. Kannst du dich wirklich der Tatsache verschließen, daß Ted durch deinen Irrtum den Rest seines Lebens im Gefängnis schmachten wird?»

Melodischer Glockenklang hallte durch den Raum. Es war Zeit für das Dinner. Elizabeth packte Mins Handgelenk und zwang sie, sie loszulassen. Absurderweise fiel ihr dabei ein, wie Ted sich wenige Minuten zuvor von Cheryl befreit hatte.

«Min, nächste Woche beginnt eine Jury darüber zu befinden, wer die Wahrheit sagt. Du denkst, du kannst alles dirigieren, aber diesmal liegt es außerhalb deiner Einflußsphäre... Laß mir ein Taxi rufen.»

«Du darfst nicht wegfahren, Elizabeth!»

«Wieso nicht? Hast du eine Nummer, unter der ich Sammy erreichen kann?»

«Nein.»

«Wann genau wird sie zurückerwartet?»

«Morgen abend nach dem Dinner.» Flehentlich ergriff Min ihre Hände. «Ich bitte dich, Elizabeth.»

Elizabeth hörte, wie sich hinter ihr die Tür öffnete. Sie fuhr herum. Helmut stand auf der Schwelle. Mit beiden Händen umfaßte er ihre Arme – liebevoll, aber bestimmt. «Hör zu, Elizabeth», begann er leise. «Ich habe versucht, Min zu warnen. Sie hatte die verrückte Idee, wenn du Ted siehst, würdest du an die glücklichen Zeiten denken, würdest dich daran erinnern, wie sehr er Leila geliebt hat. Ich habe sie beschworen, davon abzulassen. Ted ist genauso empört und durcheinander wie du.»

«Kein Wunder. Würdest du mich bitte loslassen?»

Helmuts Stimme wurde besänftigend, bittend. «Nächste Woche ist Labor Day, Elizabeth. Auf der Halbinsel wimmelt's von Touristen. Junge Leute vom College wollen sich hier zu Hunderten noch einmal austoben, bevor die Schule wieder anfängt. Du kannst die halbe Nacht herumfahren, ohne ein freies Zimmer zu finden. Bleib hier. Mach's dir bequem. Sprich morgen abend mit Sammy und geh dann weg, wenn du unbedingt mußt.»

Es stimmt, dachte Elizabeth. Carmel und Monterey waren Ende August ein Mekka für Touristen.

«Elizabeth, bitte.» Min weinte. «Ich war eine Idiotin. Ich dachte, ich glaubte, wenn du Ted einfach triffst ... nicht vor Gericht, sondern hier ... Entschuldige.»

Elizabeth spürte, wie ihr Zorn verrauchte und lähmender Leere wich, Min blieb eben Min. Unvermittelt fiel ihr eine Episode aus längst vergangenen Zeiten ein. Damals hatte Min die zögernde Leila zu Probeaufnahmen für den Werbespot einer Kosmetikfirma geschickt und war schließlich explodiert: «Jetzt hör mir mal zu, Leila, du brauchst mir nicht zu sagen, daß sie dich nicht extra aufgefordert haben. Geh gefälligst hin. Laß dich ja nicht abwimmeln. Du bist genau der Typ, den sie suchen. Das ist deine große Chance.»

Leila bekam den Job, und die Kosmetikfirma beschäftigte sie in den folgenden drei Jahren als Modell für ihre sämtlichen Werbespots. Elizabeth zuckte die Achseln. «In welchem Speisesaal sitzt Ted?»

«Im Zypressensaal», entgegnete Helmut hoffnungsvoll.

«Syd? Cheryl?»

«Auch da.»

«Wo wollt ihr mich plazieren?»

«Ebenfalls bei uns. Aber die Gräfin läßt dich herzlich grüßen und bittet dich an ihren Tisch im Pazifiksaal.»

«Also gut. Ich bleibe, bis ich Sammy gesprochen habe.» Sie blickte Min streng an, die geradezu unterwürfig reagierte. «Jetzt bin ich es, die dich warnt, Min», sagte sie. «Ted ist der Mann, der meine Schwester getötet hat. Wage ja keinen weiteren Versuch, irgendwelche ‹zufälligen› Begegnungen zwischen ihm und mir zu arrangieren.»

10

Vor fünf Jahren hatte Min den Versuch unternommen, die vehementen Auseinandersetzungen zwischen Rauchern und Nichtrauchern dadurch zu bereinigen, daß sie den geräumigen Speisesaal durch eine Glaswand unterteilte. Der Zypressensaal war ausschließlich Nichtrauchern vorbehalten; im Pazifiksaal konnten Raucher ebenso wie Nichtraucher Platz finden. Es gab keine feste Sitzordnung, bis auf die Gäste, die an Mins und Helmuts Tisch gebeten wurden. Als Elizabeth in der Tür zum Pazifiksaal auftauchte, winkte sie die Gräfin d'Aronne an einen Tisch. Sie merkte rasch, daß diese Lösung einen Haken hatte: Von ihrem Platz aus konnte sie direkt auf Mins Tisch nebenan blicken. Es war eine Art Déjà-vu-Erlebnis, als sie dort alle zusammensitzen sah: Min, Helmut, Syd, Cheryl, Ted, Craig.

Außerdem gab es noch zwei Tischgenossen: Mrs. Meehan, die Lotteriegewinnerin, und einen soignierten älteren Herrn, den sie mehrmals dabei ertappte, wie er zu ihr hinüberblickte.

Irgendwie brachte sie das Dinner hinter sich, würgte ein paar Bissen Fleisch und Salat hinunter, machte angestrengt Konversation mit der Gräfin und ihren Freunden. Doch immer wieder stellte sie fest, daß sie Ted wie magisch angezogen beobachtete.

Die Gräfin merkte das natürlich. «Trotz allem sieht er doch phantastisch aus, nicht wahr? Ach, verzeihen Sie, meine Liebe. Ich hatte mir geschworen, ihn mit keiner Silbe zu erwähnen. Aber Sie dürfen nicht vergessen, daß ich Ted seit seiner Kindheit kenne. Seine Großeltern sind regelmäßig mit ihm hiergewesen. Damals war Cypress Point ja noch ein Hotel.»

Wie üblich stand Ted, selbst unter lauter Prominenz, im Mittelpunkt. Alles, was er tut, geschieht mühelos, wie selbstverständlich, dachte Elizabeth – die Kopfbewegung, mit der er sich aufmerksam Mrs. Meehan zuwendete, das ungezwungene Lächeln, mit dem er jeden Gruß erwiderte, die Art, wie er Cheryls Hand in die seine schlüpfen ließ und sich dann unauffällig wieder befreite. Mit Erleichterung registrierte sie seinen frühen Aufbruch, gemeinsam mit Craig und dem älteren Herrn.

Sie blieb nicht zum Kaffee, der im Musiksalon gereicht wurde, sondern eilte über die Veranda zurück zu ihrem Bungalow. Der leichte Nebel hatte sich verzogen, es war eine sternklare Nacht. In das Tosen der Brandung mischten sich ferne Celloklänge. Nach dem Dinner gab es regelmäßig ein musikalisches Programm. Elizabeth wurde von einem starken Gefühl der Isolation erfaßt, von einer unbestimmbaren Traurigkeit, die über Leilas Tod hinausging. Es hing auch nicht damit zusammen, daß sie sich ausgerechnet hier und jetzt in Gesellschaft dieser Menschen wiederfinden mußte, die einmal ein fester Bestandteil ihres Lebens gewesen waren. Syd, Cheryl, Min. Sie kannte sie seit ihrem achten Lebensjahr. Der Baron. Craig. Ted.

All diese Menschen waren lange Zeit Weggefährten gewesen, die sie für enge Freunde gehalten hatte und die jetzt geschlossen gegen sie antraten, die mit Leilas Mörder sympathisierten, die nach New York kommen und für ihn aussagen würden.

Bei ihrem Bungalow angelangt, zögerte Elizabeth und beschloß, eine Weile draußen zu sitzen. Die Veranda war komfortabel ausgestattet – eine gepolsterte Hollywoodschaukel und passende Liegestühle. Sie ließ sich in einer Ecke der Schaukel nieder und brachte sie zum Schwingen. Hier im Dunkeln konnte sie die Lichter des großen Hauses sehen und ruhig über die Menschen nachdenken, die an diesem Abend dort so unvermittelt aufeinandergetroffen waren.

Auf wessen Veranlassung?

Und aus welchem Grund?

11

«Für ein Dinner mit neunhundert Kalorien war es gar nicht schlecht.» Henry Bartlett kam aus seinem Bungalow, in der Hand einen eleganten Lederbehälter. Er stellte ihn auf den Tisch in Teds Wohnzimmer und öffnete ihn: eine Minibar für die Reise. Nachdem er eine Flasche Courvoisier und Kognakschwenker entnommen hatte, wandte er sich fragend an die beiden: «Na, wie wär's?»

Craig nickte zustimmend, Ted schüttelte den Kopf. «Schnaps ist in Cypress Point tabu, das wissen Sie doch.»

«Wenn ich – oder sollte ich besser sagen Sie? – über siebenhundert Dollar täglich für meinen Aufenthalt hier zahle, dann entscheide ich, was ich trinke.»

Damit schenkte er großzügig ein, reichte das eine Glas Craig und ging mit dem anderen zu der gläsernen Schiebetür. Der Schein des Vollmonds und das Funkeln der unzähligen Sterne ließen die weite Wasserfläche silbrig aufblitzen; dazu das Meeresrauschen, das Crescendo der heranrollenden Wogen, die sich donnernd am Ufer brachen. «Der Stille Ozean . . .», kommentierte Bartlett. «Wieso man ausgerechnet auf den Namen gekommen ist, werde ich nie begreifen. Schon gar nicht, wenn ich diese gewaltige Brandung höre.» Und zu Ted gewandt: «Die Anwesenheit von Elizabeth Lange könnte für Sie der Wendepunkt sein. Eine interessante Frau.»

Ted wartete ab. Craig drehte am Stiel des Glases. Bartlett blickte nachdenklich drein. «Interessant in vielfacher Hinsicht, und ganz besonders wegen etwas, das keiner von Ihnen bemerken konnte. Ihr Gesichtsausdruck durchwanderte die ganze Gefühlsskala, wenn sie Sie ansah, Teddy. Traurigkeit. Unsicherheit, Haß. Sie hat sehr viel nachgedacht, und ich vermute, daß ihr eine innere Stimme sagt – zwei plus zwei ergibt nicht fünf.»

«Sie wissen ja nicht, wovon Sie reden», konterte Craig.

Bartlett öffnete die Schiebetür. Jetzt steigerte sich das Crescendo des Ozeans zum Fortissimo. «Hören Sie das?» fragte er. «Erschwert irgendwie die Konzentration, stimmt's? Sie zahlen mir einen Haufen Geld dafür, daß ich Ted aus der Patsche helfe. Am besten läßt sich das bewerkstelligen, wenn ich genau weiß, wo ich auflaufe und wo ich Punkte sammeln kann.»

Ein kalter Windstoß unterbrach ihn. Er schloß eilends die Schiebetür und kehrte zum Tisch zurück. «Mit der Sitzordnung hatten wir großes Glück. Während des Dinners habe ich viel Zeit darauf verwendet, Elizabeth Lange zu beobachten. Gesichtsausdruck und Körpersprache verraten eine Menge. Sie hat Sie keine Sekunde aus den Augen gelassen, Teddy. Wenn jemals bei einer Frau die eindeutige Diagnose ‹Haßliebe› gestellt werden konnte, dann bei ihr. Meine Aufgabe ist es nun, herauszuklamüsern, wie wir das zu Ihren Gunsten verwerten können.»

12

Syd begleitete eine ungewöhnlich schweigsame Cheryl zu ihrem Bungalow. Er wußte, daß dieses Dinner eine Qual für sie gewesen war. Sie hatte es nie verwunden, Ted Winters an Leila verloren zu haben. Wie grenzenlos bitter mußte es nun für sie sein, bei Ted keinerlei Echo zu finden, obwohl Leila nicht mehr im Weg stand. Auf absurde Weise war die Lotteriegewinnerin eine ausgezeichnete Ablenkung für Cheryl. Alvirah Meehan wußte genauestens Bescheid über sämtliche Fernsehserien und hatte ihr mitgeteilt, sie sei wie geschaffen für die Rolle der Amanda. «Sie kennen das doch, wie man manchmal einen Star in einer bestimmten Rolle vor sich sieht», hatte Alvirah erklärt. «Ich hab *Till Tomorrow* in der Taschenbuchausgabe gelesen und gleich gesagt: ‹Willy, daraus läßt sich eine prima Fernsehserie machen, und für die Amanda gibt's auf der ganzen Welt nur eine Schauspielerin, und die heißt Cheryl Manning.›» Natürlich war es bedauerlich, daß sie Cheryl zugleich mitgeteilt hatte, Leila sei ihre Lieblingsschauspielerin und mit keiner anderen vergleichbar.

Sie gingen über die höchstgelegene Stelle des Grundstücks zurück zu Cheryls Bungalow. Die Wege wurden von japanischen Bodenlaternen beleuchtet, die die Zypressen im Schatten stehen ließen. Die Nacht war sternklar, aber laut Vorhersage sollte das Wetter umschlagen, und man spürte bereits etwas von der Luftfeuchtigkeit, die den für die Monterey-Halbinsel typischen dichten Nebel ankündigte. Im Gegensatz zu den Leuten, die Pebble Beach als wahres Paradies empfanden, hatte Syd sich immer etwas unbehaglich gefühlt inmitten dieser bizarren Zypressen. Kein Wunder, daß irgendein Dichter sie mit Gespenstern verglichen hatte. Er erschauerte.

Ohne Umschweife ergriff er Cheryls Arm, als sie vom Hauptweg zu ihrem Bungalow einbogen. Er wartete immer noch darauf, daß sie endlich zu reden anfing, doch sie blieb stumm. Er tröstete sich mit dem Gedanken, daß ihm ihre Launenhaftigkeit für einen Tag sowieso reichte, aber als er sich verabschieden wollte, fiel sie ihm ins Wort: «Komm rein.»

Innerlich stöhnend folgte er ihr. «Wo ist der Wodka?» fragte er.

«In meinem Schmuckkasten eingeschlossen. Der einzige sichere Aufbewahrungsort, an den sich die Zimmermädchen bei ihrer verdammten Schnüffelei nach Schnaps nicht rantrauen.» Sie warf ihm den Schlüssel zu und ließ sich auf der gestreiften Satincouch nieder. Er schenkte zwei Wodka auf Eis ein, reichte ihr das eine Glas und setzte sich ihr gegenüber, nahm einen Schluck und beobachtete sie. Sie sah ihn direkt an. «Nun, was hältst du von diesem Abend?»

«Ich verstehe nicht ganz, worauf du hinauswillst.»

Ein verächtlicher Blick und dann: «Natürlich weißt du's. Wenn Ted die Maske fallenläßt, macht er einen verstörten Eindruck, wie von Furien gejagt. Daß Craig krank vor Sorge ist, sieht ein Blinder. Min und der Baron erinnern mich an zwei Akrobaten auf einem schwankenden Hochseil. Der Anwalt hat Elizabeth keine Sekunde aus den Augen gelassen, und sie hat unentwegt unseren Tisch fixiert. Ich hab schon immer den Verdacht gehabt, daß sie in Ted verknallt ist. Und der verdrehten Lotteriegewinnerin dreh ich glatt den Hals um, falls Min mich morgen wieder neben sie setzt!»

«Du wirst den Teufel tun! Jetzt hör mal gut zu, Cheryl. Vielleicht kriegst du die Rolle. Phantastisch. Aber da ist immer noch das Risiko mit den Einschaltquoten. Damit steht und fällt jede Serie. Zugegeben, ein geringes Risiko, trotzdem läßt es sich nicht ableugnen. Und wenn das passiert, brauchst du eine Filmrolle. Die sind zwar reichlich gesät, aber Filme erfordern finanzielle Unterstützung. Die Lady hat jede Menge Kies zum Investieren. Die mußt du dir warmhalten.»

Cheryls Augen verengten sich zu Schlitzen. «Man könnte Ted überreden, für mich einen Film zu finanzieren. Da bin ich sicher. Er findet es unfair, daß ich letztes Jahr den Reinfall mit dem Stück ausbaden mußte. Das hat er mir selber gesagt.»

«Schreib dir das hinter die Ohren: Craig ist wesentlich vorsichtiger als Ted. Wenn Ted ins Kittchen wandert, wird Craig der Macher. Und noch was. Du spinnst, wenn du dir einbildest, Elizabeth wär in Ted verknallt. Wenn das stimmt, warum zum Teufel legt sie ihm dann die Schlinge um den Hals? Sie braucht doch nichts weiter zu sagen, als daß sie sich mit der Zeit geirrt hat und wie wunderbar Ted zu Leila gewesen ist. Absatz. Fall erledigt.»

Cheryl trank aus und hielt ihm mit einer gebieterischen Geste das leere Glas hin. Schweigend erhob sich Syd, goß nach und schenkte sich selbst einen ordentlichen Schluck Wodka ein. «Um so was zu merken, sind Männer zu dämlich», belehrte ihn Cheryl, als er das Glas vor sich hinstellte. «Du erinnerst dich doch an Elizabeth als Kind. Höflich, aber auf direkte Fragen hast du auch eine direkte Antwort bekommen. Und Ausreden hat sie nie gebraucht. Sie kann einfach nicht lügen. Nicht für sich selbst und leider ebensowenig für Ted. Aber bevor das Ganze über die Bühne gegangen ist, wird sie jedes Steinchen umdrehen und nach einem einwandfreien Beweis dafür suchen, was wirklich an dem Abend passiert ist. Das kann sie sehr gefährlich machen.

Und noch was, Syd. Hast du gehört, wie diese überkandidelte Alvirah Meehan über den Bericht in einer Filmzeitschrift gesprochen hat, daß Leila LaSalles Apartment das reinste Motel gewesen sein soll? Daß Leila an ihre sämtlichen Freunde Schlüssel verteilt hat, falls sie mal dort übernachten wollten?»

Cheryl erhob sich von der Couch, ging hinüber zu Syd, setzte sich neben ihn und legte ihm die Hände auf die Knie. «Du hattest doch einen Schlüssel zu dem Apartment, nicht wahr, Syd?»

«Du auch.»

«Ich weiß. Leila hat sich einen Spaß daraus gemacht, mich zu begönnern, weil ich mir ja kein Zimmer dort leisten konnte, geschweige denn ein Apartment. Aber der Barmixer im Jockey Club kann bezeugen, daß ich bei einem Drink rumhockte, als sie starb. Der Mann, mit dem ich zum Dinner verabredet war, hatte sich verspätet. Und dieser Mann warst du, mein lieber Syd. Wieviel hast du für dieses gottverdammte Stück verpulvert?»

Syd spürte, wie er erstarrte, und hoffte, daß Cheryl es nicht merkte. «Worauf willst du hinaus?»

«An dem bewußten Nachmittag hast du mir erzählt, daß du zu Leila gehen und sie bitten wolltest, sich das Ganze noch mal zu überlegen. Du hattest mindestens eine Million reingebuttert. Dein eigenes Geld oder gepumptes, Syd? Dann hast du mich als Ersatz für Leila in den Schlamassel reinbugsiert, als Opferlamm. Warum? Weil du entschlossen warst, nach jedem Strohhalm zu greifen, um das Stück vielleicht doch noch zu retten, und dafür gegebenenfalls meine Karriere aufs Spiel zu setzen. Und mein Gedächtnis hat sich erheblich verbessert. An dem Abend bist du fünfzehn Minuten zu spät gekommen. Du warst um 21 Uhr 45 im Jockey Club. Du warst leichenblaß. Deine Hände zitterten unaufhörlich. Du hast einen Drink auf dem Tisch verschüttet. Leila ist um 21 Uhr 31 gestorben. Von ihrem Apartment bis zum Jockey Club geht man zu Fuß knapp zehn Minuten.»

Cheryl stützte das Gesicht in beide Hände. «Ich habe zwei Wünsche, Syd. Erstens will ich die Rolle. Sieh zu, daß ich sie kriege. In dem Fall verspreche ich, mich weder betrunken noch nüchtern je wieder daran zu erinnern, daß du an dem Abend zu spät gekommen bist, daß du schrecklich aussahst, daß du einen Schlüssel zu Leilas Apartment hattest und daß Leila dich buchstäblich in den Ruin getrieben hat. Und zweitens will ich, daß du jetzt sofort abhaust. Ich brauche meinen Schönheitsschlaf.»

13

Min und Helmut lächelten ausdauernd und herzlich, bis sie sich in den eigenen vier Wänden geborgen wußten. Dort drehten sie sich wortlos zueinander um. Helmut schloß Min in die Arme, streifte mit den Lippen über ihre Wangen, massierte ihr mit geübten Griffen den Nacken.

«Liebchen.»

«Helmut, war's so schlimm, wie ich denke?»

Er entgegnete leise und sanft: «Ich habe dir klarzumachen versucht, Minna, daß es ein Fehler wäre, Elizabeth hierherzubringen, stimmt's? Jetzt ist sie wütend auf dich, aber außerdem ist noch etwas geschehen. Du hast beim Dinner mit dem Rücken zu ihr gesessen, während ich sie im Blickfeld hatte und mitbekam, wie sie uns von ihrem Tisch aus beobachtete. Es war, als sähe sie uns zum erstenmal.»

«Ich dachte, beim bloßen Zusammentreffen mit Ted... Du weißt doch, wie sie an ihm hing... Ich hatte immer den Verdacht, daß sie ebenfalls in ihn verliebt war...»

«Was du dir dabei gedacht hast, ist mir klar. Aber es hat nicht geklappt. Also Schluß damit für heute, Minna. Geh zu Bett. Ich mache dir noch eine Tasse heiße Milch und gebe dir eine Schlaftablette. Dann bist du morgen wieder frisch und munter und Herrin der Lage, wie üblich.»

Min lächelte matt und ließ sich von ihm zum Schlafzimmer führen. Er hatte weiterhin den Arm um sie gelegt, sie lehnte sich an ihn, bettete den Kopf an seine Schulter. Auch nach zehn Jahren verfehlte seine körperliche Nähe nicht ihre Wirkung, sie liebte diesen Hauch von teurem Eau de Cologne, die erstklassige Qualität dieses wie angegossen sitzenden Jacketts. In seinen Armen konnte sie die eiskalten Hände, die Launenhaftigkeit seines Vorgängers vergessen.

Als Helmut mit der heißen Milch zurückkam, lag sie im Bett, Kopf und Schultern von seidenen Kissen gestützt, die das jetzt lose herabfallende Haar dekorativ umrahmten. Sie wußte, daß der rosa Schimmer der Nachttischlampe ihre hohen Wangenknochen und die dunklen Augen vorteilhaft betonte. Der anerkennende Blick, mit dem ihr Mann ihr die Tasse aus zartem Limoges-Porzellan reichte, befriedigte sie vollauf. «Liebchen», flüsterte er, «ich wünschte, du wüßtest, was ich für dich empfinde. Du traust meinen Gefühlen auch nach all den Jahren noch nicht, habe ich recht?»

Das war der geeignete Augenblick. Sie mußte ihn nutzen.

«Irgend etwas stimmt nicht, Helmut, etwas Schlimmes, das du mir verschwiegen hast. Was ist es?»

Er zuckte die Achseln. «Du kennst das Problem. Überall im Land entstehen neue Kurzentren und Schönheitsfarmen. Die reichen Leute sind rastlos, unbeständig... Die Kosten für das römische Bad sind höher als erwartet – zugegeben... Trotzdem bin ich überzeugt, wenn es endlich fertig ist und wir eröffnen können...»

«Versprich mir eins, Helmut. Was auch immer passiert, das Schweizer Konto rühren wir nicht an. Eher gebe ich dies hier auf. In meinem Alter kann und will ich mir keine neue Pleite leisten.» Min bemühte sich, nicht laut zu werden.

«Wir werden es nicht antasten, Minna. Ich verspreche es.» Er reichte ihr die Schlaftablette. «So, die schluckst du jetzt sofort brav – auf Anordnung deines Ehemannes... und Arztes.»

«Gern.»

Er saß auf der Bettkante, während sie die Milch trank. «Kommst du nicht ins Bett?» fragte sie schläfrig.

«Nicht gleich. Ich möchte noch ein bißchen lesen. Das ist mein Schlafmittel.»

Nachdem er das Licht gelöscht und das Zimmer verlassen hatte, überkam Min bleierne Müdigkeit. Ein letzter klarer Gedanke, und dann nur noch die stumme, flehentliche Frage: «Was verheimlichst du vor mir, Helmut?»

14

Um Viertel vor zehn sah Elizabeth die Gäste aus dem Hauptgebäude hinausströmen. Erfahrungsgemäß dauerte es nun nur noch ein paar Minuten, bis überall Ruhe herrschte, die Vorhänge zugezogen, die Lichter gelöscht waren. In Cypress Point begann der Tag früh. Nach dem anstrengenden Fitnesstraining und den entspannenden kosmetischen Behandlungen gingen die meisten gern freiwillig um zehn ins Bett.

Seufzend stellte sie fest, daß jemand vom Hauptweg abbog und auf sie zukam. Instinktiv erriet sie, daß es sich um Mrs. Meehan handelte.

«Ich dachte, daß Sie sich vielleicht ein bißchen einsam fühlen», erklärte Alvirah und ließ sich unaufgefordert in einem der Liegestühle nieder. «War das Dinner nicht Klasse? Kein Mensch hätte da auf abgezählte Kalorien getippt, stimmt's? Wenn ich mein Leben lang so gegessen hätte, würde ich jetzt keine fünfundsiebzig Kilo auf die Waage bringen, das können Sie mir glauben.»

Sie drapierte sich den Schal wieder um die Schultern. «Das Ding rutscht in einer Tour.» Nach einem prüfenden Blick in die Runde: «Eine herrliche Nacht, finden Sie nicht? Die vielen Sterne. Sie haben hier garantiert nicht so 'ne Umweltverschmutzung wie wir in Queens. Und das Meer. Dieses Rauschen, einfach toll. Was hab ich gesagt? Ach ja – das Dinner. Mich hat's glatt umgehauen, wie der Kellner mir die Platte hingestellt hat, mit Löffel und Gabel. Zu Hause machen wir nämlich nicht solche Umstände, da hauen wir einfach rein. Ich meine, wer braucht schon Löffel und Gabel, um sich 'n paar grüne Bohnen oder 'n winziges Lammkotelett zu angeln? Aber dann ist mir eingefallen, wie Greer Garson sich in *Valley of Decision* von der pompösen Silberplatte bedient hat, und die Sache war für mich gelaufen. Aufs Kino ist eben immer Verlaß.»

Elizabeth mußte unwillkürlich lächeln. Alvirah Meehan hatte etwas so herzerfrischend Echtes, Aufrichtiges an sich. Und Aufrichtigkeit war im Cypress Point dünn gesät. «Ich bin überzeugt, Sie haben alles hervorragend gemacht.»

Alvirah spielte mit ihrer Brosche. «Ehrlich gesagt mußte ich die ganze Zeit Ted Winters anschauen. Vorher hatte ich einen Mordshaß auf ihn, aber er war so nett zu mir. Und daß diese Cheryl Manning so ein freches Mundwerk hat, Junge, da war ich doch platt. Die konnte Leila auf den Tod nicht ausstehen, hab ich recht?»

Elizabeth fuhr sich mit der Zunge über die Lippen. «Wie kommen Sie denn darauf?»

«Beim Dinner hab ich 'ne Bemerkung gemacht, daß Leila meiner Meinung nach zur Legende werden würde, genau wie Marilyn Monroe, und da hat sie gesagt, wenn's immer noch der Trend ist, 'ne ausgeflippte Säuferin zur Legende hochzujubeln, dann hätte Leila ja wohl 'ne Chance.» Alvirah empfand heftige Gewissensbisse, das Leilas Schwester erzählen zu müssen. Andererseits hatte sie immer gelesen, daß für einen guten Reporter nur das Ergebnis zählt.

«Wie haben die anderen darauf reagiert?» erkundigte sich Elizabeth gelassen.

«Die haben alle gelacht, bis auf Ted Winters. Es wär abscheulich, so was zu sagen, fand er.»

«Meinen Sie wirklich, daß Min und Craig das für komisch hielten?»

«So was kann man nie genau wissen», entgegnete Alvirah schroff. «Manchmal lachen Menschen ja auch aus Verlegenheit. Aber sogar der Anwalt, der mit Ted Winters hier ist, hat was in der Preislage von sich gegeben. Ungefähr so: ‹In diesem Kreis dürfte Leilas Popularitätskurve ungefähr bei Null liegen.›»

Elizabeth erhob sich. «Es war lieb von Ihnen, mal vorbeizuschauen, Mrs. Meehan. Leider muß ich mich jetzt umziehen. Ich schwimme immer vor dem Schlafengehen noch ein paar Runden.»

«Das weiß ich. Sie haben bei Tisch davon gesprochen. Craig – das ist doch der Name von Mr. Winters' Assistent ...»

«Ja.»

«Craig hat sich bei der Baronin erkundigt, wie lange Sie bleiben. Vermutlich bis übermorgen, sagte sie. Sie warteten noch auf eine gewisse Sammy.»

«Stimmt.»

«Und Syd Melnick meinte, Sie wollten wohl keinem von ihnen begegnen. Darauf antwortete die Baronin, der einzige Ort, wo man Elizabeth immer antreffen kann, ist das große Schwimmbecken. Dort erscheint sie regelmäßig gegen zehn Uhr abends. Ich vermute, sie hat recht damit.»

«Sie weiß, daß ich gern schwimme. Finden Sie den Weg zu Ihrem Bungalow? Sonst begleite ich Sie. Man kann sich leicht verlaufen in der Dunkelheit.»

«Danke, ich komme schon zurecht. War mir ein Vergnügen, mit Ihnen zu schwatzen.» Alvirah wuchtete sich aus dem Liegestuhl hoch und marschierte quer über den Rasen auf dem kürzesten Weg zu ihrem Bungalow. Sie war enttäuscht, daß Elizabeth gar nichts geäußert hatte, was sie für ihre Artikelserie benutzen könnte. Andererseits hatte sie freilich beim Dinner eine Fülle von Material geliefert bekommen. Stoff genug für einen handfesten Artikel zum Thema Eifersucht.

Würde es die Leser denn nicht interessieren, etwas über Leila LaSalles engste Freunde zu erfahren, die sich alle so benahmen, als seien sie froh, daß sie tot war?

15

Behutsam ließ er die Sonnenblenden herunter und löschte die Lichter. Er hatte es schrecklich eilig. Vielleicht war es schon zu spät, aber früher hätte er sich unmöglich hinauswagen können. Als er die Außentür öffnete, begann er zu frösteln. Die Luft hatte sich stark abgekühlt, und er war nur mit Badehose und einem dunklen T-Shirt bekleidet.

Draußen herrschte Stille, das Gelände wurde nur von den jetzt abgedunkelten Laternen an den Fußwegen und in den Bäumen beleuchtet. Kein Kunststück, im Schatten verborgen zu bleiben, während er zum großen Schwimmbecken eilte. Würde sie noch dort sein?

Der Wind hatte sich gedreht und leichten Nebel vom Meer landeinwärts getrieben. Innerhalb von Minuten waren die Sterne und der Mond hinter Wolken verschwunden. Selbst wenn zufällig jemand am Fenster stehen und hinausschauen sollte, könnte er ihn nicht ausmachen.

Elizabeth beabsichtigte, bis zu ihrem Treffen mit Sammy am folgenden Abend zu bleiben. Das gab ihm lediglich anderthalb Tage – bis Dienstagmorgen –, alle Vorkehrungen für ihren Tod zu treffen.

Bei der Strāuchereinfassung der Terrasse am Schwimmbekken hielt er inne. In der Dunkelheit konnte er Elizabeth kaum sehen, wie sie mit schnellen, sicheren Stößen die Schwimmbahn durchmaß. Sorgfältig errechnete er seine Erfolgschancen. Die Idee war ihm gekommen, als Min erwähnte, daß Elizabeth gegen zehn regelmäßig hier im Schwimmbecken anzutreffen sei. Eine plötzliche Attacke, niemand in Hörweite, falls sie aufschrie, keine Spuren, keine Anzeichen eines Kampfes ... Er wollte sich lautlos ins Wasser gleiten lassen, kurz bevor sie das entgegengesetzte Ende des Beckens erreichte, und abwarten, bis sie zurückkam, sich dann auf sie stürzen und sie untertauchen, bis sie sich nicht mehr wehrte. Jetzt schlich er sich hinter den Sträuchern hervor. Bei der Dunkelheit konnte er unbesorgt einen näheren Blick riskieren.

Er hatte vergessen, wie schnell sie schwamm. Obwohl sie überschlank war, hatte sie stahlharte Armmuskeln. Wenn sie nun den Kampf lange genug durchhalten konnte, um Aufmerksamkeit zu erregen? Und höchstwahrscheinlich trug sie auch noch so eine verdammte Trillerpfeife um den Hals, die Min für Einzelschwimmer zur Bedingung machte.

Vor Wut und Enttäuschung kniff er die Augen zusammen, als er sich geduckt immer näher an den Beckenrand heranschlich, bereit, hineinzutauchen, allerdings nicht sicher, ob dies genau der richtige Moment war. Sie schwamm schneller als er. Im Wasser könnte ihr das ihm gegenüber zum Vorteil gereichen . . .

Er durfte sich keinen zweiten Fehler leisten.

In aqua sanitas! Die Römer hatten dieses Motto in die Wände ihrer Thermen eingemeißelt. Wenn ich an Reinkarnation glauben würde, wäre ich überzeugt, damals gelebt zu haben, dachte Elizabeth, als sie im Dunkeln dahinglitt. Als sie zu schwimmen begann, hatte sie nicht nur die äußeren Umrisse des Beckens genau erkennen können, sondern auch die nähere Umgebung – die Terrasse mit den Liegestühlen, den Tischen mit Sonnenschirmen und die blühenden Hecken. Jetzt sah sie das alles nur noch als schwarze Schattenrisse.

Die hartnäckigen Kopfschmerzen, die sie den ganzen Abend über geplagt hatten, ebbten allmählich ab, das Gefühl von Eingeengtsein schwand; wieder einmal erlebte sie die befreiende Wirkung, die sie von jeher im Wasser empfand. «Ob das schon im Mutterleib angefangen hat?» hatte sie Leila einmal im Scherz gefragt. «Ich meine dieses unbedingte Gefühl, frei zu sein, sobald ich ins Wasser eintauche.»

Leilas Antwort hatte sie aus der Fassung gebracht. «Vielleicht war Mama glücklich, als sie dich erwartete, Spatz. Ich hab Senator Lange immer für deinen Vater gehalten. Er und Mama hatten ein stürmisches Verhältnis, nachdem mein teurer Herr Vater spurlos von der Bildfläche verschwunden war. Als ich unterwegs war, nannte man mich vermutlich ‹das Mißgeschick›.»

Von Leila stammte der Vorschlag, Elizabeth solle den Bühnennamen Lange benutzen. «Wahrscheinlich müßtest du von Rechts wegen so heißen, Spatz», hatte sie gesagt. «Warum also nicht?»

Sobald Leila Geld zu verdienen begann, hatte sie Mama jeden Monat einen Scheck geschickt. Den letzten schickte dann Mamas letzter Liebhaber nicht eingelöst zurück. Mama war an akuter Alkoholvergiftung gestorben.

Elizabeth berührte den Beckenrand, zog die Knie an und schnellte sich mit einem Ruck vom Rücken auf den Bauch, um eine Runde Brustschwimmen einzulegen. War es möglich, daß Leilas Bindungsangst bereits im Augenblick der Empfängnis begonnen hatte? Kann so eine winzige Zelle spüren, daß ihr Feindseligkeit entgegengebracht wird, und vermag dies ein ganzes Leben zu beeinflussen? Und war es nicht Leilas Verdienst, daß ihr diese furchtbare Erfahrung, von den Eltern abgelehnt zu werden, erspart blieb? Sie erinnerte sich an die Schilderung ihrer Mutter von der Heimkehr aus dem Krankenhaus: «Leila nahm mir das Baby aus den Armen. Sie stellte das Kinderbett in ihr Zimmer. Sie war zwar erst elf, aber sie wurde die eigentliche Mutter der Kleinen, die ich Laverne nennen wollte. Doch da protestierte Leila energisch: ‹Sie heißt Elizabeth!›» Ein weiterer Grund, Leila dankbar zu sein, dachte Elizabeth.

Das gleichmäßige Plätschern des Wassers, das sie begleitete, ließ sie das leise Tappen von Füßen am entgegengesetzten Ende des Beckens überhören. Sie war am Nordrand angelangt und machte kehrt. Aus irgendeinem Grund begann sie mit Vehemenz zu schwimmen, als ob sie die Gefahr witterte.

Die schattenhafte Gestalt schlich sich an der Wand entlang. Eiskalt errechnete er das Tempo dieser zügigen Schwimmstöße. Auf das richtige Timing kam es an. Sie dann von hinten packen, so daß er über ihr lag, ihren Kopf so lange ins Wasser drücken, bis sie erschlaffte. Wieviel Zeit würde das beanspruchen? Eine Minute? Zwei? Doch wenn sie sich nicht so leicht unterkriegen ließ? Das Ganze mußte nach Unfalltod durch Ertrinken aussehen.

Dann kam ihm ein Gedanke. Sein Mund verzog sich zu einem Lächeln. Warum hatte er nicht schon früher an die Taucherausrüstung gedacht? Mit der Druckluftflasche war es ihm möglich, sie so lange am Boden des Schwimmbeckens festzuhalten, bis er sicher sein konnte, daß sie tot war. Der gesamte Aufzug mit Schwimmflossen, Taucherbrille bot eine perfekte Tarnung, falls ihn jemand auf dem Gelände sehen sollte.

Er beobachtete, wie sie auf die Leiter zuschwamm. Der Impuls, sich ihrer sofort zu entledigen, wurde übermächtig. Doch er mußte bis zum nächsten Abend warten. Dann aber bestimmt, gelobte er sich. Vorsichtig kam er näher, um zu beobachten, wie sie den Fuß auf die unterste Stufe der Leiter stellte und sich aufrichtete. Mit zusammengekniffenen Augen verfolgte er angestrengt jede ihrer Bewegungen, als sie in den Bademantel schlüpfte und den Rückweg zu ihrem Bungalow antrat.

Am folgenden Abend würde er hier auf sie warten. Tags darauf würde dann jemand ihre Leiche am Boden des Schwimmbeckens entdecken – ebenso zufällig, wie der Arbeiter damals Leilas Leiche auf dem Hof entdeckt hatte.

Und er hätte dann nichts mehr zu befürchten.

Montag, 31. August

Das Wort zum Tage:
Eine geistreiche Frau ist ein Schatz, eine geistreiche Schönheit jedoch eine Macht.

George Meredith

Guten Morgen, lieber Gast!

Wir hoffen, Sie hatten eine angenehme Nacht. Der Wetterbericht verheißt uns einen neuen, herrlichen Tag in Cypress Point Spa.

Ein kleiner Hinweis. Einige unter uns vergessen, ihre Wünsche für den Lunch in unsere Speisekarten einzutragen. Wir möchten nicht, daß Sie auf die Bedienung warten müssen, nachdem Sie den Vormittag mit hartem Körpertraining und sanfter Schönheitspflege verbracht haben. Also nehmen Sie sich bitte einen kurzen Augenblick Zeit und kreuzen Sie Ihre Auswahl an, bevor Sie Ihr Zimmer verlassen.

Bitte beeilen Sie sich, damit Sie sich gleich unserem Morgenspaziergang anschließen können. Wir freuen uns schon, Sie in unserer Mitte zu begrüßen.

Und denken sie daran – ein neuer Tag in Cypress Point Spa bedeutet zugleich, daß wiederum eine Reihe von kostbaren Stunden nur dem Ziel gewidmet ist, Ihre Schönheit zu vervollkommnen, Sie zu der anziehenden Persönlichkeit zu machen, deren Gesellschaft man sucht, die man berühren und lieben möchte.

Baron und Baronin von Schreiber

1

Am Montag wachte Elizabeth lange vor der Morgendämmerung auf. Selbst das Schwimmen hatte nicht die gewohnte magische Wirkung entfaltet. Den größten Teil der Nacht hatte sie sich mit ständig wechselnden Traumsequenzen herumgeschlagen. Alle tauchten sie darin auf: Mama, Leila, Ted, Craig, Syd, Cheryl, Sammy, Min, Helmut - sogar Leilas zwei Ehemänner, diese Scharlatane, die ihren Erfolg dazu benutzten, sich selbst ins Rampenlicht zu bringen, der erste ein Schauspieler, der zweite ein Möchtegern-Produzent und -Salonlöwe...

Um sechs erhob sie sich, zog die Jalousien hoch, kuschelte sich dann wieder unter die weiche Bettdecke. Es war kühl draußen, doch sie liebte es, den Sonnenaufgang zu beobachten. Für sie besaßen die frühen Morgenstunden etwas Besonderes, fast Unwirkliches. Kein menschlicher Laut war zu hören, nur die Seevögel an der Küste unterbrachen die Stille.

Um halb sieben klopfte es an die Tür. Vicky brachte das obligate Glas Saft. Sie arbeitete schon seit Jahren als Zimmermädchen in Cypress Point. Jetzt, als rüstige Sechzigerin, besserte sie die Rente ihres Mannes damit auf, daß sie «verblühten Spätlingen zur Aufmunterung das Frühstück servierte», wie sie gern spottete. Vicky und Elizabeth begrüßten sich herzlich wie alte Freundinnen.

«Ein komisches Gefühl, diesmal hier auf der Gästeliste zu stehen», bemerkte Elizabeth.

«Sie haben sich das redlich verdient. Ich hab Sie in *Hilltop* gesehen. Sie sind 'ne verdammt gute Schauspielerin.»

«Trotzdem fühle ich mich sicherer, wenn ich Unterwasseraerobic unterrichte.»

«Und Prinzessin Di kann jederzeit Kindergärtnerinnen ausbilden. Jetzt machen Sie mal 'nen Punkt!»

Elizabeth wartete, bis sich die tägliche Prozession zum

sogenannten Zypressen-Marsch in Bewegung gesetzt hatte. Als sie nach draußen ging, näherten sich die Wanderer unter Führung von Min und Helmut bereits dem Weg zur Küste. Der flotte Morgenspaziergang folgte einer festgelegten Route und dauerte fünfunddreißig Minuten. Nach der Rückkehr gab es dann Frühstück.

Elizabeth wartete, bis sie außer Sicht waren, und begann, in entgegengesetzter Richtung zu joggen. Um diese frühe Stunde herrschte kaum Verkehr. Sie wäre lieber die Küste entlanggelaufen, wo sie den vollen Blick aufs Meer genießen konnte, doch damit hätte sie riskiert, von den anderen bemerkt zu werden.

Wenn doch Sammy bloß schon wieder da wäre, dachte sie, während sie das Tempo allmählich steigerte. Ich könnte mit ihr reden und nachmittags das Flugzeug nehmen. Sie wollte weg von hier. Falls man Alvirah Meehan glauben konnte, hatte Cheryl am Vorabend Leila eine «ausgeflippte Säuferin» genannt. Und alle hatten darüber gelacht – alle, bis auf Ted, ihren Mörder.

Min, Helmut, Syd, Cheryl, Craig, Ted. Die Menschen, die Leila am nächsten gestanden, die bei der Trauerfeier vor Schmerz geweint hatten.

Ich lasse dich nicht im Stich, Leila, gelobte sie. Mit einer ungeduldigen Bewegung wischte sie sich die Tränen aus den Augen. Sie lief immer schneller, als wolle sie den quälenden Gedanken entrinnen. Die Sonne brachte den Frühnebel zum Verschwinden; auf den dichten Hecken vor den Häusern am Wegrand glitzerte der Morgentau; über ihr kreisten Seemöwen und stießen dann wieder aufs Meer herab. Wie weit konnte man sich auf Alvirah Meehan als Zeugin verlassen? Sie hatte eine seltsame Intensität an sich, die sich kaum noch mit der Begeisterung über den Aufenthalt in Cypress Point erklären ließ.

Sie kam am Golfplatz vorbei, wo sich bereits einige Frühaufsteher betätigten. Sie hatte am College mit Golfspielen angefangen. Leila hatte zwar Ted gegenüber immer wieder beteuert, irgendwann würde sie sich ganz bestimmt die Zeit nehmen und es lernen, und dabei war es geblieben. Das wäre auch nichts für Leila gewesen, dachte Elizabeth, während ein Lächeln über ihre Lippen huschte. Leila war viel zu ungeduldig, um vier oder fünf Stunden hinter einem Ball herzulatschen.

Sie bekam kaum noch Luft und verlangsamte das Tempo. Ich bin nicht in Form, dachte sie. Sie nahm sich vor, ein volles Tagesprogramm mit Fitnesstraining und Behandlungen zu absolvieren. Damit wäre die Wartezeit sinnvoll genutzt. Sie bog in die Straße ein, die nach Cypress Point zurückführte, und – stieß mit Ted zusammen.

Er packte sie bei den Armen, um sie vor dem Hinfallen zu bewahren. Sie atmete schwer nach dem heftigen Zusammenprall und bemühte sich, ihn wegzudrängen. «Laß mich los!» Und mit erhobener Stimme: «Du sollst mich loslassen, habe ich gesagt.» Weit und breit kein Mensch zu sehen. Er schwitzte, das T-Shirt klebte ihm am Körper. Die teure Uhr, die Leila ihm geschenkt hatte, funkelte in der Sonne.

Er ließ sie los. Vor Schreck wie gelähmt registrierte sie den unergründlichen Ausdruck, mit dem er zu ihr hinunterblickte. «Ich muß mit dir reden, Elizabeth.»

«Sag das, was du zu sagen hast, vor Gericht.» Damit wollte sie an ihm vorbei, doch er stellte sich ihr in den Weg. Unwillkürlich trat sie zurück. War es das, was Leila am Ende empfunden hatte, dieses Gefühl, in einer Falle gefangen zu sein?

«Du sollst mir zuhören, sagte ich.» Anscheinend spürte er ihre Angst und war wütend darüber.

«Du hast mir keine Chance gegeben, Elizabeth. Ich weiß, wie sich das Ganze ansieht. Vielleicht hast du recht, und ich bin tatsächlich wieder nach oben gegangen. Ich kann dazu nichts sagen, weil ich es einfach nicht weiß. Ich war betrunken, wütend, aber auch schrecklich besorgt wegen Leila. Elizabeth, überleg dir bitte folgendes: Falls du recht hast, falls ich tatsächlich nach oben zurückgegangen bin, falls diese Frau recht hat, die behauptet, sie hätte mich im Handgemenge mit Leila gesehen, würdest du dann nicht zumindest einräumen, daß ich sie vielleicht zu retten versuchte? Du weißt doch, wie deprimiert Leila an diesem Tag war. Sie war ja halb von Sinnen.»

«Falls du nach oben zurückgegangen bist. Soll das heißen, daß du jetzt bereit bist, das zuzugeben?» Elizabeth glaubte zu ersticken. Die Luft erschien plötzlich schwer und feucht. Obwohl Ted sie mit einer Länge von einem Meter achtzig um etliche Zentimeter überragte, wirkten sie jetzt gleich groß, als sie sich unverwandt anstarrten. Wieder wurde ihr bewußt, wie tief sich die Falten um Augen und Mund eingegraben hatten.

«Ich bin mir völlig klar über deine Einstellung zu mir, Elizabeth. Aber du mußt unbedingt eins begreifen. Ich erinnere mich nicht, was in jener Nacht passiert ist. Ich war stockbetrunken und völlig außer mir. Im Lauf der vergangenen Monate ist allmählich so eine dunkle Erinnerung aufgetaucht, daß ich an Leilas Wohnungstür gewesen bin, sie aufgestoßen habe. Also hast du vielleicht recht, hast du vielleicht tatsächlich gehört, daß ich ihr etwas zugerufen habe. Aber darüber hinaus erinnere ich mich an gar nichts! Das ist die Wahrheit, wie ich sie kenne. Die nächste Frage: Hältst du mich, ob betrunken oder nüchtern, eines Mordes für fähig?»

Aus seinen dunkelblauen Augen sprach Qual. Er biß sich auf die Lippen und streckte ihr flehend die Hände entgegen. «Nun, Elizabeth?»

Mit einem Satz schoß sie an ihm vorbei und rannte zum Eingangstor von Cypress Point. Der Staatsanwalt hatte es vorausgesagt. Wenn Ted einsah, daß er es nicht ableugnen konnte, mit Leila auf der Terrasse gewesen zu sein, würde er behaupten, er habe sie zu retten versucht.

Sie blickte nicht zurück, bis sie am Tor angelangt war. Ted hatte keine Anstalten gemacht, ihr zu folgen. Er stand da, wo sie ihn verlassen hatte, starrte ihr nach, beide Hände an den Mund gepreßt.

Ihre Arme brannten noch von dem eisernen Griff, mit dem er sie gepackt hatte. Sie erinnerte sich an eine andere Bemerkung, die der Staatsanwalt gemacht hatte.

Ohne sie und ihre Aussage würde Ted freigesprochen.

2

Um acht Uhr früh manövrierte Dora «Sammy» Samuels ihren Wagen rückwärts aus der Ausfahrt zum Haus ihrer Kusine Elsie hinaus und machte sich mit einem Seufzer der Erleichterung auf den Weg vom Napa Valley zur Halbinsel Monterey. Mit etwas Glück würde sie um vierzehn Uhr dort sein. Ursprünglich wollte sie erst am Spätnachmittag aufbrechen, und Elsie hatte ihren Ärger über diese Umdisposition offen gezeigt, aber es zog sie zurück nach Cypress Point, um die restlichen Postbeutel zu sichten.

Die drahtige Siebzigjährige mit dem zu einem straffen Nackenknoten aufgesteckten Haar und der altmodischen, randlosen Brille auf der kleinen, geraden Nase hatte vor anderthalb Jahren eine lebensgefährliche Aneurysma-Operation durchgemacht. Seitdem wirkte sie gebrechlich und hinfällig, wollte jedoch bis jetzt nichts von Pensionierung wissen und wehrte jedes Gespräch darüber barsch ab.

Dieses Wochenende hatte ihr zugesetzt. Ihre Kusine war von jeher gegen Doras Job bei Leila. «Fanpost von dämlichen

Weibern beantworten, das ist doch keine Arbeit für dich», nörgelte sie ständig. «Ich möchte meinen, du mit deinem Köpfchen könntest mit deiner Zeit wirklich was Besseres anfangen. Unterrichten zum Beispiel. Warum stellst du dich nicht für so was zur Verfügung?»

Dora hatte längst den Versuch aufgegeben, Elsie zu erklären, daß sie nach fünfunddreißig Schuljahren nie wieder ein Lehrbuch sehen wollte, daß die acht Jahre bei Leila die anregendsten, spannendsten ihres ereignislosen Lebens gewesen waren.

Dieses Wochenende war besonders mühsam gewesen. Als Elsie sie den Sack mit Fanpost durchgehen sah, hatte sie verblüfft gefragt: «Soll das etwa heißen, daß du sechzehn Monate nach dem Tod dieser Frau immer noch an ihre Fans schreibst? Bist du verrückt?»

Nein, das bin ich nicht, sagte Dora bei sich, während sie – unter genauer Beachtung des Tempolimits – durch das Weingebiet fuhr. Trotz der ermüdenden Hitze herrschte bereits reger Ausflugsverkehr, vollbesetzte Autobusse unternahmen die üblichen Rundfahrten durch die Weingärten, Weinproben inbegriffen.

Sie hatte sich erst gar nicht bemüht, Elsie klarzumachen, daß sie mit einigen persönlichen Zeilen an die Menschen, die Leila geliebt hatten, zugleich auch ihren eigenen Schmerz etwas linderte. Ebensowenig hatte sie ihrer Kusine den Grund verraten, weshalb sie den schweren Postsack mitgeschleppt hatte. Sie durchsuchte ihn, um festzustellen, ob Leila noch weitere anonyme Briefe bekommen hatte.

Der eine, den sie bereits gefunden hatte, war drei Tage vor Leilas Tod aufgegeben worden. Die Adresse auf dem Umschlag und der Text der Mitteilung waren auf die bekannte Art zusammengestückelt. Der Absender hatte die einzelnen Schnipsel aus Zeitschriften und Zeitungen herausgeschnitten. Der Inhalt lautete:

Leila,

Wie oft soll ich Ihnen denn noch schreiben? Können Sie nicht kapieren, daß Ted Sie satt hat? Seine neue Flamme ist bildschön und viel jünger als Sie. Die passende Smaragdkette zu dem Armband, das er Ihnen geschenkt hat, trägt sie jetzt, das wissen Sie ja schon von mir. Er hat das Doppelte dafür bezahlt, und sie steht ihr zehnmal besser. Wie ich höre, ist Ihr Stück ein Reinfall. Sie sollten wirklich Ihren Text lernen. Ich melde mich bald wieder.

Ein Freund

Bei dem Gedanken an diesen Wisch und die vorangegangenen geriet sie wieder in Rage. Wie tief mußte das Leila getroffen haben ...

Sie hatte wohl am schärfsten erkannt, wie schrecklich verletzlich Leila war, hatte begriffen, daß dieses zur Schau getragene Selbstbewußtsein, dieses strahlende Image nichts als Fassade war, hinter der sich ein zutiefst unsicheres Wesen verbarg.

Sie erinnerte sich an eine Szene, die sich zu Anfang ihrer Tätigkeit bei Leila abgespielt hatte. Elizabeth war zu ihrer neuen Schule abgereist, und Sammy hatte Leila bei der Rückkehr vom Flugplatz erlebt – in Tränen aufgelöst, verlassen, völlig niedergeschmettert. «Meine Güte, Sammy, ich kann's nicht fassen, daß ich Spatz womöglich monatelang nicht sehe», schluchzte sie. «Aber ein Schweizer Internat müßte doch für sie eine tolle Sache sein? Ein himmelweiter Unterschied, wenn ich an meine sogenannte Alma Mater in Lumber Creek denke.» Und dann zögernd: «Sammy, heute abend möchte ich nichts unternehmen. Könnten Sie hierbleiben und mit mir essen?»

Die Jahre vergehen so schnell, dachte Dora, als abermals ein Bus sie ungeduldig hupend überholte. Ihr schien, als erinnere sie sich an diesem Morgen besonders deutlich an Leila. An Leilas Eskapaden, an die Sorglosigkeit, mit der sie das Geld ebenso schnell wieder ausgab, wie sie es verdient hatte. An Leilas zwei Ehen... Sie hatte Leila inständig gebeten, den zweiten nicht zu heiraten. «Haben Sie denn Ihre Lektion noch immer nicht gelernt?» hatte sie sie beschworen. «Ein zweiter Parasit – das können Sie sich doch nicht antun!»

Darauf Leila, die Arme um die Knie geschlungen: «So schlimm ist er ja gar nicht, Sammy. Er bringt mich zum Lachen, und das ist immerhin ein Plus.»

«Wenn Sie unbedingt lachen wollen, dann engagieren Sie sich doch einen Clown.»

Leilas stürmische Umarmung. «Ach, Sammy, versprechen Sie, mir immer alles ins Gesicht zu sagen. Wahrscheinlich haben Sie recht, aber ich mache eben keine halben Sachen. Nein, jetzt will ich's genau wissen.»

Den Spaßvogel loszuwerden hatte sie zwei Millionen Dollar gekostet.

Leila über Ted: «Sammy, das kann einfach nicht dauern. So wunderbar ist niemand. Was sieht er bloß in mir?»

«Sind Sie übergeschnappt? Schauen Sie denn nicht mehr in den Spiegel?»

Leila, nach jeder Filmpremiere von Selbstzweifeln geplagt: «Sammy, in der Rolle bin ich abgestunken. Ich hätte sie nicht annehmen sollen. Sie liegt mir nicht.»

«Reden Sie keinen Unsinn. Ich habe auch die Zeitungen gelesen. Sie sind großartig.»

Sie hatte für ihre schauspielerische Leistung den Oscar gewonnen.

In den letzten paar Jahren hatte sie in der Tat in drei Filmen ungeeignete Rollen zugeteilt bekommen. Die Sorgen um ihre Karriere wurden zur fixen Idee. Ihre Angst, Ted zu verlieren, war nicht weniger groß als ihre Liebe zu ihm. Und dann hatte Syd ihr das Theaterstück gebracht. «Ich schwör's Ihnen, Sammy, hier muß ich überhaupt nicht spielen, nur ich selbst sein. Die Rolle ist mir auf den Leib geschrieben, einfach toll!»

Dann war es aus, dachte Dora. Am Schluß haben wir sie alle im Stich gelassen. Ich war krank. Elizabeth war selber auf Tournee. Ted war ständig geschäftlich unterwegs. Und irgend jemand, der Leila gut kannte, bombardierte sie mit diesen anonymen Briefen, zerstörte diese zerbrechliche Persönlichkeit, die sich dann mit Alkohol zu betäuben suchte.

Dora merkte, daß ihre Hände zitterten, und begann, die Schilder am Straßenrand zu studieren. Eine Teepause würde ihr vielleicht guttun. In Cypress Point würde sie dann die restliche ungeöffnete Post sichten.

Sie war überzeugt davon, daß es Elizabeth irgendwie gelingen würden, den Absender der anonymen Briefe ausfindig zu machen.

3

In ihrem Bungalow fand Elizabeth eine Mitteilung von Min vor, die zusammen mit dem Tagesprogramm an dem Veloursbademantel auf dem Bett steckte. Sie lautete:

> Meine liebe Elizabeth
> Ich hoffe, daß Du diesen Tag bei uns samt Fitnesstraining und Schönheitsbehandlung genießt. Wie Du weißt, muß sich jeder neue Gast zuvor kurz mit Helmut unterhalten. Ich habe Dich als erste vorgemerkt.
> Vergiß nicht, wie sehr mir Dein Wohlergehen und Dein Glück am Herzen liegen.

Der Briefstil war ebenso typisch für Min wie die schwungvolle Handschrift. Elizabeth überflog rasch den Tagesplan. 8 Uhr 45: ärztliche Beratung bei Dr. Helmut von Schreiber; 9 Uhr: Aerobic-Tanzkurs; 9 Uhr 30: Massage; 10 Uhr: Trampolinspringen; 10 Uhr 30: Unterwasseraerobic für Fortgeschrittene – diesen Kurs hatte sie damals hier geleitet; 11 Uhr: Gesichtsbehandlung; 11 Uhr 30: Waldlauf; 12 Uhr: Kräuterwickel. Für den Nachmittag standen eine Luffa-Abreibung, Maniküre, Yoga, Pediküre, zweimal weiteres Wassertraining auf dem Programm.

Sie hätte den Besuch bei Helmut gern vermieden, wollte jedoch daraus kein Problem machen. Es wurde eine kurze Konsultation. Er kontrollierte Puls und Blutdruck und untersuchte dann ihre Haut bei starker Beleuchtung. «Dein Gesicht ist wie fein gemeißelt», erklärte er. «Du gehörst zu den glücklichen Frauen, die mit zunehmendem Alter schöner werden. Das läßt sich am Knochenbau ablesen.»

Dann, als denke er laut: «Leila war hinreißend, aber von einer ungebändigten Schönheit, die dahinwelkt, sobald sie den Höhepunkt überschritten hat. Bei ihrem letzten Besuch hier schlug ich ihr vor, mit Kollagenbehandlungen anzufangen. Außerdem hatten wir vor, die Augenpartie zu liften. Wußtest du das?»

«Nein.» Es gab Elizabeth einen Stich, als ihr klar wurde, daß sie auf diese Eröffnung gekränkt reagiert hatte, weil sie in Leilas Pläne nicht eingeweiht worden war. Oder hatte er ihr Lügen aufgetischt?

«Tut mir leid», entschuldigte sich Helmut. «Ich hätte ihren Namen nicht erwähnen sollen. Und falls du dich fragst, warum Leila dir nichts davon anvertraut hat, mußt du dir meiner Meinung nach vergegenwärtigen, daß sie sich über die drei Jahre Altersunterschied zwischen ihr und Ted sehr bewußt geworden war. Ich konnte ihr aufrichtig versichern, daß dies zwischen Menschen, die sich lieben, keine Rolle spielt – ich muß das ja schließlich wissen –, aber trotz alledem bereitete es ihr weiter Kopfzerbrechen. Und mit anzusehen, wie du immer schöner wurdest, während sie bei sich die ersten

Vorboten des Alterns zu entdecken begann, war ein Problem für sie.»

Elizabeth erhob sich. Wie alle anderen Arbeitsräume hier glich auch dieser einem wohlausgestatteten Wohnzimmer. Die blau und grün gemusterten Bezüge von Sofas und Sesseln wirkten kühl und beruhigend, die zurückgezogenen Vorhänge ließen die Sonne hereinfluten. Die Aussicht umfaßte das Grün des Golfplatzes und das Meer.

Sie wußte, daß Helmut sie einer eingehenden Prüfung unterzog. Seine übertriebenen Komplimente sollten eine bittere Pille versüßen. Er versuchte ihr einzureden, Leila habe angefangen, sie als Konkurrenz zu betrachten. Aber wozu das? Sie erinnerte sich an Helmuts feindseligen Ausdruck, als er vor Leilas Foto stand und sich unbeobachtet glaubte. Ob diese Anspielung auf Leilas langsam dahinschwindende Schönheit Helmuts späte Rache für all ihre bissigen Bemerkungen war?

Sie sah Leila plötzlich vor sich: den schönen Mund, das betörende Lächeln, die smaragdgrünen Augen, das prachtvolle flammend rote Haar, das sich um die Schultern lockte. Um ihr Gleichgewicht wiederzufinden, markierte sie Interesse für die gerahmten Werbeplakate an der Wand. Eine Textzeile fiel ihr ins Auge. Wie ein Schmetterling, der auf einer Wolke dahintreibt. Wieso kam ihr das bekannt vor?

Der Gürtel ihres Bademantels hatte sich gelockert. Sie zog ihn wieder fest und drehte sich zu Helmut um. «Wenn von den Frauen, die hier ein Vermögen hinblättern, jede zehnte auch nur annähernd so aussähe wie Leila, wär für dich nichts mehr zu holen, Baron.»

Er antwortete nicht.

In der Frauenabteilung herrschte mehr Betrieb als am Vortag, trotzdem war es nicht mit früher zu vergleichen. Elizabeth absolvierte ihr Programm, war froh, sich körperlich wieder einmal auszuarbeiten, und überließ sich dann ebensogern den geschickten Händen der Masseuse und der Kosmetikerin. In den zehnminütigen Zwischenpausen traf sie mehrmals mit Cheryl zusammen. *Eine ausgeflippte Säuferin.* Sie wahrte Cheryl gegenüber mit knapper Mühe den Anschein, was diese offenbar gar nicht merkte. Sie wirkte geistesabwesend.

Alvirah Meehan nahm am gleichen Aerobic-Tanzkurs teil – eine erstaunlich gelenkige Alvirah mit einem ausgeprägten Sinn für Rhythmus. Warum um Himmels willen trug sie eine Rosette am Bademantel. Sobald sie mit jemand ins Gespräch kam, machte sie sich an der Brosche zu schaffen, wie Elizabeth feststellte. Einigermaßen erheitert bemerkte sie außerdem Cheryls erfolglose Ausweichmanöver.

Zum Lunch kehrte sie in ihren Bungalow zurück, denn auf der Terrasse beim Schwimmbecken wäre sie womöglich abermals mit Ted zusammengetroffen. Während sie den frischen Obstsalat verzehrte und dazu Eistee trank, buchte sie telefonisch ihren Flug um. Sie bekam eine Reservierung in der Maschine, die am nächsten Morgen um zehn in San Francisco nach New York startete.

Sie war ganz versessen darauf gewesen, aus New York herauszukommen. Jetzt strebte sie, wiederum mit aller Macht, von hier weg.

Sie schlüpfte in den Bademantel und bereitete sich auf den zweiten Teil ihres Tagespensums vor. Den ganzen Vormittag über hatte sie sich bemüht, Teds Bild zu verdrängen. Jetzt stand es ihr wieder deutlich vor Augen. Schmerzgequält. Zornig. Flehend. Welchen Ausdruck hatte sie in diesem Gesicht wahrgenommen? Und würde sie den Rest ihres Lebens mit Fluchtversuchen verbringen, nach dem Prozeß – und dem Urteil?

4

Mit einem dankbaren Seufzer ließ sich Alvirah auf ihr Bett fallen. Sie hätte wer weiß was für ein Nickerchen gegeben, sah aber ein, daß sie ihre Eindrücke unbedingt festhalten mußte, solange sie noch frisch im Gedächtnis waren. Sie setzte sich auf den Kissen zurecht, angelte nach dem Recorder und begann zu sprechen.

«Es ist vier Uhr, und ich ruhe mich in meinem Bungalow aus. Ich habe mein erstes volles Tagesprogramm in Cypress Point Spa hinter mir und muß gestehen, daß ich fix und fertig bin. Es ging rund. Wir haben mit einem flotten Spaziergang angefangen, dann kam ich hierher zurück, und das Zimmermädchen brachte meinen Tagesplan auf dem Frühstückstablett mit. Es gab ein verlorenes Ei auf ein paar Krümeln Vollkorntoast und Kaffee. Mein Plan, der am Bademantel zu befestigen ist, beinhaltete zwei Lektionen Unterwasseraerobic, einen Yogakurs, eine Gesichtsbehandlung, eine Massage, zwei Tanzkurse, eine Behandlung mit dem Warmwasserschlauch, fünfzehn Minuten in der Dampfstrahl-Kabine und ein kurzes Bad im Whirlpool.

Die Lektionen in Unterwasseraerobic sind sehr interessant. Ich schubse da einen Wasserball herum, was sich sehr einfach anhört, aber jetzt tun mir die Schultern weh, und ich spüre, daß ich Muskeln in den Oberschenkeln habe, die mir nie aufgefallen sind. Der Yogakurs war nicht übel, nur krieg ich mit meinen Knien den Lotossitz nicht hin. Das Tanztraining hat Spaß gemacht. Ich muß selber sagen, daß ich schon immer eine gute Tänzerin war, und wenn man hier auch bloß von einem Fuß auf den anderen hopst und viel rumzappelt, hab ich doch ein paar von den Jüngeren ganz schön blamiert. Vielleicht wär ich der geborene weibliche Rocker.

Die Behandlung mit dem Warmwasserschlauch erfüllt den gleichen Zweck wie die Wasserwerfer der Polizei. Da drehen sie den Wasserstrahl voll auf und spritzen drauflos, während man splitterfasernackt dasteht und sich an einer Metallstange festklammert, um ja nicht weggeschwemmt zu werden. Aber angeblich gehen davon Fettpolster weg, und in jedem Fall lasse ich mir auch zwei Behandlungen täglich verpassen.

Die Klinik ist ein sehr interessantes Gebäude. Von außen sieht sie genauso aus wie das Haupthaus. Aber innen ist sie ganz anders. Alle Behandlungsräume haben ihren eigenen Eingang, zu dem Wege mit hohen Hecken an beiden Seiten führen. Dadurch sollen unliebsame Begegnungen verhindert werden. Von mir aus kann ja jeder ruhig wissen, daß ich ein paar Kollagenspritzen kriege, weil die Falten um den Mund ausgebügelt werden sollen, aber ich kann gut verstehen, warum jemand wie Cheryl Manning außer sich wäre, wenn das allgemein bekannt würde.

Morgens war ich zu Baron von Schreiber bestellt, um alles wegen der Kollageninjektionen zu besprechen. Ein charmanter Mann. Sehr attraktiv, und wie er sich so über meine Hand beugte, hab ich das große Flattern gekriegt. Wenn ich seine Frau wäre, würde es mir schwer zu schaffen machen, ob und wie ich ihn halten kann, vor allem bei fünfzehn Jahren Altersunterschied. Ich denke, es sind fünfzehn Jahre, aber das muß ich noch mal nachprüfen, wenn ich meinen Artikel schreibe.

Der Baron hat mein Gesicht unter einer starken Lampe untersucht und gesagt, meine Haut wäre bemerkenswert straff, und er würde außer den regelmäßigen Gesichtsbehandlungen und einer Maske zwecks Peeling nur die Kollageninjektion empfehlen. Ich erklärte ihm, daß Dora Samuels, seine Empfangsdame, mir bei der Anmeldung zu einem Allergietest geraten hätte. Dabei hat sich dann herausgestellt, daß ich nicht gegen Kollagen allergisch bin. Aber dafür hab ich eine Heidenangst vor Nadeln, und ich wollte von ihm wissen, wie viele er dazu braucht.

Er war so reizend. Da wär ich nicht die einzige, hat er gesagt, und die Schwester würde mir vorher eine starke Valiumpille geben. Wenn er dann mit den Injektionen anfängt, wird es mir wie ein paar kleine Mückenstiche vorkommen.

Ach ja, noch was. Im Sprechzimmer hängen überall schöne Bilder, aber wirklich fasziniert hat mich die Anzeige, die in Zeitschriften wie *Architectural Digest* und *Vogue* erschienen ist. Er sagte, daß in jedem Bungalow eine Kopie davon an der Wand hängt. Der Text ist so geschickt formuliert.

Den Baron schien es zu freuen, daß ich das bemerkt habe. Er hat bei der Abfassung mitgewirkt, wie er sagt.»

5

Ted verbrachte den Vormittag damit, sich in der Sporthalle des Männertrakts auszuarbeiten. Zusammen mit Craig betätigte er sich an den verschiedenen Trainingsgeräten – ruderte, radelte, nahm sich methodisch die verschiedenen Aerobic-Apparate vor.

Zum Abschluß wollten sie noch ein paar Runden schwimmen und trafen dabei auf Syd, der das Innenbecken zügig durchquerte. Impulsiv schlug Ted ihm und Craig ein Wettschwimmen vor. Obwohl er in Hawaii täglich trainiert hatte, schaffte er es nur knapp vor Craig; selbst Syd blieb zu seiner Überraschung lediglich ein paar Meter hinter ihm zurück. «Du hältst dich gut in Form», sagte er anerkennend. Syd war durchaus nicht als Mann mit sitzender Lebensweise abzutun, sondern erwies sich jetzt sogar als erstaunlich gestählt.

«Ich hatte reichlich Zeit, mich in Form zu halten. Im Büro rumzuhocken und darauf zu warten, daß das Telefon klingelt, wird auf die Dauer langweilig.» In stillschweigender Übereinkunft gingen sie zu den Liegestühlen, die nicht mehr in Hörweite des Schwimmbeckens waren.

«Ich hab mich gewundert, dich hier zu treffen, Syd. Bei unserem Gespräch letzte Woche hast du kein Wort davon erwähnt.» Craigs Blick war eisig.

Syd zuckte die Achseln. «Du hast mir ja auch nicht gesagt, daß ihr herkommt. Es war nicht meine Idee, sondern Cheryls Entscheidung.» Er fixierte Ted. «Sie muß was läuten gehört haben, daß du hier aufkreuzt.»

«Min würde sich hüten zu klatschen...»

Syd unterbrach Craig und winkte den Kellner heran, der mit alkoholfreien Getränken von Tisch zu Tisch ging. «Ein Perrier.»

«Geben Sie uns drei», sagte Craig.

«Das für mich kannst du dann auch gleich trinken», fuhr ihn Ted an. «Ich nehme ein Coke.»

«Das tust du doch sonst nie», meinte Craig einlenkend und blickte ihn aus hellbraunen Augen nachsichtig an. Er korrigierte die Bestellung: «Zwei Perrier und einen Orangensaft.»

Syd ignorierte das Intermezzo geflissentlich. «Min würde sicher nicht tratschen, aber meinst du nicht auch, daß vom Personal manche den Kolumnisten gegen Bezahlung einen Tip geben? Bettina Scuda hat gestern früh bei Cheryl angerufen. Wahrscheinlich hat sie ihr geflüstert, daß du hierher unterwegs bist. Was spielt's schon für eine Rolle? Sie bezirzt dich also wieder mal. Na und? Ist das etwa was Neues? Mach's dir zunutze. Sie brennt darauf, bei dem Prozeß als Zeugin für dich aufzutreten. Wenn jemand die Geschworenen davon überzeugen kann, wie verrückt sich Leila bei *Elaine* aufgeführt hat, dann Cheryl. Und ich werde ihr den Rücken stärken.»

Er legte Ted freundschaftlich die Hand auf die Schulter. «Das Ganze ist 'ne oberfaule Kiste. Wir helfen dir, da mit Glanz rauszukommen. Auf uns kannst du dich verlassen.»

«Im Klartext heißt das, du schuldest ihm eine Million», bemerkte Craig auf dem Rückweg zu Teds Bungalow. «Fall bloß nicht darauf rein. Er hat eine Million an diesem gottverdammten Stück verloren, na und? Du hast vier Millionen eingebüßt, und er hat dich überredet, Geld reinzustecken.»

«Nein, ich habe investiert, weil ich nach Lektüre des Stücks zu der Meinung gelangt bin, daß es jemand geglückt ist, Leilas Wesenskern zu erfassen, eine Figur zu schaffen, die alles in einem war – witzig und verletzlich, eigensinnig, unmöglich und mitfühlend. Es hätte ein Triumph für sie werden müssen.»

«Es war ein Vier-Millionen-Dollar-Irrtum», sagte Craig. «Entschuldige, Ted, aber du bezahlst mich dafür, dich gut zu beraten.»

Henry Bartlett verbrachte den Vormittag in Teds Bungalow, wo er das Protokoll der Verhandlung vor dem großen Geschworenengericht studierte und zwischendurch mit seiner Praxis in der Park Avenue telefonierte. «Für den Fall, daß wir die Verteidigungsstrategie auf Unzurechnungsfähigkeit während der Tatzeit anlegen, benötigen wir hinreichendes Dokumentationsmaterial über positiv entschiedene Präzedenzfälle.» Er war mit einem offenen Baumwollhemd und weiter, knielanger Khakihose bekleidet. Der leibhaftige Sahib, dachte Ted und fragte sich, ob Bartlett auf dem Golfplatz wohl Knickerbocker trug.

Auf dem Tisch häuften sich mit Anmerkungen versehene Schriftstücke. «Weißt du noch, wie Leila und Elizabeth und wir beide hier immer Scrabble gespielt haben?» wollte Ted wissen.

«Und ihr beide, du und Leila, ihr habt immer gewonnen», erwiderte Craig. «Elizabeth hatte mich als Klotz am Bein. Wie Leila treffend bemerkte: Bulldoggen können eben nicht buchstabieren.»

«Was soll das heißen?» erkundigte sich Henry.

«Ach, Leila hatte Spitznamen für ihre sämtlichen intimen Freunde», erklärte Craig. «Meiner war Bulldogge.»

«Ich hätte mich da wohl kaum geschmeichelt gefühlt.»

«Aber ja doch. Wenn Leila Ihnen einen Spitznamen gab, bedeutete das, Sie gehörten fortan zum engeren Kreis.»

Stimmte das? Ted überlegte. Wenn man die Spitznamen, die Leila verlieh, nachschlug, stieß man stets auf eine zweischneidige Definition. Falke: Greifvogel, der zum Jagen und Töten abgerichtet werden kann. Bulldogge: Haushund mit massigem, quadratischem Kopf, kurzhaarigem Fell, gedrungenem Körperbau, nicht leicht abzuschütteln, wenn er einmal zugeschnappt hat.

«Ich schlage vor, uns was zum Lunch zu bestellen», sagte Henry. «Wir haben einen langen, arbeitsreichen Nachmittag vor uns.»

Bei einem Sandwich schilderte Ted seinen Zusammenstoß mit Elizabeth. «Ihren gestrigen Einfall können Sie also vergessen», wandte er sich an Henry. «Es ist genauso, wie ich dachte. Wenn ich die Möglichkeit einräume, daß ich in Leilas Apartment zurückgegangen sein könnte, dann wandere ich nach Elizabeths Zeugenaussage schnurstracks ins Gefängnis.»

Es wurde ein langer Nachmittag. Ted hörte aufmerksam zu, als Henry Bartlett seine Theorie über zeitweilige Unzurechnungsfähigkeit entwickelte. «Leila hatte Sie in der Öffentlichkeit abgewiesen, sie hatte ihre Rolle in einer Aufführung hingeschmissen, in die Sie vier Millionen Dollar investiert haben. Tags darauf flehten Sie sie an, sich mit Ihnen wieder zu versöhnen. Sie überhäufte Sie weiter mit Beschimpfungen und verlangte, daß Sie mit ihr beim Trinken mithielten.»

«Ich konnte die vier Millionen von der Steuer abschreiben, das war zu verschmerzen.»

«Das weiß ich. Mir erzählen Sie damit nichts Neues. Aber

der kleine Geschworene, der mit den Raten für seinen Wagen in Verzug ist, nimmt Ihnen das nicht ab.»

«Ich weigere mich zuzugeben, daß ich Leila vielleicht getötet haben könnte. Daran verschwende ich auch keinen einzigen Gedanken.»

Bartlett bekam einen roten Kopf. «Wenn Sie doch nur begreifen würden, daß ich Ihnen zu helfen versuche, Ted. Also gut, Sie haben an der Reaktion von Elizabeth Lange heute gesehen, daß Ihre Annahme richtig war. Demnach können wir nicht zugeben, daß Sie womöglich nach oben zurückgekehrt sind. Wenn wir für Sie keine totale Bewußtseinsstörung geltend machen, müssen wir die Aussagen von Elizabeth Lange und der Augenzeugin entkräften. Die eine oder die andere – vielleicht. Das habe ich Ihnen bereits gesagt. Beide – ausgeschlossen.»

«Es besteht eine Möglichkeit, die ich gern eingehend untersuchen möchte», meinte Craig. «Wir haben Informationen über diese sogenannte Augenzeugin, die auf einen psychiatrischen Befund schließen lassen. Ich habe Teds erstem Anwalt vorgeschlagen, einen Detektiv auf sie anzusetzen und mehr über sie in Erfahrung zu bringen. Ich halte das nach wie vor für eine gute Idee.»

«Allerdings.» Bartletts Blick verfinsterte sich. «Ich wollte, das wäre längst erledigt.»

Sie reden über mich, dachte Ted. Sie erörtern, was geschehen kann und was nicht, um schließlich das Ziel – meine Freiheit – zu erreichen, als ob ich gar nicht da wäre. Ein langsam aufwallender, heftiger Zorn, jetzt anscheinend Bestandteil seiner Persönlichkeit, erweckte in ihm den Wunsch, auf die beiden einzuschlagen. Auf sie einzuschlagen? Auf den Anwalt, der angeblich seinen Prozeß gewinnen würde? Auf den Freund, der ihm in diesen letzten Monaten mit Augen, Ohren und Stimme ganz zur Verfügung gestanden hatte? Aber ich will mir nicht von ihnen mein Leben aus der Hand nehmen lassen, dachte Ted und spürte plötzlich einen ätzenden Geschmack im Mund. Ich kann ihnen keine Schuld geben, aber trauen kann ich ihnen auch nicht. Wie dem auch sei, ich hab's ja immer gewußt: Um diese Sache muß ich mich selber kümmern.

Bartlett unterhielt sich immer noch mit Craig. «Haben Sie eine bestimmte Firma im Auge?»

«Zwei bis drei. Wir haben uns an sie gewandt, wenn es darum ging, ein internes Problem unter Ausschluß der Öffentlichkeit zu lösen.» Er nannte die Namen der Detektivbüros.

Bartlett nickte. «Sie sind alle erstklassig. Stellen Sie fest, wer von denen sich unverzüglich an die Recherchen machen kann. Ich will wissen, ob Sally Ross trinkt; ob sie Freunde hat, denen sie vertraut; ob sie mit ihnen jemals über den Fall gesprochen hat; ob einer von ihnen in der Nacht, als Leila LaSalle starb, bei ihr war. Vergessen Sie nicht, jeder glaubt ihr aufs Wort, daß sie zu Hause war und zufällig genau in dem Augenblick, in dem Leila von der Terrasse stürzte, hinübergeschaut hat.»

Ein flüchtiger Blick streifte Ted. «Mit oder ohne Teddys Hilfe.»

Als Craig und Henry ihn um Viertel nach fünf endlich verließen, fühlte sich Ted völlig ausgepumpt. Nervös schaltete er den Fernseher ein und sofort wieder aus. Von irgendwelchen stupiden Serien würde er bestimmt keinen klaren Kopf bekommen. Ein Spaziergang wäre dafür weit besser geeignet, ein langer, ausgedehnter Spaziergang, auf dem er die salzige Meeresluft inhalieren und vielleicht am Haus seiner Großeltern vorbeiwandern konnte, wo er als Kind oft gewesen war.

Doch schließlich entschied er sich für die Dusche. Er ging ins Badezimmer und betrachtete sich kurz in dem eingelassenen Spiegel, der die halbe Wandfläche um das überdimensionale marmorne Duschbecken einnahm. Graumelierte Schläfen. Abgespannte Augenpartien. Ein verbitterter Zug um den

Mund. Streß manifestiert sich geistig wie körperlich. Diesen Kernsatz hatte er von einem dieser Psychologen für den Hausgebrauch in einem Morgenmagazin gehört. Der Mann hat recht, dachte er.

Craig hatte vorgeschlagen, einen Bungalow mit zwei Schlafzimmern zu nehmen, und Teds Verstummen offenbar richtig gedeutet, denn er war nicht mehr darauf zurückgekommen.

Wäre es nicht schön, wenn jeder verstünde, daß man einen gewissen Freiraum brauchte, ohne daß man es ihm erst erklären mußte? Er zog sich aus und warf die Sachen in den Wäschekorb. Er lächelte ein wenig, als er sich daran erinnerte, wie Kathy, seine Frau, es ihm abgewöhnt hatte, Kleider und Wäsche einfach bloß fallen zu lassen. «Euer Reichtum kann mir gestohlen bleiben», schimpfte sie vor sich hin. «Ich finde es einfach abscheulich, zu erwarten, daß ein anderer deine schmutzige Wäsche vom Boden aufhebt.»

«Aber die Wäsche ist von feinster Qualität.»

Sein Gesicht in ihr Haar vergraben. Der Duft nach ihrem gewohnten Zwanzig-Dollar-Eau-de-Cologne. «Spar dir dein Geld. Ich kann kein teures Parfüm tragen. Das betäubt mich.»

Unter der eiskalten Dusche ließ der dumpfe, pochende Kopfschmerz nach. Einigermaßen erfrischt, wickelte sich Ted in den Bademantel, klingelte dem Zimmermädchen und bestellte Eistee. So gern er sich ins Freie gesetzt hätte, fand er es doch zu riskant. Er wollte nicht mit irgendwelchen Passanten ins Gespräch kommen. Cheryl. Es sähe ihr ähnlich, ganz «zufällig» vorbeizugehen. Du lieber Himmel, würde sie ihre flüchtige Affäre denn nie vergessen? Sie war schön, amüsant und von einer gewissen wohltuenden, ungeschminkten Direktheit – zugegeben. Doch auch ohne den bevorstehenden Prozeß führte da kein Weg zurück.

Er setzte sich auf die Couch, von wo er den Blick aufs Meer hatte, und beobachtete die Seemöwen, die über der schäumenden Brandung kreisten – außerhalb der Gefahrenzone, so daß sie weder vom Sog noch von den Wellen erfaßt und gegen die Steilfelsen geschleudert werden konnten.

Er konnte die bohrenden Gedanken an den Prozeß nicht verscheuchen und spürte, wie ihm der Schweiß ausbrach. Ungeduldig erhob er sich und stieß die Tür zur Seitenterrasse auf. Ende August begann es sich um diese Tageszeit meist angenehm abzukühlen. Er stützte sich auf die Brüstung.

Wann war ihm erstmals klargeworden, daß es mit ihm und Leila auf die Dauer nicht gutgehen konnte? Ihr tiefverwurzeltes Mißtrauen Männern gegenüber war unerträglich geworden. Hatte er deshalb Craigs Rat verworfen und die Million in ihr Stück investiert? Unterbewußt hatte er sich dabei einen durchschlagenden Erfolg erhofft, der sie voll beanspruchen und so die Entscheidung herbeiführen würde, daß sie die gesellschaftlichen Verpflichtungen oder seinen Wunsch nach Familie nicht akzeptieren könne. Leila war Schauspielerin – und das hundertprozentig. Sie sprach zwar davon, daß sie ein Kind haben wollte, aber das waren Worte, eine überzeugend dargestellte Rolle. In Wahrheit hatte sie ihre mütterlichen Instinkte vollauf befriedigt, als sie Elizabeth großzog.

Die Sonne begann allmählich über dem Pazifik zu sinken. Die Luft war erfüllt vom Zirpen der Grillen. Abend. Dinner. Er konnte den Ausdruck auf den um den Tisch versammelten Gesichtern vor sich sehen. Min und Helmut: geheucheltes Lächeln, sorgenvolle Augen. Craig, der versuchte, in seinen Gedanken zu lesen. Syd, der eine gewisse trotzige Nervosität um sich verbreitete. Wieviel schuldete Syd den falschen Leuten für das Geld, das er in die Produktion gesteckt hatte? Wieviel erhoffte er sich zu leihen? Wieviel war seine Zeugenaussage wert? Cheryl: ganz verführerischer Zauber. Alvirah Meehan: ständig an der verdammten Rosette nestelnd, neugierig funkelnde Augen. Henry, der Elizabeth durch die gläserne Trennwand beobachtete. Elizabeth, die sie alle mit kaltem, verächtlichem Gesicht fixierte.

Ted blickte nach unten. Der Bungalow lag an einem Abhang, und unter der vorspringenden Seitenveranda ging es drei Meter in die Tiefe. Er starrte auf die rotblühenden Sträucher hinab. Vor seinem inneren Auge formten sich Bilder, und er stürzte wieder nach drinnen.

Er zitterte noch immer, als das Zimmermädchen den Eistee brachte. Ohne auf die zarte Satinsteppdecke zu achten, warf er sich auf das stabile, überbreite Bett. Wenn doch nur das Dinner, wenn doch nur die Nacht mit all ihren Begleiterscheinungen schon vorbei wäre . . .

Ein verkrampftes Lächeln umspielte seine Lippen. Weshalb hatte er es so eilig, den Abend hinter sich zu bringen? Wie mochte wohl ein Dinner im Gefängnis verlaufen, fragte er sich.

Um das festzustellen, würden ihm mehr als genug Abende zur Verfügung stehen.

6

Dora traf nachmittags um halb drei in Cypress Point Spa ein, stellte den Koffer in ihrem Zimmer ab und ging geradewegs zu ihrem Schreibtisch im Empfangsbüro.

Min hatte ihr erlaubt, die Beutel mit der unbeantworteten Fanpost im Abstellraum neben der Registratur aufzubewahren. Normalerweise nahm Dora jeweils eine Handvoll Briefe heraus und verstaute sie in der untersten Schublade ihres Schreibtisches. Sie wußte, daß der Anblick von Leilas Post auf Min wie ein rotes Tuch wirkte. Doch jetzt war es ihr gleichgültig, ob sie Min reizte. Sie hatte für den Rest des Tages frei und wollte nach weiteren anonymen Briefen suchen.

Sie nahm sich den einen, den sie gefunden hatte, zum

zehnten Mal vor. Jede Lektüre bestärkte sie in der Überzeugung, daß darin vielleicht doch ein Körnchen Wahrheit steckte. Wie glücklich Leila auch mit Ted gewesen war, so reagierte sie aus Kummer über die letzten drei bis vier Filme oft aufbrausend und launenhaft. Dora hatte festgestellt, daß Ted für diese Ausbrüche zunehmend weniger Geduld aufbrachte. Interessierte er sich mittlerweile für eine andere Frau?

Das wären genau Leilas Gedankengänge gewesen, wenn sie einen oder mehrere dieser Briefe geöffnet hätte. Es würde die Angst, das Trinken, die Verzweiflung jener letzten Monate erklären. Leila pflegte oft zu sagen: «Auf dieser Welt gibt es nur zwei Menschen, von denen ich weiß, daß ich ihnen vertrauen kann. Spatz und Falke. Dazu gehören jetzt auch Sie, Sammy.» Dora hatte das als Auszeichnung empfunden. «Und die Queen Elizabeth II.» – Leilas Name für Min – «ist eine Busenfreundin durch dick und dünn, vorausgesetzt, es springt etwas für sie dabei heraus und der Spielzeugsoldat hat nichts dagegen.»

Zu Doras Erleichterung waren Min und Helmut nicht im Büro. Sie eilte in die Registratur. Mit ihrer Vorliebe für dekorative Ausstattung hatte Min selbst diesen kleinen Lagerraum extravagant gestalten lassen. Die maßgefertigten Aktenordner waren sonnengelb, der Fußboden gold- und bernsteinfarben ausgekachelt, das Büromaterial wurde in einem antiken englischen Schrank aufbewahrt.

Es gab noch zwei volle Postsäcke zu sichten, ein buntes Sortiment – Briefe, für die man liniierte Seiten aus Schulheften herausgerissen hatte, und andere auf teurem, parfümiertem Papier. Dora trug einen Armvoll zu ihrem Schreibtisch.

Ein langwieriges Verfahren. Sie konnte ja nicht davon ausgehen, daß die Adressen bei weiteren anonymen Briefen genauso aus Zeitungsausschnitten zusammengesetzt waren wie bei dem, den sie gefunden hatte. Sie fing mit den bereits geöffneten Briefen an, denjenigen, die Leila gesehen hatte.

Vierzig Minuten verstrichen ohne greifbares Resultat. Fast durchweg der übliche Inhalt: *Sie sind meine Lieblingsschauspielerin ... Ich habe meine Tochter nach Ihnen genannt ... Ich habe Sie in der Talkshow von Johnny Carson gesehen. Sie waren einfach toll und so urkomisch ...* Aber es waren auch etliche erstaunlich scharfe, kritische Sätze darunter. *Das war das letzte Mal, daß ich fünf Dollar hingeblättert habe, um Sie zu sehen .. Und das für so einen Mistfilm ... Lesen Sie eigentlich die Drehbücher vorher, Leila, oder nehmen Sie einfach jede Rolle, die Sie kriegen können?*

Sie war so vertieft, daß sie nicht bemerkte, wie Min und Helmut um vier Uhr auftauchten. Als sie sich ihrem Schreibtisch näherten, schreckte sie hoch, bemühte sich, unbefangen zu lächeln, und schob den anonymen Brief unauffällig zwischen die anderen.

Kein Zweifel, Min war völlig außer sich. Daß Dora vorzeitig zurückgekommen war, schien sie gar nicht zu registrieren. «Sammy, bringen Sie mir die Akte über das römische Bad.»

Min wartete, bis sie die Unterlagen geholt hatte. Als sie damit erschien, wollte Helmut ihr die Mappe abnehmen, doch Min riß sie ihr förmlich aus der Hand. Sie war geisterhaft blaß. Helmut tätschelte ihr den Arm. «Tief durchatmen, Minna, bitte!»

Sie ignorierte ihn. «Kommen Sie mit», befahl sie Dora.

«Ich will bloß noch geschwind aufräumen.» Dora zeigte auf ihren Schreibtisch.

«Lassen Sie alles liegen. Das spielt auch keine Rolle mehr.»

Ihr blieb nichts weiter übrig. Wenn sie versuchte, den anonymen Brief in die Schublade zu tun, würde Min ihn bestimmt zu sehen verlangen. Also strich Dora ihr Haar glatt und folgte den beiden ins Privatbüro. Irgend etwas war oberfaul, und das hatte mit diesem verdammten römischen Bad zu tun.

Min setzte sich an ihren Schreibtisch, schlug die Akte auf und durchblätterte sie in Windeseile. Die Korrespondenz bestand vorwiegend aus Rechnungen des Bauunternehmers. «Fünfhunderttausend bar, dreihunderttausend, fünfundzwanzigtausend ...» Sie las weiter vor, die Stimme wurde immer schriller. «Und jetzt weitere vierhunderttausend Dollar, bevor er mit den Innenarbeiten weitermachen kann.» Sie schmiß die Papiere hin und schlug mit der Faust darauf.

Dora lief zum Kühlschrank, um ihr ein Glas Eiswasser zu holen. Helmut war mit einem Satz bei Min, legte ihr die Hände an die Schläfen und sprach leise, beruhigend auf sie ein. «Minna, Minna, du mußt dich entspannen. Denk an etwas Erfreuliches. Wenn du dich weiter so aufregst, steigt dein Blutdruck viel zu hoch an.»

Dora reichte Min das Glas und bedachte Helmut mit einem verächtlichen Blick. Dieser Verschwender bringt Min mit seinen größenwahnsinnigen Projekten noch ins Grab, dachte sie. Min lag goldrichtig mit ihrem Vorschlag, im rückwärtigen Teil des Grundstücks ein selbständiges Kurzentrum zu erschwinglichen Preisen zu errichten. Das hätte Hand und Fuß gehabt. Heutzutage machten Sekretärinnen genauso ihre Kur wie Angehörige der oberen Zehntausend. Statt dessen hatte sie dieser aufgeblasene Narr zum Bau der Thermen beredet. «Damit setzen wir uns ein bleibendes Denkmal», verkündete er hochtrabend, während er Min beschwatzte, sich in Schulden zu stürzen. Dora wußte über die Finanzlage des Unternehmens ebensogut Bescheid wie die beiden. So durfte es nicht weitergehen. Sie unterbrach Helmuts Gesäusel: «Minna, Minna –»

«Lassen Sie die Bauarbeiten sofort einstellen», empfahl sie. «Die Fassade ist fertig, also kann der Anblick auch keinen stören. Sagen Sie einfach, mit dem Marmor, den Sie für die Innenräume bestellt haben, gibt's Lieferschwierigkeiten. Das schluckt doch jeder. Mit den Zahlungen an den Bauunternehmer sind Sie doch so ziemlich auf dem laufenden, oder?»

«Weitgehend», bestätigte Helmut. Er bedachte Dora mit

einem strahlenden Lächeln, als habe sie soeben ein verzwicktes Rätsel gelöst. «Dora hat recht, Minna. Wir verschieben die Fertigstellung der Thermen.»

Min schenkte ihm keine Beachtung. «Ich möchte die Zahlen noch einmal durchgehen.» In der folgenden halben Stunde steckten sie die Köpfe zusammen und verglichen die Verträge, die Kostenvoranschläge und die tatsächlichen Rechnungsbeträge. Dann verließ erst Min und nach ihr auch Helmut das Büro. Hoffentlich achten Sie nicht auf meinen Schreibtisch, dachte Dora. Ich kenne doch Min, sobald sie sich beruhigt hat, wird sie stocksauer, wenn sie in der Rezeption auch nur die kleinste Unordnung entdeckt.

Schließlich warf Min ihr die Originalentwürfe über den Schreibtisch zu. «Ich will mit diesem verdammten Anwalt sprechen. Mir sieht's ganz danach aus, als wäre der Bauunternehmer von A bis Z zu Preisüberschreitungen berechtigt.»

«Der Mann ist mit dem Herzen dabei», entgegnete Helmut. «Er hat unser Vorhaben genau erfaßt. Wir stoppen die Bauarbeiten, Minna, wie Dora gesagt hat. Wir machen aus der Not eine Tugend. Wir erwarten eine Ladung Marmor aus Carrara, basta. Unter dem tun wir's doch nach wie vor nicht, oder? Für diesen Purismus werden wir Anerkennung ernten. Es ist ebenso wichtig, einen Wunschtraum zu schaffen wie ihn zu verwirklichen, findest du nicht, Liebchen?»

Dora wurde plötzlich bewußt, daß sie Gesellschaft bekommen hatten. Sie blickte rasch hoch. Da stand Cheryl, dekorativ an den Türrahmen geschmiegt; ihre Augen blitzten amüsiert. «Ich hab wohl einen ungünstigen Moment erwischt?» erkundigte sie sich strahlend. Ohne eine Antwort abzuwarten, schlenderte sie zum Schreibtisch und beugte sich über Dora. «Aha, ich sehe, ihr habt die Entwürfe für das römische Bad beim Wickel.»

Nach eingehender Prüfung gab sie ihren Kommentar: «Vier Schwimmbecken, Dampfstrahlkabinen, Saunas, Massageräume, Schlafzimmer? Eine phantastische Idee, daß man sich hinlegen kann, nachdem man sich in den Mineralbädern so richtig ausgetobt hat! Ach, übrigens – kostet das nicht ein Vermögen, echtes Mineralwasser für die Bäder zu beschaffen? Denkt ihr dabei an ein Ersatzprodukt Marke Eigenbau oder wollt ihr's durch 'ne Pipeline aus Baden-Baden beziehen?» Sie richtete sich anmutig auf. «Hat ganz den Anschein, als könntet ihr beide 'ne Kapitalspritze gebrauchen. Ted gibt viel auf meine Meinung. Ehrlich, er hat immer sehr auf mich gehört, bevor Leila ihn in den Fängen hatte. Also bis nachher beim Dinner!»

In der Tür wandte sie sich noch einmal um und blickte über die Schulter. «Ach, nebenbei, Min, ich habe meine Rechnung auf Doras Schreibtisch deponiert. Das war doch bestimmt ein Versehen, daß ich eine bekommen habe. Ich weiß genau, daß du mich einladen wolltest, meine Liebe.»

Cheryl hatte die Rechnung auf ihrem Schreibtisch deponiert. Dora wußte, was das bedeutete: Cheryl hatte sich natürlich für die Briefe interessiert und mit größter Wahrscheinlichkeit dabei den anonymen entdeckt. Typisch Cheryl.

Min sah Helmut mit schwimmenden Augen an. «Sie weiß, wie tief wir in der Bredouille stecken, und hätte garantiert keine Hemmungen, den Kolumnisten einen Tip zu geben! Jetzt haben wir noch einen Nassauer am Hals – und bilde dir bloß nicht ein, sie würde sich hier nicht wie zu Hause fühlen!» Verzweifelt stopfte Min die Rechnungen und Entwürfe in die Mappe zurück.

Dora nahm sie ihr ab und stellte sie wieder in die Registratur. Ihr Herz hämmerte, als sie die Rezeption betrat. Die Briefe lagen auf ihrem Schreibtisch verstreut – der anonyme fehlte.

Entsetzt versuchte Dora zu bemessen, ob und wieviel Schaden er anrichten könnte. Ließe er sich verwenden, um Ted zu erpressen? Oder wollte der Absender ihn unbedingt zurückhaben, um auf alle Fälle seine Spuren zu verwischen?

Hätte sie ihn doch bloß nicht gerade in dem Augenblick gelesen, als Min und Helmut hereinkamen! Dora sank auf ihren Schreibtischsessel und bemerkte jetzt erst, daß Cheryls Wochenrechnung an ihrem Kalender lehnte.

Quer darüber hatte sie geschrieben: *Bezahlt.*

7

Um halb sieben läutete das Telefon in Elizabeths Bungalow. Min. «Ich möchte dich gern einladen, Elizabeth, heute mit Helmut und mir zu Abend zu essen. Die übrigen gehen alle aus – Ted, sein Anwalt, Craig, Cheryl, Syd.» Im ersten Augenblick hörte sich das nach der alten Min an – herrisch, kein Nein duldend. Doch dann, noch ehe Elizabeth antworten konnte, wurde ihr Ton sanfter. «Bitte, Elizabeth, du fliegst doch morgen schon zurück. Wir haben dich vermißt.»

«Ist das wieder eins von deinen Spielchen, Min?»

«Dieses Zusammentreffen gestern abend hätte ich unter gar keinen Umständen erzwingen dürfen. Es war ein unverzeihlicher Fehler, ich kann dich nur um Verzeihung bitten.»

Min klang erschöpft, und Elizabeth begann Mitleid zu empfinden. Wenn Min an Teds Unschuld glauben wollte, so war das ihre Sache. Mit ihrem Plan, dieses Zusammentreffen zu arrangieren, hatte sie weit übers Ziel hinausgeschossen, aber das war nun mal ihre Art.

«Bist du wirklich sicher, daß keiner von den anderen im Speisesaal sein wird?»

«Hundertprozentig. Setz dich zu uns, Elizabeth. Ich hab dich ja kaum zu Gesicht bekommen.»

Dieses flehentliche Bitten sah Min so gar nicht ähnlich. Jedenfalls wäre das die einzige Gelegenheit, mit Min zusammenzusein, und außerdem fand Elizabeth die Aussicht, allein zu essen, nicht gerade verlockend.

Sie hatte einen ausgefüllten Nachmittag hinter sich: eine Luffa-Behandlung, zwei Kurse für Streckübungen, eine Pediküre und Maniküre und zum Schluß ein Yoga-Kurs. Dabei war es ihr trotz aller Bemühungen nicht gelungen, sich von ihren Gedanken freizumachen und ganz auf den Unterricht zu konzentrieren. Statt dessen klang ihr gegen ihren Willen wieder und wieder Teds Frage in den Ohren: *Wenn ich tatsächlich nach oben zurückgegangen bin . . . Habe ich da versucht, sie zu retten?*

«Elizabeth . . .?»

Sie umklammerte den Hörer und ließ den Blick durch den Raum schweifen, genoß die wohltuende Wirkung der auf einen Farbton abgestimmten Ausstattung dieses teuren Bungalows. «Leila-Grün», nannte ihn Min. Kein Zweifel, sie hatte Leila geliebt . . . Elizabeth hörte sich die Einladung annehmen.

Zu dem geräumigen Badezimmer gehörten eine eingelassene Wanne, in die Stufen hinunterführten, Whirlpool, Duschkabine und eine eigene Dampfvorrichtung. Sie wählte die Kombination, die Leila zur Entspannung bevorzugt hatte. In der Wanne liegend, hatte sie beides gleichzeitig – Dampf und Whirlpool. Mit geschlossenen Augen, den Kopf auf die mit Velours bezogene Nackenstütze gebettet, spürte sie, wie die Anspannung unter dem feuchten Dunst und dem schäumenden Wasser wich.

Wieder stellte sie sich die Frage, was das alles gekostet hatte. Min mußte die ererbten Millionen im Blitztempo durchgebracht haben. Das gesamte Stammpersonal machte sich die gleichen Sorgen. Rita, die Maniküre, hatte ihr wortwörtlich dasselbe erzählt wie die Masseuse. «Ich sag's Ihnen, Elizabeth, seit Leilas Tod ist in Cypress Point einfach nichts mehr los. Wer auf Prominenz aus ist, geht jetzt nach La Costa.

Natürlich treffen Sie auch hier noch ein paar große Namen, aber es heißt, daß die Hälfte von denen keinen Cent bezahlt.»

Nach zwanzig Minuten schaltete sich der Dampf automatisch aus. Zögernd stellte sich Elizabeth unter die kalte Dusche, schlüpfte danach in einen dicken Bademantel und band sich ein Handtuch um den Kopf. Es gab noch etwas, das sie in ihrem Zorn über das Zusammentreffen mit Ted übersehen hatte. Mins Zuneigung für Leila war echt, ihr Schmerz nach Leilas Tod nicht gespielt. Doch Helmut? Der feindselige Ausdruck, mit dem er Leilas Bild betrachtet hatte, seine hinterhältigen Andeutungen, daß Leila äußerlich verloren habe ... Was hatte diese Gehässigkeit ausgelöst? Sicherlich nicht nur Leilas Sticheleien, mit denen sie ihn, den «Spielzeugsoldaten», bedachte. Wenn er sie mitbekam, war er stets amüsiert. Sie erinnerte sich an den Abend, an dem er zum Dinner in Leilas Apartment erschienen war, angetan mit einem hohen, altmodischen Tschako.

«Ich bin bei einem Kostümverleih vorbeigekommen, sah ihn im Schaufenster und konnte nicht widerstehen», erklärte er, als alle ihn mit Beifall begrüßten. Leila hatte schallend gelacht und ihn geküßt. «Hoheit, du bist ein prima Kerl», sagte sie.

Was also hatte seinen Zorn erregt? Elizabeth rieb das Haar trocken, bürstete es zurück und steckte es zum Chignon auf. Als sie das Make-up auflegte und Lippen und Wangen mit Glanzpuder bestäubte, hörte sie deutlich Leilas Stimme: «Mein Gott, Spatz, du wirst von Tag zu Tag attraktiver. Du kannst wirklich von Glück sagen, daß Mama ein Verhältnis mit Senator Lange hatte, als du gezeugt wurdest. Erinnere dich nur an ihre anderen Männer. Hättest du etwa Matt gern zum Vater gehabt?»

Im Sommer vergangenen Jahres war sie mit einem Ensemble auf Tournee. Als sie in Kentucky gastierten, hatte sie im Archiv der führenden Zeitung in Louisville nach Unterlagen über Everett Lange geforscht. Die Veröffentlichung des Nachrufs lag damals vier Jahre zurück. Er enthielt Einzelheiten über Familie, Ausbildung, Ehe mit einer Angehörigen der Oberschicht, Leistungen im Kongreß. Auf dem Foto hatte sie ihr männliches Ebenbild entdeckt... Wäre ihr Leben anders verlaufen, wenn sie ihren Vater gekannt hätte? Sie verdrängte den Gedanken.

In Cypress Point Spa war es Usus, daß man sich zum Dinner umzog. Sie entschied sich für ein weites Deux-pièces aus weißem Seidenjersey mit Bindegürtel und dazu silberne Sandalen. Sie fragte sich, ob Ted und die anderen nach Monterey ins *Cannery* gefahren waren, von jeher sein Lieblingslokal.

Vor drei Jahren war Leila plötzlich abberufen worden, weil ein paar Szenen nachgedreht werden mußten, und Ted hatte sie an einem Abend ins *Cannery* eingeladen. Sie saßen stundenlang dort und unterhielten sich. Damals erzählte Ted ihr von den Sommern, die er bei seinen Großeltern in Monterey verbracht hatte, vom Selbstmord seiner Mutter, den er als Zwölfjähriger miterlebt hatte, von der tiefen Verachtung für seinen Vater. Und er sprach von dem Autounfall, bei dem seine Frau und sein Kind ums Leben gekommen waren. «Ich war unfähig zu arbeiten», sagte er. «Fast zwei Jahre lang war ich wie gelähmt, ein Schatten meiner selbst. Wenn Craig nicht gewesen wäre, hätte ich die Geschäftsleitung abgeben müssen. Er übernahm meine Aufgaben. Er wurde mein Sprachrohr. Er war praktisch mein zweites Ich.»

Am folgenden Tag stellte er fest: «Du bist eine sehr gute Zuhörerin.»

Es war ihm offensichtlich peinlich, ihr so viel Einblick in sein Privatleben gewährt zu haben.

Sie zögerte ihren Aufbruch bewußt bis kurz vor Ende der «Cocktail»-Stunde hinaus. Auf dem Weg zum Hauptgebäude blieb sie stehen, um die Szenerie auf der Veranda zu beobachten. Das hellerleuchtete Haus, die gutangezogenen Menschen, die sich unterhielten, lachten, ihren sogenannten

Cocktail schlürften, von einer Gruppe zur anderen wanderten.

Sie war empfänglich für die atemberaubende Schönheit des nächtlichen Sternenhimmels, das kunstvolle Arrangement der Laternen, die den Weg erhellten und die Blüten an den Hecken aufleuchten ließen, das sanfte Rauschen des Meeres und hinter dem Hauptgebäude den drohend aufragenden Schatten des römischen Bades, dessen schwarze Marmorfassade im Widerschein fluoreszierte.

Wohin gehöre ich eigentlich, fragte sich Elizabeth. Während der Arbeit in Europa war es leichter gewesen, das Gefühl der Isolation, der Entfremdung von allen Mitmenschen zu vergessen, die zum festen Bestandteil ihres Daseins geworden waren. Sobald der Film abgedreht war, eilte sie nach Hause in der Überzeugung, in ihrer Wohnung einen sicheren Hort, in der vertrauten Umgebung von New York tröstliche Geborgenheit zu finden, doch innerhalb von zehn Minuten gab es nur noch den zwanghaften Wunsch zu fliehen, so daß sie sich an Mins Einladung klammerte wie die Ertrinkende an einen Strohhalm. Und jetzt zählte sie die Stunden, bis sie nach New York und in ihr Apartment zurückkehren konnte. Ihr war, als habe sie tatsächlich kein Zuhause.

Würde der Prozeß sich als Katharsis erweisen? Würde das Bewußtsein, zur Bestrafung von Leilas Mörder beigetragen zu haben, eine befreiende Wirkung auf sie ausüben, so daß sie Kontakt zu anderen suchen, ein neues eigenes Leben anfangen konnte? «Entschuldigung.» Ein junges Paar ging hinter ihr. Sie erkannte ihn – ein Tennisspieler der Spitzenklasse. Wie lange hatte sie den beiden schon den Weg versperrt?

«Tut mir leid. Ich muß wohl geträumt haben.» Sie trat beiseite, und die beiden konnten nun unbehindert, Hand in Hand, unverbindlich lächelnd, vorbei. Sie folgte ihnen langsam bis zum Ende des Weges, die Verandatreppe hinauf. Ein Kellner bot ihr einen Drink an. Sie nahm ihn entgegen und stellte sich ganz hinten an die Brüstung. Für nichtiges Gespräch fehlte ihr der Sinn.

Min und Helmut machten die Runde bei den Gästen mit der Gewandtheit alterprobter Party-Veranstalter. Min, im flatternden Kaftan aus gelbem Satin, dazu lange Diamant-Ohrgehänge, zeigte sich in strahlender Siegerlaune. Zu ihrer nicht geringen Überraschung stellte Elizabeth fest, daß Min eigentlich recht schlank war. Es lag an ihrer Vollbusigkeit und dem hochfahrenden Gehabe, daß sie einen derart imposanten Eindruck erweckte.

Helmut war wie immer tadellos gekleidet – marineblaues Seidenjackett und hellgraue Flanellhosen. Er verströmte Charme, beugte sich über Damenhände, lächelte, zog eine makellos geschwungene Braue hoch – der vollendete Gentleman.

Aber warum haßte er Leila?

An diesem Abend waren die Speisesäle pfirsichfarben dekoriert: pfirsichfarbene Tischdecken und Servietten, Tafelaufsätze mit pfirsichfarbenen Rosen, Lenox-Porzellan mit zartem Dessin in Pfirsichfarben und Gold. Mins Tisch war für vier Personen gedeckt. Im Näherkommen bemerkte Elizabeth, wie der Oberkellner Min zum Telefon dirigierte.

Sie kehrte offensichtlich verärgert zurück. Trotzdem schien die Freude, mit der sie Elizabeth begrüßte, echt zu sein. «Endlich ein bißchen Zeit für ein kurzes Zusammensein, Elizabeth. Ich hatte gehofft, Sammy und dir eine freudige Überraschung zu bereiten. Sammy ist zeitig zurückgekommen, Offenbar hat sie meine Nachricht nicht gefunden und wußte daher nicht, daß du hier bist. Ich habe sie eingeladen, mit uns zu essen, aber sie hat mir eben am Telefon gesagt, daß sie sich nicht besonders fühlt. Ich hab ihr erklärt, daß du jetzt im Speisesaal bist. Sie kommt dann nach dem Dinner in deinen Bungalow.»

«Ist sie krank?» erkundigte sich Elizabeth besorgt.

«Sie hat eine lange Fahrt hinter sich. Trotzdem sollte sie was essen. Ich wünschte, sie hätte sich dazu aufgerafft.» Min wollte eindeutig jede weitere Diskussion unterbinden.

Elizabeth beobachtete Min, wie sie mit geübtem Blick alles scharf überwachte. Wehe dem Kellner, der sich auch nur die geringste Unkorrektheit zuschulden kommen ließ, der mit dem Geschirr klapperte oder etwas verschüttete oder an den Stuhl eines Gastes anstieß. Ihr fiel ein, daß es Min gar nicht ähnlich sah, Sammy an ihren Tisch zu bitten. War es denkbar, daß Min hinter ihrem Wunsch, auf Sammy zu warten, einen besonderen Grund vermutete und den erfahren wollte?

Und war es möglich, daß Sammy diese Klippe geschickt umschifft hatte?

«Bitte entschuldigen Sie die Verspätung.» Alvirah Meehan zog den Stuhl unter dem Tisch hervor, ehe der Kellner ihr dabei helfen konnte. «Die Kosmetikerin hat mich extra für den Abend zurechtgemacht, nachdem ich mich angezogen hatte», verkündete sie strahlend. «Na, wie gefällt's Ihnen?»

Alvirah trug einen beigefarbenen Kaftan mit rundem Halsausschnitt und brauner Perlstickerei, der sehr kostspielig aussah. «Den hab ich in der Boutique gekauft», erklärte sie. «Sie haben da wirklich hübsche Sachen. Und ich hab alles, was mir die Kosmetikerin empfohlen hat, mitgenommen. Sie war so hilfsbereit.»

Als Helmut am Tisch erschien, beobachtete Elizabeth innerlich erheitert Mins Gesicht. Man wurde ausdrücklich eingeladen, sich zu Min und Helmut zu setzen – eine feine Nuance, die Mrs. Meehan weder kennen noch verstehen konnte. Min könnte ihr das erklären und sie an einem anderen Tisch plazieren. Andererseits bewohnte Mrs. Meehan den teuersten Bungalow, kaufte offensichtlich alles, was ihr vor die Augen kam, so daß es äußerst unklug wäre, sie zu beleidigen. Min rang sich ein gequältes Lächeln ab. «Sie sehen bezaubernd aus», teilte sie Alvirah mit. «Morgen helfe ich Ihnen persönlich bei der weiteren Auswahl.»

«Das ist sehr nett von Ihnen.» Alvirah spielte an ihrer Rosette und wandte sich Helmut zu. «Ich muß Ihnen sagen, Baron, daß ich Ihr Inserat noch mal gelesen habe – Sie wissen schon, das eingerahmte, das in jedem Bungalow hängt.»

«Ja?»

Elizabeth fragte sich, ob sie es sich bloß einbildete, daß Helmut plötzlich auf der Hut zu sein schien.

«Also ich muß Ihnen sagen, daß jedes Wort über Cypress Point stimmt. Sie erinnern sich doch an den bewußten Satz? ‹Am Ende einer hier verbrachten Woche fühlen Sie sich frei und sorglos wie ein Schmetterling, der auf einer Wolke dahinsegelt.›»

«Ja, so was Ähnliches steht in dem Inserat.»

«Aber Sie haben doch den Text geschrieben – haben Sie mir das denn nicht vorhin erzählt?»

«Ich habe daran mitgewirkt, sagte ich. Wir beschäftigen eine Werbeagentur.»

«Unsinn, Helmut. Mrs. Meehan stimmt offensichtlich mit dem Text der Anzeige überein. Ja, Mrs. Meehan, mein Mann ist überaus kreativ. Den täglichen Rundbrief an die Gäste verfaßt er selber, und als wir vor zehn Jahren das Hotel zum Kurzentrum umgebaut haben, konnte er den vorgelegten Anzeigenentwurf einfach nicht akzeptieren und hat ihn selber umgeschrieben. Dieses Inserat hat viele Preise bekommen, deshalb haben wir in sämtlichen Räumen einen gerahmten Abzug hängen.»

«Bestimmt hat das bedeutende Leute veranlaßt hierherzukommen», meinte Alvirah. «Wie gern wär ich da 'ne Fliege an der Wand gewesen, um alle zu belauschen ...» Sie strahlte Helmut an. «Oder ein Schmetterling, der auf einer Wolke dahinsegelt.»

Sie verzehrten die kalorienarme Mousse, als es Elizabeth dämmerte, wie geschickt Mrs. Meehan die beiden ausgeholt hatte. Sie hatten ihr Geschichten erzählt, die Elizabeth nie zuvor gehört hatte, von einem exzentrischen Millionär, der am Eröffnungstag auf dem Fahrrad angekommen war, während sein Rolls-Royce ihm in gebührendem Abstand das Geleit gab; oder von einem Charterflugzeug, das ein Ölscheich beauftragt hatte, die wertvollen Juwelen zu holen, die eine seiner vier Frauen auf einem Tisch am Schwimmbecken liegengelassen hatte.

Als sie aufstehen wollten, stellte Alvirah ihre letzte Frage: «Welches war der aufregendste Gast, den Sie jemals hatten?»

Ohne Zögern, ohne einander auch nur anzusehen, antworteten sie: «Leila LaSalle.»

Aus einem unerklärlichen Grund lief es Elizabeth kalt über den Rücken.

Elizabeth überging den Kaffee und das anschließende musikalische Programm und eilte in ihren Bungalow zurück, um Sammy anzurufen. Als sie sich in ihrem Zimmer nicht meldete, wählte Elizabeth die Büronummer.

Sammys Stimme klang erregt, drängend: «Elizabeth, ich bin ja fast in Ohnmacht gefallen, als ich von Min hörte, daß Sie hier sind. Nein, mir fehlt gar nichts, ich komme gleich rüber.»

Zehn Minuten später riß Elizabeth die Tür auf und umarmte diese zerbrechliche Frau, die mit ihr zusammen Leilas letzte Lebensjahre begleitet und stets unerschütterliche Loyalität bewiesen hatte.

Als sie sich auf den beiden Sofas gegenübersaßen, musterten sie sich gegenseitig. Elizabeth stellte erschrocken fest, wie sehr sich Dora verändert hatte. «Ich weiß», erklärte diese schief lächelnd, «ein umwerfender Anblick bin ich nicht gerade.»

«Sie sehen wirklich nicht gut aus, Sammy», entgegnete Elizabeth. «Wie geht's Ihnen denn nun ehrlich?»

Dora zuckte die Achseln. «Ich fühle mich immer noch so schuldbewußt. Sie waren unterwegs und konnten nicht mitkriegen, wie Leila sich von Tag zu Tag veränderte. Ich dagegen konnte es mit eigenen Augen sehen, wenn sie mich im Krankenhaus besuchte. Irgend etwas machte sie kaputt, aber sie sprach nicht darüber. Ich hätte mich mit Ihnen in Verbindung setzen müssen. Ich habe sie schmählich im Stich gelassen. Und jetzt habe ich das Gefühl, ergründen zu müssen, was passiert ist. Vorher finde ich keine Ruhe.»

Elizabeth kamen die Tränen. «Jetzt haben Sie mich doch tatsächlich zum Weinen gebracht. Das ganze erste Jahr hatte ich ständig eine dunkle Brille dabei. Ich brauchte sie als Schutz, weil ich nie wissen konnte, wann sich die Tränenschleusen öffneten. Meine Trauerausrüstung nannte ich sie.»

Sie faltete die Hände. «Sagen Sie mir eins, Sammy – besteht auch nur die entfernte Möglichkeit, daß ich im Fall Ted unrecht habe? Mit der Zeit habe ich mich nicht geirrt, und wenn er Leila von der Terrasse hinuntergestoßen hat, muß er dafür bezahlen. Aber ist es denkbar, daß er sie zu halten versuchte? Warum war sie so außer sich? Warum hat sie getrunken? Sie haben es doch aus ihrem eigenen Mund gehört, wie zuwider ihr Leute waren, die zu viel tranken. In der Nacht damals war ich wenige Minuten vor ihrem Tod ausgesprochen garstig zu ihr. Ich benutzte die gleiche Methode, die sie Mama gegenüber angewandt hatte – eine Art Schocktherapie, die ihr die Augen dafür öffnen sollte, was sie sich selbst antat. Vielleicht wäre es richtiger gewesen, mehr Mitgefühl zu zeigen, Sammy, wenn ich sie doch bloß nach dem Grund gefragt hätte!»

Spontan ging Dora zu ihr, schloß sie in die Arme, spürte, wie sie am ganzen Leib zitterte, und dachte an den Teenager, der die große Schwester so vergöttert hatte. «Ach, Spatz», sagte sie, ohne zu merken, daß sie Leilas Kosenamen für Elizabeth benutzte, «was würde Leila wohl von uns beiden denken, wenn sie uns so sähe?»

«Sie würde sagen: ‹Hört auf zu klagen, tut lieber was.›» Elizabeth betupfte sich die Augen und brachte ein Lächeln zustande.

«Genau.» Mit einer hastigen, nervösen Bewegung strich Dora die dünnen Haarsträhnen zurück, die sich wie üblich aus ihrem Knoten gelöst hatten. «Rekonstruieren wir mal den Ablauf. Hatte Leila sich schon irgendwie verstört verhalten, bevor Sie auf Tournee gingen?»

Elizabeth bemühte sich angestrengt, unwesentliche Erinnerungen auszuklammern und sich auf die wesentlichen zu konzentrieren. «Unmittelbar vor meiner Abreise war Leilas Scheidung ausgesprochen worden. Sie hatte ihren Steuerberater aufgesucht, der ja auch die ganze Buchführung machte. Seit Jahren erlebte ich es zum erstenmal, daß sie sich Geldsorgen machte. Sie sagte ungefähr: ‹Ich hab unheimlich viel Geld gescheffelt, Spatz, und jetzt sitze ich ganz schön in der Tinte, ehrlich.›

Ich antwortete, ihre verflossenen Ehemänner, diese Nassauer, hätten sie in diese Klemme gebracht, aber ich sähe keinen Grund zur Beunruhigung, wenn man kurz vor der Hochzeit mit einem Multimillionär wie Ted stünde. Darauf fragte sie etwas wie: ‹Ted liebt mich doch aufrichtig, nicht wahr?› Ich bat sie, doch um Himmels willen mit der Tour aufzuhören: ‹Wenn du weiter so an ihm zweifelst, jagst du ihn garantiert in die Flucht. Ted ist vernarrt in dich. Mach du dich lieber daran, die vier Millionen, die er in dich investiert hat, zu verdienen!›»

«Was sagte sie darauf?» wollte Dora wissen.

«Sie fing an zu lachen – Sie kennen ja ihr unvergleichliches Lachen – und sagte dann: ‹Du hast recht wie immer, Spatz.› Sie war wie elektrisiert durch das Stück.»

«Und nach ihrer Abreise wurde ich krank, Ted war dauernd unterwegs, und da startete jemand eine Kampagne, mit der er sie kaputtmachen wollte.» Dora griff in die Tasche ihrer

Strickjacke. «Der Brief, über den ich Sie informierte, wurde heute von meinem Schreibtisch gestohlen. Aber kurz vor Ihrem Anruf fand ich einen weiteren in Leilas Post. Auch den hat sie nicht gelesen – er war ungeöffnet –, aber er spricht für sich.»

Entsetzt entzifferte Elizabeth den achtlos aneinandergeklebten Text, las ihn ein zweites Mal:

Leila
Warum geben Sie nicht endlich zu, daß Ted Sie loswerden will? Seine neue Flamme hat das Warten allmählich satt. Die vier Millionen Dollar waren seine Abfindung für Sie. Und weit mehr, als Sie verdienen. Verpulvern Sie's nicht, Schätzchen. Das Stück ist lausig, heißt es überall, und Sie sind auch zehn Jahre zu alt für die Rolle.

Ein Freund

Dora beobachtete Elizabeth, die blaß und versteinert dasaß.

«Leila hat den nicht zu Gesicht bekommen?» erkundigte sie sich dann ruhig.

«Nein, aber sie muß davon eine ganze Reihe gekriegt haben.»

«Wer könnte den anderen heute weggenommen haben?»

Dora informierte sie kurz über die Auseinandersetzung wegen der Kostenexplosion und Cheryls unverhofftes Erscheinen. «Ich weiß, daß Cheryl an meinem Schreibtisch war. Sie hat ihre Rechnung dort deponiert. Aber genauso könnte jemand anders den Brief genommen haben.»

«Das hier riecht stark nach Cheryl.» Elizabeth hielt den Brief mit spitzen Fingern an einer Ecke, als fürchte sie, sich schmutzig zu machen. «Ich überlege, ob sich das nachweisen läßt.»

«Fingerabdrücke?»

«Das, und für das Schriftbild gibt es auch bestimmte Anhaltspunkte. Schon die Feststellung, aus welchen Zeitschriften und Zeitungen die Wortschnipsel herausgeschnitten wurden, wäre eine Hilfe. Einen Augenblick.» Elizabeth ging ins Schlafzimmer und kam mit einem Plastikbeutel zurück, in den sie den anonymen Brief vorsichtig einwickelte. «Ich erkundige mich, wo man so was analysieren lassen kann.» Sie setzte sich wieder und schlang die Arme um die Knie. «Erinnern Sie sich noch genau an den Wortlaut des anderen Briefes, Sammy?»

«Ich denke schon.»

«Dann schreiben Sie's auf. Ich bringe Ihnen gleich etwas Papier.»

Dora machte sich ans Werk, strich durch, änderte und reichte schließlich Elizabeth das beschriebene Blatt. «Das ist jetzt annähernd genau.»

> Leila
> Wie oft soll ich Ihnen denn noch schreiben? Können Sie nicht endlich kapieren, daß Ted Sie satt hat? Seine neue Flamme ist bildschön und viel jünger als Sie. Die passende Smaragdkette zu dem Armband, das er Ihnen geschenkt hat, trägt sie jetzt, das wissen Sie ja schon von mir. Er hat das Doppelte dafür bezahlt, und sie steht ihr zehnmal besser. Wie ich höre, ist Ihr Stück ein Reinfall. Sie sollten wirklich Ihren Text lernen. Ich melde mich bald wieder.
>
> Ein Freund

Auch diesen Brief las Elizabeth mehrmals. «Das Armband, Sammy. Wann hat Ted es Leila geschenkt?»

«Irgendwann nach Weihnachten. War es nicht zum Jahrestag ihres ersten Rendezvous? Ich mußte es in den Tresor schließen, weil sie mit den Proben anfing und wußte, daß sie es während der Zeit nicht tragen würde.»

«Darauf will ich hinaus. Wie viele Personen konnten von dem Armband gewußt haben? Ted hat es ihr bei einer Dinnerparty geschenkt. Wer war dabei?»

«Die üblichen Leute. Min. Helmut. Craig, Cheryl, Syd. Ted. Sie und ich.»

«Und derselbe Personenkreis wußte auch, wieviel Geld Ted in das Stück investiert hat. Denken Sie daran, daß er nichts darüber veröffentlicht haben wollte. Sind Sie mit der Durchsicht der Post ganz fertig, Sammy?»

«Außer dem, an den ich mich heute nachmittag gemacht habe, ist noch ein großer Sack übrig. Da dürften sechs- bis siebenhundert Briefe drin sein.»

«Morgen früh helfe ich Ihnen bei der Durchsicht. Denken Sie darüber nach, Sammy, wer diese Briefe geschrieben haben könnte. Min und Helmut hatten mit dem Stück nichts zu tun; für sie war es nur von Vorteil, wenn sie Ted und Leila zusammen hier hatten, bei den vielen Leuten, die sie nach sich zogen. Syd hatte eine Million Dollar in das Stück gesteckt. Craig benahm sich so, als hätte er die von Ted investierten vier Millionen aus eigener Tasche bezahlt. Er hätte bestimmt nichts getan, was den Erfolg gefährden könnte. Cheryl dagegen hat es Leila nie verziehen, daß sie ihr Ted weggenommen hatte. Sie hat es Leila nie verziehen, daß sie ein Superstar geworden war. Sie kannte Leilas wunde Punkte. Und sie wäre diejenige, die nun die Briefe zurückhaben will.»

«Was hat sie davon?»

Elizabeth erhob sich langsam, ging zum Fenster und zog die Vorhänge zurück. Die Nacht war immer noch strahlend klar. «Weil es ihre Karriere ruinieren kann, wenn die Spur zu ihr führt? Wie würde die Öffentlichkeit reagieren, wenn sie erführe, daß Leila von einer Frau, die sie für ihre Freundin hielt, in den Selbstmord getrieben wurde?»

«Elizabeth, haben Sie gehört, was Sie da eben sagten?»

Elizabeth drehte sich um. «Meinen sie nicht, daß ich recht habe?»

«Sie haben eben die Tatsache anerkannt, daß Leila vielleicht Selbstmord begangen hat.»

Elizabeth rang nach Luft. Sie wankte durchs Zimmer, fiel auf die Knie und bettete den Kopf in Sammys Schoß. «Helfen Sie mir, Sammy», flehte sie. «Ich weiß nicht mehr, was ich glauben soll. Und ich weiß nicht mehr ein noch aus.»

8

Der Vorschlag, auswärts zu essen und Cheryl und Syd dazu einzuladen, stammte von Henry Bartlett. Auf Teds Protest, er wolle nichts mit Cheryl zu tun haben, hatte Henry scharf gekontert: «Ob's Ihnen nun paßt oder nicht, Teddy, Sie haben mit Cheryl zu tun. Sie und Syd Melnick können als Zeugen sehr wichtig für Sie sein.»

«Ich sehe nicht, wie.»

«Wenn wir nicht einräumen, daß Sie möglicherweise nach oben zurückgegangen sind, müssen wir beweisen, daß Elizabeth Langes Zeitangaben bezüglich des Telefongesprächs nicht ganz schlüssig sind, und ferner die Geschworenen glauben machen, daß Leila möglicherweise Selbstmord begangen hat.

«Was ist mit der Augenzeugin?»

«Sie sah, daß sich ein Baum auf der Terrasse bewegte. Sie hat eine lebhafte Phantasie und bildete sich ein, das seien Sie im Handgemenge mit Leila. Sie ist reif fürs Irrenhaus.»

Sie gingen ins *Cannery*, in dem sich auch jetzt, gegen Ende des Sommers, die Gäste drängten, doch Craig hatte telefonisch Plätze reserviert, und sie bekamen einen Fenstertisch mit Rundblick auf den Hafen von Monterey. Cheryl rutschte neben Ted, legte ihm die Hand aufs Knie. «Wie in den alten Zeiten», flüsterte sie. Sie trug ein rückenfreies Oberteil aus Lamé und dazu passende hautenge Hosen. Als sie durch das

Lokal geschritten war, hatten sich alle die Köpfe nach ihr verrenkt und den effektvollen Auftritt mit anerkennendem Gemurmel begleitet.

In den vergangenen Monaten hatte Cheryl ihn wiederholt angerufen, doch er hatte nie zurückgerufen. Jetzt, als ihre warmen Finger unablässig sein Knie streichelten, fragte sich Ted, ob er nicht ein Narr sei, das nicht zu nehmen, was ihm so bereitwillig angeboten wurde. Cheryl würde alles sagen, was er verlangte und was zu seiner Verteidigung beitragen könnte. Doch zu welchem Preis?

Syd, Bartlett und Craig waren sichtlich erleichtert, Cypress Point entronnen zu sein. «Warten Sie erst mal das Essen ab», wandte sich Syd an Henry. «Da lernen Sie echte Meeresfrüchte kennen und schätzen.»

Der Kellner erschien. Bartlett bestellte einen Whisky. Sein Aufzug war untadelig: champagnerfarbenes Jackett, dazu ein farblich genau abgestimmtes Sporthemd und zimtfarbene Hosen, beides eindeutig maßgefertigt. Das dichte, überaus sorgfältig frisierte Haar und das faltenlose gebräunte Gesicht erzielten eine eindrucksvolle Kontrastwirkung. Ted stellte ihn sich vor, wie er die Geschworenen abwechselnd belehrte, umwarb, beschimpfte. Ein ausgekochter Effekthascher. Offensichtlich betrieb er das mit Erfolg. Doch wie würde sich das konkret auf die Höhe der Haftstrafe auswirken? Er wollte einen Wodka Martini bestellen, entschloß sich aber dann zu einem Bier. Jetzt mußte er seine fünf Sinne beieinanderhaben.

Es war erst sieben, noch früh fürs Dinner. Aber er hatte darauf bestanden. Craig und Syd unterhielten sich angeregt. Syd machte einen fast fröhlichen Eindruck. Zeugenaussage im Sonderangebot, dachte Ted. Leila als delirierende Alkoholikerin hinstellen. Das könnte total danebengehen, Leute, und dann bin ich derjenige, der dafür bezahlt.

Craig erkundigte sich nach Syds Agentur, bedauerte ihn wegen des Geldes, das er an Leilas Stück verloren hatte. «Wir sind dabei auch baden gegangen», meinte er. Er sah zu Cheryl hinüber und lächelte herzlich. »Und wir finden das einfach toll von dir, Cheryl, daß du versucht hast, das Schiff vorm Kentern zu bewahren, das war einsame Spitze.»

Trag doch um Himmels willen nicht so dick auf! Ted biß sich auf die Lippen, um Craig nicht anzuschreien. Doch die anderen lächelten breit. Er war der Fremdkörper in der Gruppe, der unbequeme Außenseiter. Er spürte die Blicke der übrigen Gäste, die sich auf seinen Tisch, auf ihn richteten. Genauso hätte er ihre gedämpften Kommentare wiedergeben können: «Nächste Woche beginnt sein Prozeß.»... «Denken Sie, daß er's getan hat?»... «Mit seinem Geld schafft er's vermutlich, rausgepaukt zu werden. So läuft's doch immer.»

Nicht unbedingt.

Gereizt blickte Ted auf die Bucht. Im Hafen lagen viele Schiffe – große, kleine, Segelboote, Motorjachten. Seine Mutter war mit ihm hierhergefahren, sooft sie konnte. Es war der einzige Ort, an dem sie sich je glücklich gefühlt hatte.

«Die Familie von Teds Mutter stammte aus Monterey», sagte Craig, zu Henry Bartlett gewandt.

Wieder stieg in Ted die heftige Gereiztheit hoch, die Craig in ihm auszulösen begonnen hatte. Seit wann? Hatte es in Hawaii angefangen? Schon vorher? Lies nicht meine Gedanken. Sprich nicht für mich. Ich habe das satt. Leila fragte ihn oft, ob es ihm denn nicht zuviel würde, wenn sich die Bulldogge ständig an seine Fersen heftete.

Die Drinks kamen. Bartlett riß das Gespräch an sich. «Wie Sie wissen, sind Sie alle als potentielle Zeugen der Verteidigung registriert. Offenbar können Sie zu der Szene im *Elaine* aussagen. Das gleiche gilt für zweihundert weitere Personen. Im Zeugenstand hätte ich jedoch gern Ihre Unterstützung, um für die Geschworenen ein vollständigeres Bild von Leila zu zeichnen. Sie alle kennen das Image, das sie in der

Öffentlichkeit hatte. Aber Sie wissen auch, daß sie eine zutiefst unsichere Frau war, die kein Selbstvertrauen hatte, die ständig die Angst zu versagen verfolgte.»

«Eine Verteidigung nach dem Muster Marilyn Monroe», meinte Syd. «Bei all den wilden Gerüchten über Marilyns Tod wurde allgemein bereitwillig akzeptiert, daß sie Selbstmord begangen hat.»

«Genau.» Bartlett bedachte Syd mit einem freundlichen Lächeln. «Nun erhebt sich die Frage nach dem Motiv. Erzählen Sie mir von dem Stück, Syd.»

Syd zuckte die Achseln. «Das war ihr auf den Leib geschrieben. Die ideale Rolle. Sie war ganz vernarrt in das Manuskript. Die Proben liefen anfangs wie geschmiert. Ich sagte immer zu ihr, wir könnten glatt in einer Woche eröffnen. Und dann passierte irgendwas. Sie erschien um neun Uhr früh im Theater – betrunken. Von da an ging's bergab.»

«Lampenfieber?»

«Das haben viele. Helen Hayes erbrach vor jeder Vorstellung. Sobald Jimmy Stewart einen Film abgedreht hatte, war er felsenfest davon überzeugt, daß ihm kein Mensch je wieder einen neuen anbieten würde. Leila übergab sich und machte sich Sorgen. So ist eben das Showgeschäft.»

«Genau das möchte ich im Zeugenstand nicht hören», erklärte Henry scharf. «Ich beabsichtige, das Bild einer Frau mit Alkoholproblemen zu zeichnen, die eine schwere Depression durchmachte.»

Ein Teenager tauchte hinter Cheryl auf. «Könnte ich bitte ein Autogramm haben?» Er knallte ihr eine Speisekarte hin.

«Selbstverständlich.» Cheryl signierte strahlend.

«Stimmt es, daß Sie in dieser neuen Serie die Amanda spielen?»

«Ich denke schon. Halten Sie mir jedenfalls die Daumen.» Cheryl sonnte sich in der Bewunderung, die ihr dieser Teenager entgegenbrachte.

«Sie als Amanda, das wäre einfach super. Und vielen Dank auch.»

«Hätten wir das doch bloß auf Band, dann könnten wir's Bob Koenig schicken», bemerkte Syd sarkastisch.

«Wann erfährst du es?» erkundigte sich Craig.

«Vermutlich in den nächsten Tagen.»

Craig erhob sein Glas. «Auf Amanda.»

Cheryl ignorierte ihn und wandte sich zu Ted. «Willst du denn darauf nicht trinken?»

Er erhob sein Glas. «Selbstverständlich.» Das meinte er ernst. Die unverhüllte Hoffnung in ihren Augen hatte etwas merkwürdig Rührendes. Leila hatte Cheryl immer in den Schatten gestellt. Warum waren sie bei der Farce von den guten Freundinnen geblieben? Lag es daran, daß Cheryls unablässiges Streben, Leila zu überflügeln, für diese eine Herausforderung bedeutet hatte, einen ständigen willkommenen Ansporn, ihr Bestes zu geben?

Cheryls Lippen streiften seine Wange. Er zuckte nicht zurück.

Beim Kaffee stützte Cheryl die Ellbogen auf den Tisch und dann den Kopf in die Hände. Ihre vom Champagner leicht vernebelten Augen schienen verheißungsvoll zu glühen. Mit etwas heiserer Stimme tuschelte sie Bartlett zu: «Und wenn Leila nun geglaubt hätte, daß Ted sie wegen einer anderen Frau fallenlassen wollte? Inwieweit würde das die Selbstmordtheorie unterstützen?»

«Ich war an keiner anderen Frau interessiert», konterte Ted.

«Darling, hier handelt es sich doch nicht um die Stunde der Wahrheit. Du hältst jetzt besser den Mund», wies ihn Cheryl zurecht. «Beantworten Sie meine Frage, Henry.»

«Wenn wir einen Beweis dafür hätten, daß Ted sich für eine andere interessierte und daß Leila davon wußte, wäre damit ein Grund für ihre Verzweiflung gegeben. Wir würden die These des Anklägers erschüttern, Ted habe Leila getötet, weil sie ihn zurückgewiesen hatte. Wollen Sie mir damit sagen, es sei zwischen Ihnen und Ted etwas gelaufen, bevor Leila starb?» fragte Bartlett hoffnungsvoll.

«Das beantworte ich», fuhr Ted ihn an. «Mit einem klaren Nein.»

«Ihr habt nicht richtig zugehört», beschwerte sich Cheryl. «Ich sagte, ich hätte vielleicht einen Beweis dafür, daß Leila dachte, Ted wolle sie wegen einer anderen fallenlassen.»

«Du weißt ja nicht, was du sprichst, Cheryl. Ich schlage vor, du hältst jetzt den Mund», empfahl Syd. «Laßt uns gehen. Du hast entschieden zuviel getrunken.»

«Du hast recht», entgegnete Cheryl liebenswürdig. «Das passiert nicht gerade oft, Syd, mein Lieber, aber diesmal hast du wirklich recht.»

«Einen Moment noch», unterbrach sie Bartlett. «Falls Sie nicht irgendein Spielchen spielen, Cheryl, sollten Sie lieber Ihre Karten auf den Tisch legen. Alles, was Aufschluß gibt über Leilas Gemütsverfassung, über ihren Geisteszustand, ist für Teds Verteidigung von elementarer Bedeutung. Was bezeichnen Sie als ‹Beweis›?»

«Vielleicht etwas, das Sie nicht mal interessieren würde», erwiderte Cheryl. «Lassen Sie mich die Sache überschlafen.»

Craig verlangte die Rechnung. «Ich habe das Gefühl, dieses Gespräch ist reine Zeitverschwendung.»

Um halb zehn brachte die Limousine sie wieder zurück. «Ted soll mich zu meinem Bungalow begleiten.» Cheryls Stimme hatte jetzt einen scharfen Beiklang.

«Ich begleite dich», protestierte Syd.

«Nein, Ted kommt mit», beharrte Cheryl.

Sie lehnte sich eng an ihn, als sie den Weg zu ihrem Bungalow entlanggingen. Aus dem Hauptgebäude strebten schon die ersten Gäste ihren Quartieren zu. «War das nicht ein hübscher Abend für uns beide?» murmelte Cheryl.

«Cheryl, ist dieses Gerede von einem ‹Beweis› wieder mal eins von deinen Spielchen?» Ted strich ihr die schwarze Mähne aus dem Gesicht.

«Ich mag's, wenn du mein Haar berührst.» Sie waren bei ihrem Bungalow angelangt. «Komm rein, Darling.»

«Nein. Ich wünsche dir eine gute Nacht.»

Sie zog seinen Kopf zu sich herunter, bis ihre Lippen sich fast berührten. Hatte sie ihren alkoholisierten Zustand nur vorgetäuscht? fragte er sich. «Darling», flüsterte sie erregt, «begreifst du denn nicht, daß ich dir dazu verhelfen kann, den Gerichtssaal als freier Mann zu verlassen?»

Craig und Bartlett verabschiedeten sich von Syd und machten sich auf den Weg zu ihrem Bungalow. Henry Bartlett war sichtlich zufrieden. «Anscheinend ist Teddy endlich ein Licht aufgegangen. Es ist wichtig für ihn, die Kleine beim Prozeß auf seiner Seite zu haben. Was hat sie mit diesem Hokuspokus gemeint, daß Ted sich für eine andere interessiert?»

«Wunschdenken. Wahrscheinlich möchte sie sich um die Rolle bewerben.»

«Verstehe. Wenn er schlau ist, akzeptiert er's.»

Sie langten bei Craigs Bungalow an. «Ich würde gern noch auf einen Sprung reinkommen», erklärte Bartlett. «Eine gute Gelegenheit, sich unter vier Augen zu unterhalten.» Drinnen sah er sich um und konstatierte: «Wieder was ganz anderes.»

«Auf Mins Wertskala rangiert dies unter männlich-rustikal», erläuterte Craig. «Sie hat nichts ausgespart – massive Kiefernholztische, überall Bohlenbelag. Das Bett sogar mit spartanischem Lattenrost. Sie hat mich ganz automatisch in dieser Kategorie untergebracht. Vermutlich bin ich in ihrem Unterbewußtsein als schlichter, unkomplizierter Typ eingeordnet.»

«Und sind Sie's?»

«Ich denke nicht. Und selbst wenn ich's wäre, bevorzuge ich doch Betten in Übergröße und Sprungfedernmatratzen, man muß sich nämlich mächtig abstrampeln, um sich aus der armseligen Gegend hochzuboxen, wo mein Alter sein Delikatessengeschäft hatte...»

Bartlett musterte ihn eingehend. «Bulldogge» war eine passende Beschreibung für ihn, befand er. Rotblondes Haar, indifferentes Aussehen, Wangen, die lauter Wülste bilden würden, wenn er nicht sein Gewicht hielt. Ein solider Bürger. Jemand, den man gern auf seiner Seite hatte. «Ein Glück für Ted, daß er Sie hat», meinte er. «Ich glaube, er weiß das gar nicht zu schätzen.»

«Da irren Sie sich aber. Er ist jetzt darauf angewiesen, daß ich ihn in der Firma vertrete, und das ärgert ihn. Um das abzureagieren, verlagert er seinen Groll über diese Situation auf mich, den vermeintlichen Sündenbock. Das Problem liegt darin, daß eben diese meine Stellvertreterexistenz ein Symbol für seine vertrackte Lage ist.»

Craig ging zum Wandschrank und nahm einen Koffer heraus. «Ich habe auch meinen Privatvorrat mitgebracht.» Er schenkte den Courvoisier ein, reichte Bartlett ein Glas und setzte sich auf die Couch, beugte sich vor, drehte das Glas in der Hand. «Ich erzähle jetzt ein typisches Beispiel. Meine Kusine hatte einen Unfall und lag annähernd ein Jahr im Krankenhaus. Ihre Mutter brachte sich förmlich um, während sie die Kinder betreute. Und wissen Sie was? Meine Kusine war eifersüchtig auf ihre Mutter. Sie sagte, ihre Mutter hätte nun die Freude an den Kindern, während doch eigentlich sie bei ihnen sein müßte. Das gleiche Lied wie bei Ted und mir. Sobald meine Kusine aus dem Krankenhaus entlassen wurde, sang sie wahre Lobeshymnen auf ihre Mutter, die alles so fabelhaft gemacht hätte. Wenn Ted freigesprochen wird, läuft zwischen uns alles wieder normal. Und eins kann ich Ihnen versichern – seine Wutausbrüche über mich ergehen zu lassen, ist mir wesentlich lieber, als in seinen Schuhen zu stecken.»

Bartlett erkannte, daß er Craig Babcock vorschnell als aufgeblasenen Speichellecker abqualifiziert hatte. Das kommt davon, wenn man hochnäsig ist, dachte er verdrießlich. Seine Antwort war entsprechend wohlabgewogen. «Ich verstehe, was Sie damit sagen wollen, und finde Sie sehr scharfsichtig.»

«Unerwartet scharfsichtig?» fragte Craig schwach lächelnd.

Bartlett ließ sich nicht ködern. «Allmählich wird mir bei der Sache auch etwas wohler. Vielleicht können wir eine Verteidigung aufbauen, die in den Köpfen der Geschworenen zumindest gewisse Zweifel erweckt. Haben Sie sich um die Detektei gekümmert?»

«Ja. Wir haben zwei Privatdetektive angesetzt, soviel wie möglich über die Dame Ross in Erfahrung zu bringen. Ein dritter beschattet sie auf Schritt und Tritt. Mag übertrieben sein, aber man kann ja nie wissen.»

«Nichts, was weiterhilft, ist übertrieben.» Bartlett ging zur Tür. »Ihnen ist zweifellos klar, daß Ted Winters mich zum Teufel wünscht, vermutlich aus dem gleichen Grund, aus dem er Ihnen an die Kehle springt. Wir beide wollen, daß er den Gerichtssaal als freier Mann verläßt. Eine Verteidigungslinie, die ich vor diesem Abend nicht erwogen habe, dient dem Zweck, die Jury zu überzeugen, daß er und Cheryl sich kurz vor Leila LaSalles Tod wieder zusammengetan haben und daß die Millionen, die er in das Theaterstück investierte, Leilas Abfindung darstellten.»

Bartlett öffnete die Tür und blickte kurz über die Schulter zurück. «Überschlafen Sie's und kommen Sie morgen früh zu mir mit einem fertigen Schlachtplan.»

Er hielt inne und fügte nach einer Pause hinzu: «Aber wir müssen Teddy dazu überreden, daß er mit uns am gleichen Strick zieht.»

Als Syd in seinen Bungalow zurückkehrte, fand er eine Nachricht vor, daß eine telefonische Voranmeldung für ihn vorliege. Er hatte sofort eine untrügliche Ahnung – das mußte Bob Koenig sein. Der Präsident der World Motion Pictures war bekannt für seine Marotte, nächtliche Gespräche zum Billigtarif zu führen. Das konnte nur eins bedeuten: Die Entscheidung über Cheryl und die Rolle der Amanda war gefallen. Ihm brach der kalte Schweiß aus.

Mit einer Hand angelte er nach einer Zigarette, mit der anderen nach dem Telefonhörer, und während er «Syd Melnick» in die Muschel blaffte, klemmte er den Hörer mit der Schulter fest, um die Zigarette anzuzünden.

«Fein, daß du mich heute abend noch erreicht hast, Syd. Ich hatte ein Gespräch für sechs Uhr früh angemeldet.»

«Da wär ich auch wach gewesen. Wer kann schon schlafen in dieser Branche?»

«Ich schlafe wie ein Murmeltier, Syd. Ich hab ein paar Fragen.»

Er sah Bob vor sich, lässig zurückgelehnt in dem lederbezogenen Drehstuhl zu Hause in seiner Bibliothek. Mit gefühlsbetonten Entscheidungen wäre Bob nie an die Spitze gelangt. Cheryls Probeaufnahmen waren großartig ausgefallen, erinnerte sich Syd hoffnungsvoll. Aber worum ging's denn? «Schieß los», sagte er, bemüht, entspannt und locker zu klingen.

«Wir schwanken immer noch zwischen Cheryl und Margo Dresher. Du weißt ja selber, wie mühsam es ist, eine Serie zu lancieren. Margo hat den größeren Namen. Cheryl war gut, verdammt gut sogar – wahrscheinlich besser als Margo. Allerdings werde ich abstreiten, das je gesagt zu haben. Aber Cheryl hat seit Jahren nichts Spektakuläres aufzuweisen, und das Fiasko am Broadway kam in der Konferenz immer wieder aufs Tapet.»

Das Theaterstück. Schon wieder dieses verdammte Stück. Syd sah Leilas Gesicht deutlich vor sich, vergegenwärtigte sich, wie sie ihn im *Elaine* angebrüllt hatte. Damals kannte er nur den einen Wunsch, sie niederzuschlagen, diese zynische, spottende Stimme auszulöschen, für immer...

«Das Stück war als Zugnummer für Leila gedacht. Ich übernehme die volle Verantwortung dafür, Cheryl da reingehetzt zu haben.»

«Das haben wir doch schon alles durchgekaut, Syd. Ich will ganz offen zu dir sein. Letztes Jahr hatte Margo ein kleines Drogenproblem, alle Kolumnisten haben darüber berichtet. Das Publikum kriegt allmählich die Schnauze voll von Stars, die ihr halbes Leben mit Entziehungskuren in irgendwelchen Sanatorien verbringen. Ich möchte eine klare Antwort – gibt es irgendwas bei Cheryl, das uns in Verlegenheit bringen könnte, wenn wir uns für sie entscheiden?»

Syd umklammerte den Hörer. Cheryl war im Vorteil. Der plötzliche Hoffnungsstrahl ließ sein Herz stürmisch klopfen. Er bekam schweißnasse Hände. «Bob, ich schwöre dir...»

«Heilige Eide schwört mir jeder. Wie wär's, wenn du mir statt dessen reinen Wein einschenkst? Wenn ich mich exponiere und für Cheryl stark mache, wird das dann ein Eigentor? Sollte das je passieren, Syd, bist du erledigt.»

«Ich schwöre, ich schwör's dir beim Grab meiner Mutter...»

Syd legte den Hörer auf, kauerte sich zusammen und barg das Gesicht in den Händen. Feuchtkalter Schweiß brach ihm aus allen Poren. Wieder einmal lag der große Coup in Reichweite.

Nur war es diesmal Cheryl, nicht Leila, die ihm alles verderben konnte.

9

Als sie von Elizabeth wegging, trug Dora den in Plastik verpackten anonymen Brief in ihrer Jackentasche. Sie hatten beschlossen, daß sie ihn im Büro fotokopieren sollte und Elizabeth dann am nächsten Morgen dem Sheriff in Salmas das Original übergeben würde.

Scott Alshorne, der Sheriff des County, gehörte zu den regelmäßigen Dinnergästen von Cypress Point. Er war mit Mins erstem Mann befreundet gewesen und stets bereit, irgendwelche auftauchenden Schwierigkeiten mit dem gebotenen Takt zu beseitigen. Leila hatte sehr an ihm gehangen.

«Anonyme Briefe sind was anderes, als wenn jemand seinen Schmuck vermißt», gab Dora zu bedenken.

«Ich weiß, aber Scott kann uns sagen, wohin wir den Brief zur Analyse schicken müssen oder ob ich ihn einfach im Büro des Staatsanwalts in New York abliefern soll. Ich möchte jedenfalls auch eine Kopie haben.»

«Dann mache ich's am besten noch heute abend. Morgen ist Min wieder in der Nähe, und wir dürfen nicht riskieren, daß sie ihn liest.»

Beim Abschied schloß Elizabeth sie in die Arme. «Sie halten Ted nicht für schuldig, stimmt's, Sammy?»

«Des vorsätzlichen Mordes? Nein, das kann ich einfach nicht glauben. Und wenn er sich tatsächlich für eine andere interessierte, hatte er kein Motiv, Leila zu töten.»

Dora mußte sowieso noch einmal ins Büro zurück. Sie hatte auf dem Schreibtisch verstreute Briefe und den Plastikbeutel mit der noch nicht gesichteten Post auf dem Fußboden hinterlassen. Min würde einen Tobsuchtsanfall bekommen, wenn sie das entdeckte.

Ihr Dinnertablett stand noch auf dem Tisch neben ihrem Arbeitsplatz, fast unberührt. Merkwürdig, wie wenig Appetit sie in letzter Zeit hatte. Einundsiebzig – das war doch wirklich nicht so alt. Durch die Operation und Leilas Tod war eben ein Funke erloschen, die Spontanität, mit der Leila sie immer aufgezogen hatte.

Der Fotokopierer war in einer Nußbaumtruhe verborgen. Sie öffnete den Deckel und schaltete das Gerät ein, zog den Brief behutsam aus dem Plastikbeutel, hielt ihn mit den Fingerspitzen am Rand fest. Sie beeilte sich, denn es stand immer zu befürchten, daß es Min plötzlich einfallen könnte, ins Büro hinunterzukommen. Helmut saß zweifellos in seinem Studio. Er litt unter Schlaflosigkeit und las bis spät in die Nacht.

Ein kurzer Blick durch das halboffene Fenster. Nur das gewohnte Donnern der Brandung und der belebende Salzgeruch. Der kühle Luftzug störte sie nicht, auch wenn er sie frösteln ließ.

Sämtliche Gäste befanden sich inzwischen in ihren Bungalows, wo man hinter den zugezogenen Vorhängen noch die Lichter brennen sah. Am Horizont zeichneten sich die Umrisse der Tische mit den Sonnenschirmen rund um das große Schwimmbecken ab. Links ragte die Silhouette des römischen Bades drohend auf. Die Nacht begann dunstig zu werden, was die Sicht erschwerte. Plötzlich beugte sich Dora vor. Da ging jemand, nicht auf dem Weg, sondern im Schatten der Zypressen, als fürchte er, gesehen zu werden. Sie rückte die Brille zurecht und stellte erstaunt fest, daß die Gestalt da draußen einen Taucheranzug trug. Was hatte dieser Mensch hier zu suchen? Anscheinend wollte er zum großen Schwimmbecken.

Elizabeth wollte noch schwimmen gehen, wie sie ihr erzählt hatte. Dora erfaßte eine unerklärliche Angst. Sie schob den Brief in die Jackentasche, eilte hinaus und die Treppe hinunter, so schnell es ihre arthritischen Glieder erlaubten, durch die verdunkelte Eingangshalle und die selten benutzte Seitentür nach draußen. Der Eindringling ging jetzt am römischen Bad vorbei. Sie rannte, um ihm den Weg abzuschneiden. Vermutlich ist es einer von den College-Studenten, die in Pebble Beach Lodge wohnen, überlegte sie. Von Zeit zu Zeit schlichen sie sich herein, um im großen Becken zu schwimmen. Doch ihr war unbehaglich bei dem Gedanken, daß dieser hier mit Elizabeth zusammentreffen würde, während sie allein im Wasser war.

Sie drehte sich um und merkte, daß er sie gesehen hatte. Den Abhang hinauf näherten sich Scheinwerfer – der Torwächter machte seine Runde im zweirädrigen Geländewagen. Die Gestalt im Taucheranzug lief auf das römische Bad zu, dessen Tor nur angelehnt war. Wahrscheinlich hat sich Helmut, dieser Narr, nachmittags nicht die Mühe gemacht abzusperren, dachte Dora.

Mit zitternden Knien jagte sie hinter der Gestalt her. Der Wächter mußte jeden Augenblick vorbeifahren, und sie wollte den Eindringling nicht entwischen lassen. Zögernd betrat sie das römische Bad.

Die Eingangshalle war ein riesiger offener Raum mit marmorverkleideten Wänden und zwei völlig gleichen Treppen am anderen Ende. Von den japanischen Laternen in den Bäumen fiel genügend Licht herein, so daß Dora erkennen konnte: dieser Bereich war leer. Seit ihrem letzten kurzen Besuch hier drin vor ein paar Wochen waren sie mit den Arbeiten tatsächlich ein gutes Stück vorangekommen.

Durch die Türöffnung links sah sie den Lichtstrahl einer Taschenlampe. Der Bogengang führte zu den Umkleideräumen, und dahinter befand sich das erste der Meerwasserbekken.

Für eine Sekunde gewann Furcht die Oberhand über ihre Empörung. Sie beschloß, draußen auf den Wächter zu warten.

«Dora, hier rein!»

Die vertraute Stimme – ihr wurde ganz schwach vor Erleichterung. Vorsichtig durchquerte sie die dunkle Halle und gelangte durch den Umkleideraum in die Nähe des Innenbeckens.

Er erwartete sie, in der Hand die Taschenlampe. Der schwarze Taucheranzug, die dicke Taucherbrille, der geduckte Kopf, die jähen ruckartigen Bewegungen der Taschenlampe ließen sie zurücktaumeln. «Um Himmels willen, nehmen Sie doch das Ding weg, ich kann ja nichts sehen», sagte sie.

Ein dicker schwarzer Taucherhandschuh streckte sich drohend nach ihr aus, griff nach ihrer Kehle. Der Lichtstrahl der Taschenlampe richtete sich auf ihre Augen, blendete sie.

In panischer Angst begann Dora zurückzuweichen. Sie hob die Hände, um sich zu schützen, und merkte nicht, daß ihr dabei der Brief aus der Jackentasche gefallen war. Sie nahm kaum wahr, daß sie ins Leere trat, bevor sie rücklings abstürzte.

Ihr letzter Gedanke, bevor sie mit dem Kopf auf den scharfkantigen Betonboden des Beckens aufschlug, war, daß sie nun endlich wußte, wer Leila getötet hatte.

10

Elizabeth durchquerte das Schwimmbecken im Rekordtempo. Der Nebel begann hereinzubrechen – trieb in Schwaden heran, verhüllte das umliegende Gelände, lichtete sich gleich darauf wieder. Ihr war es lieber, wenn er alles verdunkelte. Dann konnte sie sich ganz ausarbeiten, wohl wissend, daß sich durch die körperliche Anstrengung irgendwann die innerlich aufgestaute Angst lösen würde.

Sie erreichte das Nordende des Beckens, berührte den Rand, holte tief Luft, wendete und jagte im Bruststil die Bahn zurück. Sie bekam Herzklopfen bei diesem selbstgesetzten

Tempo. Es war verrückt, sich auf diese Art zu überfordern. Dafür fehlte ihr wirklich die Kondition. Doch sie gab nicht nach, versuchte, unter Aufwendung aller körperlichen Energie ihren Gedanken zu entfliehen.

Endlich merkte sie, daß sie allmählich ruhiger wurde, drehte sich auf den Rücken und verlegte sich aufs Wassertreten, wobei sie mit den Armen weitausholende, gleichmäßige Kreise beschrieb.

Die Briefe. Der eine, den sie besaßen, der andere, den jemand gestohlen hatte, die weiteren, die sie vielleicht noch in der ungeöffneten Post finden mochten. Diejenigen, die Leila vermutlich gesehen und vernichtet hatte. Warum hat Leila mir nichts darüber gesagt? Warum hat sie mich ausgeschlossen? Sie hat mich doch immer als eine Art Schall- und Stoßdämpfer benutzt. Und sie hat immer gesagt, ich könnte sie davor bewahren, Kritiken zu ernst zu nehmen.

Leila hatte ihr nichts erzählt, weil sie überzeugt davon war, daß Ted sich für eine andere interessierte, daß sie daran nichts ändern konnte. Aber Sammy hatte recht. Wenn Ted sich für eine andere interessierte, hatte er kein Motiv, Leila zu töten.

Aber ich habe mich mit dem Zeitpunkt des Telefongesprächs nicht geirrt ...

Wenn nun Leila hinuntergestürzt war, ohne daß er sie halten konnte, und er dann einen solchen Schock erlitten hatte, daß sein Gedächtnis aussetzte? Wenn nun diese Briefe sie in den Selbstmord getrieben hatten? Ich muß den Absender ausfindig machen, dachte Elizabeth.

Höchste Zeit zurückzugehen. Sie war todmüde und endlich etwas ruhiger geworden. Am nächsten Morgen würde sie die restliche Post gemeinsam mit Sammy sichten, den Brief, den sie gefunden hatten, zu Scott Alshorne bringen. Möglicherweise verlangte er, daß sie ihn direkt dem Staatsanwalt in New York übergab. Verschaffte sie Ted ein Alibi? Und für wen hatte er sich interessiert?

Als sie auf der Leiter hinauskletterte, erschauerte sie. Die Nachtluft hatte sich stark abgekühlt, und sie war länger als beabsichtigt im Wasser geblieben. Sie schlüpfte in den Bademantel und holte die Armbanduhr aus der Tasche. Die Leuchtziffern zeigten halb elf.

Sie meinte, hinter den Zypressen am Rand der Terrasse ein raschelndes Geräusch zu vernehmen. «Wer ist da?» Sie wußte, daß ihre Stimme nervös klang. Keine Antwort. Sie ging zum Rand der Terrasse und spähte angestrengt über die Hecken zu den Bäumen hinüber. In der Dunkelheit wirkten die Silhouetten der Zypressen bizarr und unheildrohend, doch bis auf das schwache Rascheln des Laubes bewegte sich nichts. Die kühle Seebrise frischte auf. Natürlich, das war die Erklärung.

Mit einer resoluten Geste wickelte sie sich in den Bademantel und zog die Kapuze über das Haar.

Doch das unbehagliche Gefühl hielt an, und sie beschleunigte ihre Schritte, als sie den Weg zu ihrem Bungalow einschlug.

Er hatte Sammy nicht angefaßt. Aber es würden Fragen gestellt werden. Was hatte sie in den Thermen zu suchen? Er verwünschte die offenstehende Tür, die ihn veranlaßt hatte, hineinzulaufen. Wäre er einfach um das Gebäude herumgegangen, hätte sie ihn nie erwischt.

Ein derart simpler Umstand konnte ihn verraten...

Der Umstand indes, daß sie den Brief bei sich hatte, daß er ihr aus der Tasche gefallen war – das war einfach Glück. Sollte er ihn vernichten? Er wußte es nicht recht. Das war ein zweischneidiges Schwert.

Jetzt steckte er den Brief in seinen Taucheranzug. Die Tür zum römischen Bad war zugeschnappt. Der Wächter hatte seine Runden absolviert und würde in dieser Nacht nicht mehr aufkreuzen. Langsam, mit unendlicher Vorsicht näherte er sich dem Schwimmbecken. Ob sie noch dort war? Höchstwahrscheinlich. Sollte er die Gelegenheit beim Schopf packen und es riskieren? Zwei Unfälle. War es riskanter, als sie am Leben zu lassen? Elizabeth würde Aufschluß verlangen, wenn man Sammys Leiche fand. Hatte Elizabeth diesen Brief gesehen?

Er hörte das Wasser im Becken plätschern. Vorsichtig trat er hinter dem Baum hervor und beobachtete die im Wasser dahinschnellende Gestalt. Er müßte warten, bis sie das Tempo verlangsamte. Dann wäre sie auch entsprechend ermüdet. Vielleicht war jetzt der richtige Zeitpunkt ... Zwei Unfälle in einer Nacht, die nichts miteinander zu tun hatten. Würde es in dem darauffolgenden Durcheinander gelingen, die Leute auf der falschen Fährte zu halten? Er machte einen Schritt nach vorn in Richtung Schwimmbecken.

Und sah ihn. Hinter dem Gebüsch stehend. Elizabeth beobachtend. Was tat er dort? Argwöhnte er, daß sie in Gefahr schwebte? Oder war er ebenfalls zu dem Schluß gelangt, daß sie ein untragbares Risiko darstellte?

Der Taucheranzug glänzte feucht vom Nebel, als sein Träger lautlos hinter die schützenden Zypressenzweige glitt und in der Dunkelheit verschwand.

Dienstag, 1. September

Das Wort zum Tage:
Der Liebsten, Allerschönsten, die meines Lebens Glück und Wonne.

CHARLES BAUDELAIRE

Guten Morgen, *bonjour* unseren lieben Gästen.

Heute früh ist es ein wenig frischer draußen, also wappnen Sie sich für das belebende Prickeln der kühlen, klaren Luft.

Naturfreunden bieten wir einen halbstündigen Spaziergang nach dem Lunch an; er führt an unserer unvergleichlichen Pazifikküste entlang und gibt Ihnen Gelegenheit, die einheimische Flora unserer geliebten Monterey-Halbinsel zu erkunden. Falls Ihnen der Sinn danach steht, erwartet Sie unser sachkundiger Führer um 12 Uhr 30 am Haupttor.

Ein aktueller Tip. Unsere Speisenfolge bietet am heutigen Abend besonders erlesene Köstlichkeiten. Ziehen Sie Ihre schönsten, kleidsamsten Sachen an und laben Sie sich an unseren Leckerbissen in dem angenehmen Bewußtsein, daß Ihnen die Schlemmergerichte höchsten Genuß bei niedrigstem Kaloriengehalt sichern.

Ein bleibender Gedanke. Schönheit liegt im Auge des Betrachters, aber wenn Sie in den Spiegel schauen, sind Sie der Betrachter.

Baron und Baronin von Schreiber

1

Der Morgen begann gerade zu dämmern. Min lag hellwach in dem überbreiten Himmelbett, das sie mit Helmut teilte. Vorsichtig, um ihn ja nicht zu wecken, drehte sie ihm den Kopf zu, stützte sich auf den Ellbogen. Ein schöner Mann, selbst im Schlaf... Er lag auf der Seite, das Gesicht ihr zugewandt, eine Hand nach ihr ausgestreckt, sein Atem ging jetzt ruhig und gleichmäßig.

So hatte er die ganze Nacht nicht geschlafen. Sie wußte nicht, wann er zu Bett gegangen war, doch um zwei hatte er sie aufgeschreckt. Er wälzte sich unruhig hin und her, stieß mit gedämpfter Stimme Zorneslaute aus. Sie fand keinen Schlaf mehr, als sie verstand, was er sagte: «Hol dich der Teufel, Leila, fahr zur Hölle.»

Instinktiv hatte sie ihm die Hand auf die Schulter gelegt, leise besänftigend auf ihn eingeredet, bis er sich entspannte. Würde er sich an den Traum erinnern, daran, daß er im Schlaf gesprochen hatte? Sie hatte sich durch nichts anmerken lassen, daß sie ihn gehört hatte. Zu erwarten, daß er ihr die Wahrheit sagte, wäre sinnlos. Hatte es also doch etwas zwischen ihm und Leila gegeben, so unglaubhaft das auch scheinen mochte? Oder war es ein einseitiges Gefühl, das Helmut zu Leila hingezogen hatte?

Das machte die Sache keineswegs leichter.

Morgenlicht, inzwischen mehr goldfarben als rosa getönt, erhellte allmählich das Zimmer. Vorsichtig stieg Min aus dem Bett. Trotz aller Seelenqual genoß sie einen Augenblick lang die Schönheit des Raumes. Helmut hatte die gesamte Innenausstattung besorgt. Wer sonst hätte sich eine derart ausgeklügelte farbliche Abstimmung ausdenken können: pfirsichfarbene Vorhänge und Bettwäsche zu dem tiefen Blauviolett des Teppichs?

Wie lange würde sie wohl noch hier wohnen? Dies könnte

ihre letzte Saison sein. Die Million Dollar auf dem Schweizer Bankkonto darf ich nicht vergessen, sagte sie sich. Allein die Zinsen würden reichen.

Reichen für wen? Für sie? Vielleicht. Für Helmut? Niemals! Sie hatte immer gewußt, daß Cypress Point einen großen Teil ihrer Anziehungskraft für ihn ausmachte, es bot ihm die ersehnte Kulisse, sich effektvoll zu präsentieren, die Gelegenheit, Prominenz um sich zu scharen. Meinte sie im Ernst, er würde sich mit einem verhältnismäßig einfachen Lebensstil an der Seite einer alternden Frau zufriedengeben?

Geräuschlos glitt Min durchs Zimmer, schlüpfte in einen Bademantel und ging die Treppe hinunter. Helmut würde noch eine halbe Stunde schlafen. Sie mußte ihn regelmäßig um halb sieben wecken. In dieser halben Stunde konnte sie ungestört einige Unterlagen durchsehen, insbesondere die Abrechnungen von American Express. In den Wochen vor Leilas Tod war Helmut häufig abwesend gewesen. Er war eingeladen worden, auf mehreren Ärzteseminaren und -tagungen Vorträge zu halten, er hatte seinen Namen für einige Wohltätigkeitsbälle hergegeben und auch an einigen teilgenommen. Das war gut fürs Geschäft. Doch was hatte er sonst noch getan, wenn er an der Ostküste war? Um jene Zeit war auch Ted sehr viel auf Reisen gewesen. Sie verstand Helmut. Leilas offenkundige Geringschätzung mußte ihn herausfordern. Hatte er sie gesehen?

Am Vorabend von Leilas Tod hatten sie die öffentliche Generalprobe ihres Stücks besucht, waren danach im *Elaine*. Sie hatten im Plaza gewohnt und waren morgens nach Boston zu einem Wohltätigkeitsbankett geflogen. Abends um halb sieben hatte er sie zu einem Flugzeug nach San Francisco gebracht. Hatte er, wie vorgesehen, an dem Dinner in Boston teilgenommen oder die 19-Uhr-Maschine nach New York genommen?

Der Gedanke verfolgte sie.

Um Mitternacht kalifornischer Zeit – an der Ostküste war es also drei Uhr früh – hatte Helmut sie angerufen, um sich zu vergewissern, ob sie gut daheim angekommen war. Sie hatte angenommen, er telefoniere aus Boston.

Das ließ sich im dortigen Hotel leicht überprüfen.

Am Fuß der Treppe wandte sich Min nach links und ging, den Schlüssel in der Hand, zum Büro. Die Tür war nicht abgeschlossen. Der Zustand, in dem sie den Raum vorfand, traf sie wie ein Schlag. Das Licht brannte noch, auf Doras Schreibtisch lagen stapelweise Briefe herum, Plastikbeutel, deren Inhalt über den Fußboden verstreut war, ein achtlos beiseite geschobenes Tablett mit Essensresten. Bis jetzt hatte sie doch zumindest noch so viel Verstand besessen, das Büro mit diesem albernen Kram zu verschonen. Wenn sie diese Post unbedingt erledigen will, wird sie das künftig in ihrem eigenen Zimmer tun. Damit basta. Oder vielleicht war es an der Zeit, jemanden loszuwerden, der so stur an seinem Leila-Kult festhielt. Was wäre das für Cheryl für ein Festessen gewesen, diese Gelegenheit zu ergreifen und in den privaten Unterlagen herumzuschnüffeln. Vermutlich hatte Dora die Müdigkeit gepackt, so daß sie beschloß, erst morgen aufzuräumen. Doch den Fotokopierer und die Beleuchtung eingeschaltet zu lassen, war unverzeihlich. Nachher würde sie Dora mitteilen, daß sie sich unverzüglich auf ihre Pensionierung vorbereiten solle.

Doch zunächst mußte sie sich der Angelegenheit zuwenden, die sie hergeführt hatte. Min suchte sich in der Registratur den Ordner mit der Aufschrift «Reisespesen, Baron von Schreiber» heraus.

In knapp zwei Minuten fand sie das Gewünschte. Der Anruf von der Ostküste in der Nacht von Leilas Tod stand auf der Liste der Telefonate, die er mit Kreditkarte bezahlt hatte.

Er war aus New York gekommen.

2

Aus schierer Übermüdung war Elizabeth in einen unruhigen Schlaf voller Träume verfallen. Leila stand vor Stapeln von Fanpost, Leila las ihr die Briefe vor, Leila schrie: «Ich kann keinem Menschen trauen ... Niemandem ...»

Am Morgen war es für sie klar, daß sie die erforderlichen Schritte unternehmen mußte. Sie duschte, drehte das Haar zu einem Knoten auf, schlüpfte in den Jogginganzug, wartete, bis die Wanderer losmarschiert waren, und startete dann zum Hauptgebäude.

Es versetzte ihr einen Schock, als sie das sonst so untadelige Rezeptionsbüro übersät mit Briefen fand. Ein großes Blatt Papier mit den unheilverkündenden Worten «Erbitte Rücksprache» und Mins Unterschrift ließ keinerlei Zweifel, daß Min das Durcheinander gesehen hatte.

Das Ganze war so untypisch für Sammy! In all den Jahren, die Elizabeth sie kannte, hatte sie ihren Schreibtisch nie unaufgeräumt hinterlassen. Undenkbar, daß sie ausgerechnet hier in der Rezeption ein solches Risiko eingehen würde. Das wäre der sicherste Weg, einen von Mins berüchtigten Wutanfällen zu provozieren.

Aber wenn sie nun krank war? Elizabeth eilte in die Halle hinunter und zu dem Aufgang, der in den Personaltrakt führte. Dora bewohnte ein Apartment im zweiten Stock. Sie klopfte energisch an – keine Antwort. Um die Ecke ertönte ein Staubsauger, den Nelly betätigte, eine langjährige Angestellte, die Elizabeth noch aus der Zeit kannte, als sie hier unterrichtet hatte. Nelly öffnete Doras Tür bereitwillig mit dem Hauptschlüssel. Mit wachsender Panik ging Elizabeth durch die freundlichen Räume: das Wohnzimmer, in Lindgrün und Weiß gehalten, auf den Fensterbrettern und Tischen überall Sammys sorgfältig gepflegte Topfpflanzen; das Bett, auf dem Nachttisch Sammys Bibel.

Nelly zeigte auf die ordentlich straffgezogene Bettdecke: «Sie hat diese Nacht nicht hier geschlafen, Miss Lange! Schauen Sie mal runter!» Sie ging zum Fenster. «Ihr Wagen steht auf dem Parkplatz. Vielleicht hat sie sich schlecht gefühlt und ein Taxi gerufen, das sie ins Krankenhaus fahren sollte? Das sähe Miss Samuels ähnlich. Sie kennen Sie ja, immer unabhängig!»

Aber im Monterey Hospital war keine Dora Samuels eingeliefert worden. Mit ständig wachsender Angst wartete Elizabeth auf Mins Rückkehr vom Morgenspaziergang. Um sich von ihrer Besorgnis, daß Sammy etwas zugestoßen war, abzulenken, begann sie, die Fanpost zu sichten: Autogrammwünsche neben Beileidsschreiben. Wo war der anonyme Brief, den Dora fotokopieren wollte?

Trug sie ihn noch bei sich?

3

Um fünf vor sieben machte sich Syd auf den Weg zum Treffpunkt der Morgenwanderer. Cheryl konnte in ihm lesen wie in einem offenen Buch, da mußte er auf der Hut sein. Bobs endgültige Entscheidung war erst am Nachmittag fällig. Wenn es nicht um dieses vermaledeite Theaterstück ginge, hätte er sie längst in der Tasche.

«Habt ihr das alle gehört? Ich steige aus!»

Und mich hast du ruiniert, du Luder, dachte er. Er brachte ein verzerrtes Lächeln zustande. Die Clique aus Greenwich, Connecticut, war vollzählig zum Frühsport angetreten, passend ausstaffiert, tadellos frisiert, makellose Haut, manikürte Hände. Von denen hatte garantiert noch keiner, nervös bis in die Fingerspitzen, auf einen Anruf gelauert oder sich mit

Klauen und Zähnen in einer mörderischen Branche den Weg nach oben erkämpft oder sich von jemand mit einer Kopfbewegung in den Bankrott stürzen lassen.

Das Wetter verhieß einen Tag wie aus dem Bilderbuch. Die kühle Morgenluft wurde bereits von der Sonne erwärmt, der schwache Salzgeruch vom Pazifik mischte sich mit dem Duft der blühenden Bäume rund um das Hauptgebäude. Syd erinnerte sich an das Mietshaus in Brooklyn, in dem er aufgewachsen war. Vielleicht hätte er dort bleiben sollen...

Min und der Baron erschienen auf der Veranda. Syd merkte sofort, wie mitgenommen Min aussah. Ihr Gesicht wirkte maskenhaft starr, wie jemand, der Augenzeuge eines Unfalls wurde und das Gesehene nicht fassen kann. Wieviel hatte sie erraten? Er verschwendete keinen Blick auf Helmut, sondern wandte den Kopf Cheryl und Ted zu, die den Weg hinaufkamen. Syd durchschaute Ted. Er hatte sich immer schuldbewußt gefühlt, weil er Cheryl wegen Leila fallengelassen hatte, aber es war offensichtlich, daß er die Beziehung nicht erneuern wollte. Offensichtlich für jeden, nur nicht für Cheryl.

Was zum Teufel hatte sie mit diesem dämlichen Gefasel gemeint von einem «Beweis», daß Ted unschuldig war? Worauf wollte sie jetzt hinaus?

«Guten Morgen, Mr. Melnick.» Er drehte sich um und sah Alvirah Meehan, die ihn anstrahlte. «Warum ziehen wir nicht einfach gemeinsam los?» fragte sie. «Ich weiß doch, wie enttäuscht Sie darüber sein müssen, daß höchstwahrscheinlich Margo Dresher die Amanda spielen wird. Ich sag Ihnen, die machen da einen furchtbaren Fehler.»

Syd merkte nicht, wie eisern er ihren Arm umklammert hatte, bis er sie zurückzucken sah. «Entschuldigen Sie, Mrs. Meehan, aber Sie haben ja keine Ahnung, wovon Sie reden.»

Zu spät wurde Alvirah klar, daß nur Insider diesen Tip erhalten hatten – der Reporter vom *Globe,* mit dem sie zusammenarbeitete, hatte sie gebeten, Cheryl Manning zu beobachten, wenn sie die Nachricht erfuhr. Ihr war ein schlimmer Ausrutscher unterlaufen. «Ach, liege ich da falsch?» fragte sie. «Vielleicht hab ich bloß das mißverstanden, was mein Mann mir erzählt hat, irgendwas von einem Kopf-an-Kopf-Rennen zwischen Cheryl und Margo Dresher soll in der Zeitung gestanden haben.»

Syd schlug einen vertraulichen Ton an. «Würden Sie mir wohl einen Gefallen tun, Mrs. Meehan? Reden Sie bitte mit keinem darüber. Es stimmt nicht, und Sie können sich ja vorstellen, wie das Miss Manning aufregen würde.»

Cheryl hatte die Hand auf Teds Arm gelegt. Was immer sie gesagt haben mochte, sie hatte ihn jedenfalls zum Lachen gebracht. Sie war eine unwahrscheinlich gute Schauspielerin – aber nicht gut genug, um Gelassenheit zu bewahren, wenn ihr die Rolle der Amanda entging. Und sie würde auf ihn losfahren wie eine Straßenkatze. Als Syd hinüberschaute, winkte ihm Ted lässig zu und joggte dann in Richtung Eingangstor.

«Guten Morgen allerseits», dröhnte Min, ein zweckloser Versuch, den gewohnten Elan zu markieren. «Machen wir uns auf den Weg. Vergessen Sie bitte nicht – flottes Tempo und tief durchatmen!»

Alvirah trat zurück, als Cheryl sie einholte. Auf dem Weg, der in den Wald führte, schlossen sie sich den übrigen an. Syd blickte prüfend nach vorn, um festzustellen, wer sich zu wem gesellt hatte. Craig ging neben Henry Bartlett, dem Anwalt. Unmittelbar hinter ihnen die Gräfin samt Gefolge. Der Tennis-Profi und seine Freundin hielten Händchen. Der Showmaster hatte seine derzeitige Gespielin bei sich, ein zwanzigjähriges Fotomodell. Die verschiedenen anderen Zweier- oder Dreiergruppen kannte er nicht.

Als Leila Cypress Point zu ihrem Stammsitz erkor, hat sie ihm Geltung verschafft, dachte Syd. Man wußte nie, wann man sie hier antreffen würde. Min braucht einen neuen Superstar. Ihm war nicht entgangen, wie gebannt sich alle

Blicke auf Ted gerichtet hatten, als er losjoggte. Ted war ein Superstar.

Cheryl war sichtlich in Hochstimmung. Das dunkle Haar umwogte ihr Gesicht. Über den riesigen bernsteinfarbenen Augen wölbten sich kohlschwarze Brauen. Den üppigen Mund umspielte ein verführerisches Lächeln. Sie begann vor sich hin zu summen – «That Old Feeling...» Die hohen, spitzen Brüste zeichneten sich unter dem Jogginganzug ab, als wäre er eine zweite Haut.

«Wir müssen miteinander reden», teilte Syd ihr leise mit.

«Schieß los.»

«Nicht hier.»

Cheryl zuckte die Achseln. «Dann eben später. Mach kein so miesepetriges Gesicht, Syd. Tief durchatmen. Das vertreibt boshafte Gedanken.»

«Gib dir keine Mühe, bei mir den besorgten Kumpel zu mimen. Wenn wir zurückkommen, schaue ich bei dir rein.»

«Was soll der Quatsch?» Cheryl wollte sich offenkundig nicht die Laune verderben lassen.

Syd warf einen Blick zurück. Alvirah war unmittelbar hinter ihnen. Er konnte beinahe ihren Atem im Nacken spüren.

Er kniff Cheryl warnend in den Arm.

Als sie die Straße erreichten, führte Min weiter in Richtung auf die einsame Zypresse, während Helmut allmählich zurückblieb, um mit den Gästen zu schwatzen. «Einen schönen guten Morgen... Was für ein herrlicher Tag... Versuchen Sie, das Tempo zu beschleunigen... Sie machen das phantastisch.» Seine gekünstelte Fröhlichkeit fiel Syd auf die Nerven. Leila hatte recht gehabt. Der Baron war ein Spielzeugsoldat. Man zog ihn auf, und er marschierte drauflos.

Helmut stoppte neben Cheryl. «Ich hoffe, ihr beide hattet gestern einen genußreichen Abend.» Dazu setzte er sein strahlendes automatisches Lächeln auf. Syd konnte sich nicht einmal erinnern, was er gegessen hatte. «Es war okay.»

«Wie erfreulich.» Helmut blieb zurück, um sich bei Alvirah Meehan nach ihrem Befinden zu erkundigen.

«Ganz fabelhaft.» Ihre Stimme klang hart und schneidend. «Man könnte sagen, ich bin so heiter wie ein Schmetterling, der auf einer Wolke dahinsegelt.» Ihr lautes Lachen ließ Syd frösteln.

Hatte es sogar Alvirah Meehan kapiert?

Henry Bartlett fühlte sich uneins – mit der Welt im allgemeinen und mit seiner Situation im besonderen. Als man ihn gebeten hatte, den Fall Ted Winters zu übernehmen, war er sofort daran gegangen, seinen Terminkalender zu revidieren. Nur wenige Anwälte würden es aus Zeitmangel ablehnen, einen Multimillionär zu vertreten. Doch zwischen ihm und Ted Winters gab es ein Dauerproblem. Das treffende Wort dafür war «Wellenlänge», und da hatten sie eben nicht die gleiche.

Während er mißmutig den Gewaltmarsch hinter Min und dem Baron absolvierte, gestand sich Henry ein, daß hier jeder erdenkliche Luxus geboten wurde, daß die Lage paradiesisch war, daß er unter anderen Umständen die Reize von Monterey und Cypress Point Spa durchaus zu schätzen wüßte. Jetzt jedoch galt für ihn ein Countdown. Der Prozeß gegen Andrew Edward Winters III. begann in genau einer Woche. Bei einem Fall, der Schlagzeilen machte, war Publicity überaus wünschenswert, sofern man ihn gewann, was allerdings auszuschließen war, solange sich Ted Winters nicht zur Kooperation bequemte.

Min beschleunigte das Tempo, Henry desgleichen. Ihm waren die anerkennenden Blicke der aschblonden Fünfzigerin in Begleitung der Gräfin keineswegs entgangen. Unter anderen Umständen würde er der Sache nähertreten. Aber nicht jetzt.

Craig marschierte in zügigem, gleichmäßigem Tempo hinter ihm. Henry konnte immer noch nicht exakt sagen, wie Craig

Babcock wirklich war, was ihn trieb. Einerseits hatte er von Vaters Delikatessenladen auf der Lower East Side gesprochen. Andererseits war er offenkundig der Statthalter für Ted Winters. Ein Jammer, daß es jetzt zu spät war für seine Aussage, er und Ted hätten miteinander telefoniert, als die sogenannte Augenzeugin behauptete, Ted gesehen zu haben. Das erinnerte Henry daran, was er Craig fragen wollte.

«Was haben Sie mit der Detektivagentur wegen der Berichte über Sally Ross vereinbart?»

«Der Obermacher ruft mich jeden Morgen um halb zehn New Yorker Zeit an, das heißt um halb sieben Ortszeit. Ich habe gerade mit ihm gesprochen. Bis jetzt gibt's noch nichts Nennenswertes, weitgehend das, was wir bereits wissen. Sie ist zweimal geschieden, hat ständig Krach mit den Nachbarn, beschuldigt dauernd Leute, sie anzustarren. Bei der Funkstreife ist sie Stammkundin, ruft unentwegt an und faselt was von verdächtigen Typen.»

«Ich werde aus ihr im Zeugenstand Kleinholz machen», verkündete Bartlett. «Ohne die Aussage von Elizabeth Lange stünde die Anklage auf schwachen Füßen. Übrigens wüßte ich gern, wie gut sie sieht, ob sie eine Brille braucht, wie stark die Gläser sind, wann sie zuletzt ausgewechselt wurden und so weiter... alles über ihr Sehvermögen.»

«Gut, ich geb das telefonisch weiter.»

Einige Minuten marschierten sie stumm weiter. Ein strahlender Morgen, auf der Straße kaum Verkehr, die schmale Brücke zur Zypresse leer.

Bartlett sah über die Schulter nach hinten. «Ich hatte gehofft, Ted und Cheryl Händchen halten zu sehen.»

«Morgens joggt er immer. Vielleicht hat er die ganze Nacht über Händchen mit ihr gehalten.»

«Hoffentlich. Ihr Freund Syd sieht nicht gerade glücklich aus.»

«Er soll pleite sein, heißt es. Mit Leila als Kundin war er der große Macher. Wenn er für sie einen Film abschloß, galt es als zusätzlich vereinbart, daß ein paar von seinen übrigen Klienten ebenfalls irgendwo beschäftigt wurden. Auf diese Weise hat er Cheryl laufend untergebracht. Ohne Leila und bei dem vielen Geld, das er in dem Stück verloren hat, steckt er in der Klemme. Er würde Ted brennend gern auf der Stelle anpumpen. Das lasse ich nicht zu.»

«Er und Cheryl sind die wichtigsten Zeugen für die Verteidigung, die wir haben», fuhr ihn Henry an. «Sie sollten da vielleicht besser großzügig sein. Ich jedenfalls werde das Ted nahelegen.»

Sie hatten den Pebble Beach Club passiert und befanden sich auf dem Rückweg. «Nach dem Frühstück machen wir uns an die Arbeit», verkündete Bartlett. «Ich muß eine Entscheidung über die Strategie treffen und ebenso, ob ich Ted als Zeugen aufrufen soll. Meiner Einschätzung nach wird er für sich selbst einen miserablen Zeugen abgeben; aber da kann der Richter die Geschworenen noch so eingehend belehren, es macht psychologisch einen gewaltigen Unterschied, wenn der Angeklagte nicht bereit ist, sich einem Verhör zu unterziehen.»

Syd ging zusammen mit Cheryl zu ihrem Bungalow. «Machen wir's kurz», sagte sie, sobald sich die Tür hinter ihnen geschlossen hatte. «Ich möchte duschen und habe Ted zum Frühstück eingeladen.» Sie zog das Sweatshirt über den Kopf, stieg aus den Hosen und angelte nach dem Bademantel. «Was gibt's?»

«Du mußt wohl immer 'ne Schau abziehen, was?» schnauzte Syd sie an. «Heb dir die Nummer für die Idioten auf, Schätzchen. Ich hätt's lieber mit 'nem Tiger zu tun als mit dir.» Er musterte sie eine Weile stumm. Sie hatte das Haar für die Probeaufnahmen dunkler tönen lassen und damit eine verblüffende Wirkung erzielt. Der weichere Farbton hatte das Kesse, im Kern Billige, das ihr anhaftete und das sie nie ganz unterdrücken konnte, verwischt und die phantastischen Augen hervorgehoben. Selbst im Veloursbademantel besaß sie Klasse. Im Inneren wußte Syd freilich, daß sie dasselbe intrigante Flittchen war, mit dem er es seit bald zwei Jahrzehnten zu tun hatte.

Jetzt lächelte sie ihn strahlend an. «Ach, Syd, laß uns nicht streiten. Was willst du? Immer raus mit der Sprache!»

«Mit Vergnügen. Ich fasse mich auch kurz. Wie kommst du darauf, daß Leila Selbstmord begangen haben könnte? Weshalb sollte sie geglaubt habe, daß Ted sich für eine andere interessierte?»

«Ich habe einen Beweis.»

«Was für einen?»

«Einen Brief.» Mit Windeseile haspelte sie ihre Erklärung herunter. «Ich bin gestern zu Min raufgegangen. Die hatten doch tatsächlich die Frechheit, hier eine Rechnung hinzulegen, wo sie doch ganz genau wissen, daß ich 'ne Zugnummer für ihren Laden bin. Sie waren in ihrem Büro, und ich hab zufällig die Menge Fanpost auf Sammys Schreibtisch entdeckt, und wie ich näher hingucke, sehe ich diesen verrückten Brief. Und den hab ich mitgehen lassen.»

«Du hast ihn geklaut?»

«Na klar. Ich zeig ihn dir.» Sie eilte ins Schlafzimmer, um ihn zu holen, und beugte sich dann über seine Schulter, um ihn gemeinsam mit ihm zu lesen. «Verstehst du nicht? Ted muß mit einer anderen was gehabt haben. Aber würde er dann nicht gern mit Leila Schluß machen? Und wenn er sagen möchte, daß ich diejenige welche war, soll's mir nur recht sein. Ich gebe ihm volle Rückendeckung.»

«Du dämliches Luder!»

Cheryl richtete sich auf und ging hinüber zu der anderen Couch. Sie setzte sich, beugte sich vor und sprach langsam und deutlich wie zu einem geistig minderbemittelten Kind: «Anscheinend begreifst du nicht, daß dieser Brief mir Gelegenheit gibt, Ted zu zeigen, wie sehr mir sein Wohl und Wehe am Herzen liegt.»

Syd näherte sich, entriß Cheryl den Brief und zerfetzte ihn. «Vor einer Stunde hat mich Bob Koenig angerufen. Er wollte ganz sichergehen, daß nichts Nachteiliges über dich an die Öffentlichkeit kommen könnte. Weißt du, weshalb du bis jetzt für die Rolle der Amanda vorne liegst? Weil Margo Dresher 'ne mehr als reichlich miese Presse hatte. Was meinst du wohl, wie deine Publicity aussähe, wenn Leilas Fans rausfinden, daß du sie mit anonymen Briefen in den Selbstmord getrieben hast?»

«Aber ich hab doch den Brief nicht geschrieben!»

«Das kannst du deiner Großmutter erzählen! Wie viele Leute wußten von dem Armband? Ich hab deine Augen gesehen, als Ted es Leila schenkte. Du hättest sie am liebsten auf der Stelle erdolcht. Die Proben fanden unter Ausschluß der Öffentlichkeit statt. Wie viele Leute wußten von Leilas Textschwierigkeiten? Du wußtest es. Und warum? Weil ich es dir erzählt hatte. Du hast den Brief verfaßt und weitere von der Sorte. Wieviel Zeit hast du gebraucht, die Schnipsel auszuschneiden und aufzukleben? Mich wundert's, daß du die Geduld dafür aufgebracht hast. Wie viele gibt's noch außer dem da, und besteht die Möglichkeit, daß sie auftauchen?»

Cheryl war alarmiert. «Ich schwör's dir, Syd, ich hab den Brief nicht verfaßt und auch keine anderen. Jetzt erzähl mir, Syd, was hat Bob Koenig gesagt?»

Nun war es Syd, der langsam und deutlich sein Gespräch mit Bob Koenig wiederholte. Als er fertig war, streckte ihm Cheryl die Hand hin. «Hast du 'n Streichholz? Du weißt doch, ich rauche nicht mehr.»

Syd sah zu, wie die Papierfetzen sich ringelten und dann zu Asche wurden.

Cheryl legte ihm die Arme um den Hals. «Ich wußte, du

wirst mir die Rolle verschaffen, Syd. Den Brief zu vernichten, war goldrichtig. Ich denke, ich sollte trotzdem im Prozeß aussagen. Das gibt 'ne tolle Publicity. Aber findest du nicht auch, ich müßte mir deutlich anmerken lassen, wie tief es mich getroffen hat, daß meine allerbeste Freundin so deprimiert und verzweifelt war? Dann könnte ich noch erklären, von welch schrecklichen Angstzuständen selbst die unter uns, die ganz oben sind, heimgesucht werden.»

Aus ihren weitgeöffneten Augen tropften zwei Tränen, rannen langsam über die Wangen. «Ich denke, es würde Bob Koenig gefallen, wenn ich die Szene so anlege, meinst du nicht auch?»

4

«Elizabeth!» Mins überraschte Stimme schreckte sie auf. «Was ist los? Wo ist Sammy?»

Min und Helmut im Partnerlook. Mins schwarzes Haar war zu einem stattlichen Knoten aufgesteckt, ihr Make-up jedoch verdeckte die ungewohnten Falten um die Augen, die geschwollenen Lider nur zum Teil. Der Baron schien wie immer zu posieren: leicht gespreizte Beine, die Arme hinter dem Rücken verschränkt, Kopf vorgebeugt, verwirrte, unschuldige Augen.

Elizabeth berichtete kurz, was geschehen war. Sammy war spurlos verschwunden, ihr Bett unberührt.

Min war alarmiert. «Ich kam um sechs hinunter. Sämtliche Lichter brannten, das Fenster stand offen, der Fotokopierer lief. Ich war verärgert. Sammy wird nachlässig, dachte ich bei mir.»

«Der Fotokopierer lief! Dann ist sie also vergangene Nacht

ins Büro zurückgekommen.» Elizabeth durchquerte eilends den Raum. «Hast du nachgesehen, ob der Brief, den sie kopieren wollte, noch drin ist?»

Er lag nicht im Fotokopierer. Aber neben dem Gerät fand sie den Plastikbeutel, in den sie ihn eingewickelt hatten.

Binnen fünfzehn Minuten wurde in aller Stille ein Suchtrupp organisiert. Zögernd willigte Elizabeth auf Mins beschwörende Bitten hin ein, die Polizei nicht sofort zu verständigen. «Sammy war schwer krank letztes Jahr», hielt ihr Min vor. «Sie hatte einen leichten Schlaganfall und war desorientiert. Das kann sich wiederholt haben. Du weißt doch, wie sie Getue haßt. Laß uns erst mal zusehen, ob wir sie nicht selber finden.»

«Ich warte bis mittag», erklärte Elizabeth entschieden, «und dann melde ich sie als vermißt. Sollte sie tatsächlich irgendeine Attacke gehabt haben, dann irrt sie doch jetzt ziellos am Strand oder sonstwo umher.»

«Min hat Sammy aus Mitleid einen Job gegeben», konterte Helmut kurz angebunden. «Das A und O an Cypress Point ist doch, daß man hier absolut ungestört und zurückgezogen den Aufenthalt genießen kann. Wenn es aber überall wimmelt von Polizisten, packen die Gäste ihre Koffer und reisen ab.»

Elizabeth kochte vor Wut, doch es war Min, die antwortete: «Hier wurde schon viel zuviel verheimlicht», meinte sie ruhig. «Wir schieben den Anruf bei der Polizei um Sammys willen hinaus, nicht unseretwegen.»

Gemeinsam verstauten sie die Briefstöße wieder in den Säcken. «Das ist Leilas Post», bemerkte Elizabeth und verknotete die Beutel sorgfältig. «Die nehme ich nachher mit in meinen Bungalow.» Sie überprüfte die Knoten und stellte befriedigt fest, daß man sie nicht aufmachen konnte, ohne dabei die Säcke zu beschädigen.

«Du bleibst also noch?» Helmuts Versuch, erfreut zu klingen, mißglückte.

«Zumindest bis Sammy aufgefunden wird», entgegnete Elizabeth. «Jetzt sollten wir ein paar Hilfskräfte zusammentrommeln.»

Für die Suchaktion wurden die ältesten und vertrauenswürdigsten Angestellten ausgewählt. Das Zimmermädchen Nelly, das ihr Doras Apartment aufgeschlossen hatte, der Chauffeur Jason, der erste Gärtner. Sie standen in respektvoller Entfernung von Mins Schreibtisch und erwarteten nähere Anweisungen.

Elizabeth ergriff das Wort. «Zum Schutz von Miss Samuels' Privatleben möchten wir keinerlei Verdacht aufkommen lassen, daß hier irgend etwas nicht stimmt.» Dann wies sie jedem kurz seine Aufgabe zu. «Sie, Nelly, kontrollieren die leerstehenden Bungalows. Erkundigen Sie sich bei den anderen Zimmermädchen, ob sie Dora gesehen haben. Sie, Jason, setzen sich mit den verschiedenen Taxi-Unternehmen in Verbindung. Stellen Sie möglichst unauffällig fest, ob ein Fahrer hier in der Gegend jemand aufgelesen hat zwischen neun Uhr abends und sieben Uhr früh.» Sie nickte dem Gärtner zu. «Lassen Sie das Gelände Zentimeter um Zentimeter absuchen.» Und zu Min und Helmut gewandt: «Min, du übernimmst das Haus und den Frauentrakt. Du, Helmut, siehst nach, ob sie irgendwo in der Klinik ist. Ich durchforste die Umgebung.»

Nach einem Blick auf die Uhr: «Denkt dran, ihr habt bis mittag Zeit, sie zu finden. Dann ist die Frist abgelaufen.»

Auf dem Weg zum Tor wurde Elizabeth klar, daß sie dieses Zugeständnis nicht Mins oder Helmuts wegen gemacht hatte, sondern weil sie wußte, daß es für Sammy sowieso bereits zu spät war.

5

Ted weigerte sich schlankweg, mit der Arbeit an seiner Verteidigung anzufangen, sondern wollte zuvor eine Stunde in der Sporthalle trainieren. Als Bartlett und Craig in seinem Bungalow eintrafen, war er gerade mit dem Frühstück fertig. Bei seinem Anblick in blauem Sporthemd und weißen Shorts konnte Henry Bartlett durchaus verstehen, weshalb Frauen wie Cheryl sich ihm an den Hals warfen, weshalb ein Superstar wie Leila LaSalle bis über beide Ohren in ihn verliebt gewesen war. Ted verfügte über jene undefinierbare Mischung – gut aussehend, gescheit, charmant –, die auf Männer ebenso anziehend wirkt wie auf Frauen.

Im Lauf der Jahre hatte Bartlett viele Reiche und Mächtige verteidigt, eine Erfahrung, die ihn zum Zyniker hatte werden lassen. Für einen Kammerdiener gibt es keine Helden. Für einen Rechtsanwalt ebensowenig. Bartlett empfand selber ein gewisses Gefühl von Macht, wenn er für schuldige Angeklagte einen Freispruch erwirken, eine Verteidigung auf Lükken im Gesetz gründen konnte. Seine Mandanten wußten ihm Dank dafür und zahlten bereitwillig fürstliche Honorare.

Ted Winters war ein Sonderfall. Er behandelte Bartlett geringschätzig. Er spielte bei seiner eigenen Verteidigungsstrategie den Advocatus Diaboli. Er griff keine der Andeutungen auf, die Bartlett ihm zuwarf, Winke, die unverblümt auszusprechen ihm sein Berufsethos verbot. Jetzt teilte ihm Ted mit: «Sie fangen schon mal an, meine Verteidigung zu konzipieren, Henry. Ich gehe inzwischen auf eine Stunde in die Sporthalle. Und danach schwimme ich vielleicht ein paar Runden. Wenn ich dann zurückkomme, möchte ich genau sehen, welche Linie Sie bei Ihrer Verteidigung verfolgen und ob ich damit leben kann. Ich setze Ihr Verständnis dafür voraus, daß ich keinesfalls zu sagen gedenke: Ja, kann sein, vielleicht bin ich tatsächlich wieder nach oben gestolpert.»

«Teddy, ich...»

Ted stand auf, stieß das Frühstückstablett beiseite. Er nahm eine drohende Haltung ein, während er den Anwalt starr anblickte. «Lassen Sie mich etwas klarstellen. Teddy ist der Name eines zweijährigen Jungen. Den schildere ich Ihnen jetzt. Er war das, was meine Großmutter als Flachskopf zu bezeichnen pflegte... sehr, sehr hellblond. Ein robuster kleiner Kerl, der mit neun Monaten laufen und mit fünfzehn ganze Sätze sprechen konnte. Er war mein Sohn. Seine Mutter, eine bezaubernde junge Frau, konnte sich unglücklicherweise nicht an den Gedanken gewöhnen, einen schwerreichen Mann geheiratet zu haben. Sie lehnte es ab, eine Haushälterin zu engagieren, sondern erledigte ihre Einkäufe selber. Sie verwahrte sich strikt gegen einen Chauffeur und wollte nichts von einem teuren Wagen hören. Kathy lebte in der Angst, die Leute aus Iowa City könnten meinen, sie würde allmählich hochnäsig. An einem regnerischen Abend fuhr sie vom Großmarkt zurück, und – so nehmen wir an – eine gottverdammte Dose Tomatensuppe rollte aus der Tüte und unter ihren Fuß. Und daher konnte sie vor der Ampel nicht bremsen, und ein Lastwagen mit Anhänger donnerte mit Wucht in diese verfluchte Blechbüchse hinein, die sie als Auto bezeichnete. Und sie und der kleine Junge namens Teddy starben. Das geschah vor acht Jahren. Haben Sie es jetzt kapiert, daß ich jedesmal, wenn Sie mich Teddy nennen, einen kleinen blonden Jungen vor mir sehe, der früh laufen und sprechen lernte und nächsten Monat zehn Jahre alt geworden wäre?»

Teds Augen funkelten. «So, und nun entwerfen Sie das Konzept für meine Verteidigung. Dafür werden Sie ja bezahlt. Ich gehe in die Sporthalle. Craig, du hast die Wahl.»

«Ich komme mit zum Sport.»

Sie machten sich auf den Weg zum Männertrakt. «Um Himmels willen, wo hast du denn den bloß aufgetrieben?» wollte Ted wissen.

«Sei nicht so streng, Ted. Er ist immerhin der beste Strafverteidiger, den wir haben.»

«Nein, das ist er nicht. Und ich sag dir auch, wieso. Weil er mit einer vorgefaßten Meinung in den Fall eingestiegen ist und mich zum idealen Angeklagten umzumodeln versucht. Und das ist ein fauler Zauber.»

Der Tennisspieler und seine Freundin kamen aus ihrem Bungalow. Sie begrüßten Ted herzlich. «Hab Sie letztes Mal in Forest Hills vermißt.»

«Nächstes Mal bestimmt.»

«Wir halten Ihnen alle die Daumen», beteuerte die Begleiterin, ein Fotomodell, mit geübtem Lächeln.

Ted lächelte zurück. «Sie hätt' ich gern als Geschworene...» Er winkte den beiden verbindlich zu und ging weiter. Das Lächeln verschwand. «Ob sie im Gefängnis wohl Tennisturniere mit Starbesetzung veranstalten?»

«Das kann dir doch schnuppe sein, dich betrifft's sowieso nicht.» Craig blieb stehen. «Sieh mal, ist das nicht Elizabeth?»

Sie befanden sich fast direkt vor dem Hauptgebäude. Über die weite Rasenfläche hinweg beobachteten sie, wie die schlanke Gestalt die Verandatreppe hinunterlief und den Weg zum Außentor einschlug. Sie war es unverkennbar – der honigblonde hochgedrehte Haarschopf, das vorgereckte Kinn, die natürliche Grazie. Sie betupfte sich die Augen, zog dann eine Sonnenbrille aus der Tasche und setzte sie auf.

«Ich dachte, sie reist heute früh ab.» Teds Stimme klang unbeteiligt. «Da stimmt was nicht.»

«Möchtest du's feststellen?»

«Meine Gegenwart würde sie zweifellos noch mehr aus der Fassung bringen. Warum heftest du dich nicht an ihre Fersen? Dich hält sie doch nicht für Leilas Mörder.»

«Ted, hör um Gottes willen endlich damit auf! Ich lege die Hand für dich ins Feuer, und das weißt du auch, aber wenn ich zum Prügelknaben werde, beflügelt mich das nicht gerade.»

Ted zuckte die Achseln. «Ich entschuldige mich. Du hast ganz recht. Jetzt sieh zu, ob du Elizabeth behilflich sein kannst. Wir treffen uns dann in etwa einer Stunde bei mir.»

Craig holte sie am Tor ein. Sie erklärte rasch, was geschehen war. Es ermutigte sie, wie prompt er reagierte. «Soll das heißen, daß Sammy vielleicht schon seit Stunden verschwunden ist und die Polizei noch nicht verständigt wurde?»

«Das passiert, sobald wir das Gelände durchsucht haben. Ich dachte, daß ich vielleicht...» Sie schluckte die Tränen hinunter. «Du erinnerst dich doch, wie sie die erste Attacke hatte. Sie war völlig desorientiert und danach so verlegen...»

Craig legte den Arm um sie. «Okay, Kopf hoch! Laß uns ein bißchen laufen.» Sie überquerten die Straße in Richtung auf den Weg, der zu der alleinstehenden Zypresse führte. Die Sonne hatte den letzten Morgennebel aufgelöst. Es war ein strahlender, warmer Tag. Strandläufer schwirrten über ihre Köpfe dahin, kreisten und kehrten zu ihren Nistplätzen an der Felsküste zurück. An der Zypresse, einem beliebten Ausflugsziel, drängten sich bereits Scharen von Touristen mit gezückten Kameras.

Elizabeth begann reihum zu fragen: «Wir suchen nach einer älteren Dame... Sie ist ziemlich klein und vielleicht krank...»

Craig übernahm ihren Part und gab zunächst eine genaue Beschreibung von Dora. «Was hatte sie an, Elizabeth?»

«Eine beigefarbene Strickjacke, gleichfarbige Baumwollbluse, hellbrauner gerader Rock.»

«Hört sich ganz nach meiner Mutter an», bemerkte ein Tourist im roten Sporthemd und mit geschulterter Kamera.

«Das könnten viele von ihr sagen, sie ist so ein Typ», meinte Elizabeth.

Sie klingelten an den Villen, die hinter Sträuchern versteckt lagen. Hausgehilfinnen, manche mitfühlend, manche mürrisch, versprachen, «die Augen offenzuhalten».

Sie gingen zur Pebble Beach Lodge. «An ihren freien Tagen hat Sammy gelegentlich hier gefrühstückt», erklärte Elizabeth. Sie klammerte sich an diese Hoffnung, als sie die Speisesäle absuchte und betete, daß sie die kleine, aufrechte Gestalt irgendwo entdecken möge – daß Sammy sich dann über den ganzen Aufwand wundern würde. Doch überall saßen nur Feriengäste, in salopper, teurer Sportkleidung, zumeist Golfspieler.

Elizabeth wandte sich zum Gehen, doch Craig hielt sie fest. «Ich wette, du hast noch keinen Bissen gegessen.» Er winkte dem Kellner.

Beim Kaffee zogen sie das Fazit. «Falls sich bei unserer Rückkehr herausstellt, daß die Suchaktion ergebnislos verlaufen ist, müssen wir darauf bestehen, daß die Polizei zugezogen wird», sagte Craig.

«Ihr ist etwas zugestoßen.»

«Das kannst du nicht so sicher behaupten. Erzähl mir mal genau, ob sie bei eurem Zusammensein irgendwas von Weggehen geäußert hat.»

Elizabeth zögerte. Sie war sich nicht recht klar darüber, ob sie Craig von den anonymen Briefen erzählen sollte. Andererseits stand für sie fest, daß seine sichtbare Anteilnahme und Besorgnis einen großen Trost bedeuteten, daß er notfalls sämtliche dem mächtigen Konzern Winters Enterprises zu Gebote stehenden Mittel einsetzen würde, um der Suche nach Sammy Nachdruck zu verleihen. Sie wählte ihre Worte sorgfältig: «Beim Abschied sagte Sammy, sie wolle noch eine Weile ins Büro zurückgehen.»

«Ich kann mir nicht vorstellen, daß sie aus lauter Arbeitsüberlastung bis spät in die Nacht Überstunden machen mußte.»

Elizabeth lächelte leicht. «Keine Rede von spät in der Nacht. Es war halb zehn.» Um weitere Fragen zu vermeiden, trank sie rasch den restlichen Kaffee aus. «Hast du was dagegen, Craig, wenn wir jetzt aufbrechen? Vielleicht gibt's inzwischen irgendeine Nachricht.»

Das war allerdings nicht der Fall. Und wenn man den Zimmermädchen, dem Gärtner und dem Chauffeur glauben konnte, war das ganze Gelände gründlichst abgesucht worden. Selbst Helmut war nun einverstanden, nicht bis mittags zu warten, sondern unverzüglich eine Vermißtenmeldung bei der Polizei zu erstatten.

«Das reicht nicht», protestierte Elizabeth. «Ich wünsche, daß Scott Alshorne verständigt wird.»

Sie wartete an Sammys Schreibtisch auf Scott. «Möchtest du, daß ich bleibe?» erkundigte sich Craig.

«Nein, nicht nötig.»

Sein Blick streifte die Müllsäcke. «Was ist denn das?»

«Leilas Fanpost. Sammy hat sie beantwortet.»

«Fang ja nicht an, die alle lesen zu wollen. Das regt dich bloß auf.» Craig spähte in Mins und Helmuts Büro. Die beiden saßen auf dem Art-deco-Korbsofa, dicht nebeneinander, und unterhielten sich gedämpft. Er beugte sich über den Schreibtisch. «Elizabeth, du mußt wissen, daß ich momentan zwischen zwei Stühlen sitze. Aber wenn das Ganze vorbei ist, wie's auch ausgehen mag, dann müssen wir miteinander reden. Du hast mir schrecklich gefehlt.» Mit erstaunlicher Behendigkeit war er neben ihr, legte ihr die Hand aufs Haar, küßte sie auf die Wange. «Ich bin immer für dich da», raunte er ihr zu. «Sollte Sammy etwas zugestoßen sein und du brauchst eine Schulter zum Anlehnen oder ein offenes Ohr... Du weißt, wo du mich erreichen kannst.»

Elizabeth ergriff seine Hand und drückte sie einen Augenblick an ihre Wange. Sie spürte die verläßliche Kraft, die Wärme, die breiten, stumpfen Finger. Und dachte plötzlich an Teds langfingrige, wohlgeformte Hände. Sie ließ Craig los und rückte ein Stück weg. «Paß ja auf, du bringst mich gleich zum

Weinen.» Sie bemühte sich, unbeschwert zu klingen, die Atmosphäre zu entspannen.

Craig hatte offenbar verstanden. Er richtete sich auf und sagte sachlich: «Ich bin in Teds Bungalow, falls du mich brauchst.»

Das Warten war nahezu unerträglich. Es erinnerte sie an die Nacht, als sie in Leilas Apartment gesessen und inständig gehofft hatte, daß Leila und Ted, wieder versöhnt, miteinander ausgegangen waren, und doch mit allen Fasern spürte, daß etwas nicht stimmte. An Sammys Schreibtisch zu sitzen bedeutete Marter.

Sie wollte davonrennen, irgendwohin ... und weiter nach Sammy suchen.

Statt dessen öffnete Elizabeth einen der Postsäcke und entnahm ihm eine Handvoll Briefe. Sie konnte wenigstens etwas tun.

Sie konnte nach weiteren anonymen Briefen suchen.

6

Sheriff Scott Alshorne war ein alter Freund von Samuel Edgers, Mins erstem Mann, der das Cypress Point Hotel erbaut hatte. Er und Min hatten sich von Anfang an gemocht, und er konnte mit Genugtuung feststellen, daß sie die eingegangene Verpflichtung gewissenhaft erfüllte. Sie gab dem kränklichen, mürrischen Achtzigjährigen in den fünf Jahren ihrer Ehe neue Lebenszuversicht.

Scott hatte teils neugierig, teils besorgt mit angesehen, wie Min und ihr zweiter Ehemann, dieser adlige Taugenichts, ein komfortables, gewinnbringendes Hotel in einen unersättlichen Moloch verwandelten. Min lud ihn jetzt mindestens einmal monatlich zum Dinner ein, und in den letzten anderthalb Jahren hatte er Dora Samuels recht gut kennengelernt. Deshalb befürchtete er auch bei Mins telefonischer Benachrichtigung instinktiv das Schlimmste.

Sollte Sammy einen Schlaganfall erlitten haben und ziellos umherwandern, hätte man sie bestimmt bemerkt. Alte, kranke Leute übersah man auf der Halbinsel Monterey nicht. Scott war stolz auf seinen Bezirk.

Seine Dienststelle befand sich in Salinas, der Kreishauptstadt, rund fünfzehn Kilometer von Pebble Beach entfernt. Umgehend erteilte er Anweisungen für die Veröffentlichung einer Vermißtenanzeige und beorderte einen Streifenwagen aus Pebble Beach nach Cypress Point Spa.

Während der Fahrt sagte er kein Wort. Der junge Polizist am Steuer registrierte, daß die Stirn seines Chefs ungewöhnlich tiefe Sorgenfalten aufwies, daß das kantige, gebräunte Gesicht unter der widerspenstigen weißen Mähne gedankenzerfurcht war. Wenn der Boß so dreinschaute, sah er große Schwierigkeiten voraus.

Um halb elf passierten sie das Eingangstor. Das ganze Areal machte einen ruhigen Eindruck. Es waren nur wenig Leute unterwegs. Scott wußte, daß die meisten Gäste sich in den Kuranlagen aufhielten, wo sie trainierten, sich durchwalken, abreiben und strecken ließen, so daß Angehörige und Freunde nach ihrer Rückkehr in Begeisterungsstürme über ihr phantastisches Aussehen ausbrachen. Oder sie befanden sich in der Klinik, wo Helmut ihnen eine seiner raffinierten und höchst kostspieligen Spezialbehandlungen verpaßte.

Er hatte gehört, daß Ted Winters' Privatjet am Sonntagnachmittag auf dem Flugplatz gelandet war und daß Ted sich hier aufhielt. Er hatte mit sich gekämpft, ob er ihn anrufen sollte. Ted stand unter Mordanklage. Er war aber auch der Junge, der damals mit seinem Großvater und Scott begeistert auf Segeltörn gegangen war.

Von Teds Anwesenheit wußte er also, aber als er Elizabeth an Sammys Schreibtisch sitzend vorfand, blieb ihm vor Überraschung das Wort im Hals stecken. Sie hatte ihn nicht die Treppe hinaufkommen hören, und er ließ sich einen Augenblick Zeit, sie unbemerkt zu studieren. Sie war totenblaß und hatte rote Augen. Aus dem Haarknoten hatten sich Strähnen gelöst, die ihr ins Gesicht hingen. Sie zog Briefe aus Umschlägen, warf sie nach einem kurzen Blick ungeduldig beiseite. Offensichtlich suchte sie nach etwas. Er stellte fest, daß ihre Hände zitterten.

Er klopfte laut an die offene Tür und sah sie hochschrecken. In ihrer Miene spiegelten sich Erleichterung und zugleich schlimmste Befürchtungen. Spontan sprang sie auf und lief mit ausgestreckten Armen auf ihn zu. Kurz vor ihm hielt sie plötzlich inne. «Entschuldigung... Wie geht's Ihnen, Scott? Schön, Sie zu sehen.»

Er erriet ihre Gedanken. Sie vermutete, daß er sie wegen seiner langjährigen Freundschaft mit Ted als Feindin betrachten könnte. Armes Kind... Rasch zog er sie an sich und umarmte sie stürmisch. Um seine Rührung zu verbergen, sagte er barsch: «Sie sind ja nur noch Haut und Knochen! Ich hoffe, Min hat Sie nicht zu einer ihrer Hollywood-Kuren verdonnert.»

«Umgekehrt. Ich werde genudelt – jede Menge Bananensplit und Schokoladenkuchen mit Nüssen.»

«Na, ausgezeichnet.»

Zusammen gingen sie in Mins Büro. Scott zog die Augenbrauen hoch, als er Mins abgehärmten Gesichtsausdruck, die wachsamen, verschleierten Blicke des Barons registrierte. Sie waren beide verängstigt, und das seiner Meinung nach in einem Maße, das über die normale Besorgnis wegen Sammy hinausging. Mit gezielten Fragen erhielt er die gewünschten Informationen. «Und jetzt möchte ich mir Sammys Wohnung ansehen.»

Min führte ihn nach oben, gefolgt von Elizabeth und Helmut. Scotts Anwesenheit gab Elizabeth wenigstens einen schwachen Hoffnungsschimmer. Zumindest geschah jetzt etwas. Er war sichtlich ungehalten, weil sie ihn so spät verständigt hatten.

Scott inspizierte das Wohnzimmer und ging dann ins Schlafzimmer. Er deutete auf den Koffer, der neben dem Wandschrank am Boden stand. «Hatte sie vor zu verreisen?»

«Sie ist gerade zurückgekommen», erklärte Min und stutzte. «Das sieht aber Sammy gar nicht ähnlich, nicht sofort auszupacken.»

Scott öffnete den Koffer. Obenauf lag ein Kulturbeutel voller Pillenfläschchen. Er las die Gebrauchsanweisung: «Zweimal täglich im Abstand von vier Stunden eine Tablette, vor dem Schlafengehen zwei Tabletten.» Er runzelte die Stirn. «Sammy war sehr korrekt, auch mit ihren Medikamenten. Sie wollte jedes Risiko vermeiden. Min, zeigen Sie mir, in welchem Zustand Sie das Büro vorgefunden haben.»

Der Fotokopierer verursachte ihm anscheinend das meiste Kopfzerbrechen. «Das Fenster stand offen. Das Gerät war eingeschaltet.» Er stand davor und sinnierte. «Sie wollte etwas fotokopieren. Sie schaute aus dem Fenster – und dann was? Ihr wurde schwindlig? Sie wanderte nach draußen? Aber wohin wollte sie gehen?» Er starrte aus dem Fenster. Von hier aus überblickte man die weite Rasenfläche im Süden, die verstreuten Bungalows am Weg zum großen Schwimmbecken und zum römischen Bad, diesem monströsen Bauwerk.

«Sie sagen, das gesamte Gelände, jedes Gebäude wurde abgesucht?»

«Ja», versicherte Helmut wie aus der Pistole geschossen. «Dafür habe ich persönlich gesorgt.»

Scott fiel ihm ins Wort. «Wir fangen das Ganze noch mal von vorn an.»

Die nächsten Stunden verbrachte Elizabeth an Sammys Schreibtisch. Sie sah Dutzende von Briefen durch und bekam allmählich taube Finger. Immer dasselbe – Autogrammwünsche, Bitten um ein Foto. Bis jetzt keine Spur von weiteren anonymen Briefen.

Um zwei Uhr hörte sie einen Schrei. Sie stürzte zum Fenster und sah einen Polizisten in der Tür zum römischen Bad wie wild gestikulieren. Ihre Füße flogen die Treppe hinunter. Auf der vorletzten Stufe stolperte sie und fiel hin, schlug mit Armen und Beinen auf die gewienerten Fliesen. Ohne auf die heftig schmerzenden Handflächen und Knie zu achten, rannte sie über den Rasen zu den Thermen, wo sie gerade anlangte, als Scott drinnen verschwand. Sie folgte ihm durch den Umkleideraum zu den Becken.

Neben dem ersten Becken stand ein Polizist und zeigte auf Sammys verkrümmten leblosen Körper.

Später erinnerte sie sich dunkel, daß sie neben Sammy gekniet, die Hand ausgestreckt hatte, um ihr das blutverklebte Haar aus der Stirn zu streichen, erinnerte sich an Scotts eisernen Griff, an seinen scharfen Befehlston: «Keine Berührung!» Sammys weit aufgerissene Augen, die schreckerstarrten Züge, die verrutschte Brille, die abwehrend ausgestreckten Hände, als stoße sie etwas zurück ... Die beigefarbene Strickjacke war noch zugeknöpft, die weiten aufgesetzten Taschen fielen plötzlich ins Auge. «Sehen Sie nach, ob sie den Brief an Leila noch hat», hörte sich Elizabeth sagen. «Untersuchen Sie die Taschen.» Dann weiteten sich auch ihre Augen vor Entsetzen. Die beigefarbene Strickjacke wurde zu Leilas weißem Seidenpyjama, und sie kniete wieder über Leilas Leiche.

Barmherzige Ohnmacht umfing sie.

Als sie das Bewußtsein wiedererlangte, lag sie auf dem Bett in ihrem Bungalow. Helmut beugte sich über sie, hielt ihr etwas scharf und beißend Riechendes unter die Nase. Min rieb ihr die Hände warm. Wildes Schluchzen durchschüttelte sie, und sie hörte sich sagen: «Nicht auch noch Sammy, nicht auch noch Sammy ...»

Min hielt sie fest. «Ruhig, Elizabeth ... Ganz ruhig.»

Helmut murmelte: «Das hilft dir bestimmt.» Ein Nadelstich in den Arm ...

Als sie aufwachte, waren die Schatten im Zimmer lang. Das Zimmermädchen Nelly, das bei der Suche geholfen hatte, tippte sie an die Schulter. «Tut mir leid, Sie zu stören, Miss, aber ich bring Ihnen Tee und etwas zu essen. Der Sheriff läßt ausrichten, daß er nicht länger warten kann. Er muß mit Ihnen sprechen.»

7

Die Nachricht von Sammys Tod verbreitete sich wie ein Lauffeuer und scheuchte die Gäste vorübergehend auf, etwa wie ein Wolkenbruch eine Picknickgesellschaft. Es wurden Fragen gestellt. Aus Neugier: «Was wollte sie nur ausgerechnet dort?» Aus innerer Abwehr gegen den Tod: «Wie alt war sie eigentlich?» Aus Gleichgültigkeit: «Ach so, Sie meinen diese adrette ältere Person im Büro?» Und dann wandte man sich schnell wieder der erfreulicheren Beschäftigung mit sich selbst zu. Schließlich bezahlte man teures Geld für den Aufenthalt hier und wollte dafür auch seine Ruhe haben. Schwierigkeiten hatte man wahrhaftig übergenug, häusliche wie berufliche.

Ted war nachmittags zur Massage gegangen, von der er sich eine gewisse entspannende Wirkung erhoffte. Bei seiner Rückkehr erfuhr er von Craig, was geschehen war. «Man hat ihre Leiche im römischen Bad gefunden. Ihr muß schwindlig geworden sein, und da ist sie hinuntergestürzt.»

Ted dachte an den Nachmittag in New York, an dem Sammy den ersten Schlaganfall bekommen hatte. Sie waren alle in Leilas Apartment, und Sammy hatte mitten in einem Satz die Stimme versagt. Ihm war sofort klar, daß es sich um etwas Ernstes handelte. Er war froh, ihr in den letzten paar Tagen nicht begegnet zu sein. Seiner Meinung nach hielt Sammy die Frage seiner Schuld für ungeklärt und wäre daher ihm gegenüber befangen gewesen.

«Wie nimmt es Elizabeth auf?» erkundigte er sich.

«Es geht ihr sehr nahe, sie soll ohnmächtig geworden sein.»

«Sie hatte eine starke Bindung an Sammy. Sie ...» Er biß sich auf die Lippen und wechselte das Thema. «Wo steckt Bartlett?»

«Auf dem Golfplatz.»

«Meines Wissens habe ich ihn nicht zum Golfspielen mitgenommen.»

«Reg dich ab, Ted! Er hat seit dem frühen Morgen geackert. Angeblich kann er besser denken, wenn er sich etwas Bewegung verschafft.»

«Erinnere ihn daran, daß ich nächste Woche vor Gericht stehe. Er täte besser daran, seine sportliche Betätigung etwas einzuschränken.» Ted zuckte die Achseln. «Es war eine Schnapsidee, hierherzukommen. Keine Ahnung, wieso ich mir eingebildet habe, es könnte mir helfen, ruhiger zu werden. Jedenfalls klappt das nicht.»

«Wart's doch ab. In New York oder Connecticut würde es auch nicht besser. Ach ja, eben bin ich deinem alten Freund, Sheriff Alshorne, in die Arme gelaufen.»

«Scott ist hier? Dann muß Grund zu der Annahme bestehen, daß irgendwas faul ist.»

«Weiß er, daß ich hier bin?»

«Ja. Er hat sich sogar ausdrücklich nach dir erkundigt.»

«Wollte er, daß ich ihn anrufe oder aufsuche?»

Craig zögerte kaum merklich. «Nun ja, nicht direkt – aber schließlich handelte es sich ja auch nicht um ein Privatgespräch.»

Noch einer, der mir aus dem Weg geht, dachte Ted. Noch einer, der das Ergebnis der Beweisaufnahme vor Gericht abwarten will. Ruhelos wanderte er im Wohnzimmer auf und ab, das auf einmal zum Käfig geworden war – wie jeder Raum nach der Anklageerhebung. Es handelte sich offenbar um eine psychische Reaktion. «Ich gehe spazieren», erklärte er abrupt, fügte dann hinzu, bevor Craig ihm seine Begleitung anbieten konnte: «Ich bin rechtzeitig zum Dinner zurück.»

Als er am Pebble Beach Club vorbeikam, überfiel ihn wieder dieses Gefühl der Isolation; er empfand die Trennwand zwischen sich und den anderen, die unterwegs zu den Restaurants, den Geschäften, den Golfplätzen waren. Sein Großvater hatte ihn als Achtjährigen zum erstenmal dorthin mitgenommen. Sein Vater konnte Kalifornien nicht ausstehen, und so war er immer allein mit seiner Mutter hergefahren und hatte beobachtet, wie sie ihre Nervosität, ihre Manieriertheit ablegte und jünger, unbeschwerter wurde.

Weshalb hatte sie seinen Vater nicht verlassen? Ihre Familie besaß zwar keine Millionen wie die Winters, doch an Geld hätte es ihr bestimmt nicht gemangelt. Ob sie aus Angst, das Sorgerecht für Ted zu verlieren, in dieser unerträglichen Ehe ausgeharrt hatte? Sein Vater hatte sie den ersten Selbstmordversuch nie vergessen lassen. Und so war sie denn geblieben, hatte seine periodischen Wutausbrüche im Vollrausch, die Verachtung, mit der er sie wegen ihrer Ängste verhöhnte, ihre Manieriertheiten nachäffte, widerspruchslos erduldet und dann eines Nachts erkannt, daß sie es nicht länger ertragen konnte.

Ted ging den Seventeen Miles Drive entlang, sah weder nach rechts noch links. Er hatte keinen Blick für den Pazifik zu seinen Füßen, für die Häuser über Stillwater Cove und Carmel Bay, er spürte nichts vom Duft der Bougainvillea, achtete nicht auf die teuren Wagen, die an ihm vorbeiflitzten.

In Carmel wimmelte es noch von Sommergästen, College-Studenten, die sich vor Beginn des Herbstsemesters noch einmal austoben wollten. Wenn er mit Leila durch die Stadt gegangen war, hatte sie jedesmal den Verkehr zum Stocken gebracht. Beim Gedanken daran zog er die Sonnenbrille aus der Tasche. Damals trafen ihn stets neidische Blicke von männlichen Passanten. Jetzt nahm er bei Fremden, die ihn erkannten, einen feindseligen Gesichtsausdruck wahr.

Feindseligkeit. Isolation. Angst.

Diese letzten achtzehn Monate hatten sein gesamtes Leben verändert, hatten ihn gezwungen, Dinge zu tun, die er nie für möglich gehalten hätte Jetzt akzeptierte er die Tatsache, daß ihm vor dem Prozeß noch eine gewaltige Hürde zu überwinden blieb.

Schweiß brach ihm aus allen Poren, als er sich vergegenwärtigte, was ihm da bevorstand.

8

Alvirah saß in ihrem Bungalow am Frisiertisch und musterte vergnügt die vor ihr aufgebauten Dosen und Tuben, die sie nachmittags im Schminkkurs geschenkt bekommen hatte. Dazu gab es noch ein paar wertvolle Tips von der Kosmetikerin. So hatte sie gelernt, daß sich bei ihren flachen Backenknochen ein viel schönerer Effekt erzielen ließ mit einem hellen Rouge anstelle des gewohnten kräftigen. Außerdem hatte man sie zu dem Versuch überredet, braune Wimperntusche zu benutzen und nicht die pechschwarze, mit der sie ihre Augen wirkungsvoll zu betonen glaubte. «Weniger ist mehr», hatte ihr die Beraterin zugeredet, und es machte tatsächlich einen Unterschied. Alvirah fand, daß sie mit dem neuen Make-up und dem dezenter getönten braunen Haar genauso aussah, wie sie Tante Agnes in Erinnerung hatte, und Agnes war stets die Schönheit in der Familie gewesen. Ebenso erfreulich fand sie es, daß die Schwielen an den Händen allmählich verschwanden. Keine schwere Putzarbeit mehr. Das war aus und vorbei.

«Das jetzt ist noch gar nichts. Warten Sie erst mal ab, wie fabelhaft Sie aussehen, wenn Baron von Schreiber mit seiner Behandlung fertig ist», hatte die Kosmetikerin gesagt. «Mit seinen Kollageninjektionen bringt er die kleinen Fältchen an Mund, Nase und Stirn völlig weg. Das ist wie ein Wunder.»

Alvirah seufzte vor Glück. Willy hatte immer erklärt, sie sei die bestaussehende Frau in Queens und ihm gefalle es, etwas Handfestes wie sie im Arm zu halten statt einer modischen Bohnenstange. Aber in den letzten Jahren hatte sie eben erheblich zugenommen. Wäre es nicht toll, wenn sie sich zur echten Klassefrau gemausert hätte, bevor sie gemeinsam auf die Suche nach einem neuen Haus gingen? Sie gedachte dabei keineswegs mit den Rockefellers in nachbarschaftliche Beziehungen zu treten – nur mit Leuten aus dem Mittelstand, die es genau wie sie zu etwas gebracht hatten. Und wenn Willy und sie weitaus besser abschnitten als die meisten anderen, wenn sie vom Glück begünstigt waren wie kaum jemand, so tat es doch gut, zu wissen, daß man seinen Mitmenschen hilfreich unter die Arme greifen konnte.

Sobald sie die Artikelserie für den *Globe* beendet hätte, würde sie sich ernstlich an das Buch machen. Ihre Mutter pflegte immer zu sagen: «Du hast eine so lebhafte Phantasie, Alvirah, eines Tages wird aus dir noch 'ne Schriftstellerin.» Vielleicht hieß das – jetzt und hier?

Alvirah spitzte den Mund und trug mit dem neu erworbenen Pinsel sorgfältig korallenroten Lippenglanz auf. Jahrelang hatte sie sich ein herzförmiges Puppenmündchen gemalt, um die ihrer Meinung nach zu schmalen Lippen voller erscheinen zu lassen, war jedoch hier eines Besseren belehrt worden. Sie legte den Pinsel weg und betrachtete ihr Werk.

Irgendwie fühlte sie sich ein wenig schuldbewußt, so glücklich und an allem interessiert zu sein, während diese nette alte Dame steif und starr im Leichenschauhaus lag. Schließlich war sie einundsiebzig, tröstete sich Alvirah, und es muß ganz schnell gegangen sein. Genauso wünsche ich es mir, wenn die Reihe an mir ist. Doch damit hatte es noch viel Zeit. Wie ihre Mutter zu sagen pflegte: «In unserer Familie werden die Frauen steinalt.» Ihre Mutter war vierundachtzig und ging immer noch regelmäßig jeden Mittwochabend zum Kegeln.

Das Make-up war zu ihrer Zufriedenheit ausgefallen. Nun holte Alvirah das Tonbandgerät aus dem Koffer und legte die Kassette vom Dinner am Sonntag ein. Beim Abhören runzelte sie nachdenklich die Stirn. Merkwürdig, wie sich das Bild von Menschen veränderte, wenn man sie nur reden hörte, ohne sie dabei vor sich zu sehen. Syd Melnick zum Beispiel war doch angeblich ein mächtiger, einflußreicher Agent, aber von Cheryl Manning ließ er sich herumschubsen, und wie. Und sie konnte sich im Handumdrehen verwandeln – eben noch eine wüste Schimpfkanonade gegen Syd Melnick wegen Wasser, das sie selber verschüttet hatte, und gleich darauf die Sanftheit und Liebenswürdigkeit in Person, als sie Ted Winters bat, ob sie einmal zusammen mit ihm die Winters-Sporthalle im Dartmouth College besichtigen dürfe. Dabei fiel Alvirah ein, wie Craig Babcock sie korrigiert und ihr die richtige Aussprache dieses Namens beigebracht hatte. Und das mit einer so angenehmen, ruhigen Stimme. «Sie hören sich so kultiviert an», teilte sie ihm mit.

Er erwiderte lachend: «Da hätten Sie mich mal als Teenager hören sollen!»

Der Stimme von Ted Winters war die gute Kinderstube deutlich anzumerken. Da gab es nichts, was er sich erst mühsam erarbeiten mußte, das stand für Alvirah fest. Sie hatten sich über dieses Thema angeregt zu dritt unterhalten.

Alvirah überprüfte, ob das Mikrofon in der Mitte der Rosette richtig befestigt war, und verkündete ihre Erkenntnis: «Die Stimme verrät viel über den Menschen.»

Das Klingeln des Telefons überraschte sie. In New York war es jetzt neun Uhr, und Willy sollte eigentlich noch in der Gewerkschaftsversammlung sein. Wenn sie ihn drängte, seine Stellung zu kündigen, sagte er jedesmal, sie solle ihm Zeit lassen. Er konnte sich nicht so schnell daran gewöhnen, ein Millionär zu sein.

Am Apparat war Charley Evans, der für die Sonderberichte zuständige Redakteur vom *New York Globe*. «Na, wie geht's denn meiner Starreporterin?» erkundigte er sich. «Irgendwelche Probleme mit dem Recorder?»

«Das geht wie geschmiert», beruhigte ihn Alvirah. «Mir gefällt's großartig hier, ich hab ein paar sehr interessante Leute kennengelernt.»

«Irgendwelche Prominenz?»

«Aber ja.» Alvirah konnte nicht umhin zu prahlen. «Vom Flughafen bin ich zusammen mit Elizabeth Lange in einer Limousine hergefahren, und beim Dinner sitze ich am gleichen Tisch mit Cheryl Manning und Ted Winters.» Befriedigt hörte sie Charley Evans nach Luft ringen.

«Was sagen Sie da – Elizabeth Lange und Ted Winters sind zusammen dort?»

«Na ja, zusammen nicht direkt», erklärte Alvirah hastig. «Tatsächlich kommt sie ihm gar nicht in die Nähe. Sie wollte sofort wieder abreisen, hat dann aber auf die Sekretärin ihrer Schwester gewartet. Das Schlimme dabei ist nur, daß Leilas Sekretärin heute nachmittag im römischen Bad tot aufgefunden wurde.»

«Warten Sie einen Augenblick, Mrs. Meehan. Ich möchte, daß Sie das, was Sie eben gesagt haben, ganz langsam, Wort für Wort, wiederholen. Es schreibt jemand mit.»

9

Auf Scott Alshornes Ansuchen hin nahm der Leichenbeschauer von Monterey County die Autopsie von Dora Samuels' sterblichen Überresten sofort vor. Als Todesursache stellte er eine schwere Kopfverletzung fest, wobei Knochensplitter der Schädeldecke schwere Hirnverletzungen herbeigeführt hatten; hinzu kam ein mittelschwerer Schlaganfall.

In seinem Büro studierte Scott den Autopsie-Bericht und grübelte stumm darüber nach, was genau ihn wohl zu der Annahme veranlaßte, bei Dora Samuels' Tod sei irgend etwas nicht mit rechten Dingen zugegangen.

Dieses römische Bad. Es sah aus wie ein Mausoleum und war zu Sammys Grabstätte geworden. Wofür hielt sich Mins Mann eigentlich, daß er ihr diese Monstrosität aufgehalst hatte?

Wieso hatte sich Sammy im römischen Bad aufgehalten? War sie einfach so hineingegangen? Wollte sie dort jemanden treffen? Das ergab keinen Sinn. Die Beleuchtung war nicht eingeschaltet. Es mußte stockfinster gewesen sein.

Min und Helmut hatten erklärt, normalerweise werde das römische Bad abgeschlossen, aber zugleich zugegeben, das Gebäude gestern nachmittag in Eile verlassen zu haben. «Minna war außer sich wegen der Kostenüberschreitungen», hatte Helmut erläutert. «Ich machte mir Sorgen um ihren Gemütszustand. Die Tür ist schwer. Möglicherweise habe ich sie nicht fest genug zugezogen.»

Sammys Tod war durch Verletzungen am Hinterkopf verursacht worden. Sie war rücklings in das Becken gestürzt. Gestürzt oder – gestoßen worden? Scott stand auf und begann rückwärts das Büro zu durchqueren. Ein praxisbezogener, kein wissenschaftlich fundierter Test, befand er. Egal, wie benommen oder verwirrt, die meisten Menschen beginnen jedenfalls nicht rückwärts zu gehen, es sei denn, sie weichen vor jemandem oder vor etwas zurück...

Er ließ sich wieder am Schreibtisch nieder. Eigentlich sollte er an einem Dinner beim Bürgermeister von Carmel teilnehmen. Das würde er streichen, um statt dessen nach Cypress Point zurückzufahren und mit Elizabeth Lange zu sprechen. Ihm schwante, daß sie wußte, weshalb Sammy um halb zehn Uhr abends unbedingt noch einmal ins Büro zurückgehen und was für ein wichtiges Dokument sie dort fotokopieren mußte.

Auf der Fahrt kreisten seine Gedanken um zwei Wörter:

Hinuntergestürzt?

Hinuntergestoßen?

Als der Wagen dann Pebble Beach Lodge passierte, wurde ihm klar, was ihm keine Ruhe gelassen hatte. Es ging um dieselbe Frage, die Ted Winters unter Mordanklage vor Gericht brachte.

10

Craig verbrachte den restlichen Nachmittag damit, in Teds Bungalow die umfangreiche Postsendung zu sichten, die das New Yorker Büro durch Kurier hergeschickt hatte. Mit geübtem Blick überflog er Memos, überprüfte Computer-Tabellen, studierte Diagramme. Je mehr er las, desto mehr umwölkte sich seine Stirn. Diese Gruppe von Eierköpfen, die Ted vor zwei Jahren engagiert hatte, stellte für ihn ein ständiges Ärgernis dar. Wenn es nach denen ginge, würde Ted Hotels auf Raumstationen bauen.

Zumindest waren sie intelligent genug zu erkennen, daß sie Craig nicht länger übergehen konnten. Die Memos und Briefe waren sämtlich an ihn und Ted gemeinsam gerichtet.

Ted kam um fünf zurück. Der Spaziergang hatte ihn offenbar keineswegs ruhiger gemacht. Er war schlecht gelaunt. «Gibt es irgendeinen Grund dafür, daß du nicht bei dir arbeiten kannst?» lautete seine erste Frage.

«Keinen. Es erschien mir nur einfacher, mich hier zu deiner Verfügung zu halten.» Craig deutete auf die Geschäftsunterlagen. «Da wäre einiges durchzusprechen.»

«Interessiert mich nicht. Mach, was du für richtig hältst.»

«Ich halte es für richtig, wenn du einen Scotch trinkst und ein bißchen lockerer wirst. Und im Interesse von Winters Enterprises halte ich es für richtig, die beiden Armleuchter aus Harvard abzuhalftern. Ihre Spesenabrechnungen sind astronomisch. Das grenzt schon an bewaffneten Bankraub.»

«Ich möchte das jetzt nicht erörtern.»

Bartlett erschien, rosig angehaucht von dem Nachmittag in der Sonne. Craig sah, wie Ted bei Bartletts heiterer Begrüßung den Mund zusammenkniff. Keine Frage, Ted bekam sich langsam wieder in den Griff. Er kippte den ersten Scotch rasch hinunter und erhob keine Einwände, als Craig nachschenkte.

Bartlett wollte über die Liste diskutieren, auf der Craig ihm die Zeugen für die Verteidigung zusammengestellt hatte. Er las sie Ted vor – ein imposantes Aufgebot an berühmten Namen.

«Da fehlt nur noch der Präsident», bemerkte Ted sarkastisch.

Bartlett fiel darauf herein. «Welcher Präsident?»

«Der Vereinigten Staaten natürlich. Ich gehörte zu seinen Golfpartnern.»

Bartlett schlug achselzuckend den Aktendeckel zu. «Das Arbeitsklima ist momentan offenbar ziemlich ungünstig. Gedenken Sie auswärts zu essen?»

«Nein, ich gedenke hierzubleiben. Und als nächstes gedenke ich mich aufs Ohr zu legen.»

Craig und Bartlett verließen den Bungalow gemeinsam. «Ihnen ist doch klar, daß sich das zu einem hoffnungslosen Fall entwickelt», bemerkte Bartlett.

Um halb sieben erhielt Craig einen Anruf von der Detektei, die er mit Ermittlungen über die Augenzeugin Sally Ross beauftragt hatte. «In dem Haus, wo die Ross wohnt, gab's einen ziemlichen Rummel», teilte man ihm mit. «Die Mieterin direkt über ihr hat einen Einbrecher überrascht. Der Kerl wurde geschnappt – ein sauberer Dieb mit 'nem langen Strafregister. Die Ross hat das Haus nicht verlassen.»

Um sieben trafen sich Craig und Bartlett in Teds Bungalow. Ted war nicht anwesend. Sie gingen gemeinsam zum Hauptgebäude. «Derzeit sind Sie bei Teddy genauso beliebt wie ich», meinte Bartlett.

Craig entgegnete achselzuckend: «Wenn er's an mir auslassen will, von mir aus. In gewisser Weise hab ich ihm das eingebrockt.»

«Wie kommen Sie denn darauf?»

«Ich hab ihn mit Leila bekannt gemacht. Sie war zuerst meine Partnerin.»

Auf der Veranda wurden sie mit dem neuesten Witz begrüßt: Für viertausend Dollar wöchentlich dürfen einige der Becken in Cypress Point Spa benutzt werden. Bei fünftausend sind die inbegriffen, in denen Wasser eingelassen ist.

Während der «Cocktail»-Stunde war von Elizabeth nichts zu sehen. Craig hielt vergebens nach ihr Ausschau. Bartlett gesellte sich zu dem Tennis-Profi und seiner Gespielin. Ted plauderte mit der Gräfin und ihrer Clique; Cheryl hing an seinem Arm. Ein grämlicher Syd stand allein abseits. Craig schlenderte zu ihm hinüber. «Was hat's eigentlich mit diesem sogenannten Beweis auf sich? War Cheryl gestern blau, oder hat sie bloß dummes Zeug geschwatzt, wie üblich?» erkundigte er sich.

Er wußte, daß Syd ihm am liebsten einen ordentlichen Schwinger verpassen würde. Wie all diese Schmarotzer in Teds Umgebung hielt Syd ihn im Hinblick auf Teds Freigebigkeit für eine Art Notbremse. Craig sah sich eher als Torhüter – nur über ihn führte der Weg zum Ziel.

«Ich würde es so sagen – Cheryl hat ihre übliche hervorragende Schau abgezogen», erklärte Syd.

Min und Helmut erschienen erst im Speisesaal, nachdem die Gäste ihre Plätze eingenommen hatten. Wie verhärmt sie aussehen, dachte Craig, wie starr sie lächeln bei ihrer Runde von Tisch zu Tisch. Sie hatten sich dem Kampf gegen Alter, Krankheit und Tod verschrieben, die sie mit allen erdenklichen Mitteln hinausschieben wollten. An diesem Nachmittag nun hatte Sammy den Beweis erbracht, daß dieser Versuch zwecklos war.

Min entschuldigte sich für die Verspätung und setzte sich. Ted ignorierte Cheryl, die seine Hand umklammerte, und fragte: «Wie geht's Elizabeth?»

«Sie nimmt es sehr schwer», antwortete Helmut. «Ich hab ihr ein Beruhigungsmittel verabreicht.»

Hörte Alvirah Meehan denn nie auf, an dieser dämlichen Brosche rumzufummeln, fragte sich Craig. Sie hatte sich zwischen ihm und Ted niedergelassen. Er blickte in die Runde. Min. Helmut. Syd. Cheryl. Bartlett. Ted. Mrs. Meehan. Er selbst. Neben ihm lag noch ein Gedeck. Er erkundigte sich bei ihr, wen sie noch erwarte.

«Sheriff Alshorne. Er ist eben noch mal vorbeigekommen.

Im Augenblick spricht er mit Elizabeth.» Sie biß sich auf die Lippen. «Bitte. Ich weiß, wie tief uns alle der Verlust von Sammy trifft, aber ich halte es für besser, beim Dinner nicht darüber zu reden.»

«Warum will der Sheriff mit Elizabeth Lange sprechen?» erkundigte sich Alvirah Meehan. «Er denkt doch nicht etwa, an dem Tod von Miss Samuels im römischen Bad könnte irgendwas nicht koscher sein, oder?»

Sieben starr blickende Augenpaare verhinderten weitere Fragen.

Es gab eine Kaltschale aus Pfirsichen und Erdbeeren, eine Spezialität des Hauses, die Alvirah genüßlich löffelte. Den *Globe* würde es sicher interessieren, daß Ted Winters sich ganz offensichtlich Sorgen wegen Elizabeth machte.

Sie konnte es kaum erwarten, den Sheriff kennenzulernen.

11

Elizabeth stand am Fenster ihres Bungalows und schaute zum Hauptgebäude hinüber, wo die Gäste gerade zum Dinner hineinströmten. Nelly hatte sie weggeschickt. «Sie haben einen langen Tag hinter sich, und ich bin wieder völlig in Ordnung.» Sie hatte sich im Bett aufgesetzt, um Tee und Toast zu sich zu nehmen, anschließend rasch geduscht in der Hoffnung, unter dem eiskalten Wasserstrahl wieder einen klaren Kopf zu bekommen. Die Wirkung des Beruhigungsmittels war noch nicht verflogen, sie fühlte sich groggy.

Ein grobmaschiger naturfarbener Pulli und hellbraune Stretchhosen waren ihre bevorzugte Freizeitkleidung. Barfüßig, das Haar locker hochgebunden, fühlte sie sich darin am wohlsten, war irgendwie ganz sie selbst.

Nun war auch der letzte Gast im Haus verschwunden. Doch da entdeckte sie Scott, der über den Rasen in ihre Richtung ging.

Sie saßen sich gegenüber, leicht vorgebeugt, bemüht, den richtigen Anfang zu finden. Beim Anblick von Scott mit seinen freundlichen, fragenden Augen erinnerte sich Elizabeth an einen Ausspruch von Leila: «Ihn hätte ich gern zum Vater gehabt.» Und Sammy hatte letzte Nacht vorgeschlagen, ihm den anonymen Brief zu bringen.

«Tut mir leid, aber ich konnte nicht bis morgen warten», sagte Scott. «An Sammys Tod gibt es zu viele Dinge, die mir keine Ruhe lassen. Soweit ich bisher erfahren habe, ist Sammy gestern fünf Stunden von Napa Valley mit dem Auto gefahren und gegen zwei angekommen. Sie wurde erst am späten Abend erwartet. Obwohl sie ganz schön müde gewesen sein muß, hat sie nicht mal den Koffer ausgepackt, sondern ist schnurstracks ins Büro gegangen. Sie behauptete, sich nicht wohl zu fühlen, und wollte deshalb nicht zum Dinner in den Speisesaal hinunterkommen. Doch das Zimmermädchen berichtete mir, sie hätte ein Tablett mit Essen im Büro stehen gehabt und eifrig Postsäcke durchgesehen. Dann erschien sie bei Ihnen und ging gegen halb zehn. Mittlerweile dürfte sie zum Umfallen müde gewesen sein, trotzdem eilte sie ins Büro zurück und schaltete den Fotokopierer ein. Weshalb?»

Elizabeth stand auf und holte aus dem Koffer im Schlafzimmer Sammys Brief, den sie in New York vorgefunden hatte. Sie zeigte ihn Scott. «Als ich merkte, daß Ted hier ist, wäre ich am liebsten sofort wieder abgereist, aber ich mußte ja auf Sammy warten, um mit ihr darüber zu reden.» Sie berichtete von dem Brief, der aus Sammys Büro gestohlen wurde, und gab ihm die Niederschrift, die Sammy aus dem Gedächtnis angefertigt hatte. «Das hier ist der ziemlich genaue Wortlaut.»

Tränen stiegen ihr in die Augen, als sie diese gestochene

Schrift sah. «Gestern abend fand sie in einem der Säcke einen weiteren anonymen Brief. Sie wollte ihn für mich fotokopieren, und das Original sollten dann Sie bekommen. Ich hab den Inhalt nach dem Gedächtnis niedergeschrieben. Wir hatten gehofft, anhand des Originals könnte man Rückschlüsse auf den Absender ziehen. Für den Schriftsatz der verschiedenen Zeitungen und Zeitschriften gibt es doch einen Code, nicht wahr?»

«Ja.» Scott las den Text der beiden Briefe mehrmals. «Eine üble Geschichte.»

«Jemand versuchte systematisch, Leila kaputtzumachen», sagte Elizabeth. «Irgend jemand will verhindern, daß diese Briefe gefunden werden. Irgend jemand hat gestern einen von Sammys Schreibtisch genommen und den anderen vielleicht von Sammys Leiche gestern nacht.»

«Wollen Sie damit sagen, Sammy könnte ermordet worden sein?»

Elizabeth zuckte zusammen, sah ihn dann gerade an. «Das kann ich einfach nicht beantworten. Ich weiß mit Sicherheit, daß jemand wegen dieser Briefe in Panik geraten ist und sie unbedingt zurückhaben wollte. Ich weiß, daß mit einer ganzen Serie solcher Briefe Leilas Verhalten zu erklären wäre. Diese Briefe führten den Streit mit Ted herbei, und diese Briefe haben etwas mit Sammys Tod zu tun. Ich werde herausfinden, wer sie gschrieben hat, das schwöre ich Ihnen, Scott. Mag sein, daß eine strafrechtliche Verfolgung nicht möglich ist, aber es muß einen Weg geben, den Betreffenden dafür zahlen zu lassen. Diese Person stand Leila sehr nahe, ich habe da einen bestimmten Verdacht!»

Nach fünfzehn Minuten ging Scott, die Niederschriften der beiden anonymen Briefe in der Tasche. Elizabeth hielt Cheryl für die Verfasserin. Das klang plausibel. Cheryl war eine solche Infamie zuzutrauen. Vorher machte er noch einen Umweg zum rechten Flügel des Hauptgebäudes. Dort oben war das Fenster, an dem Sammy gestanden hatte, als sie den Fotokopierer einschaltete. Falls nun jemand auf der Treppe zum römischen Bad sie heruntergewinkt hätte...

Durchaus möglich. Aber natürlich wäre Sammy einer solchen Aufforderung nur gefolgt, wenn es sich um jemand handelte, den sie kannte. Und dem sie vertraute.

Die anderen waren bereits beim Hauptgang, als Scott zu ihnen stieß. Der freie Stuhl befand sich zwischen Min und einer Frau, die als Alvirah Meehan vorgestellt wurde. Scott ergriff die Initiative und begrüßte Ted. Ihm entging nicht, wie Cheryl sich um Ted bemühte, wie sie immer wieder den körperlichen Kontakt suchte. Kein Wunder, wenn sich die Frauen um einen so außergewöhnlichen Mann rissen, wenn ihnen jedes Mittel recht war, ihn einer anderen auszuspannen...

Scott bediente sich von den Lammkoteletts, die der Kellner ihm auf einer Silberplatte servierte.

«Sie sind köstlich», tuschelte ihm Alvirah Meehan zu. «Bei den winzigen Portionen können die hier nie pleite gehen, aber ich versichere Ihnen, hinterher haben Sie das Gefühl, Sie hätten 'ne Riesenmahlzeit verputzt.»

Alvirah Meehan. Natürlich. In der *Monterey Review* hatte Scott über die Frau mit dem Lotteriegewinn von vierzig Millionen Dollar gelesen, die sich mit dem Aufenthalt in Cypress Point Spa einen lebenslangen Wunschtraum verwirklichen wollte. «Gefällt es Ihnen hier, Mrs. Meehan?»

Alvirah strahlte. «Und wie. Alle sind so reizend und so freundlich zu mir.» Ihr Lächeln galt der ganzen Tischrunde. Min und Helmut bemühten sich, es zu erwidern. «Bei den Anwendungen kommen Sie sich wie eine Prinzessin vor. Die Diätberaterin meint, in zwei Wochen könnte ich spielend fünf Pfund abnehmen. Morgen kriege ich Kollagen gegen die Falten um den Mund. Ich hab 'ne Mordsangst vor Spritzen, aber Baron von Schreiber gibt mir was für die Nerven. Bei der

Abreise werde ich mich wie neugeboren fühlen... Wie ein Schmetterling, der auf einer Wolke dahinsegelt.» Sie wies auf Helmut. «Das hat der Baron geschrieben. Ist er nicht ein richtiger Dichter?»

Alvirah merkte, daß sie zuviel redete. Sie hatte ein schlechtes Gewissen wegen ihrer Spitzelrolle als Reporterin und deshalb das Bedürfnis, über jeden hier etwas Nettes zu sagen. Doch jetzt sollte sie besser den Mund halten und aufpassen, ob der Sheriff sich zu Dora Samuels' Tod äußern würde. Zu ihrer Enttäuschung kam dieses Thema überhaupt nicht auf. Erst bei der Vanillemousse fragte der Sheriff nicht von ungefähr: «Sie sind doch alle in den nächsten paar Tagen hier erreichbar? Oder gedenkt jemand abzureisen?»

«Unsere Pläne stehen noch nicht fest», erklärte Syd. «Cheryl muß vielleicht kurzfristig zurück nach Beverly Hills.»

«Ich halte es für ratsam, wenn sie sich bei mir meldet, bevor sie nach Beverly Hills oder sonstwohin fährt», sagte Scott liebenswürdig. «Ach, übrigens, Baron – die Säcke mit Leilas Fanpost, die nehme ich mit.»

Er legte den Löffel hin und schob seinen Stuhl zurück. «Schon merkwürdig, aber ich hab so eine Ahnung, als ob jemand in dieser Runde, Mrs. Meehan ausgenommen, ein paar ganz üble Briefe an Leila LaSalle geschrieben haben könnte. Ich bin richtig versessen darauf, herauszufinden, wer das wohl gewesen sein mag.»

Zu Syds Entsetzen richtete sich Scotts stahlharter Blick unverwandt auf Cheryl.

12

Es war kurz vor zehn, als sie endlich in ihrer Wohnung unter sich waren. Min hatte den ganzen Tag mit sich gerungen, ob sie Helmut mit dem Beweis konfrontieren sollte, daß er in der Nacht von Leilas Tod in New York gewesen war. Wenn sie es tat, zwang sie ihn zuzugeben, daß etwas zwischen ihm und Leila bestanden hatte. Wie töricht von ihm, den Nachweis für das Telefongespräch nicht zu vernichten.

Er ging unverzüglich in seinen Ankleideraum, und kurz darauf hörte sie die Dusche in seinem Badezimmer. Als er zurückkam, erwartete sie ihn in einem der tiefen Armsessel vor dem Kamin. Unbeteiligt musterte sie ihn: tadellos frisiert wie für einen offiziellen Empfang, maßgefertigter seidener Morgenmantel, kerzengerade Haltung, die ihn größer als seine einsfünfundsiebzig erscheinen ließ.

Er machte sich einen Scotch mit Soda zurecht und schenkte für sie, ohne zu fragen, einen Sherry ein. «Das war ein schwerer Tag, Minna. Du bist gut damit fertig geworden.» Sie blieb stumm, und endlich schien ihm diese ungewohnte Schweigsamkeit aufzufallen. «Dieser Raum hat eine so beruhigende Wirkung», bemerkte er. «Bist du nicht froh, daß du mir die Farbenzusammenstellung überlassen hast? Sie paßt zu dir. Starke, schöne Farben für eine ebenso starke wie schöne Frau.»

«Ich würde dieses Pfirsichrosa nicht gerade zu den kräftigen Farben rechnen.»

«In der Verbindung mit Dunkelblau wird es dazu. Wie ich, Minna. Ich werde stark, weil ich bei dir bin.»

«Wozu dann dies?» Sie zog die Telefonabrechnung aus der Tasche und sah, wie sich erst Bestürzung, dann Furcht in seinem Gesicht malte. «Warum hast du mich belogen? Du warst in jener Nacht in New York. Warst du bei Leila? Bist du zu ihr gegangen?»

Er seufzte. «Ich bin froh, daß du es herausgefunden hast, Minna. Ich wollte es dir so gern erzählen.»

«Dann tu's jetzt. Du warst in Leila verliebt. Du hattest ein Verhältnis mit ihr.»

«Nein, ich schwör's dir.»

«Du lügst.»

«Das ist die reine Wahrheit, Minna. Ja, ich bin dort gewesen – als Freund – als Arzt. Das war um halb zehn. Die Wohnungstür stand einen Spalt breit offen. Ich konnte Leilas hysterische Stimme hören. Ted schrie sie an, sie solle den Hörer auflegen. Sie brüllte zurück. Der Fahrstuhl kam. Ich wollte nicht gesehen werden. Du kennst doch die Ecke in der Halle, hinter der hab ich mich versteckt...»

Helmut sank Min zu Füßen. «Es hat mich fast umgebracht, dir das nicht zu sagen, Minna. Ted hat sie hinuntergestoßen, Minna. Ich hörte sie schreien. *Nicht! Nicht doch!* Und dann ihr Angstschrei, als sie hinunterstürzte.»

Min erbleichte. «Wer kam aus dem Fahrstuhl? Hat dich jemand gesehen?»

«Keine Ahnung. Ich bin über die Feuertreppe nach unten gerannt.»

Dann verlor er die Fassung, beugte sich vor, barg den Kopf in den Händen und begann zu weinen.

Mittwoch, 2. September

Das Wort zum Tage:
Schönheit liegt im Auge des Beschauers.

Shakespeare

Guten Morgen, hochgeschätzter Gast

Fühlen Sie sich heute früh ein wenig unlustig? Keine Bange. Nach ein paar Tagen läßt die Anspannung nach, und wir alle verfallen in einen köstlichen, gelösten Zustand und finden, wir sollten vielleicht gerade an diesem Morgen einfach im Bett liegenbleiben.

Nichts da! Wir winken Ihnen aufmunternd zu, uns zu begleiten auf diesem wunderbaren, belebenden Morgenspaziergang durch unser herrliches Gelände und an der Küste entlang. Sie werden es nicht bereuen. Vielleicht wissen Sie ja bereits aus Erfahrung, wieviel Freude die Begegnung mit neuen Freunden, das Wiedersehen mit alten im hellen Sonnenschein macht.

Ein zarter Hinweis: Alle Gäste, die in einem der Becken allein schwimmen, müssen unbedingt die vorschriftsmäßige Trillerpfeife tragen. Obwohl sie bisher noch nie gebraucht wurde, halten wir diese Sicherheitsmaßnahme für unerläßlich. Schauen Sie in den Spiegel. Beginnen nicht all die Schönheitsbehandlungen und das Fitnesstraining Wirkung zu zeigen? Leuchten Ihre Augen nicht heller, strahlender? Hat sich Ihre Haut nicht gestrafft? Wird das nicht ein Vergnügen sein, wenn Sie Ihren Angehörigen und Freunden dieses neue Ich präsentieren können?

Und noch ein Gedanke zum Abschluß. Alle Sorgen, die Sie hierher mitgebracht haben, sollten mittlerweile vergessen sein. Seien Sie positiv.

Baron und Baronin von Schreiber

1

Um sechs Uhr klingelte Elizabeths Telefon. Schlaftrunken griff sie nach dem Hörer. Ihre Lider waren schwer. Die Nachwirkungen des Beruhigungsmittels machten es ihr unmöglich, klar zu denken.

Es war William Murphy, der Staatsanwalt aus New York. Bei seinen ersten Worten wurde sie mit einem Schlag hellwach. «Ich war der Meinung, Miss Lange, Sie wollten den Mörder Ihrer Schwester verurteilt sehen.» Ohne eine Antwort abzuwarten, fuhr er hastig fort: «Könnten Sie mir wohl bitte erklären, wieso Sie sich am gleichen Ort aufhalten wie Ted Winters?»

Elizabeth rappelte sich hoch und schwang die Beine aus dem Bett. «Ich hatte keine Ahnung, daß er hier sein würde. Ich bin ihm nicht in die Nähe gekommen.»

«Das mag ja stimmen, aber sobald Sie ihn sahen, hätten Sie das nächste Flugzeug nach New York nehmen müssen. Schauen Sie sich mal den heutigen *Globe* an. Die bringen ein Foto von Ihnen beiden Arm in Arm.»

«Ich war nie –»

«Es stammt von der Trauerfeier, aber die Art, wie Sie einander ansehen, läßt allerhand Rückschlüsse zu. Reisen Sie jetzt sofort ab! Und was ist das für eine Geschichte mit der Sekretärin Ihrer Schwester?»

«Sie ist der Grund dafür, daß ich hier nicht wegkann.» Sie berichtete von den Briefen, von Sammys Tod. «Ich gehe Ted aus dem Weg», versprach sie, «aber ich bleibe bis morgen hier, wie ursprünglich geplant. Das läßt mir zwei Tage, den Brief zu finden, den Dora bei sich trug, oder festzustellen, wer ihn ihr gestohlen hat.»

Sie ließ sich nicht umstimmen, und schließlich legte Murphy auf, nicht ohne einen letzten Knalleffekt. «Sollte der Mörder Ihrer Schwester freigesprochen werden, haben Sie den Grund bei sich selbst zu suchen.» Er hielt inne. «Und wie ich Ihnen schon sagte: *Seien Sie vorsichtig*!»

Sie joggte nach Carmel. Dort gab es die New Yorker Zeitungen an den Kiosken. Es war wieder ein prachtvoller Spätsommertag. Glänzende Limousinen und Mercedes-Kabrioletts folgten einander auf der Straße zum Golfplatz. Andere Jogger winkten ihr freundlich zu. Ein herrlicher Tag, wie geschaffen, sich seines Lebens zu freuen, dachte Elizabeth. Bei dem Gedanken an Sammys starren Körper im Leichenschauhaus erschauerte sie.

Während sie auf der Ocean Avenue Kaffee trank, las sie den *Globe*. Jemand hatte das Foto am Schluß der Trauerfeier geschossen. Sie hatte angefangen zu weinen. Ted stand neben ihr, hatte den Arm um sie gelegt und sie zu sich herumgedreht. Sie verdrängte die Erinnerung daran, wie geborgen sie sich in seinen Armen gefühlt hatte.

Verzweifelte Selbstvorwürfe quälten sie, sie legte Geld auf den Tisch und verließ fluchtartig das Lokal. Auf dem Weg nach draußen warf sie die Zeitung in einen Papierkorb. Wer in Cypress Point hat wohl dem *Globe* diesen Tip gegeben? Vielleicht jemand vom Personal? Da sickerte zu Mins und Helmuts Verdruß ständig etwas durch. Es hätte auch einer von den Gästen sein können, der für sich selbst die Werbetrommel rühren wollte und im Austausch dafür den Kolumnisten Informationen zuspielte. Es hätte auch Cheryl gewesen sein können.

Als sie in ihren Bungalow zurückkehrte, erwartete sie Scott bereits auf der Verranda. «Sie sind wirklich ein Frühaufsteher», begrüßte sie ihn.

Er hatte tiefe Ringe unter den Augen. «Ich hab letzte Nacht kaum geschlafen. Irgendwas daran, daß Sammy rücklings in dieses Becken gestürzt ist, läßt mir einfach keine Ruhe.»

Elizabeth fuhr zusammen bei dem Gedanken an Sammys blutverklebten Kopf.

«Entschuldigen Sie, tut mir leid», sagte Scott.

«Schon gut. Mir geht's doch ganz genauso. Haben Sie in den Postsäcken noch mehr anonyme Briefe gefunden?»

«Nein. Ich möchte Sie bitten, Sammys persönliche Sachen gemeinsam mit mir durchzugehen. Ich weiß zwar nicht, wonach ich suche, aber vielleicht fällt Ihnen etwas auf, was ich übersehen habe.»

«Geben Sie mir zehn Minuten zum Duschen und Umziehen.»

«Sind Sie auch sicher, daß es Sie nicht zu sehr mitnimmt?»

Elizabeth lehnte sich an das Geländer und fuhr sich mit der Hand durchs Haar. «Hätte sich der Brief bei ihr gefunden, könnte ich ja an irgendeinen Anfall glauben, der Sammy herumirren ließ. Aber so, wo der Brief spurlos verschwunden ist... Scott, wenn jemand ihr einen Stoß versetzt oder sie so erschreckt hat, daß sie zurückwich, dann ist derjenige ein Mörder.»

Die Türen der umliegenden Bungalows öffneten sich. Männer und Frauen in einheitlich elfenbeinfarbenen Veloursbademänteln strebten den Kurmittelhäusern zu. «In einer Viertelstunde fängt der Betrieb an», erklärte Elizabeth. «Massagen, Gesichtsbehandlungen, Dampfbäder und Gott weiß was alles. Ist es nicht unvorstellbar, daß einer von den Leuten, die heute hier verhätschelt werden, Sammy mutterseelenallein in diesem schauerlichen Mausoleum sterben ließ?»

Craigs erster Anruf am frühen Morgen kam von dem Privatdetektiv, der sich eindeutig besorgt anhörte. «Keine weiteren neuen Erkenntnisse über Sally Ross», teilte er mit. «Aber der Dieb, den sie in ihrem Haus erwischt haben, behauptet angeblich, er hätte Informationen über Leila LaSalles Tod. Er versucht, sich mit dem Staatsanwalt zu arrangieren.»

«Um was für eine Art Information handelt es sich? Das könnte doch die Chance sein, auf die wir warten.»

«Mein Gewährsmann teilt diese Auffassung nicht.»

«Was soll das heißen?»

«Der Staatsanwalt ist hocherfreut. Daraus muß man schließen, daß seine Position gestärkt wurde, nicht geschwächt.»

Craig rief Bartlett an und berichtete ihm von dem Gespräch. «Ich lasse das von meinem Büro recherchieren», erklärte der. «Kann sein, daß die was Genaueres rausfinden. Wir müssen abwarten, bis wir wissen, was eigentlich los ist. Inzwischen gedenke ich Sheriff Alshorne aufzusuchen. Ich verlange vollständige Aufklärung über diese ‹anonymen› Briefe, die er erwähnte. Sind Sie sicher, daß Teddy nichts mit einer anderen hatte, einer Frau, die er womöglich schützen will? Ihm scheint nicht klar zu sein, wie sehr das seiner Sache helfen könnte. Vielleicht sollten Sie ihm das nahebringen.»

Syd wollte gerade zur Morgenwanderung aufbrechen, als sein Telefon klingelte. Eine innere Stimme sagte ihm, das müsse Bob Koenig sein. Er irrte sich. Drei endlose Minuten beschwor er einen Kredithai, ihm für die Begleichung seiner restlichen Schulden ein bißchen mehr Zeit einzuräumen. «Wenn Cheryl die Rolle kriegt, kann ich meine Provision beleihen», argumentierte er. «Sie liegt vor Margo Dresher im Rennen, ich schwör's Ihnen ... Das hat mir Koenig persönlich gesagt ...»

Er saß zitternd auf der Bettkante, als er den Hörer auflegte. Ihm blieb keine Wahl. Er mußte zu Ted gehen und das, was er wußte, benutzen, um das erforderliche Geld zu bekommen.

Die Zeit war abgelaufen.

Sammys Wohnung wirkte irgendwie völlig verändert. Elizabeth erschien es so, als habe Sammys Tod auch jede persönliche Atmosphäre ausgelöscht, die Räume kalt und leblos hinterlassen. Ihre Grünpflanzen waren nicht gegossen, die Blätter verdorrt und abgefallen. «Min hat sich mit Sammys Kusine wegen der Beisetzung verständigt», erklärte Scott.

«Wo ist die Leiche jetzt?»

«Sie wird heute im Leichenschauhaus abgeholt und nach Ohio übergeführt, wo sie im Familiengrab beerdigt werden soll.»

Elizabeth fiel ein, wie stark der Betonstaub Sammys Rock und Strickjacke verschmutzt hatte. «Kann ich Ihnen Kleider für Sammy mitgeben?» fragte sie. «Oder ist es dafür zu spät?»

«Nein, die Zeit reicht noch.»

Das letzte Mal hatte sie Leila diesen Dienst erwiesen. Sammy war ihr beim Aussuchen des Kleides behilflich gewesen, in dem Leila bestattet werden sollte. «Vergessen Sie nicht, der Sargdeckel wird geschlossen», hatte Sammy sie erinnert.

«Darum geht's nicht. Sie kennen doch Leila. Wenn sie sich unpassend angezogen fühlte, verdarb ihr das den ganzen Abend, egal, ob alle anderen sie toll aussehend fanden. Ich möchte nicht, daß sie...»

Sammy hatte verstanden, was sie meinte. Und ihre Wahl war dann auf das grüne Samtkleid mit den Chiffonärmeln gefallen, das Leila bei der Oscar-Verleihung angehabt hatte. Sie waren die einzigen, die sie im Sarg gesehen hatten. Das Bestattungsinstitut hatte vorzügliche Arbeit geleistet, die sichtbaren Verletzungen abgedeckt, das schöne Gesicht makellos wiederhergerichtet; es hatte seltsam friedlich gewirkt, als habe sie endlich Ruhe gefunden. Eine Weile waren sie stumm dagesessen, in Erinnerungen versunken, Sammy hielt Elizabeths Hand, mahnte sie schließlich, daß es an der Zeit sei, die Fans an der Bahre vorbeidefilieren zu lassen, daß der Sarg noch geschlossen und mit dem von Ted und Elizabeth bestellten Blumenschmuck dekoriert werden müsse.

Elizabeth musterte den Kleiderschrank durch. Scott beobachtete sie. «Das blaue aus Krawattenseide», murmelte sie, «das Leila ihr vor zwei Jahren zum Geburtstag geschenkt hat. Sammy sagte immer, wenn sie in ihrer Jugend solche Kleider gehabt hätte, wäre vielleicht ihr ganzes Leben anders verlaufen.»

Sie packte einen kleinen Wochenendkoffer voll mit Unterwäsche, Strümpfen, Schuhen und legte die schlichte Perlenkette dazu, die Sammy stets zu ihren «guten Kleidern» trug. «Wenigstens etwas, das ich für sie tun kann», sagte sie zu Scott. «Als nächstes müssen wir herauskriegen, was ihr zugestoßen ist.»

Sammys Schubladen enthielten nur persönliche Dinge. Im Schreibtisch befanden sich ihr Scheckbuch, Notizblock, Briefpapier. In einem Schrankfach entdeckten sie hinter einem Stapel Pullover einen zwei Jahre alten Terminkalender und eine gebundene Kopie von *Karussell* von Clayton Anderson.

«Leilas Stück», sagte Elizabeth. «Ich bin nie dazu gekommen, es zu lesen.» Sie schlug es auf und blätterte die Seiten durch. «Sehen Sie, es ist ihr Arbeitsexemplar. Sie machte immer so viele Anmerkungen und Textänderungen, stellte Sätze um, wo es ihr richtig erschien.»

Scott beobachtete, wie Elizabeth liebevoll über die Randnotizen strich. «Wollen Sie's nicht mitnehmen?» fragte er.

«Sehr gern.»

Er öffnete den Terminkalender. Die Eintragungen wiesen die gleiche verschnörkelte Handschrift auf. «Der gehörte also auch Leila.» Nach dem 31. März gab es keinerlei Eintragungen mehr. Auf diese Seite hatte Leila in Druckbuchstaben gemalt: ERÖFFNUNGSVORSTELLUNG! Scott blätterte zurück. Unter den meisten davorliegenden Daten fand sich lediglich der Vermerk *Probe*, jeweils säuberlich durchgestrichen.

Außerdem waren verschiedene andere Termine eingetragen: Friseur, Anproben, Besuch bei Sammy im Mount-Sinai-Krankenhaus, Blumen an Sammy schicken lassen, PR-Auftritte. In den letzten sechs Wochen waren diese Termine vermehrt gestrichen worden. Es gab auch Notizen dieser Art: Spatz, L.A.; Ted, Budapest; Spatz, Montreal; Ted, Bonn...

«Sie scheint die Reiserouten von Ihnen beiden ständig vor sich gehabt zu haben.»

«Stimmt. So wußte sie immer, wo sie uns erreichen konnte.»

Scott verweilte bei einer Seite. «An dem Abend wart ihr zwei in derselben Stadt.» Er blätterte langsamer weiter. «Ted ist offenbar ziemlich regelmäßig in den Städten aufgekreuzt, wo Sie gastiert haben.»

«Ja. Nach der Vorstellung sind wir essen gegangen und haben Leila angerufen.»

Scott betrachtete Elizabeth forschend. Ganz kurz war ein anderer Ausdruck über ihr Gesicht geglitten. War es möglich, daß Elizabeth sich in Ted verliebt hatte und das nicht wahrhaben wollte? Und wäre es in dem Fall denkbar, daß ein Schuldgefühl sie unbewußt verlangen ließ, Ted für Leilas Tod zu bestrafen und damit gleichzeitig sich selbst? Er versuchte, diesen beunruhigenden Gedanken schleunigst abzuschütteln. «Dieser Terminkalender ist höchstwahrscheinlich völlig belanglos für den Fall, trotzdem sollte ihn der Staatsanwalt in New York bekommen.»

«Warum?»

«Kein spezieller Grund. Aber er könnte immerhin als Beweisstück gelten.»

Weiter fand sich nichts mehr in Sammys Wohnung. «Ich mache Ihnen einen Vorschlag», sagte Scott. «Sie gehen jetzt rüber und spulen Ihr Tagesprogramm ab. In der Fanpost gab es keine anonymen Briefe mehr, das hab ich Ihnen ja schon erzählt. Meine Leute haben sie vergangene Nacht gründlichst durchgesiebt. Unsere Chance, den Absender ausfindig zu machen, ist verschwindend klein. Ich rede nachher mit Cheryl, aber sie ist ziemlich ausgekocht. Ich glaube nicht, daß sie sich eine Blöße gibt.»

Gemeinsam durchquerten sie den langen Korridor, der zum Hauptgebäude führte. «Sammys Büroschreibtisch haben Sie nicht durchgesehen, oder?» fragte Scott.

«Nein.» Elizabeth merkte, wie fest sie das Manuskript umklammerte. Sie hatte den zwanghaften Wunsch, es zu lesen. Sie kannte es nur aus dieser einen grauenhaften Aufführung. Dem Vernehmen nach sollte die Rolle Leila auf den Leib geschrieben sein. Nun wollte sie sich selbst ein Urteil bilden. Widerstrebend begleitete sie Scott zum Büro – ein weiterer Ort, den sie lieber gemieden hätte.

Helmut und Min waren in ihrem Privatbüro. Die Tür stand offen. Henry Bartlett und Craig waren bei ihnen. Bartlett verlangte unverzüglich eine Erklärung zu den anonymen Briefen. «Sie können sich für die Verteidigung meines Mandanten sehr wohl als relevant erweisen», betonte er. «Wir haben ein Recht auf umfassende Information.»

Elizabeth beobachtete Bartlett, während er Scotts Ausführungen folgte. Sein Gesichtsausdruck verriet gespannte Aufmerksamkeit, die Züge traten schärfer hervor, die Augen blickten hart, unerbittlich. Dies war also der Mann, der sie vor Gericht ins Kreuzverhör nehmen würde. Er glich einem Raubtier, das auf Beute lauerte.

«Lassen Sie mich dies klarstellen», sagte Bartlett. «Miss Lange und Miss Samuels waren sich einig, daß Leila LaSalle zutiefst verstört gewesen sein könnte durch anonyme Briefe, in denen stand, daß Ted Winters sich für eine andere interessierte. Und eben diese Briefe sind jetzt spurlos verschwunden? Am Montagabend schrieb Miss Samuels den ersten Brief nach dem Gedächtnis nieder? Miss Lange hat eine Niederschrift des zweiten angefertigt? Ich verlange Kopien.»

«Ich sehe keinen Grund, Ihnen das zu verweigern», entgegnete Scott. Er legte Leilas Terminkalender auf Mins Schreibtisch. «Ach ja, der Ordnung halber – dies hier schicke ich ebenfalls nach New York. Es ist Leilas Kalender für die letzten drei Monate ihres Lebens.»

Ohne um Erlaubnis zu bitten, griff Henry Bartlett danach. Elizabeth wartete vergebens auf Scotts Protest. Bartlett in

Leilas persönlichen Notizen herumblättern zu sehen, empfand sie als unbefugtes Eindringen. Was ging ihn das an? Sie warf Scott einen wütenden Blick zu, den er gleichgültig erwiderte.

Er versucht, mich auf die kommende Woche vorzubereiten, dachte sie bekümmert, vielleicht sollte ich ihm dafür sogar dankbar sein. Nächste Woche würde alles, was Leila ausmachte, zwölf Menschen zur kritischen Begutachtung vorgelegt; ihre eigene Beziehung zu Leila, zu Ted – nichts bliebe verborgen, kein Privatbereich ausgespart. «Ich gehe Sammys Schreibtisch durchsuchen», sagte sie unvermittelt.

Sie deponierte das Skript, das sie immer noch in der Hand hielt, auf Sammys Schreibtisch und sah rasch die Schubladen durch. Sie enthielten absolut nichts Persönliches, nur die üblichen Büroutensilien.

Min und der Baron waren ihr gefolgt und standen jetzt vor dem Schreibtisch, starrten beide gebannt auf den Ledereinband mit der Aufschrift *Karussell.*

«Leilas Stück?» erkundigte sich Min.

«Ja. Sammy hat Leilas Arbeitsexemplar aufgehoben. Ich nehme es jetzt an mich.»

Craig, Bartlett und der Sheriff kamen aus dem Privatbüro. Henry Bartlett lächelte – ein selbstzufriedenes, überhebliches, eisiges Lächeln. «Miss Lange, Sie waren uns heute eine große Hilfe. Doch ich sollte Sie wohl darauf hinweisen, daß die Geschworenen sich kaum mit der Tatsache befreunden werden, daß Sie Ted Winters aus verschmähter Liebe durch dieses Fegefeuer getrieben haben.»

Elizabeth erhob sich, bleich bis an die Lippen. «Wovon reden Sie eigentlich?»

«Ich rede von der Tatsache, daß Ihre Schwester mit eigener Hand den Zusammenhang hergestellt hat, als Sie und Ted sich so häufig ‹zufällig› in der gleichen Stadt aufhielten. Ich rede von der Tatsache, daß jemand anders ebenfalls diesen Zusammenhang herstellte und sie mit jenen Briefen zu warnen versuchte. Ich rede von Ihrem Gesichtsausdruck, als Ted Sie bei der Trauerfeier in die Arme nahm. Sie haben doch bestimmt die Morgenzeitung heute gesehen? Offenbar nehmen Sie das ernst, was für Ted ein kleiner Flirt war, und als er Sie fallenließ, entdeckten Sie einen Weg, sich zu rächen.»

«Sie gemeiner, niederträchtiger Lügner!» Elizabeth merkte erst, als es gegen Henry Bartletts Brust prallte, daß sie das Skript nach ihm geworfen hatte.

Er quittierte es mit unbeteiligter, eigentlich sogar erfreuter Miene. Er hob das Skript auf und gab es ihr zurück. «Tun Sie mir einen Gefallen, Kindchen, und legen Sie nächste Woche vor den Geschworenen einen ebensolchen Ausbruch hin, und sie werden Ted garantiert freisprechen.»

2

Während Craig und Bartlett den Sheriff aufsuchten, trainierte Ted in der Sporthalle. Jedes Gerät, an dem er sich ausarbeitete, schien seine eigene Situation widerzuspiegeln. Das Ruderboot, das nirgendwohin fuhr, das Fahrrad, das sich nicht vom Fleck rührte, auch wenn er noch so wütend in die Pedale trat. Äußerlich ließ er sich nichts anmerken, sondern tauschte sogar ein paar Scherzworte mit einigen Anwesenden – dem Vorstand der Chicagoer Börse, dem Präsidenten von Atlantic Banks, einem pensionierten Admiral.

Bei allen spürte er eine gewisse Vorsicht; sie wußten nicht recht, was sie sagen sollten, scheuten sich, ihm «viel Glück» zu wünschen. Es war leichter für sie – und für ihn –, wenn sie die Geräte betätigten und sich ganz auf das Muskeltraining konzentrierten.

Gefängnishaft machte schlapp, kraftlos. Zuwenig körperliche Bewegung. Stumpfsinn. Fahle Haut. Ted betrachtete seinen sonnengebräunten Körper. Hinter Gittern würde das nicht lange vorhalten...

Um zehn war er mit Craig und Bartlett in seinem Bungalow verabredet. Statt dessen schwamm er im Innenbecken. Das 50-Meter-Becken wäre ihm zwar lieber gewesen, doch dort bestand immer die Möglichkeit, Elizabeth zu begegnen. Ihr wollte er keinesfalls in die Arme laufen.

Nach ungefähr zehn Runden entdeckte er Syd, der am entgegengesetzten Beckenrand ins Wasser sprang. Zwischen ihnen lagen sechs Bahnen, und Ted achtete nach kurzem Zuwinken nicht weiter auf Syd. Doch als nach zwanzig Minuten die drei Schwimmer zwischen ihnen gegangen waren, stellte er überrascht fest, daß Syd mit ihm gleichauf lag. Er hatte einen beachtlichen Rückenschlag und durchmaß das Becken präzise und zügig. Auf Teds Versuch, ihn zu schlagen, reagierte Syd prompt. Nach sechs Runden endete es mit einem toten Rennen.

Gleichzeitig stiegen sie aus dem Wasser. Syd schlang sich ein Handtuch um die Schultern und ging auf ihn zu. «Prima Training. Du bist gut in Form.»

«Kein Wunder. Immerhin bin ich auf Hawaii täglich geschwommen, und das fast anderthalb Jahre hindurch.»

«Das Becken in meinem Club kann zwar mit Hawaii nicht konkurrieren, aber es hält mich immerhin fit.» Syd blickte sich um. «Ich muß mit dir unter vier Augen reden, Ted.»

Sie gingen auf die andere Seite hinüber. Dort waren sie außer Hörweite der drei neuen Schwimmer im Becken. Ted beobachtete Syd, der sich mit dem Handtuch das dunkelbraune Haar trockenrieb, und stellte fest, daß die Brusthaare bereits völlig grau waren. Das kommt als nächstes, überlegte er. Ich werde im Gefängnis alt und grau.

Syd machte keine Umschweife. «Ich sitze in der Patsche, Ted. Es gibt große Scherereien mit Kerlen, die vor nichts zurückschrecken. Angefangen hat das Ganze mit dem verdammten Theaterstück. Ich hab mir zuviel gepumpt. Dachte, ich könnt's irgendwie hinkriegen. Wenn Cheryl die Rolle bekommt, geht's wieder aufwärts mit mir. Aber ich kann die Leute nicht länger hinhalten. Ich brauche ein Darlehen, Ted, und wenn ich sage Darlehen, meine ich es auch so. Aber ich brauche es sofort.»

«Wieviel?»

«Sechshunderttausend Dollar. Für dich ist das ein Klacks, Ted, und es handelt sich um ein Darlehen. Aber du bist es mir schuldig.»

«Ich schulde es dir?»

Syd schaute sich um und trat noch näher heran, so daß er Ted ins Ohr flüstern konnte. «Ich hätte nie davon gesprochen... mit keiner Silbe erwähnt, daß ich weiß... Aber ich hab dich damals in jener Nacht gesehen, Ted. Du bist an mir vorbeigerannt, einen Block von Leilas Apartment entfernt. Dein Gesicht blutete, deine Hände waren zerkratzt. Du warst im Schock. Du erinnerst dich nicht daran, oder? Du hast mich nicht mal gehört, als ich dich rief. Du bist einfach weitergerannt.» Syds Stimme wurde noch leiser. «Ich hab dich eingeholt, Ted, und gefragt, was denn passiert ist. Und du hast mir erzählt, daß Leila tot, daß sie von der Terrasse gestürzt ist. Und dann, Ted, dann hast du zu mir gesagt... bei Gott, ich schwör's... du hast zu mir gesagt: ‹Mein Vater hat sie hinuntergestoßen, mein Vater hat sie hinuntergestoßen.› Wie ein kleines Kind hast du versucht, einem andern die Schuld zuzuschieben für das, was du getan hast. Du hast dich sogar angehört wie ein kleiner Junge.»

Ted drehte es den Magen um. «Ich glaube dir nicht.»

«Wozu sollte ich lügen? Du bist auf die Straße gelaufen, Ted. Ein Taxi kam vorbei. Du wolltest es anhalten und wärst um ein

Haar überfahren worden. Frag den Chauffeur, der dich nach Connecticut gebracht hat. Er ist doch als Zeuge geladen, nicht wahr? Frag ihn, ob er dich nicht beinahe erfaßt hätte. Ich bin dein Freund, Ted. Ich weiß, wie dir zumute war, als Leila im *Elaine* verrückt spielte. Ich weiß ja, wie mir zumute war. Ich war so wütend, daß ich sie selber hätte umbringen können. Hab ich das je dir gegenüber erwähnt? Kein Mensch hat je ein Wort davon erfahren und würde es auch jetzt nicht – außer ich werde zur Verzweiflung getrieben. Du mußt mir helfen! Wenn ich das Geld nicht binnen achtundvierzig Stunden beschaffe – bin ich erledigt.»

«Du bekommst das Geld.»

«Herrje, Ted, ich hab's ja gewußt, daß ich mich auf dich verlassen kann. Ich danke dir, Ted!» Er legte ihm die Hand auf die Schulter.

«Scher dich fort!» Es war fast ein Aufschrei. Die Schwimmer sahen neugierig zu ihnen hinüber. Ted schüttelte Syd ab, ergriff sein Handtuch und verließ fluchtartig die Schwimmhalle.

3

Scott befragte Cheryl in ihrem Bungalow. Für die Ausstattung war hier ein extravaganter gelb-grün-weiß gemusterter Dekorationsstoff verwendet worden, dazu weiße Spannteppiche und weiße Wände. Scott spürte den dicken Teppichboden unter den Füßen. Reine Wolle. Spitzenqualität. Sechzig ... siebzig Dollar der Meter? Kein Wunder, wenn Min so gequält dreinblickte! Scott wußte genau, wieviel ihr der alte Samuel hinterlassen hatte. Nach dem, was sie hier reingebuttert hatte, konnte nicht mehr viel übrig sein ...

Cheryl war nicht gerade beglückt, daß man sie wegen dieses

Treffens überall ausgerufen hatte. Sie trug ihre eigene Variante des Standard-Badeanzugs: ein winziges Gebilde, das knapp die Brüste bedeckte und die Lenden bis zu den Hüftknochen freiließ. Den Bademantel hatte sie um die Schultern gehängt. Sie machte erst gar nicht den Versuch, ihre Ungeduld zu verbergen. «In zehn Minuten muß ich im Gymnastikkurs sein», teilte sie ihm mit.

«Nun, hoffen wir, daß Sie's schaffen.» Seine Abneigung gegen Cheryl wuchs und schnürte ihm fast die Kehle zu. «Mit ein paar klaren, offenen Antworten können Sie Ihre Chancen erheblich verbessern. Zum Beispiel: Haben Sie Leila vor ihrem Tod etliche bösartige Briefe geschickt?»

Wie er vorausgesehen hatte, verlief die Befragung zunächst ergebnislos. Cheryl manövrierte geschickt. Anonyme Briefe? Was hätte sie für ein Interesse daran? Ted und Leila auseinanderdividieren? Wozu? Selbst wenn die beiden schließlich doch geheiratet hätten, wäre das nicht von Dauer gewesen. Es lag nicht in Leilas Natur, bei einem Mann zu bleiben. Sie mußte den Männern weh tun, bevor sie ihr weh taten. Das Theaterstück? Sie hatte keinen blassen Schimmer, wie die Proben gelaufen waren. Offen gestanden, interessierte sie sich damals auch nicht besonders dafür.

Schließlich reichte es Scott. «Hören Sie mal zu, Cheryl, es wäre besser, wenn Sie sich folgendes klarmachen. Ich gebe mich nicht zufrieden mit dem Befund, daß Sammy eines natürlichen Todes gestorben sein soll. Der zweite anonyme Brief, den sie bei sich trug, ist verschwunden.

Sie sind an Sammys Schreibtisch gewesen. Sie haben eine Rechnung mit dem Vermerk ‹Bezahlt› dort deponiert. Auf dem Schreibtisch lag ein anonymer Brief zusammen mit Fanpost. Und dann war er einfach weg. Zugegeben, es kann auch jemand anders so leise in die Rezeption gekommen sein, daß weder Min noch der Baron noch Sammy ihn gehört haben, obwohl die Tür offenstand. Doch das ist ein bißchen unwahrscheinlich, finden Sie nicht?» Er unterschlug wohlweislich, daß Min ebenso wie der Baron Zugang zum Schreibtisch gehabt hatten in Sammys Abwesenheit. Mit Genugtuung nahm er Cheryls leicht alarmierten Augenausdruck wahr. Sie fuhr sich nervös mit der Zunge über die Lippen.

«Sie meinen doch nicht etwa, ich hätte irgendwas mit Sammys Tod zu tun?»

«Ich meine, daß Sie den ersten Brief von Sammys Schreibtisch weggenommen haben, und den verlange ich auf der Stelle zurück. Es handelt sich um belastendes Material in einem Mordprozeß.»

Sie schaute weg. Ihr Gesichtsausdruck verriet unverhüllte Panik. Scott folgte ihrem Blick und entdeckte unter der Wandleiste einen verkohlten Papierkringel. Cheryl sprang auf, um ihn hervorzuholen, doch Scott war schneller.

Auf den Papierfetzen waren drei aufgeklebte Wörter erkennbar: «Ihren Text lernen.» Scott verstaute den Schnipsel sorgfältig in seiner Brieftasche. «Sie haben also diesen Brief gestohlen. Die Vernichtung von Beweismaterial stellt eine strafbare Handlung dar, auf die Gefängnis steht. Was ist mit dem zweiten Brief? Mit dem, den Sammy bei sich trug? Haben Sie den auch vernichtet? Und wie sind Sie darangekommen? Sie besorgen sich besser einen Anwalt, Lady.»

Cheryl packte seinen Arm. «Mein Gott, Scott, bitte! Ich schwöre, daß ich diese Briefe nicht verfaßt habe. Ich schwöre, daß ich Sammy nur in Mins Büro gesehen habe, sonst nicht. Nun gut, ich hab den Brief von Sammys Schreibtisch genommen. Ich dachte, vielleicht könnte er Ted helfen. Ich zeigte ihn Syd. Er sagte, die Leute würden denken, ich hätte ihn geschrieben. Er hat ihn zerrissen, nicht ich. Das ist alles, was ich weiß, ich schwör's.» Tränen rannen ihr über die Wangen. «Wenn davon auch nur das geringste an die Öffentlichkeit dringt, Scott, könnte das meine Aussichten auf die Amanda ruinieren. Bitte, Scott...»

Scott hörte sich verächtlich erwidern: «Mir ist es wirklich vollkommen gleichgültig, wie sich Publizität auf Ihre Karriere auswirkt, Cheryl. Wie wär's, wenn wir eine Abmachung treffen? Ich nehme von Ihrer offiziellen Vernehmung Abstand, und Sie denken scharf nach. Wer weiß, vielleicht wird Ihr Gedächtnis plötzlich besser. In Ihrem Interesse hoffe ich es.»

4

Vor Erleichterung wie betäubt machte sich Syd auf den Rückweg. Ted würde ihm das Geld leihen. Im letzten Moment hatte er der Versuchung widerstanden, seiner Schilderung einen zusätzlichen dramatischen Effekt zu verleihen und zu behaupten, Ted habe zugegeben, daß er Leila getötet hatte, sondern Ted genau zitiert. Was der in jener Nacht über seinen Vater zusammengefaselt hatte, war schaurig genug. Wenn er daran dachte, wie er hinter Ted hergelaufen war, krampfte sich auch jetzt noch alles in ihm schmerzhaft zusammen. Daß Ted sich in einer Art psychotischem Zustand befand, war sofort offensichtlich. Nach Leilas Tod hatte er abgewartet, ob Ted ihn über diese Begegnung ausfragen würde. Seine Reaktion heute bewies, daß er keinerlei Erinnerung daran hatte.

Er überquerte den Rasen, vermied absichtlich die Fußwege. Er wollte mit niemandem reden. Am Vortag waren einige neue Gäste eingetroffen, einen davon erkannte er wieder: ein junger Schauspieler, der seine Fotos in der Agentur hinterlassen hatte und unentwegt anrief. Welches von den alten Weibern hier mochte ihn wohl aushalten? Ausgerechnet heute wollte Syd keinesfalls seine Zeit damit verplempern, Möchtegernklienten mit irgendwelchen faulen Ausreden abzuwimmeln.

In seinem Quartier angelangt, machte er sich als erstes einen

Drink zurecht. Den hatte er nötig. Und den verdiente er auch. Als nächstes telefonierte er mit dem frühmorgendlichen Anrufer. «Bis zum Wochenende habe ich das Geld für Sie.» Er hatte seine Zuversicht wiedergefunden.

Jetzt fehlte nur noch eine Nachricht von Bob Koenig. Er hatte es kaum zu Ende gedacht, da klingelte schon das Telefon. Er solle bitte am Apparat bleiben, sie verbinde ihn gleich mit Mr. Koenig, sagte die Vermittlung. Seine Hände begannen zu zittern. Ein Blick in den Spiegel zeigte ihm, daß er keineswegs das siegesgewisse Image verkörperte, auf das man in Los Angeles zu setzen pflegte.

«Gratuliere, Syd!» waren Bobs erste Worte.

Cheryl hatte die Rolle! Zahlen begannen ihm durch den Kopf zu schwirren, automatisch errechnete er seine Provisionsanteile. Mit zwei Worten hatte Bob ihn an die Spitze zurückkatapultiert.

«Ich weiß gar nicht, was ich sagen soll.» Seine Stimme wurde kräftiger, selbstbewußter. «Bob, ich versichere dir, du hast die richtige Wahl getroffen. Cheryl schlägt garantiert wie eine Bombe ein.»

«Geschenkt, Syd, das weiß ich alles. Der springende Punkt ist folgender: bevor wir mit Margo eine schlechte Presse riskieren, nehmen wir lieber Cheryl. Ich hab sie hochgelobt. Von mir aus soll sie doch kein Kassenmagnet sein, sondern genau das Gegenteil. Das gleiche haben sie Joan Collins nachgesagt, und wie steht sie jetzt da?»

«Was hab ich dir die ganze Zeit erzählt, Bob?»

«Hoffentlich behalten wir beide recht. Ich arrangiere einen Presseempfang für Cheryl im Beverly Hilton am Freitagnachmittag gegen fünf.»

«Wir sind pünktlich da.»

«Hör gut zu, Syd, das ist sehr wichtig. Von jetzt ab betrachten wir Cheryl als Superstar, und bring Cheryl bei, daß sie sich als ewig Lächelnde zu maskieren hat. Die Amanda ist ein starker, aber liebenswerter Charakter. Von Wutausbrüchen gegenüber Kellnern oder irgendwelchen Lieferanten wünsche ich nichts mehr zu lesen. Und das ist mein voller Ernst.»

Fünf Minuten später sah sich Syd einer völlig hysterischen Cheryl Manning gegenüber. «Du meinst, du hast bei Scott zugegeben, den Brief genommen zu haben, du dämliches Luder?» Er rüttelte sie an den Schultern. «Halt die Klappe und hör mir gut zu. Existieren noch weitere Briefe?»

«Laß mich los. Du tust mir weh. Ich weiß es nicht.» Cheryl versuchte auf Distanz zu gehen. «Ich kann diese Rolle nicht verlieren. Das darf nicht sein! Ich bin die geborene Amanda.»

«Und ob du diese Rolle nicht verlieren darfst!» Syd stieß sie zurück, und sie fiel auf die Couch.

Ihre Angst verwandelte sich in Wut. Cheryl strich das Haar zurück, biß die Zähne zusammen. Um den verkniffenen Mund lag ein bedrohlicher Zug. «Stößt du immer gleich zu, wenn dich der Zorn packt, Syd? Du solltest dir lieber etwas einhämmern: Den Brief hast du zerrissen, nicht ich. Und ich habe auch weder den noch irgendwelche anderen verfaßt. Scott glaubt mir nicht. Deshalb wirst du dich jetzt gefälligst in Bewegung setzen und ihm die Wahrheit verklickern: daß ich vorhatte, Ted den Brief zu geben und ihm damit bei seiner Verteidigung zu helfen. Du wirst Scott davon überzeugen, hast du mich verstanden, Syd? Ich bin nämlich am Freitag nicht hier, sondern auf meinem Presseempfang, und da wird kein Ton davon zu hören sein, daß ich auch nur das geringste mit anonymen Briefen oder Vernichtung von Beweismaterial zu tun haben könnte.»

Sie starrten sich haßerfüllt an. Fassungslos vor Enttäuschung wurde Syd klar, daß sie womöglich die Wahrheit sagte und daß er es war, der mit der Verbrennung des Briefes auch die Chancen für die Fernsehserie zunichte gemacht haben könnte. Wenn die Presse vor Freitag auch nur von der kleinsten schädlichen Information Wind bekam ... Wenn Scott es nicht erlaubte, daß Cheryl Cypress Point Spa verließ ...

«Ich muß mir das reiflich überlegen. Es wird mir schon etwas einfallen», sagte er.

Er hatte noch einen Trumpf in der Hand.

Die Frage war, wie er ihn ausspielen sollte.

5

Bei seiner Rückkehr wurde Ted von Craig und Bartlett erwartet. Bartlett in seiner Hochstimmung schien Teds Schweigsamkeit gar nicht zu bemerken. «Ich denke, das war ein Glückstreffer», jubilierte er. Sobald Ted am Tisch Platz genommen hatte, berichtete Bartlett ihm von Leilas Terminkalender. «Mit eigener Hand hat sie die Daten angekreuzt, zu denen Sie und Elizabeth Lange sich gleichzeitig in einer Stadt aufhielten. Haben Sie sich dann jedesmal gesehen?»

Ted lehnte sich zurück, kreuzte die Arme im Nacken und schloß die Augen. Das alles schien weit zurückzuliegen.

«Endlich kann ich mal etwas Nützliches beisteuern.» Craig legte eine Begeisterung an den Tag, die er seit langem hatte vermissen lassen. «Du hattest Elizabeths Tourneeplan ständig auf deinem Schreibisch. Ich kann beschwören, daß du deine Reisen darauf abgestimmt hast, dich mit ihr treffen zu können.»

Ted fragte, ohne dabei die Augen zu öffnen: «Würdet ihr mir das freundlicherweise näher erläutern?»

Henry Bartlett explodierte. «Hören Sie, Mr. Winters, ich wurde nicht engagiert, diesen Fall zu übernehmen, damit Sie mich als Fußabtreter benutzen können. Es geht um Ihr weiteres Leben, aber auch um meine berufliche Reputation. Wenn

Sie bei Ihrer Verteidigung nicht kooperieren können oder wollen, dann suchen Sie sich einen anderen Anwalt – vielleicht ist es dafür noch nicht zu spät.» Er schob seinen Aktenstapel über den Tisch. «Sie wollten unbedingt hierherfahren, während es viel günstiger gewesen wäre, in Reichweite meines Büros zu bleiben. Sie verschwanden gestern zu einem langen Spaziergang, als wir eigentlich arbeiten wollten. Sie hätten vor einer Stunde hier sein sollen, und wir haben in der Wartezeit Däumchen gedreht. Sie haben eine aussichtsreiche Verteidigungsstrategie gekippt. Und jetzt, wo uns die geeignete Munition zur Verfügung steht, Elizabeth Lange als Zeugin unglaubwürdig zu machen, interessiert Sie das gar nicht.»

Ted öffnete die Augen, ließ langsam die Arme auf den Tisch sinken. «Aber nein, ich bin durchaus interessiert. Informieren Sie mich darüber.»

Bartlett überhörte den Spott geflissentlich. «Wir können den Wortlaut von zwei Briefen vorlegen, die Leila erhalten hat und die besagen, daß Sie eine andere hätten. Diese andere könnte Cheryl sein. Wir wissen, daß sie das jederzeit bestätigen würde. Doch es gibt noch eine bessere Möglichkeit. Sie haben doch versucht, Ihre Reisepläne mit denen von Elizabeth zu koordinieren –»

Ted unterbrach ihn. «Elizabeth und ich waren sehr gute Freunde. Wir mochten uns. Wir waren gern zusammen. Wenn ich die Wahl hatte, am Mittwoch in Chicago und am Freitag in Dallas zu sein oder umgekehrt, und feststellte, daß eine gute Freundin, mit der ich mich zu einem erholsamen späten Abendessen treffen konnte, sich zur gleichen Zeit ebenfalls dort aufhielt – ja, dann habe ich meine Termine entsprechend arrangiert. Na und?»

«Mach halblang, Ted. Du hast das ein halbes dutzendmal getan, und zwar in eben den Wochen, in denen Leilas Zerfallsprozeß anfing – als sie diese Briefe bekam.»

Ted zuckte die Achseln.

«Henry bemüht sich, deine Verteidigung zu planen, Ted», fuhr Craig ihn an. «Hör ihm wenigstens zu.»

Bartlett räusperte sich. «Was wir Ihnen zu zeigen versuchen, ist folgendes. Erstens: Leila erhielt Briefe, in denen stand, daß Sie sich für eine andere interessierten. Zweitens: Craig kann bezeugen, daß Sie Ihren Reiseplan auf den von Elizabeth abstimmten. Drittens: Leila stellte in ihrem Tageskalender mit eigener Hand die offensichtliche Verbindung zwischen Ihnen beiden her. Viertens: Sie hatten keinen Grund, Leila zu töten, wenn Sie nicht mehr an ihr interessiert waren. Fünftens: Was für Sie ein kleiner Flirt war, sah für Elizabeth völlig anders aus. Sie war bis über beide Ohren in Sie verliebt.» Henry warf Ted triumphierend den *Globe* zu. «Sehen Sie sich doch nur das Bild an!»

Ted betrachtete es eingehend. Er erinnerte sich an den Augenblick, als am Schluß der Trauerfeier irgendein Idiot den Organisten gebeten hatte, «My Old Kentucky Home» zu spielen. Von Leila wußte er, daß sie Elizabeth dieses Lied vorgesungen hatte, als sie nach New York abfuhren. Elizabeth hatte nach Luft gerungen, dann strömten ihr die bis dahin mühsam zurückgehaltenen Tränen über die Wangen. Er hatte die Arme um sie gelegt, sie zu sich herumgedreht und geflüstert: «Nicht weinen, Spatz.»

«Sie liebte Sie», fuhr Henry fort. «Als sie merkte, daß es für Sie nur ein Flirt war, hat sie sich gegen Sie gestellt. Sie machte sich die absurde Anschuldigung dieser armen Irren zunutze, um Sie zu vernichten. Ich versichere Ihnen, Teddy, wir könnten es schaffen, das alles hieb- und stichfest zu untermauern.»

Ted zerriß die Zeitung. «Offenbar fällt mir die Aufgabe zu, den Advocatus Diaboli zu spielen. Unterstellen wir mal, daß Ihr Szenarium stimmt. Elizabeth liebte mich also. Aber gehen wir noch einen Schritt weiter. Was wäre, wenn ich erkannt hätte, daß ein Zusammenleben mit Leila von ständigen Hochs und Tiefs begleitet würde, von Wutanfällen, von einer Unsicherheit, die jedesmal, wenn ich einer anderen ein paar Liebenswürdigkeiten sagte, Eifersuchtsszenen heraufbeschwören würde? Wenn ich nun erkannt hätte, daß Leila Schauspielerin war von A bis Z, daß sie kein Kind wollte? Und wenn mir schließlich klargeworden wäre, daß ich in Elizabeth das gefunden hatte, wonach ich ein Leben lang gesucht hatte?»

Ted schlug mit der Faust auf den Tisch. «Sehen Sie denn nicht, daß Sie mir eben den denkbar besten Grund geliefert haben, Leila zu töten? Bilden Sie sich etwa ein, Elizabeth hätte mich auch nur eines Blickes gewürdigt, solange ihre Schwester lebte?» Er stieß den Stuhl so heftig zurück, daß er umkippte. «Warum geht ihr zwei nicht Golf spielen oder schwimmen oder unternehmt sonst etwas für euer Wohlbefinden? Vergeudet doch nicht hier eure Zeit. Ich jedenfalls gedenke das nicht zu tun.»

Bartlett wurde puterrot. «Jetzt reicht's mir», brauste er auf. «Hören Sie, Mr. Winters, Sie mögen ja etwas von Hotels verstehen, aber Sie haben nicht den leisesten Schimmer, was in einem Gerichtssaal vor sich geht. Sie haben mich engagiert, um Sie vor dem Gefängnis zu bewahren, doch das schaffe ich nicht allein. Und überdies habe ich das auch nicht vor. Entweder fangen Sie endlich an zu kooperieren, oder Sie suchen sich einen anderen Anwalt.»

«Beruhigen Sie sich, Henry», sagte Craig.

«Nein. Ich denke gar nicht daran. Ich brauche diesen Fall nicht. Ich kann ihn möglicherweise gewinnen, aber nicht auf die Art, wie es jetzt läuft.» Er wies auf Ted. «Wenn Sie so überzeugt davon sind, daß jede Verteidigung, die ich vorschlage, nichts bringt, warum bekennen Sie sich nicht gleich schuldig? Ich könnte dann im Gegenzug maximal sieben bis zehn Jahre aushandeln. Ist es das, was Sie wollen? Dann sagen Sie es. Sonst setzen Sie sich gefälligst an diesen Tisch.»

Ted hob den umgestoßenen Stuhl auf. «Machen wir uns an die Arbeit», sagte er tonlos. «Ich muß mich wohl bei Ihnen entschuldigen. Mir ist klar, daß Sie auf Ihrem Gebiet der Beste sind, aber ich nehme an, daß Sie Verständnis dafür aufbringen, wenn ich mir wie in einer Falle vorkomme. Meinen Sie wirklich, daß eine Chance für einen Freispruch besteht?»

«Ich habe schon öfter in ebenso schwierigen Fällen einen Freispruch erwirkt», entgegnete Bartlett. «Was Sie anscheinend nicht nachvollziehen, ist folgendes: Schuld und Urteil sind zweierlei, sie haben nichts miteinander zu tun.»

6

Min lavierte sich irgendwie durch den Rest des Vormittags. Ununterbrochene Anrufe der Medien nahmen sie voll in Anspruch, so daß sie an die Szene zwischen Elizabeth und Teds Anwalt nicht einmal denken konnte. Nach dem Krach hatten alle sofort das Büro verlassen: Bartlett und Elizabeth wütend, Craig verzweifelt, Scott mit finsterem Gesicht. Helmut war in die Klinik geflüchtet, wohl wissend, daß sie mit ihm reden wollte. Er war ihr an diesem Vormittag ebenso aus dem Weg gegangen wie in der Nacht zuvor, als er sich nach seinem Bericht über die mit angehörte Szene zwischen Ted und Leila in seinem Studio eingeschlossen hatte.

Wer wohl hatte es der Presse gesteckt, daß Elizabeth und Ted hier waren? Sie fertigte die hartnäckigen Fragen mit ihrer Standardantwort ab: «Wir geben die Namen unserer Gäste prinzipiell nicht bekannt.» Und auf die Mitteilung, Elizabeth und Ted seien in Carmel gesehen worden: «Kein Kommentar.»

Zu jeder anderen Zeit wäre ihr diese Publicity hoch willkommen gewesen. Doch jetzt? Man fragte sie, ob es bei dem Tod ihrer Sekretärin irgendwelche ungewöhnlichen Begleitumstände gegeben habe. «Mit Sicherheit nicht.»

Um zwölf bat sie die Zentrale, die Anrufe entgegenzunehmen, und ging in den Frauentrakt des Kurhauses. Zu ihrer Erleichterung stellte sie fest, daß die Atmosphäre dort normal war. Sammys Tod schien kein Thema mehr zu sein. Sie plauderte angelegentlich mit den Gästen, die auf der Terrasse am Schwimmbecken lunchten. Alvirah Meehan, die ebenfalls dort saß, hatte Scotts Wagen gesehen und bombardierte Min mit Fragen nach dem Grund seiner Anwesenheit.

Als Min ins Hauptgebäude zurückkehrte, ging sie direkt nach oben in die Wohnung. Helmut saß auf der Couch und trank eine Tasse Tee. Sein Gesicht war aschgrau. «Ach, Minna.» Er bemühte sich zu lächeln.

Sie verzog keine Miene. «Wir müssen miteinander reden», erklärte sie kurz. «Warum bist du in jener Nacht zu Leilas Wohnung gegangen? Hattest du ein Verhältnis mit ihr? Sag mir die Wahrheit!»

Die Tasse klapperte, als er sie hinstellte. «Ein Verhältnis! Minna, ich hab diese Frau gehaßt!» Sie registrierte die roten Flecken in seinem Gesicht, die krampfhaft zusammengepreßten Hände. «Denkst du, ich fand die Art und Weise amüsant, wie sie mich lächerlich gemacht hat? Ein Verhältnis mit ihr?» Er hieb mit der Faust auf den Tisch. «Minna, du bist die einzige Frau in meinem Leben. Seitdem ich dir begegnet bin, hat es nie eine andere gegeben, das schwör ich dir.»

«Lügner!» Mit einem Sprung war Min bei ihm, beugte sich hinunter und packte ihn bei den Rockaufschlägen. «Sieh mich an. Ich sag dir, sieh mir ins Gesicht. Hör auf mit diesem falschen aristokratischen Getue und der Schauspielerei. Du warst geblendet von Leila. Welcher Mann war das nicht? Mit jedem deiner Blicke hast du sie ausgezogen und vergewaltigt. Ihr alle wart doch scharf auf sie, wie ihr da seid. Ted. Syd.

Sogar Craig, dieser Tölpel. Aber du warst der Schlimmste. Liebe. Haß. Das kommt aufs selbe raus. Und du bist doch in deinem ganzen Leben noch nie für jemand eingestanden. Ich verlange die Wahrheit. Warum bist du in jener Nacht zu ihr gegangen?» Sie ließ ihn los, plötzlich leer und ausgepumpt.

Er sprang auf. Dabei streifte er die Tasse, so daß sie überschwappte und Tee auf den Tisch und den Teppich spritzte. «Das ist unerträglich, Minna. Ich lasse mich von dir nicht wie ein Bazillus behandeln, den du durchs Mikroskop studierst.» Angewidert blickte er auf die Teeflecken. «Laß das saubermachen», ordnete er an. «Ich muß in die Klinik. Mrs. Meehan bekommt heute nachmittag ihre Kollageninjektionen.» Sarkastisch fügte er hinzu: «Nur Mut, meine Liebe. Wie du weißt, strömt damit wieder ein saftiges Honorar in die Kasse.»

«Vor einer Stunde hab ich diese Landplage gesehen. Da hast du wieder eine Eroberung gemacht. Sie hat wahre Lobeshymnen auf dich gesungen, von deinen Talenten geschwärmt und gesagt, daß sie es dir zu verdanken hat, wenn sie sich wie ein Schmetterling fühlt, der auf einer Wolke dahinsegelt. Sollte ich diese idiotische Formulierung noch einmal von ihr hören ...»

Sie stockte. Helmut begannen die Knie wegzusacken. Sie packte ihn, ehe er hinfallen konnte. «Sag mir, was passiert ist!» schrie sie. «Sag mir, was du getan hast!»

7

Elizabeth eilte von Mins Büro zu ihrem Bungalow, wütend auf sich, weil sie sich von Bartlett hatte hinreißen lassen. Er würde alles sagen, alles tun, um sie als Zeugin zu diskreditieren, und sie spielte ihm noch in die Hände.

Um sich abzulenken, schlug sie das Skript von Leilas Stück auf. Doch die Buchstaben verschwammen ihr vor den Augen.

Enthielten Bartletts Anschuldigungen ein Körnchen Wahrheit? War Ted absichtlich ihren Spuren gefolgt?

Sie blätterte ziellos in dem Textbuch, beschloß, es später zu lesen. Dann fiel ihr Blick auf eine von Leilas Randnotizen. Erschrocken sank sie auf die Couch und schlug die Titelseite auf. *Karussell. Komödie von Clayton Anderson.*

Sie las das Stück eilends durch, saß dann lange still, gedankenversunken. Schließlich griff sie zu Block und Kugelschreiber und begann langsam mit der zweiten Lektüre, wobei sie sich eigene Notizen machte.

Um halb drei legte sie den Kugelschreiber beiseite. In dem Block war Seite um Seite mit Anmerkungen bedeckt. Ihr wurde bewußt, daß sie den Lunch übersprungen und dumpfes Kopfweh hatte. Manche von Leilas Randnotizen waren fast unleserlich, aber letztlich hatte sie alle entziffert.

Clayton Anderson. Der Autor von *Karussell*. Der wohlhabende College-Professor, der eine Million Dollar Eigenkapital in das Stück investiert hatte, dessen wahre Identität jedoch niemand kannte. Wer war er? Ein intimer Kenner Leilas...

Sie rief im Hauptgebäude an. Die Baronin sei zwar in ihrer Wohnung, dürfe aber nicht gestört werden, hieß es. «Ich komme gleich rüber», entgegnete Elizabeth kurz. «Sagen Sie der Baronin, daß ich sie sprechen muß.»

Min lag im Bett. Sie sah krank aus. Keine Großspurigkeit, kein herrischer Ton. «Na, was gibt's, Elizabeth?»

Sie hat Angst vor mir, dachte Elizabeth. Etwas von der alten Zuneigung wallte in ihr auf, als sie sich ans Bett setzte. «Warum hast du mich herkommen lassen, Min?»

Min zuckte die Achseln. «Ob du's nun glaubst oder nicht – weil ich mir Sorgen um dich gemacht hab, weil ich an dir hänge.»

«Das glaube ich dir. Und der andere Grund?»

«Weil mich die Vorstellung entsetzt, daß Ted vielleicht sein weiteres Leben im Gefängnis verbringen muß. Manchmal tun Menschen im Zorn schreckliche Dinge, weil sie die Kontrolle über sich verloren haben – Dinge, die sie vermutlich nie getan hätten, wenn sie nicht aufs äußerste gereizt worden wären, so daß sie sich nicht mehr in der Gewalt hatten. Ich glaube, das war geschehen. Ich weiß, daß es Ted so ergangen ist.»

«Was meinst du damit – du weißt es?»

«Nichts ... gar nichts.» Min schloß die Augen. «Elizabeth, tu, was du tun mußt. Aber ich warne dich. Du wirst bis ans Ende deiner Tage damit leben müssen, daß du Ted vernichtet hast. Einmal wirst du Leila wieder gegenüberstehen. Ich denke, sie wird dir nicht dafür danken. Du weißt doch, wie sie nach jedem ihrer heftigen Ausfälle war. Zerknirscht. Liebevoll. Großzügig. Alles in einem.»

«Gibt es nicht noch einen anderen Grund, weshalb du Ted freigesprochen wissen möchtest? Es hat etwas mit Cypress Point zu tun, stimmt's?»

«Was meinst du damit?»

«Ich meine, daß Ted kurz vor Leilas Tod erwog, all seinen neuen Hotels eine Filiale von Cypress Point Spa anzugliedern. Was ist aus diesem Plan geworden?»

«Seit dem Anklagebeschluß hat Ted solche neuen Planungen nicht weiterverfolgt.»

«Genau. Also gibt es zwei Gründe, aus denen du Ted freigesprochen sehen möchtest. Min, wer ist Clayton Anderson?»

«Keine Ahnung. Ich bin sehr müde, Elizabeth. Vielleicht können wir uns später unterhalten.»

«Komm schon, Min. So müde bist du gar nicht.» Der scharfe Tonfall ließ Min die Augen öffnen und sich aufsetzen. Ich hatte recht, dachte Elizabeth. Sie ist weniger krank als vielleicht verängstigt. «Min, ich hab eben das Stück, in dem Leila auftrat, zweimal hintereinander gelesen. Ich hab es ja zusammen mit euch allen in der letzten öffentlichen Generalprobe gesehen, aber nicht richtig hingehört, weil ich mir solche Sorgen wegen Leila machte. Min, dieses Stück hat jemand geschrieben, der Leila in- und auswendig kannte. Deshalb war es wie für sie gemacht. Jemand hat sogar Helmuts Redewendung benutzt – ‹ein Schmetterling, der auf einer Wolke dahinsegelt›. Leila ist das auch aufgefallen. Sie hat eine Randnotiz gemacht: ‹Dem Baron erzählen, daß ihn jemand plagiiert.› Min ...»

Sie hatten beide denselben Gedanken und starrten sich entgeistert an. «Helmut hat die Werbetexte geschrieben», flüsterte Elizabeth. «Die täglichen Rundbriefe sind auch von ihm. Vielleicht existiert gar kein wohlhabender College-Professor. Min, hat Helmut dieses Stück geschrieben?»

«Ich ... weiß ... es ... nicht.» Min erhob sich. Sie trug einen losen Hänger, der auf einmal viel zu weit erschien, als sei sie darin zusammengeschrumpft. «Entschuldigst du mich jetzt bitte, Elizabeth? Ich muß in die Schweiz anrufen.»

8

Bedrückt trottete die sonst so unbekümmerte, forsche Alvirah über den heckengesäumten Pfad, der zum Behandlungsraum C führte. Die Anweisungen der Krankenschwester wurden noch einmal bekräftigt durch die Mitteilung auf dem Frühstückstablett. Sie las sich freundlich und aufmunternd, aber trotzdem fühlte sich Alvirah nun, da es soweit war, ziemlich flau.

In der Mitteilung hieß es, daß der Zugang zu den Behandlungsräumen durch die zugehörigen Außentüren erfolge, um strikte Diskretion zu gewährleisten. Alvirah sollte sich um 15 Uhr im Behandlungsraum C einfinden und dort auf den Tisch legen. Wegen ihrer Aversion gegen Spritzen würde man ihr eine starke Dosis Valium verabreichen, und sie dürfe sich dann bis 15 Uhr 30 ausruhen, dem Zeitpunkt, zu dem Dr. von Schreiber die Behandlung durchführen werde. Danach könne sie sich eine weitere halbe Stunde ausruhen, bis die Wirkung des Valiums nachgelassen habe.

Die blühenden Hecken waren fast zwei Meter hoch, sie kam sich darin vor wie ein junges Mädchen in einer Laube. Es war ein ziemlich warmer Tag, aber die hohen Hecken spendeten Schatten, und die Azaleen erinnerten sie an ihre eigenen vor dem Haus, die im Frühjahr so herrlich geblüht hatten.

Sie stand an der Tür zum Behandlungsraum. Sie war hellblau gestrichen, und ein winziges goldenes C bestätigte, daß sie hier richtig war. Zögernd öffnete sie und trat ein.

Der Raum wirkte wie ein Damenzimmer – Blumentapete, blaßgrüner Teppichboden, ein kleiner Toilettentisch und ein zweisitziges Sofa. Der Behandlungstisch war wie ein Bett hergerichtet: zur Tapete passende Laken, blaßrosa Tagesdecke und ein spitzenbesetztes Kissen. An der Wandschranktür hing ein goldgerahmter Spiegel mit abgeschrägten Kanten. Nur ein Schrank mit medizinischen Geräten wies auf die eigentliche Bestimmung dieses Raums hin, und selbst der war aus poliertem hellem Holz mit in Blei gefaßten Glastüren handgefertigt.

Alvirah zog ihre Sandalen aus und stellte sie ordentlich nebeneinander unter den Tisch. Sie hatte Schuhgröße 42 und wollte vermeiden, daß der Doktor darüber stolperte, wenn er ihr die Spritze gab. Sie legte sich auf den Tisch, zog die Decke hoch und schloß die Augen.

Gleich darauf öffnete sie sie wieder, als die Schwester hereinkam. Sie hieß Regina Owens und hatte ihre Krankengeschichte aufgenommen. «Machen Sie doch kein so ängstliches Gesicht», sagte Miss Owens. Alvirah mochte sie. Sie erinnerte sie an eine der Frauen, bei denen sie früher geputzt hatte. Regina Owens war um die Vierzig, hatte dunkles, kurzes Haar, hübsche, große Augen und ein freundliches Lächeln.

Sie reichte Alvirah ein Glas Wasser und zwei Pillen. «Davon werden Sie angenehm schläfrig und merken dann gar nichts von der tollen Verschönerung.»

Gehorsam schluckte Alvirah die Tabletten hinunter. «Ich komme mir wie ein kleines Kind vor», entschuldigte sie sich.

«Keine Rede davon. Sie würden sich wundern, wie viele Leute Angst vor Spritzen haben.» Miss Owens trat ans Kopfende und begann, ihr die Schläfen zu massieren. «Sie sind ganz schön verspannt. Ich lege Ihnen nachher ein feines, kühles Tuch über die Augen, und Sie lassen sich einfach in den Schlaf gleiten. Der Doktor und ich kommen in etwa einer halben Stunde wieder. Das kriegen Sie wahrscheinlich gar nicht mehr mit.»

Alvirah spürte die kräftigen Finger, die gegen ihre Schläfen drückten. «Das tut gut», murmelte sie.

«Das glaub ich gern.» Einige Minuten massierte Miss Owens ihr noch Stirn und Nacken, und Alvirah fühlte, wie sie allmählich in einen angenehmen Dämmerzustand versank. Dann wurde ihr ein kühles Tuch über die Augen gelegt. Sie hörte kaum noch die Tür klicken, als Miss Owens sich auf Zehenspitzen hinausschlich.

Ihr schossen so viele Gedanken durch den Kopf, wie lose Fäden, die sie nicht recht verknüpfen konnte.

Ein Schmetterling, der auf einer Wolke dahinsegelt...

Sie begann sich zu erinnern, warum ihr das bekannt vorkam. Sie hatte es beinahe...

«Können Sie mich hören, Mrs. Meehan?»

Sie hatte nicht gemerkt, daß Baron von Schreiber hereingekommen war. Seine Stimme klang leise und etwas heiser.

Hoffentlich funktionierte das Mikrofon. Sie wollte alles aufzeichnen.

«Ja.» Auch ihre Stimme klang weit entfernt.

«Keine Angst. Sie werden den Nadelstich kaum spüren.»

Er hatte recht. Sie spürte fast gar nichts, höchstens wie bei einem Mückenstich. Und davor hatte sie sich so gefürchtet! Sie wartete. Der Doktor hatte ihr gesagt, er würde das Kollagen an zehn bis zwölf Stellen auf beiden Seiten des Mundes injizieren. Worauf wartete er denn?

Das Atmen fiel ihr schwer. Sie bekam keine Luft. «Hilfe!» schrie sie, aber das Wort blieb ihr im Halse stecken. Sie riß den Mund auf, rang verzweifelt nach Luft. Sie konnte sich nicht mehr rühren. Hilf mir, lieber Gott, so hilf mir doch, dachte sie.

Dann umfing sie Dunkelheit, als die Tür aufging und Schwester Owens munter sagte: «Hier sind wir, Mrs. Meehan. Sind Sie bereit für die Verschönerung?»

9

Was beweist das, fragte sich Elizabeth auf dem Weg vom Hauptgebäude zur Klinik. Wenn Helmut das Theaterstück geschrieben hatte, mußte er jetzt durch die Hölle gehen. Der Autor hatte eine Million Dollar in die Produktion gesteckt. Deswegen auch Mins Anruf in der Schweiz. Ihr Notgroschen auf einem Nummernkonto war ein beliebter Witz. «Ich werde nie pleite sein», hatte sie sich oft und gern gebrüstet.

Min lag an Teds Freispruch, weil dann das Projekt, in allen seinen neuen Hotels ein Cypress Point Spa einzurichten, verwirklicht werden konnte. Helmut besaß einen weitaus zwingenderen Grund. Falls er Clayton Anderson war, wußte er nur zu gut, daß selbst der Notgroschen futsch war.

Sie konnte ihn zwingen, ihr die Wahrheit zu sagen.

In der Eingangshalle der Klinik herrschte gedämpfte Stille, doch die Empfangsdame saß nicht an ihrem Schreibtisch. Hinten im Korridor hörte Elizabeth hastende Schritte und laute Stimmen. Sie eilte in die Richtung. Am Flur öffneten sich Türen, und Gäste, die gerade behandelt wurden, spähten neugierig hinaus. Der Raum am Ende des Korridors stand offen. Von dort kam der Lärm.

Raum C. Du lieber Himmel, hier sollte doch Mrs. Meehan ihre Kollageninjektionen erhalten. Im ganzen Cypress Point gab es wohl keinen, der davon nichts gehört hatte. War etwas schiefgegangen? Elizabeth stieß beinahe mit der Schwester zusammen, die aus dem Behandlungsraum kam.

«Sie dürfen da nicht rein», rief sie zitternd.

Elizabeth schob sie zur Seite.

Helmut beugte sich über den Behandlungstisch, drückte Alvirahs Brustkorb zusammen. Sie hatte eine Sauerstoffmaske über dem Gesicht. Das Geräusch eines Beatmungsgeräts erfüllte den Raum. Die Decke war zurückgeschlagen, der Bademantel zusammengeknüllt, die unvermeidliche Rosette funkelte am Kragen. Schreckgelähmt sah Elizabeth, wie die Schwester Helmut eine Kanüle reichte, die er an einem Schlauch befestigte und dann in Alvirahs Vene einführte. Ein Krankenpfleger übernahm die Herzmassage.

Von ferne hörte Elizabeth, wie eine Ambulanz mit heulender Sirene und quietschenden Reifen durch das Haupttor fegte.

Um 16 Uhr 15 erfuhr Scott, daß Alvirah Meehan, die Frau, die vierzig Millionen Dollar in der Lotterie gewonnen hatte, ins Monterey Peninsula Hospital eingeliefert worden und möglicherweise einem Mordversuch zum Opfer gefallen war. Der Streifenpolizist, der ihn telefonisch verständigte, hatte den Notruf entgegengenommen und die Ambulanz nach Cypress

Point begleitet. Die Besatzung des Krankenwagens vermutete ein Verbrechen, und der Arzt in der Notaufnahme teilte diese Auffassung. Dr. von Schreiber behauptete, sie habe noch gar keine Kollagenbehandlung bekommen, ein Blutstropfen auf dem Gesicht schien jedoch für eine kurz zuvor erfolgte Injektion zu sprechen.

Alvirah Meehan! Scott rieb sich die plötzlich müden Augen. Sie war eine intelligente Person. Er dachte an ihre Bemerkungen beim Dinner. Sie glich dem Kind in Andersens Märchen «Des Kaisers neue Kleider», das ruft: «Aber er hat ja gar nichts an!»

Warum sollte jemand Alvirah Meehan etwas antun wollen? Scott hätte eher befürchtet, daß sich große und kleine Betrüger an sie heranmachen und ihr mit windigen Versprechungen Geld abschwatzen würden, doch daß jemand sie absichtlich umzubringen versucht hatte, erschien ihm unvorstellbar. «Ich komme sofort», versprach er und knallte den Hörer wütend auf die Gabel.

Der Warteraum im Monterey Hospital war hell und freundlich, mit Grünpflanzen und einem kleinen Teich, fast wie eine Hotelhalle. Er mußte jedesmal an die Stunden denken, die er hier gesessen hatte, als Jeanie im Krankenhaus lag.

Die Ärzte seien noch mit Mrs. Meehan beschäftigt, teilte man ihm mit, Dr. Whitley stehe ihm gleich für ein kurzes Gespräch zur Verfügung. Während er wartete, erschien Elizabeth.

«Wie geht's ihr?»

«Keine Ahnung.»

«Sie hätte diese Injektionen nicht kriegen dürfen. Sie hatte wirklich Angst. Es war ein Herzanfall, nicht wahr?»

«Wir wissen es noch nicht. Wie sind Sie hergekommen?»

«Min hat mich in ihrem Wagen mitgenommen. Sie parkt ihn gerade. Helmut fuhr in der Ambulanz mit Mrs. Meehan. Das darf doch alles nicht wahr sein.» Ihre Stimme wurde lauter, so daß sich die Leute ringsum zu ihr umdrehten und sie anstarrten.

Scott zog sie auf das Sofa neben sich. «Reißen Sie sich zusammen, Elizabeth. Sie haben Mrs. Meehan doch erst vor ein paar Tagen kennengelernt. Sie dürfen sich nicht so aufregen.»

«Wo ist Helmut?» Das war Min. Sie stand hinter ihnen. Ihre Stimme war tonlos, verriet keinerlei Gefühlsregung. Offenbar befand sie sich in einer Art Schockzustand. Sie umrundete die Couch und sank in einen Sessel ihnen gegenüber. «Er muß völlig außer sich sein...» Sie verstummte. «Da ist er ja.»

Für Scotts geschultes Auge erweckte Helmut den Eindruck, als habe er ein Gespenst gesehen. Er trug noch den erstklassig geschnittenen blauen Kittel, in dem er seine chirurgischen Eingriffe vorzunehmen pflegte. Er ließ sich in den Sessel neben Min fallen und griff nach ihrer Hand. «Sie liegt im Koma. Die Kollegen sagen, sie habe irgendeine Injektion bekommen. Das ist unmöglich, Min, ich schwör's dir, absolut unmöglich!»

«Sie bleiben hier.» Das galt allen dreien. Scott hatte den Chefarzt erspäht, der ihm auf dem langen Korridor zur Notaufnahme zuwinkte.

Sie unterhielten sich im Privatbüro. «Man hat ihr etwas injiziert, das einen Schock hervorgerufen hat», erläuterte Dr. Whitley tonlos. Der hochgewachsene Dreiundsechzigjährige, sonst stets umgänglich und verständnisvoll, war jetzt stahlhart, und Scott erinnerte sich, daß sein langjähriger Freund den Zweiten Weltkrieg als Jagdflieger mitgemacht hatte.

«Wird sie's überleben?»

«Das läßt sich unmöglich sagen. Sie liegt im Koma, aus dem sie vielleicht nie wieder aufwacht. Bevor sie völlig in Bewußtlosigkeit versank, versuchte sie noch etwas mitzuteilen.»

«Was war das?»

«Es hörte sich an wie ‹sti›. Mehr hat sie nicht rausbekommen.»

«Das hilft uns nicht weiter. Was hat der Baron zu sagen? Hat er eine Ahnung, wie das passiert sein kann?»

«Wir haben ihn nicht in ihre Nähe gelassen, Scott, ehrlich.»

«Daraus schließe ich, daß ihr von dem guten Doktor nicht viel haltet?»

«Ich habe keine Veranlassung, an seinen ärztlichen Fähigkeiten zu zweifeln. Aber er hat was an sich, das bei mir jedesmal, wenn ich ihn sehe, die Alarmglocke auslöst. Und wenn nicht er Mrs. Meehan die Spritze gegeben hat, wer denn dann, zum Teufel?»

Scott schob den Stuhl zurück. «Genau das gedenke ich herauszufinden.»

Als er das Büro verlassen wollte, rief ihn Whitley noch einmal zurück. «Scott, das hilft uns vielleicht weiter – könnte jemand Mrs. Meehans Räume durchsuchen und uns sämtliche Medikamente bringen, die sie womöglich genommen hat? Bis wir ihren Mann erreicht haben und ihre Krankengeschichte kennen, tappen wir völlig im dunkeln.»

«Ich kümmere mich persönlich darum.»

Elizabeth fuhr mit Scott nach Cypress Point zurück. Unterwegs erzählte er ihr von dem verkohlten Papierfetzen, den er in Cheryls Bungalow gefunden hatte. «Dann stammen die Briefe also doch von ihr!» rief Elizabeth.

Scott schüttelte den Kopf. «Ich weiß, es hört sich verdreht an, und ich weiß auch, wie mühelos Cheryl lügen kann, aber ich hab den ganzen Tag darüber nachgedacht, und meine innere Stimme sagt mir, daß sie die Wahrheit spricht.»

«Was ist mit Syd? Haben Sie sich mit ihm unterhalten?»

«Noch nicht. Sie muß ihm erzählen, daß sie zugegeben hat, den Brief gestohlen zu haben, den er dann zerriß. Ich beschloß, ihn schmoren zu lassen, bevor ich ihn befrage. Manchmal funktioniert das. Aber ich sage Ihnen, ich bin geneigt, Cheryl die Geschichte abzunehmen.»

«Aber wenn sie die Briefe nicht geschrieben hat, wer dann?»

Scott warf ihr einen Seitenblick zu. «Ich weiß es nicht.» Nach einer Pause fügte er hinzu: «Ich will damit sagen – ich weiß es noch nicht.»

Min und Helmut folgten Scotts Wagen in ihrem Kabrio. Min saß am Steuer. «Ich kann dir nur helfen, wenn ich die Wahrheit weiß», sagte sie. «Hast du der Frau irgend etwas getan?»

Der Baron zündete sich eine Zigarette an und inhalierte tief. Seine prozellanblauen Augen tränten. Die Abendsonne ließ sein rötliches Haar flammend aufleuchten. Das Wagendach war zurückgeklappt. Ein kühler Landwind hatte die letzte Tageswärme vertrieben.

«Was redest du da für dummes Zeug, Minna? Ich ging in den Raum. Sie rang nach Luft. Ich hab ihr das Leben gerettet. Was für einen Grund sollte ich haben, ihr etwas anzutun?»

»Helmut – wer ist Clayton Anderson?»

Er ließ die Zigarette auf den Ledersitz fallen. Min langte hinüber und hob sie auf. «Es wäre ratsam, diesen Wagen nicht zu ruinieren. Es gibt nämlich keinen neuen mehr. Ich wiederhole: Wer ist Clayton Anderson?»

«Ich weiß nicht, wovon du sprichst», flüsterte er.

«Da bin ich allerdings anderer Ansicht. Elizabeth war bei mir. Sie hat das Stück gelesen. Deshalb warst du doch heute vormittag so außer dir, stimmt's? Es ging nicht um den Terminkalender, sondern um das Theaterstück. Leila hatte Randbemerkungen gemacht. Ihr fiel dieser idiotische Satz auf, den du in den Anzeigen verwendest. Elizabeth ist auch darüber gestolpert. Mrs. Meehan dito. Sie war in einer der öffentlichen Proben. Deshalb hast du versucht, sie umzubringen, stimmt's? Du hofftest immer noch, es geheimzuhalten, daß du das Stück geschrieben hast.»

«Minna, ich sag dir eins – du bist verrückt! Unseres Wissens hat sich die Frau selber gespritzt.»

«Unsinn. Sie hat doch unentwegt von ihrer Angst vor Spritzen geredet.»

«Das könnte Tarnung gewesen sein.»

«Der Autor hat über eine Million Dollar in das Stück investiert. Wenn du dieser Autor bist, woher hättest du wohl das Geld genommen?»

Sie waren am Eingangstor angelangt. Min verlangsamte das Tempo und sah ihn ernst an. «Ich hab versucht, in der Schweiz anzurufen und meinen Kontostand zu überprüfen. Natürlich war dort schon Feierabend. Ich telefoniere morgen wieder, Helmut. Ich hoffe – um deinetwillen –, das Geld liegt auf meinem Konto.»

Er machte die gewohnte höfliche Miene, doch seine Augen glichen denen eines Verurteilten auf dem Weg zum Galgen.

Sie trafen sich auf der Veranda von Alvirah Meehans Bungalow. Der Baron öffnete die Tür, und sie gingen hinein. Scott registrierte, daß Min sich Alvirahs Naivität kräftig zunutze gemacht hatte. Dies war die teuerste Unterkunft des Etablissements – die Räume, welche die First Lady benutzte, wenn sie es für angezeigt hielt, sich in Cypress Point Ruhe und Erholung zu gönnen. Wohnzimmer, Speisezimmer, Bibliothek, ein riesiges Elternschlafzimmer, zwei komplette Bäder im Obergeschoß. Die Quelle haben sie aber ordentlich angezapft, dachte Scott.

Die Inspektion beanspruchte verhältnismäßig wenig Zeit. Der Arzneischrank im Badezimmer, den Alvirah benutzte, enthielt ausschließlich rezeptfreie Medikamente wie Nasenspray und Rheumasalbe.

Es schien ihm, als sei der Baron enttäuscht. Unter Scotts wachsamen Blicken öffnete er beharrlich sämtliche Fläschchen, schüttete den Inhalt auf den Tisch, untersuchte ihn gründlich auf irgendwelche eingeschmuggelten Drogen. Zog er eine Schau ab? Ein wie guter Schauspieler war der Spielzeugsoldat?

In Alvirahs Wandschrank fanden sich abgetragene Flanellnachthemden neben teuren Kleidern und Jacken, die meisten mit Firmenschildern von Martha Park Avenue und Cypress Point Spa Boutique.

Das einzige, was aus dem Rahmen fiel, war der teure japanische Recorder in einem Köfferchen des luxuriösen Gepäck-Sets. Scott zog die Augenbrauen hoch. Eine derart hochkarätige, professionelle Ausstattung hätte er bei Alvirah Meehan nicht vermutet.

Elizabeth beobachtete ihn, als er die Kassetten durchsah. Drei waren fortlaufend numeriert, die anderen offenbar leer. Scott legte sie achelzuckend zurück und machte den Koffer zu. Kurz darauf ging er gemeinsam mit Elizabeth zu seinem Wagen. Auf der Herfahrt hatte sie ihm gegenüber nichts von ihrem Verdacht erwähnt, daß Helmut das Stück geschrieben haben könnte. Sie wollte sich ihrer Sache erst ganz sicher sein, Helmut selbst nach der Wahrheit fragen. Es war immerhin möglich, daß Clayton Anderson existierte, sagte sie sich.

Um Punkt 18 Uhr passierte Scotts Wagen das Tor. Es wurde kühl. Elizabeth steckte die Hände in die Taschen und spürte die Rosette. Sie hatte die Brosche von Alvirahs Bademantel mitgenommen. Sie wollte sie aufheben, da sie für Alvirah offensichtlich Erinnerungswert besaß.

Man hatte Alvirahs Mann gebeten, sofort herzukommen. Sie würde ihm die Brosche dann morgen geben.

10

Ted kehrte um 18 Uhr 30 in seinen Bungalow zurück. Er hatte von der Stadt den Umweg durch Crocker Woodland zum Lieferanteneingang von Cypress Point Spa genommen. Die Autos, die auf beiden Seiten der Zufahrt halb versteckt im Gebüsch parkten, waren ihm keineswegs entgangen. Reporter. Wie Jagdhunde auf der Fährte folgten sie der Spur, die der Artikel im *Globe* gelegt hatte.

Er ließ die Jalousien herunter, machte Licht und starrte verblüfft auf den schwarzen Haarschopf über der Rückenlehne der Couch. Min. «Ich muß dringend mit dir reden.» Der altbekannte Ton – herzlich und herrisch, eine sonderbare Mischung, die seinerzeit Vertrauen eingeflößt hatte. Sie trug eine lange, ärmellose Jacke über einem einteiligen Lurexanzug.

Ted setzte sich ihr gegenüber und zündete sich eine Zigarette an. «Ich hab das Rauchen vor Jahren aufgegeben, aber es ist schon erstaunlich, wie viele schlechte Angewohnheiten man wieder aufnimmt, wenn einem lebenslängliche Haft bevorsteht. Das zum Thema Disziplin. Ich sehe nicht sehr präsentabel aus, Min – aber schließlich bin ich auch nicht darauf eingestellt, daß Besuch auf diese Weise unverhofft ins Haus schneit.»

«Unverhofft und ungebeten.» Min musterte ihn. «Warst du beim Jogging?»

«Nein. Ich bin spazierengegangen. Eine ziemlich lange Strecke. Das gibt mir Zeit zum Nachdenken.»

«Momentan dürften es wohl keine sehr erfreulichen Gedanken sein.»

«Nein. Wahrhaftig nicht.» Ted wartete ab.

«Kann ich eine haben?» Min deutete auf das Päckchen Zigaretten, das er auf den Tisch geworfen hatte.

Er bot ihr eine an und gab ihr Feuer.

«Ich hab auch damit aufgehört, aber in Streßsituationen...» Sie zuckte die Achseln. «Ich hab in meinem Leben schon viele Dinge aufgegeben, während ich mich nach oben boxte. Na, du weißt ja, wie das ist... eine Modell-Agentur aufziehen und in Gang halten, wenn kein Geld reinkommt... einen kranken alten Mann heiraten und fünf endlose Jahre für ihn Krankenschwester, Geliebte, Gesellschafterin sein... Ich dachte, nun eine gewisse Sicherheit erreicht zu haben. Ich dachte, ich hätte es mir verdient.»

«Und es ist nicht so?»

Sie winkte ab. «Es ist schön hier, nicht wahr? Eine ideale Gegend. Der Pazifik zu unseren Füßen, die grandiose Küste, das Wetter, der Komfort, der erlesene Geschmack der Unterkünfte, die einmaligen Kureinrichtungen... Sogar Helmuts monströses römisches Bad könnte eine phänomenale Zugnummer werden. Niemand sonst wäre so töricht, sich an einen solchen Bau zu wagen, niemand sonst es mit dem nötigen Geschick betreiben.»

Kein Wunder, daß sie hergekommen ist, dachte Ted. In Craigs Gegenwart könnte sie ein solches Gespräch mit mir niemals riskieren.

Min schien seine Gedanken zu lesen. «Ich weiß, was Craig raten würde. Aber du bist schließlich der Unternehmer, Ted, der kühne Geschäftsmann. Wir beide haben die gleiche Wellenlänge. Helmut ist denkbar unpraktisch – da mache ich mir nichts vor, aber er hat auch einen geradezu prophetischen Blick, eine visionäre Begabung. Was er braucht und immer gebraucht hat, ist das Geld, seine Träume zu verwirklichen. Erinnerst du dich an ein Gespräch, das wir drei hatten, als deine verdammte Bulldogge, dieser Craig, nicht dabei war? Wir unterhielten uns über das Projekt, deinen sämtlichen neuen Hotels ein Cypress Point Spa anzugliedern. Eine phantastische Idee. Das würde ein Schlager.»

«Wenn ich im Gefängnis bin, Min, dann gibt es keine neuen

Hotels. Seit der Anklageerhebung haben wir einen Baustopp. Das weißt du genau.»

«Dann leih mir jetzt Geld.» Min ließ die Maske fallen. «Ted, ich bin verzweifelt. In wenigen Wochen gehe ich bankrott. Das muß nicht sein! In den letzten zwei Jahren ist hier manches schiefgelaufen. Helmut hat keine neuen Gäste hergebracht. Ich kenne jetzt wahrscheinlich den Grund für seine miserable Verfassung. Doch das ließe sich alles ändern. Was meinst du wohl, weshalb ich Elizabeth hergeholt habe? Um dir zu helfen.»

«Du hast es doch selber erlebt, Min, wie sie auf mich reagiert hat. Wenn überhaupt, dann hast du alles nur noch schlimmer gemacht.»

«Da bin ich nicht so sicher. Heute nachmittag bat ich sie eindringlich, sich das alles noch einmal durch den Kopf gehen zu lassen. Ich sagte ihr, daß sie es sich nie verzeihen würde, wenn sie dich zerstört.» Min drückte die Zigarette aus. «Ich weiß genau, was ich sage, Ted. Elizabeth liebt dich. Schon lange. Mach dir das zunutze. Es ist noch nicht zu spät.» Sie packte ihn am Arm.

Er schüttelte sie ab. «Du weißt ja nicht, wovon du redest, Min.»

«Ich sage dir, was ich weiß. Ich hab das vom ersten Augenblick an gespürt. Hast du überhaupt eine Ahnung, wie schwer das für sie war, mit dir und Leila zusammenzusein, Leila glücklich sehen zu wollen, euch beide zu lieben? Ein furchtbarer Zwiespalt. Deshalb ging sie auf Tournee damals, vor Leilas Tod. An der Rolle lag ihr gar nichts. Sammy hat mit mir darüber gesprochen, ihr war das alles auch klar. Ted... Elizabeth bekämpft dich, weil sie sich schuldig fühlt. Sie weiß, daß Leila dich bis zur Weißglut gereizt hat. Mach es dir zunutze! Und ich bitte dich, Ted – hilf mir jetzt! Ich flehe dich an!»

Sie fixierte ihn eindringlich. Er war bei dem Spaziergang in Schweiß geraten, und das dunkelbraune Haare hatte sich dabei gewellt und gelockt. Eine Frau würde viel geben für solches

Haar, dachte Min. Die hohen Wangenknochen unterstrichen die schmale, wohlgeformte Nase. Der Mund war gleichmäßig, das Kinn kantig und kraftvoll. Das Hemd klebte ihm an dem gebräunten, muskulösen Körper. Als sie überlegte, wo er gewesen sein mochte, wurde ihr klar, daß er vielleicht noch nichts von der Sache mit Alvirah Meehan gehört hatte. Sie wollte jetzt nicht mit ihm darüber reden.

«Ich kann unmöglich Kurzentren planen für Hotels, die nicht gebaut werden, wenn ich ins Gefängnis wandere. Aber aus der Klemme helfen kann ich dir jetzt und werde es auch tun. Doch ich möchte dich etwas fragen: Ist dir je der Gedanke gekommen, Elizabeth könnte unrecht haben, könnte sich in der Zeit irren? Ist dir je der Gedanke gekommen, daß ich die Wahrheit sage, wenn ich erkläre, daß ich nicht wieder nach oben gegangen bin?»

Min lächelte zunächst erleichtert, dann konsterniert. «Du kannst mir vertrauen, Ted. Genauso kannst du dich auf Helmut verlassen. Er hat zu keiner Menschenseele davon gesprochen außer mir... Er wird es auch nie jemandem erzählen... Er hörte, wie du Leila angeschrien hast. Er hörte sie um ihr Leben flehen.»

11

Hätte sie Scott von ihrer Vermutung, den Baron betreffend, erzählen sollen? Diese Frage beschäftigte Elizabeth, als sie in die wohltuende Ruhe ihres Bungalows zurückkehrte. Wieder beschwor die Farbkombination – Smaragdgrün und Weiß – Erinnerungen herauf, und sie meinte fast, den Duft nach «Joy» wahrzunehmen.

Leila...

Rote Haare. Smaragdgrüne Augen. Die blasse Haut der echten Rothaarigen. Der weite weiße Satinpyjama, den sie am Abend ihres Todes trug, mußte sich wie ein Segel aufgebläht haben, als sie in die Tiefe stürzte.

Lieber Gott... Elizabeth schob den Riegel vor und kauerte sich auf die Couch, vergrub den Kopf in den Händen, versuchte, die quälenden Gedanken an jene Nacht loszuwerden.

Helmut. War er der Autor von *Karussell?* Wenn ja, hatte er dann Mins wohlgehütetes Schweizer Konto geplündert, um die Aufführung zu finanzieren? Er mußte völlig außer sich geraten sein, als Leila erklärte, sie werde nicht mehr auftreten. Wieweit hatte er die Kontrolle über sich verloren?

Alvirah Meehan. Die Sanitäter in der Ambulanz. Der Blutstropfen auf Alvirahs Gesicht. Der ungläubige Ton, mit dem der Notarzt zu Helmut sprach: «Was soll das heißen, Sie hätten noch nicht mit den Injektionen angefangen? Wer soll Ihnen denn den Blödsinn abnehmen?»

Helmuts Hände, die Alvirahs Brustkorb zusammenpreßten... Helmut bei der Vorbereitung der intravenösen Injektion... Aber Helmut mußte durch Alvirahs ständiges Gerede vom «Schmetterling, der auf einer Wolke dahinsegelt» zur Raserei gebracht worden sein. Alvirah hatte eine der öffentlichen Proben besucht. Leila hatte den Zusammenhang zwischen Stück und Helmut hergestellt. War Alvirah ebenfalls darauf gekommen?

Sie dachte an Mins Worte vom Nachmittag. Ohne Teds Schuld auch nur in Frage zu stellen, wollte sie ihr einreden, daß Leila ihn immer und immer wieder provoziert hätte. Stimmte das?

Hatte Min recht – daß es niemals Leilas Wunsch gewesen wäre, Ted für den Rest seines Lebens hinter Gittern zu sehen? Und warum klang Min so überzeugt von Teds Schuld? Vor zwei Tagen hatte sie noch steif und fest behauptet, es müsse ein Unfall gewesen sein.

Elizabeth schlang die Arme um ihre Knie und bettete den Kopf in den Händen.

«Ich weiß nicht, was ich tun soll», flüsterte sie. In ihrem ganzen Leben hatte sie sich noch nie so verlassen gefühlt.

Um sieben hörte sie von ferne, wie die «Cocktail»-Stunde eingeläutet wurde. Sie beschloß, sich das Dinner in den Bungalow bringen zu lassen. Sie hätte es nicht ertragen, sich drüben unter die Leute zu mischen, belanglose Höflichkeiten auszutauschen, während Sammys Sarg im Leichenschauhaus zur Überführung nach Ohio bereitstand, während Alvirah Meehan im Monterey Hospital um ihr Leben kämpfte. Zwei Abende zuvor hatte sie noch am gleichen Tisch mit Alvirah Meehan gesessen. Zwei Abende zuvor war Sammy hier in diesem Zimmer mit ihr zusammengewesen. Wer würde das nächste Opfer sein?

Um Viertel vor acht rief Min an: «Elizabeth, alles fragt nach dir. Bist du in Ordnung?»

«Natürlich. Ich brauche bloß etwas Ruhe.»

«Bist du auch bestimmt nicht krank? Du ahnst gar nicht, wie besorgt vor allem Ted ist.»

Überlaß das Min. Sie gibt nie auf. «Mir geht's wirklich gut, Min. Könntest du mir das Essen rüberbringen lassen? Ich möchte mich ein bißchen ausruhen und später noch schwimmen gehen. Mach dir keine Sorgen meinetwegen.»

Sie legte auf, wanderte ruhelos im Zimmer auf und ab, wäre am liebsten sofort ins Schwimmbecken gesprungen.

In aqua sanitas – so lautete die Inschrift. Dieses eine Mal hatte Helmut recht. Das Wasser würde besänftigend auf sie wirken, sie auf andere Gedanken bringen.

12

Er griff gerade nach der Druckluftflasche, als es laut an die Tür klopfte. Ungestüm riß er die Maske vom Gesicht und befreite die Arme aus dem lästigen Taucheranzug. Er stopfte Druckluftflasche und Taucherbrille in den Wandschrank, eilte dann ins Bad und drehte die Dusche an.

Wieder wurde ungeduldig an die Tür gehämmert. Er zwängte sich aus dem Taucheranzug, warf ihn hinter die Couch und langte nach dem Bademantel.

Um einen verärgerten Ton bemüht, rief er: «Ja doch, ich komm ja schon!» und öffnete die Tür.

Sie wurde aufgestoßen. «Warum dauert das so lange? Wir müssen miteinander reden.»

Es war fast zehn Uhr, als er endlich zum Schwimmbecken gehen konnte. Er kam gerade zurecht, um Elizabeth auf dem Rückweg zu ihrem Bungalow zu sehen. In seiner Hast streifte er einen Stuhl am Rand der Terrasse. Sie drehte sich um, und ihm blieb kaum noch Zeit, sich in den Schutz der Sträucher zurückzuziehen.

Er mußte es auf den nächsten Abend verschieben. Es bestand immer noch die Chance, sie hier zu erwischen. Wenn nicht, mußte eben ein anderer Unfall arrangiert werden.

Wie Alvirah Meehan hatte auch sie die Witterung aufgenommen und führte Scott Alshorne auf die richtige Spur.

Das kratzende Geräusch. Ein Stuhl, der über den Fliesenboden der Terrasse scharrt. Es war kühl geworden, aber es herrschte völlige Windstille. Sie hatte sich rasch umgedreht und ganz kurz geglaubt, etwas sich bewegen zu sehen. Doch das war unsinnig. Wozu sollte sich jemand im Schatten der Bäume verstecken?

Trotzdem beschleunigte Elizabeth ihre Schritte und war

froh, als sie wieder im Bungalow war und die Tür abgeschlossen hatte. Sie rief im Krankenhaus an. Mrs. Meehans Zustand war unverändert.

Es dauerte lange, bis sie endlich einschlief. Was war ihr entgangen? Irgendein Satz, eine Bemerkung, bei der sie hätte einhaken müssen . . .

Sie suchte jemand . . . Sie war in einem leeren Gebäude mit langen, dunklen Fluren . . . Ihr Körper schmerzte vor Verlangen . . . Sie streckte die Arme aus . . . Sie sah eine Treppe . . . Sie eilte die Stufen hinab . . . Da war er. Er kehrte ihr den Rücken zu. Sie schlang die Arme um ihn. Er drehte sich um, zog sie an sich, hielt sie fest. Sein Mund lag auf dem ihren. «Ted, ich liebe dich, ich liebe dich», sagte sie, wieder und wieder . . .

Irgendwie gelang es ihr, aus dem Traum zu erwachen. Den Rest der Nacht lag sie, unglücklich und verzweifelt, in dem Bett, das Leila und Ted so oft miteinander geteilt hatten – in der festen Absicht, nicht zu schlafen.

Nicht zu träumen.

Donnerstag, 3. September

Das Wort zum Tage:
Die Macht der Schönheit lebt noch in mir fort.

DRYDEN

Lieber Gast von Cypress Point.

Einen frohen guten Morgen wünsche ich Ihnen. Ich hoffe, Sie genießen bei der Lektüre dieser Zeilen einen unserer köstlichen Fruchtsäfte zum Frühschoppen. Wie manchen von Ihnen bekannt, werden sämtliche Orangen und Grapefruits eigens für uns gezogen.

Haben Sie diese Woche schon in unserer Boutique eingekauft? Wenn nicht, müssen Sie sich unbedingt die soeben eingetroffenen atemberaubenden Kreationen für Damen und Herren ansehen. Selbstverständlich nur Modelle. Jeder unserer Gäste ist einzigartig.

Ein Hinweis zur Gesundheit. Inzwischen spüren Sie vielleicht Muskeln, deren Vorhandensein Sie längst vergessen hatten. Denken Sie daran: Körperbewegung ist niemals gleichbedeutend mit Schmerz. Ein leichtes Unbehagen zeigt Ihnen, daß Sie das Stadium des Überdehnens erreichen. Und achten Sie darauf, daß die Knie stets gelockert bleiben.

Sehen Sie optimal aus? Freud und Leid haben in Ihrem Gesicht Spuren hinterlassen, winzige Fältchen, die Kollagen jedoch wie mit Zauberhand zu glätten vermag. Denken Sie daran, daß Ihnen dieser Weg jederzeit offensteht.

Seien Sie heiter. Seien Sie ruhig. Seien Sie fröhlich. Und verleben Sie einen hübschen Tag.

Baron und Baronin von Schreiber

1

Um sechs stand Ted auf und machte sich zum Jogging fertig. Der Morgen war kühl und klar, doch tagsüber würde es wieder heiß werden. Er hatte kein festes Ziel, sondern überließ es dem Zufall, wohin ihn seine Füße tragen würden. Daß er sich nach zwanzig Minuten vor dem Haus seines Großvaters in Carmel befand, überraschte ihn keineswegs. Damals war es weiß, der jetzige Besitzer hatte es moosgrün streichen lassen – recht attraktiv, doch ihm war die weiße Farbe lieber, die in der Nachmittagssonne so unvergleichlich leuchtete. Der Strand hier gehörte zu seinen frühesten Erinnerungen. Seine Mutter half ihm, eine Sandburg zu bauen, lachend, das dunkle Haar flatternd, voller Glück, hier zu sein anstatt in New York, voller Dankbarkeit für die Atempause. Dieser gemeine Kerl, den er Vater nannte! Die infame Art, wie er sie lächerlich gemacht, wie er sie nachgeäfft hatte, die Brutalität. Warum? Woher stammte diese grausame Ader? Oder war es einfach der Alkohol, durch den das Rohe und Böse in seinem Vater zum Vorschein kam, bis er soviel trank, daß ihm die wilde Ader zur zweiten Natur wurde, daß sich seine Persönlichkeit auf Schnapsflasche und Fäuste reduzierte? *Und hatte er, Ted, diese brutale Ader geerbt?*

Ted stand am Strand, starrte zum Haus hinüber, sah seine Mutter und Großmutter auf der Veranda, sah seine Großeltern beim Begräbnis seiner Mutter, hörte seinen Großvater sagen: «Wir hätten sie dazu bringen müssen, ihn zu verlassen.»

Seine Großmutter flüsterte: «Sie wäre nie von ihm weggegangen – dann hätte sie ja auf Ted verzichten müssen.»

War es seine Schuld? Die Frage hatte er sich als Kind immer wieder gestellt. Und er stellte sie sich noch heute. Es gab keine Antwort darauf.

Jemand beobachtete ihn vom Fenster aus. Rasch joggte er weiter am Strand entlang.

Bartlett und Craig erwarteten ihn in seinem Bungalow. Sie hatten bereits gefrühstückt. Er bestellte sich telefonisch Saft, Toast, Kaffee. «Ich komme gleich wieder», entschuldigte er sich, duschte und zog Shorts und ein T-Shirt an. Das Frühstück für ihn war inzwischen gebracht worden. «Prompte Bedienung, nicht wahr? Min versteht sich wirklich darauf, einen solchen Betrieb zu leiten! Wäre eine gute Idee gewesen, eine Option zu erwerben und solche Kurzentren in neuen Hotels einzurichten.»

Keine Antwort. Die beiden saßen am Tisch, beobachteten ihn, wußten anscheinend, daß er einen Kommentar weder erwartete noch wünschte. Er leerte das Glas Orangensaft in einem Zug und schenkte sich Kaffee ein. «Ich werde den Vormittag über trainieren. Die letzte Gelegenheit, wir fliegen morgen nach New York. Craig, du berufst bitte den Vorstand zu einer Sondersitzung für Samstagvormittag ein. Ich trete von meinem Amt als Direktor und Vorstandsvorsitzender der Gesellschaft zurück und ernenne dich zu meinem Nachfolger.»

Seine Miene duldete keinen Widerspruch. Er wandte sich an Bartlett und blickte ihn eisig an. «Ich habe beschlossen, mich für schuldig zu erklären, Henry. Geben Sie mir ein Resümee, mit was für einem Urteil ich im besten und im schlimmsten Fall zu rechnen habe.»

2

Elizabeth lag noch im Bett, als Vicky ihr das Frühstück brachte. Sie stellte das Tablett auf den Nachttisch und betrachtete Elizabeth prüfend. «Sie fühlen sich nicht wohl.»

Elizabeth schob das Kissen ans Kopfende und setzte sich

auf. «Na, ich nehme an, ich werd's überleben.» Sie bemühte sich zu lächeln. «Irgendwie müssen wir ja weitermachen, oder?» Sie musterte das Tablett. «Das Frühstück, das Sie verblühten Spätlingen zur Aufmunterung servieren – so sagen Sie doch immer?»

«Damit meine ich natürlich nicht Sie», protestierte Vicky. «Ich hatte zwei Tage frei und hab das mit Miss Samuels eben erst erfahren. Sie war so ein lieber Mensch. Aber können Sie mir erklären, was sie im römischen Bad zu suchen hatte? Mir hat sie mal erzählt, sie kriegt vom bloßen Anblick 'ne Gänsehaut. Es erinnert sie an eine Gruft, das hat sie gesagt. Auch wenn sie sich schlecht fühlte, dahin wäre sie zuallerletzt gegangen.»

Nachdem Vicky sich verabschiedet hatte, nahm Elizabeth den Tagesplan vom Tablett. Ursprünglich wollte sie keine weiteren Behandlungen, überlegte es sich dann aber anders. Sie war um zehn zur Massage bei Gina vorgemerkt. Vielleicht konnte sie von der redseligen Gina mehr an Personalklatsch erfahren, wenn sie die richtigen Fragen stellte.

Elizabeth beschloß, das volle Programm zu absolvieren, solange sie hierblieb. Seit der ersten Gymnastikstunde waren ihre Glieder zunehmend lockerer und geschmeidiger geworden, aber es war ihr schwergefallen, nicht ständig zu Alvirah Meehans Platz in der ersten Reihe hinüberzuschauen. Sie hatte sich so abgeplagt, daß sie am Schluß mit hochrotem Gesicht schwer schnaufte. «Immerhin hab ich die ganze Zeit mitgehalten», hatte sie Elizabeth stolz mitgeteilt.

Auf dem Korridor zu den Kosmetikräumen stieß sie mit Cheryl zusammen. Sie war im Bademantel und hatte Finger- und Fußnägel knallrot lackiert. Elizabeth wollte wortlos vorübereilen, doch Cheryl hielt sie am Arm fest. «Ich muß mit dir reden, Elizabeth.»

«Worüber?»

«Über diese anonymen Briefe. Besteht die Möglichkeit,

noch welche zu finden?» Ohne eine Antwort abzuwarten, sprach sie überstürzt weiter: «Solltest du nämlich noch welche haben oder finden, wünsche ich, daß man sie analysiert, auf Fingerabdrücke oder sonstige Hinweise untersucht, alles, was du und die Wissenschaftler tun können, um dem Absender auf die Spur zu kommen. Ich war's jedenfalls nicht! Kapiert?»

Elizabeth sah ihr nach, wie sie den Korridor entlangfegte. Sie hörte sich überzeugend an, darin mußte sie Scott zustimmen. Wenn sie andererseits so gut wie sicher war, daß nach diesen letzten beiden Briefen keine weiteren mehr auftauchen konnten, hatte sie absolut richtig und glaubhaft reagiert. Eine wie gute Schauspielerin war Cheryl?

Um zehn lag Elizabeth auf dem Massagetisch. Gina kam herein. «Für Aufregung ist hier reichlich gesorgt», begann sie.

«Das kann man wohl sagen.»

Gina streifte Elizabeth eine Plastikhaube über das Haar. «Erst Miss Samuels, dann Mrs. Meehan. Unglaublich.» Sie begann, Elizabeth den Nacken zu massieren. «Da ist wieder alles verspannt. Eine scheußliche Zeit für Sie, wo Sie doch mit Miss Samuels befreundet waren.»

«Ja, das stimmt», murmelte sie und lenkte dann ab, um nicht weiter über Sammy reden zu müssen. «Haben Sie auch Mrs. Meehan behandelt, Gina?»

«Na klar. Montag und Dienstag. Eine beachtliche Frau. Was ist denn mit ihr passiert?»

«Das weiß man nicht genau. Sie wollen jetzt ihre Krankengeschichte überprüfen.»

«Ich hatte sie für kerngesund gehalten. Ein bißchen untersetzt, aber Tonus, Herzschlag, Atmung einwandfrei. Sie hatte Angst vor Spritzen, aber davon kriegt man doch keinen Herzstillstand.»

Elizabeth zuckte zusammen, als Gina nun ihre Schulterpartie durchwalkte.

Gina lachte bekümmert. «Meinen Sie etwa, es gab auch nur einen im Haus, der nicht wußte, daß Mrs. Meehan im Behandlungsraum C eine Kollageninjektion bekommen sollte? Eins von den Mädchen hat sie Cheryl Manning fragen hören, ob sie dort schon mal Kollagen gekriegt hat. Können Sie sich so was vorstellen?»

«Nein. Sie haben mir doch neulich gesagt, Gina, seit Leilas Tod wär's hier nicht mehr dasselbe. Ich weiß schon, sie zog eine bestimmte Sorte von Schickeria her, aber der Baron hat doch jedes Jahr eine ansehnliche Menge neuer Gesichter ins Haus gebracht.»

Gina brauchte noch etwas Creme, um weiterzumassieren. «Irgendwie komisch, vor ungefähr zwei Jahren war's aus damit. Keiner kann sagen, warum. Rumgereist ist er ja reichlich, meistens in der New Yorker Ecke. Sie erinnern sich doch, früher hat er regelmäßig Wohltätigkeitsbälle in einem Dutzend Großstädten abgeklappert, den Gewinnern einen Gutschein für eine Woche Aufenthalt in Cypress Point persönlich überreicht, 'ne Weile geplaudert, und am Schluß hatten sich dann drei Freundinnen entschlossen, die glückliche Gewinnerin zu begleiten – als zahlende Gäste, versteht sich.»

«Weshalb hat das Ihrer Meinung nach aufgehört?»

Gina senkte die Stimme. «Er war auf irgendwas aus. Keiner konnte rauskriegen, was – auch Min nicht, vermute ich ... Sie fing an, ihn öfter zu begleiten. Sie bekam es mit der Angst zu tun, der hohe Herr hätte womöglich in New York irgendwas angefangen ...»

Etwas angefangen? Elizabeth verstummte. Handelte es sich dabei um ein Theaterstück mit dem Titel *Karussell?* Und hatte in dem Fall Min die Wahrheit schon seit langem geahnt?

3

Ted verließ das Kurzentrum um elf. Die Sonne schien warm, es war windstill; ein Schwarm Kormorane zog am wolkenlosen Himmel dahin. Auf der Terrasse hielten sich die Kellner bereit, den Lunch zu servieren.

Wieder wurde Ted bewußt, wie perfekt der Betrieb funktionierte. Unter anderen Umständen würde er Min und den Baron damit betrauen, ein Dutzend Filialen weltweit einzurichten. Er lächelte schwach. Mit gewissen Einschränkungen – sämtliche Kostenvoranschläge des Barons würden von einem scharfsichtigen Buchhalter vorher genau unter die Lupe genommen.

Bartlett hatte inzwischen vermutlich mit dem Staatsanwalt telefoniert, so daß er ihm Genaueres über das zu erwartende Strafmaß sagen konnte. Es erschien immer noch völlig unwirklich. Und doch hatte eine Tat, an die er keinerlei Erinnerung besaß, ihn selbst und sein bisheriges Leben grundlegend verändert.

Er ging langsam zu seinem Bungalow, nickte den Gästen, die sich rund um das Schwimmbecken sonnten, förmlich zu. Er wollte sich in keine Gespräche einlassen. Er wollte auch nicht an die Diskussionen denken, die ihm mit Henry Bartlett bevorstanden.

Erinnerung. Das Wort verfolgte ihn. Es gab nur unzusammenhängende Bruchstücke. Im Fahrstuhl zurück nach oben... Schwankend in der Halle... Er war so sternhagelvoll betrunken. Und dann weiter? Warum hatte er es ausgelöscht? Weil er sich nicht daran erinnern wollte, was er getan hatte?

Gefängnis. Eingesperrt in einer Zelle. Vielleicht wäre es besser, wenn er...

In seinem Bungalow war niemand. Das bedeutete zumindest eine Atempause. Er hatte erwartet, sie wieder am Tisch sitzend vorzufinden. Er hätte Bartlett dieses Quartier geben und sich das kleinere nehmen sollen. Damit wäre ihm wenigstens etwas mehr Ruhe geblieben. Wahrscheinlich kamen sie zum Lunch zurück.

Craig. Ein guter Mann für die Kleinarbeit. Mit ihm am Ruder würde die Firma zwar nicht wachsen, doch er dürfte es wohl schaffen, sie auf Kurs zu halten. Er sollte dankbar für Craig sein. Craig war eingestiegen, als das Flugzeug mit acht leitenden Angestellten aus der Spitzenriege der Firma in Paris abstürzte. Craig war unentbehrlich, als Kathy starb. Craig war jetzt unentbehrlich. Und künftig...

Wie viele Jahre mußte er wohl absitzen? Sieben? Zehn? Fünfzehn?

Etwas mußte er noch erledigen. Er holte persönliches Briefpapier aus der Aktenmappe und begann zu schreiben. Dann versiegelte er den Umschlag, klingelte dem Zimmermädchen und bat sie, den Brief in Elizabeths Bungalow abzugeben.

Er hätte damit lieber bis kurz vor seiner Abreise morgen gewartet, aber wenn sie erfuhr, daß kein Prozeß stattfinden würde, entschloß sie sich vielleicht, noch ein wenig hierzubleiben.

Als sie mittags zurückkam, fand Elizabeth die Nachricht vor. Der Anblick des Umschlages – kirschrot mit weißem Rand, das Firmenzeichen von Winters Enterprises – mit ihrem Namen in der vertrauten energischen Handschrift weckte Erinnerungen. Wie oft war ein Brief auf dem gleichen Papier, in der gleichen Handschrift während der Pause in ihrer Garderobe abgegeben worden? «Hallo, Elizabeth, bin eben eingetroffen. Wollen wir nach der Vorstellung zusammen essen – falls Du nichts anderes vorhast? Der erste Akt war großartig. Herzliche Grüße Ted.» Sie aßen miteinander und riefen Leila vom Restaurant aus an. «Gib acht auf den Meinen, Spatz. Paß auf, daß ihn kein aufgetakeltes Flittchen ködert.»

Sie hatten beide das Ohr an den Hörer gepreßt. «Du hast mich geködert, Superstar», war dann Teds Antwort.

Und sie spürte seine Nähe, seine Wange dicht an der ihren, ihre Finger klammerten sich an das Telefon, und sie hatte nur den einen Wunsch: daß sie den Mut aufbringen könnte, ihn nicht zu sehen.

Sie öffnete den Umschlag. Nachdem sie zwei Sätze gelesen hatte, stieß sie einen erstickten Schrei aus und mußte eine Weile innehalten, ehe sie die Kraft aufbrachte, die Lektüre zu beenden.

Liebe Elizabeth

Ich kann Dir nur sagen, daß es mir leid tut, und das sind nur Worte... Du hattest recht. Der Baron hörte in jener Nacht meinen Streit mit Leila. Syd sah mich auf der Straße. Ich erzählte ihm, Leila sei tot. Es hat keinen Sinn mehr, die Behauptung aufrechterhalten zu wollen, ich sei nicht dortgewesen. Glaub mir, ich hab nicht die leiseste Erinnerung an jene Augenblicke, aber angesichts all dieser Fakten werde ich mich nach meiner Rückkehr des Totschlags schuldig bekennen.

Zumindest wird dies einen Schlußpunkt unter diese furchtbare Angelegenheit setzen und Dir den Alptraum ersparen, in meinem Prozeß auszusagen und Leilas Tod in allen Einzelheiten noch einmal durchmachen zu müssen.

Gott schütze Dich. Vor langer Zeit erzählte mir Leila, daß sie Dir damals, als Ihr von Kentucky nach New York aufgebrochen seid und Du, ein kleines Mädchen, Angst hattest, ein Lied vorgesungen hat. «Ich will dich nie mehr weinen sehn.»

Denke an sie, wie sie Dir jetzt dieses Lied vorsingt, und versuche, einen neuen und glücklicheren Abschnitt Deines Lebens zu beginnen.

Ted

Die nächsten zwei Stunden kauerte Elizabeth auf der Couch, die Arme um die Knie geschlungen, blicklos vor sich hin starrend. Das war es doch, was du wolltest, versuchte sie sich einzureden. Er wird für das bezahlen, was er Leila angetan hat. Doch der Schmerz quälte sie so übermächtig, daß er sie allmählich betäubte.

Als sie sich erhob, waren ihre Beine steif geworden, so daß sie sich vorsichtig wie eine alte Frau bewegte. Trotz allem gab es da immer noch die Sache mit den anonymen Briefen.

Sie würde nun nicht eher ruhen, bis sie herausgefunden hatte, wer der Absender und damit auch Urheber des Dramas war.

Nach ein Uhr erhielt Ted einen Anruf von Bartlett. «Wir müssen sofort miteinander reden», teilte ihm Henry kurz mit. «Kommen Sie zu mir rüber, sobald Sie können.»

«Gibt es einen Grund, weshalb wir uns nicht hier treffen können?»

«Ich erwarte ein paar Anrufe aus New York, die ich keinesfalls verpassen möchte.»

Als Craig ihm öffnete, hielt sich Ted nicht mit langen Vorreden auf. «Was ist los?»

«Es wird Ihnen nicht gefallen.»

Bartlett saß nicht wie üblich an dem ovalen Eßtisch, den er zum Arbeiten benutzte, sondern zurückgelehnt in einem Armsessel, die eine Hand auf dem Telefon, griffbereit. Er sieht nachdenklich aus, befand Ted, fast wie ein Philosoph, der vor ein unlösbares Problem gestellt wird.

«Wie schlimm ist es?» fragte Ted. «Zehn Jahre? Fünfzehn Jahre?»

«Schlimmer. Man will kein Schuldbekenntnis entgegennehmen. Es ist ein neuer Augenzeuge aufgetaucht.»

Bartlett erklärte kurz und schonungslos: «Wie Sie wissen, haben wir Privatdetektive auf Sally Ross angesetzt. Wir wollten sie auf jede nur mögliche Weise diskreditieren. Einer der Detektive befand sich vorletzte Nacht in ihrem Wohnhaus. Ein Dieb wurde auf frischer Tat ertappt, als er das einen Stock über Mrs. Ross gelegene Apartment auszurauben versuchte. Er hat von sich aus ein Abkommen mit dem Staatsanwalt getroffen. Er war schon einmal in jener Wohnung. Am späten Abend des 29. März. Er behauptet, gesehen zu haben, wie Sie Leila von der Terrasse hinunterstießen.»

Er sah, wie Teds gebräuntes Gesicht sich aschgrau verfärbte. «Also nichts mit einem Schuldbekenntnis», flüsterte er tonlos.

«Wozu sollten sie sich dazu bereitfinden bei einem solchen Zeugen? Meine Leute versichern, seine Sicht sei durch nichts behindert gewesen, während sie bei Sally Ross durch den Eukalyptusbaum auf der Terrasse verdunkelt wurde. Eine Etage höher war er nicht mehr im Weg.»

«Mir ist's völlig egal, wie viele Leute Ted in jener Nacht gesehen haben», platzte Craig heraus. «Er war betrunken. Er wußte nicht, was er tat. Ich widerrufe meine Aussage und erkläre, er habe um 21 Uhr 30 mit mir telefoniert.»

«Ausgeschlossen, das können Sie nicht!» fuhr ihn Bartlett an. «Sie haben bereits zu Protokoll gegeben, daß Sie das Telefon klingeln hörten und nicht abnahmen. Schlagen Sie sich das ja aus dem Kopf!»

Ted steckte die zu Fäusten geballten Hände in die Taschen. «Vergiß das gottverdammte Telefon. Was genau behauptet dieser Zeuge gesehen zu haben?»

«Bisher hat es der Staatsanwalt abgelehnt, Anrufe von mir entgegenzunehmen. Durch meine internen Kanäle habe ich erfahren, daß der Kerl behauptet, Leila habe um ihr Leben gekämpft.»

«Das hieße dann für mich die Höchststrafe?»

«Der für diesen Fall bestellte Richter ist ein Idiot. Der läßt einen armen Schlucker mit einem freundlichen Klaps laufen, egal, was er auf dem Kerbholz hat, aber wenn er es mit bedeutenden Leuten zu tun hat, spielt er gern den harten Burschen. Und Sie gehören nun mal zur Elite.»

Das Telefon läutete. Bartlett nahm sofort ab. Ted und Craig sahen, wie er die Stirn immer tiefer runzelte, mit der Zunge über die Lippen fuhr, sich auf die Lippen biß. Sie hörten die barschen Anweisungen: «Ich will das Strafregister von dem Kerl. Ich will genau wissen, was für eine Übereinkunft ihm angeboten wurde. Ich will Aufnahmen haben, die den Blick von der Terrasse dieser Frau bei Dunkelheit und Regen zeigen. Macht euch schleunigst an die Arbeit.»

Als er den Hörer auflegte, stellte er fest, daß Ted im Sessel zusammengesackt war, während Craig sich kerzengerade aufgerichtet hatte. «Wir gehen vor Gericht», erklärte er. «Der neue Augenzeuge ist früher schon mal in der Wohnung gewesen. Er hat den Inhalt von etlichen Wandschränken beschrieben. Diesmal wurde er erwischt, kaum daß er den Fuß in den Hausflur gesetzt hatte. Er sagt, er habe Sie gesehen, Teddy. Leila packte Sie, versuchte, sich zu retten. Sie hoben sie hoch, Sie hielten sie über das Geländer und schüttelten sie, bis sie Ihre Arme losließ. Keine hübsche Szene, wenn die vor Gericht geschildert wird.»

«Ich ... hielt ... sie ... über ... das ...» Ted ergriff eine Vase und schleuderte sie quer durch den Raum in den Marmorkamin. Sie zerschellte, und ein Hagel von Kristallsplittern ergoß sich über den Teppich. «Nein! Das ist nicht möglich!» Er machte auf dem Absatz kehrt und stürzte blindlings zur Tür. Er warf sie mit solcher Wucht hinter sich zu, daß die Scheiben klirrten.

Sie blickten ihm nach, als er über den Rasen zu den Bäumen rannte, welche die Grenzlinie zwischen Cypress Point und Crocker Woodland markierten.

«Er ist schuldig», bemerkte Bartlett. «Jetzt gibt es keine Möglichkeit mehr, wie ich ihn herauspauken könnte. Geben

Sie mir einen eindeutigen Lügner, und ich kann mit ihm arbeiten. Wenn ich dagegen Teddy in den Zeugenstand rufe, werden die Geschworenen ihn arrogant finden. Und wenn ich's nicht tue, haben wir Elizabeths Schilderung, wie er Leila anschrie, und zwei Augenzeugen, die berichten, wie er sie getötet hat. Und damit soll ich arbeiten?» Er schloß die Augen. «Für seinen Jähzorn hat er uns ja eben einen Beweis geliefert.»

«Es gab einen besonderen Grund für diesen Ausbruch», erklärte Craig leise. «Als Achtjähriger hat Ted mit angesehen, wie sein betrunkener Vater in einem Wutanfall seine Mutter über die Terrassenbrüstung ihres Penthauses hielt.» Er holte tief Luft. «Nur daß sein Vater sich entschlossen hat, sie nicht fallen zu lassen.»

4

Um zwei Uhr rief Elizabeth bei Syd an und bat ihn, sich mit ihr am großen Schwimmbecken zu treffen. Als sie hinkam, hatte gerade ein Kurs für Unterwasseraerobic begonnen. Männer und Frauen, mit Wasserbällen ausgerüstet, folgten eifrig den Anweisungen: «Halten Sie den Ball mit beiden Händen, schwingen Sie ihn hin und her... nein, unter Wasser natürlich...» Musikbegleitung erklang.

Sie wählte einen Tisch am anderen Ende der Terrasse. Es war niemand in der Nähe. Nach zehn Minuten hörte sie hinter sich ein scharrendes Geräusch. Sie rang nach Luft. Syd... Er hatte sich durch die Sträucher geschlängelt und einen Stuhl beiseite gestoßen, um auf die Terrasse zu gelangen. Er wies mit dem Kopf in Richtung Schwimmbecken. «Ich bin in einer Hausmeisterwohnung in Brooklyn aufgewachsen. Kaum zu glauben, wie das Besenschwingen die Muskulatur meiner Mutter gestrafft hat.»

Das kam im liebenswürdigen Plauderton, doch er war auf der Hut. Das Polohemd und die Shorts, die er trug, ließen die kräftigen, drahtigen Arme und die strammen, muskulösen Beine erkennen. Merkwürdig, dachte Elizabeth, ich habe Syd immer als weichlichen Typ betrachtet, vielleicht wegen seiner miserablen Haltung.

Das scharrende Geräusch. Hatte sie vergangene Nacht ein Stuhlrücken gehört, als sie den Rückweg antrat? Und Montagabend hatte sie gemeint, etwas oder jemanden sich bewegen zu sehen. War es möglich, daß sie beim Schwimmen beobachtet wurde? Ein flüchtiger, aber beunruhigender Gedanke.

«Dafür, daß hier für teures Geld Entspannung geboten wird, gibt's 'ne ganze beachtliche Menge Nervenbündel», spottete Syd, während er sich ihr gegenübersetzte.

«Und ich dürfte wohl das schlimmste Nervenbündel sein. – Syd, du hattest dein eigenes Geld in *Karussell* investiert. Du hast Leila das Manuskript gebracht, hast dich um die von ihr gewünschten Änderungen gekümmert. Ich muß mit dem Autor sprechen, mit Clayton Anderson. Wo kann ich ihn erreichen?»

«Keine Ahnung. Ich bin ihm nie begegnet. Der Vertrag wurde durch seinen Anwalt abgeschlossen.»

«Dann nenne mir den Namen des Anwalts.»

«Nein.»

«Weil es nämlich gar keinen Anwalt gibt, stimmt's, Syd? Dieses Stück hat Helmut geschrieben, oder etwa nicht? Er hat es dir gebracht, und du hast es Leila gegeben. Helmut wußte, daß Min sich fürchterlich aufregen würde, wenn sie dahinterkäme. Dieses Stück hat ein Mann geschrieben, der besessen war – von Leila. Deshalb hätte es auch ein Erfolg werden müssen.»

Er wurde puterrot. «Du weißt ja nicht, wovon zu redest.»

Sie gab ihm Teds Brief. «Wirklich nicht? Erzähl mir von deiner Begegnung mit Ted an jenem Abend. Warum bist du damit nicht schon vor Monaten herausgerückt?»

Syd überflog den Brief. «Er hat das schriftlich gegeben? Er ist ein noch größerer Narr, als ich dachte.»

Elizabeth beugte sich vor. «Demnach hat der Baron Teds Auseinandersetzung mit Leila gehört, und Ted hat dir erzählt, daß Leila tot sei. Ist es denn keinem von euch beiden eingefallen, nachzusehen, was passiert war, ob man ihr noch irgendwie helfen konnte?»

Syd schob den Stuhl zurück. «Mir reicht's, das hör ich mir nicht länger an.»

«Nein, du wirst ruhig weiter zuhören, Syd. Warum bist du an jenem Abend zu Leilas Wohnung gegangen? Warum war der Baron dort? Sie hatte keinen von euch zu sich gebeten.»

Syd stand auf. Sein wutverzerrtes Gesicht wirkte abstoßend. «Jetzt hör du mal zu, Elizabeth. Deine Schwester hat mich ruiniert, als sie die Rolle hinschmiß. Ich wollte sie bitten, sich das noch mal zu überlegen. Ich habe das Gebäude gar nicht betreten. Ted rannte auf der Straße an mir vorbei. Ich jagte hinterher. Er sagte mir, sie sei tot. Wer überlebt schon einen solchen Sturz? Ich hab mich da rausgehalten. Den Baron hab ich an dem Abend überhaupt nicht gesehen.» Er warf ihr Teds Brief zu. «Bist du nicht zufrieden? Ted wandert ins Gefängnis. Das hast du doch gewollt, oder?»

«Geh nicht, Syd. Ich hab noch eine Menge Fragen. Der Brief, den Cheryl gestohlen hat, warum hast du ihn vernichtet? Er hätte Ted vielleicht geholfen. Ich dachte immer, du wolltest ihm unbedingt helfen.»

Syd setzte sich bedächtig. «Ich möchte ein Abkommen mit dir treffen, Elizabeth. Es war mein Fehler, den Brief zu zerreißen. Cheryl schwört, daß sie weder den noch sonst einen geschrieben hat. Ich glaube ihr.»

Elizabeth wartete. Sie würde ihm nicht auf die Nase binden, daß Scott seine Meinung teilte.

«Du hast recht mit dem Baron», fuhr Syd fort. «Er hat das Stück geschrieben. Du weißt, wie geringschätzig Leila ihn behandelt hat. Er wollte Macht über sie haben, sie zu Dank verpflichten. Jeder andere hätte sie lieber ins Bett gezogen.» Er hielt inne. «Elizabeth, wenn Cheryl morgen nicht abreisen kann zu ihrem Presseempfang, geht ihr die Serie verloren. Das Studio läßt sie glatt fallen, wenn sich rausstellt, daß sie festgehalten wird. Auf dich hört Scott. Überrede ihn, Cheryl da rauszulassen, und ich gebe dir dafür einen Wink wegen der Briefe.»

Elizabeth starrte ihn an. Er schien ihr Schweigen für Zustimmung zu nehmen. Während er weitersprach, trommelte er mit den Fingern auf dem Tisch. «Der Baron hat *Karussell* geschrieben. Ich hab die ersten Entwürfe mit seinen handschriftlichen Korrekturen. Spielen wir's doch mal durch, Elizabeth, rein hypothetisch. Angenommen, das Stück wird ein Hit. Der Baron braucht Min nicht mehr. Cypress Point hängt ihm zum Hals raus. Er ist jetzt Broadway-Autor und ständig mit Leila zusammen. Wie könnte Min das verhindern? Indem sie dafür sorgt, daß es garantiert ein Reinfall wird. Wie bewerkstelligt sie das? Indem sie Leila zerstört. Und sie wußte am besten, wie das zu geschehen hätte. Ted und Leila waren seit drei Jahren liiert. Wenn Cheryl sie auseinanderbringen wollte, warum hätte sie damit so lange gewartet?»

Bevor sie antworten konnte, machte der Stuhl das gleiche scharrende Geräusch wie bei seiner Ankunft. Elizabeth blickte ihm nach. Es war möglich. Und es ergab Sinn. Sie hörte Leila sagen: Meine Güte, Spatz, ist das bei Min nicht die reine Affenliebe? Ich möchte um alles in der Welt nicht diejenige sein, die ihr bei ihrem Spielzeugsoldaten in die Quere kommt. Min würde sofort das Kriegsbeil ausgraben und damit auf mich losgehen.»

Oder mit Schere und Klebstoff?

Syd entschwand ihren Blicken. Es könnte klappen, dachte er. Sie hatte es ihm leichtgemacht, seinen Trumpf auszuspielen. Wenn sie es schluckte, würde der Verdacht gegen Cheryl vielleicht hinfällig. Das flüchtige Lächeln erlosch wieder. Vielleicht...

Doch wie stand es um ihn selbst?

5

Blicklos und wie erstarrt saß Elizabeth am Schwimmbecken, bis die muntere Stimme der Kursleiterin sie aus ihrem Schock aufschreckte. Mit wachsendem Entsetzen hatte sie die Ungeheuerlichkeit von Mins möglichem Verrat zu ermessen versucht. Nun stand sie auf und machte sich auf den Weg zum Hauptgebäude.

Der Nachmittag hielt, was der Morgen versprochen hatte. Warmer Sonnenschein, kein Windhauch, selbst die Zypressen wirkten sanft und nicht bedrohlich, ihre dunklen Blätter glänzten. Die farbfrohen Blumenrabatten waren frisch gegossen und entfalteten ihre Blütenpracht.

Im Empfang amtierte eine Aushilfskraft, eine freundliche Dreißigerin. Der Baron und seine Frau waren ins Monterey Hospital gefahren, um Mr. Meehan ihren Beistand anzubieten. «Sie sind völlig verzweifelt ihretwegen.» Die Fürsorge schien sie zutiefst zu beeindrucken.

Sie waren auch verzweifelt, als Leila starb, dachte Elizabeth. Jetzt fragte sie sich, inwieweit Mins Kummer ihrem Schuldgefühl entsprungen war. Sie schrieb ein paar Zeilen an Helmut und verschloß den Umschlag. «Bitte geben Sie dies dem Baron, sobald er zurückkommt.»

Sie warf einen Blick auf den Fotokopierer. Sammy hatte das Gerät eingeschaltet, als sie aus irgendeinem Grund ins römische Bad wanderte. Wenn sie nun wirklich durch irgendeinen Anfall desorientiert war? Wenn sie nun den Brief im Fotokopierer gelassen hatte? Min war am nächsten Morgen früh nach unten gekommen. Womöglich hatte sie ihn gefunden und vernichtet.

Erschöpft ging Elizabeth zu ihrem Bungalow. Sie würde nie erfahren, wer diese Briefe geschickt hatte. Niemand würde das je zugeben. Wozu blieb sie noch hier? Es war alles vorbei. Und was gedachte sie mit dem Rest ihres Lebens anzufangen? Ted hatte ihr in seinem Brief gewünscht, sie möge einen neuen, glücklicheren Abschnitt beginnen. Wo? Wie?

Ihr Kopf schmerzte – ein dumpfes, pausenloses Hämmern. Ihr fiel ein, daß sie den Lunch abermals übersprungen hatte. Sie wollte sich telefonisch nach Alvirah Meehan erkundigen und dann packen. Eine traurige Bilanz: Es gab keinen einzigen Ort in der Welt, an den es sie hinzog, keinen einzigen Menschen, den sie sehen wollte. Sie holte einen Koffer aus dem Wandschrank, klappte ihn auf, hielt jäh inne.

Sie hatte immer noch Alvirahs Brosche. Sie steckte noch in der Hosentasche. Sie nahm sie heraus und stellte fest, daß sie schwerer war, als man ihr ansah. Sie war zwar keine Schmuckexpertin, doch hier handelte es sich zweifellos nicht um ein wertvolles Stück. Sie drehte es um, betrachtete die Rückseite. Die Brosche besaß nicht den üblichen Sicherheitsverschluß. Statt dessen gab es eine eingearbeitete Vorrichtung. Sie untersuchte abermals die Vorderseite. Die winzige Öffnung in der Mitte war ein Mikrofon!

Diese Entdeckung traf sie wie ein Schlag. Die scheinbar simplen Fragen, Alvirahs Herumspielen an der Brosche – damit hatte sie das Mikrofon ausgerichtet, um alles mitzubekommen, was in ihrer Umgebung gesprochen wurde. Der Koffer in ihrem Bungalow mit der kostspieligen Ausrüstung, die Kassetten – sie mußte sie an sich bringen, bevor es jemand anders tat.

Sie klingelte nach Vicky.

Fünfzehn Minuten später war sie wieder in ihrem Bungalow, mit den Kassetten und dem Recorder aus Alvirah Meehans Koffer. Vicky wirkte nervös und etwas verängstigt. «Hoffentlich hat uns keiner da reingehen sehen», flüsterte sie.

«Ich übergebe alles Sheriff Alshorne», beruhigte sie Elizabeth. «Ich möchte bloß sicherstellen, daß sie nicht spurlos verschwinden, wenn Mrs. Meehans Mann jemand davon erzählt.» Sie stimmte Vickys Vorschlag zu, ihr Tee und ein Sandwich zu bringen. Als Vicky mit dem Tablett erschien, fand sie Elizabeth mit Kopfhörern vor, einen Notizblock auf dem Schoß, einen Kugelschreiber in der Hand, während sie die Tonbänder abspielte.

6

Scott Alshorne schätzte keine ungeklärten Fälle, zumal wenn sie derart verdächtige Begleitumstände aufwiesen. Gut, Dora Samuels hatte unmittelbar vor ihrem Tod einen leichten Schlaganfall erlitten. Wie lange davor? Auf Alvirah Meehans Gesicht hatte sich ein Blutstropfen gefunden, der auf eine Injektion schließen ließ. Der Laborbefund zeigte einen sehr niedrigen Blutzuckerspiegel, möglicherweise die Folge einer Injektion. Die Intensivmaßnahmen des Barons hatten ihr zum Glück das Leben gerettet. Wo also sollte er ansetzen?

Mrs. Meehans Mann konnte erst sehr spät ausfindig gemacht werden – um ein Uhr früh New Yorker Zeit. Er hatte ein Flugzeug gechartert und traf um 7 Uhr morgens Ortszeit ein.

Am frühen Nachmittag fuhr Scott ins Monterey Hospital, um mit ihm zu sprechen.

Der Anblick von Mrs. Meehan – geisterhaft bleich, kaum atmend, an Apparate angeschlossen – erschien Scott unwirklich. Menschen wie Mrs. Meehan sollten eigentlich nicht krank werden. Sie waren dafür zu robust, zu lebensvoll. Der stämmige Mann, der ihm den Rücken zukehrte, nahm offenbar keine Notiz von seiner Anwesenheit. Er saß vornübergebeugt und flüsterte seiner Frau etwas zu.

Scott tippte ihm auf die Schulter. «Mr. Meehan, ich bin Scott Alshorne, der Sheriff von Monterey County. Das mit Ihrer Frau tut mir sehr leid.»

Willy Meehan machte eine ruckartige Kopfbewegung in Richtung Schwesternstation. «Ich weiß genau, was die über ihren Zustand denken. Aber ich sag Ihnen, sie wird wieder kerngesund. Ich hab ihr angedroht, wenn sie sich untersteht und vor mir stirbt, dann verjuxe ich das ganze Geld mit einem blonden Flittchen. Dazu läßt sie's nicht kommen – nicht wahr, Schatz?» Tränen rollten ihm über die Wangen.

«Mr. Meehan, ich muß mich kurz mit Ihnen unterhalten, nur ein paar Minuten.»

Sie konnte hören, wie Willy auf sie zuging, doch er blieb unerreichbar. Noch nie hatte sich Alvirah so schwach gefühlt. Sie konnte nicht einmal die Hand bewegen, sie war so müde.

Und dabei mußte sie ihnen etwas sagen. Sie wußte jetzt, was geschehen war. Es war sonnenklar. Sie mußte sich irgendwie zum Sprechen bringen, versuchte, die Lippen zu bewegen, aber es ging nicht. Dann bemühte sie sich, mit dem Finger zu wackeln. Willys Hand lag auf der ihren, und sie konnte einfach nicht die Kraft aufbringen, ihm begreiflich zu machen, daß sie ihm etwas mitteilen wollte.

Wenn sie doch bloß die Lippen bewegen, seine Aufmerksamkeit erwecken könnte ... Er sprach von den Reisen, die sie unternehmen wollten. Sie empfand leichte Gereiztheit, hätte ihm gerne zugerufen, er solle den Mund halten und ihr zuhören ... Bitte, Willy, hör mir zu ...

Das Gespräch auf dem Korridor vor der Intensivstation verlief ergebnislos. Alvirah hatte eine Konstitution «wie ein Pferd». Sie war nie krank, nahm keine Medikamente. Scott fragte erst gar nicht, ob sie vielleicht drogensüchtig sein könnte. Das war sowieso ausgeschlossen, und er wollte den verzweifelten Ehemann nicht kränken.

«Sie hat sich so auf diese Reise gefreut», erzählte Willy Meehan. «Sie hat sogar für den *Globe* Artikel darüber geschrieben. Sie hätten sehen sollen, wie aufgeregt sie war, als die ihr zeigten, wie man Gespräche aufzeichnet ...»

«Sie hat Artikel geschrieben?» rief Scott. «Und Gespräche aufgezeichnet?»

Er wurde unterbrochen. Eine Schwester stürzte aus der Intensivstation. «Mr. Meehan, würden Sie bitte hereinkommen? Sie versucht wieder zu sprechen. Wir hätten gern, daß Sie mit ihr reden.»

Scott eilte hinterher. Alvirah gelang es mit ungeheurem Kraftaufwand, die Lippen zu bewegen. «Sti ... Sti ...»

Willy ergriff ihre Hand. «Ich bin ja da, Schatz, ich bin bei dir.»

Die Anstrengung war so groß. Sie war so müde. Sie würde gleich einschlafen. Wenn sie doch nur ein einziges Wort herausbekommen könnte, um sie zu warnen. Mit unendlicher Mühe schaffte es Alvirah. Sie artikulierte das Wort laut genug, um es selber hören zu können.

Sie sagte: «Stimmen.»

7

Die nachmittäglichen Schatten wurden länger, doch Elizabeth war jedes Zeitgefühl abhanden gekommen, während sie Alvirah Meehans Tonbänder abhörte. Gelegentlich drückte sie auf die Stopptaste und ließ das Band zurücklaufen, um sich einen bestimmten Abschnitt mehrmals vorzuspielen. Der Block füllte sich mit Notizen.

All diese so taktlos erscheinenden Fragen waren tatsächlich ungemein clever. Elizabeth dachte daran, wie sie mit der Gräfin zusammengesessen und sich gewünscht hatte, die Gespräche an Mins Tisch belauschen zu können. Jetzt konnte sie es. Manches war akustisch unscharf, doch sie konnte genug hören, um Streß, Ausflüchte, Versuche, das Thema zu wechseln, auszumachen.

Sie begann, ihre Notizen systematisch zu ordnen, legte für jeden am Tisch ein eigenes Blatt an. Auf jeder Seite schrieb sie unten die Fragen hin, die sich ihr dazu stellten. Als sie mit dem ersten Band fertig war, kam ihr das Ganze wie ein heilloser Mischmasch von verwirrenden Sätzen vor.

Ach, Leila, wie ich dich herbeiwünsche. Du warst zu zynisch, aber in bezug auf Menschen hattest du so oft recht. Du konntest hinter ihre Fassaden sehen. Etwas stimmt nicht, und ich überhöre es. Was ist es nur?

Sie meinte, Leilas Antwort zu vernehmen, als sei sie tatsächlich anwesend. *Um Himmels willen, Spatz, mach doch die Augen auf! Sieh nicht bloß das, was die Leute dich sehen lassen wollen. Fang an zuzuhören, eigenständig zu denken. Hab ich dir denn nicht wenigstens das beigebracht?*

Sie wollte gerade die letzte Kassette einlegen, als das Telefon klingelte. Helmut. «Du hast eine Nachricht für mich hinterlassen.»

«Ja. Warum bist du an dem Abend, an dem sie starb, zu Leilas Apartment gegangen, Helmut?»

Er rang hörbar nach Luft. «Doch nicht am Telefon, Elizabeth. Darf ich jetzt zu dir herüberkommen?»

Während sie auf ihn wartete, versteckte sie den Recorder nebst Kassetten sowie ihren Notizblock. Das ging Helmut nichts an. Von der Existenz der Tonbänder sollte er nicht einmal etwas ahnen.

Diesmal hatte ihn seine steife militärische Haltung anscheinend verlassen. Er saß ihr mit herabhängenden Schultern gegenüber. Mit leiser, hastiger Stimme und stärkerem Akzent als sonst berichtete er ihr, was er Min zuvor gebeichtet hatte. Er hatte das Stück geschrieben. Er wollte Leila an jenem Abend anflehen, sich die Sache noch einmal zu überlegen.

«Das Geld hast du von Mins Schweizer Konto genommen?»

Er nickte. «Minna hat es vermutet. Was hilft's?»

«Ist es möglich, daß sie es die ganze Zeit wußte? Daß sie diese Briefe geschickt hat, weil sie Leila damit aus der Fassung bringen und so die Aufführung torpedieren wollte? Niemand kannte Leilas emotionalen Zustand besser als Min.»

Der Baron machte große Augen. «Aber das ist ja einfach großartig. Es liegt genau auf Mins Linie. Dann hat sie vielleicht die ganze Zeit gewußt, daß kein Geld mehr da war. Ob sie mich wohl einfach bestrafen wollte?»

Elizabeth kümmerte es nicht, daß man ihr den Abscheu vom Gesicht ablesen konnte. «Ich teile deine Bewunderung für diese Machenschaften keineswegs, falls sie tatsächlich auf Min zurückgehen.» Sie holte sich einen neuen Block vom Schreibtisch. «Du hast Teds Auseinandersetzung mit Leila gehört?»

«Ja.»

«Wo warst du? Wie bist du hineingekommen? Wie lange hast du dich dort aufgehalten? Was genau hast du gehört?»

Es half ihr, Wort für Wort mitzuschreiben, was er sagte, sich ganz darauf zu konzentrieren. Er hatte Leila um ihr Leben flehen hören und nicht einmal versucht, ihr zu helfen.

Als er endete, glitzerten Schweißtropfen auf seinen glattrasierten Wangen. Sie wollte ihn aus den Augen haben, konnte sich jedoch nicht enthalten zu fragen: «Und wenn du nun nicht weggelaufen, sondern statt dessen in die Wohnung gegangen wärst? Leila könnte dann noch am Leben sein. Ted würde sich nicht wegen einer geringeren Haftstrafe schuldig bekennen, wenn du nicht nur daran gedacht hättest, deine eigene Haut zu retten.»

«Das glaube ich nicht, Elizabeth. Das alles hat sich in Sekunden abgespielt.» Er sah sie aus weitaufgerissenen Augen an. «Aber hast du's denn nicht gehört? Von Schuldbekenntnis kann keine Rede mehr sein. Es war in den Nachrichten. Ein zweiter Augenzeuge hat Ted gesehen, als er Leila über die Terrassenbrüstung hielt, bevor er sie fallen ließ. Der Staatsanwalt plädiert auf lebenslänglich.»

Leila war nicht bei einem Kampf über die Brüstung gestürzt. Er hatte sie darübergehalten, dann absichtlich fallen lassen. Daß Leilas Tod um einige Schrecksekunden verlängert wurde, erschien Elizabeth grausamer als alles, was sie in ihren schlimmsten Angstträumen verfolgt hatte. Ich sollte froh sein, daß sie die Höchststrafe erwägen, sagte sie sich. Ich sollte froh über die Gelegenheit sein, gegen ihn auszusagen.

Sie sehnte sich verzweifelt danach, allein zu sein, rang sich jedoch noch eine Frage ab: «Hast du Syd in jener Nacht in der Nähe von Leilas Wohnung gesehen?»

Konnte sie seinem erstaunten Gesicht trauen? «Nein», antwortete er entschieden. «War er denn dort?»

Es ist vorbei, sagte sich Elizabeth. Sie rief bei Scott Alshorne an. Der Sheriff war dienstlich unterwegs. Sie hinterließ die Bitte um Rückruf. Sie wollte ihm Alvirah Meehans Recorder nebst Zubehör übergeben und die nächste Maschine nach New York nehmen. Kein Wunder, daß sich alle bei Alvirahs unablässigen Fragen so gereizt anhörten. Die meisten hatten ja etwas zu verbergen.

Die Rosette. Sie wollte sie schon zu den übrigen Sachen in den Koffer packen, als ihr klar wurde, daß sie die letzte Kassette nicht abgehört hatte. Ihr fiel ein, daß Alvirah die Brosche in der Klinik angehabt hatte... Es gelang ihr, die Kassette aus dem winzigen Behälter zu lösen. Ob Alvirah trotz ihrer Angst vor den Kollagenspritzen den Recorder laufen gelassen hatte?

Tatsächlich, die Kassette war bespielt. Sie begann mit der Unterhaltung zwischen Alvirah und der Krankenschwester über die beruhigende Wirkung von Valium. Dann Türklicken, Alvirahs Atemgeräusche, abermals Türklicken... Die etwas gedämpfte, undeutliche Stimme des Barons, die Alvirah Mut zusprach; wiederum Türklicken, Alvirahs Keuchen, ihr Versuch, um Hilfe zu rufen, ihr Ringen nach Luft, neuerliches Türklicken, die fröhliche Stimme der Schwester: «Hier sind wir, Mrs. Meehan. Sind Sie bereit für die Verschönerung?» Und dann die Schwester in höchster Erregung, am Rande der Panik: «Mrs. Meehan, was ist denn los? Doktor...»

Nach einer Pause Helmuts Stimme, knappe, barsche Anweisungen: «Runter mit dem Bademantel!» Der Ruf nach dem Sauerstoffgerät. Ein hämmerndes Geräusch – offenbar die Herzmassage; danach verlangte Helmut, alles für eine intravenöse Injektion vorzubereiten. Das geschah dann in meiner Gegenwart, dachte Elizabeth. Er hat versucht, sie zu töten. Was immer er ihr gab, es sollte sie umbringen. Alvirahs beharrliche Hinweise auf den Satz vom «Schmetterling, der auf einer Wolke dahinsegelt», ihre ständige Wiederholung, daß sie das an etwas erinnere, ihre Lobsprüche über seine schriftstellerischen Qualitäten – empfand er das als Katz- und-Maus-Spiel? Hatte er trotz allem die Hoffnung, irgendwie würde Min nicht die Wahrheit über das Theaterstück, über ihr Schweizer Konto erfahren?

Sie spielte das letzte Band immer wieder ab. Da war etwas, das sie nicht verstand. Was überhörte sie?

Ohne zu wissen, wonach sie eigentlich suchte, las sie die Notizen noch einmal durch, die sie sich bei Helmuts Schilderung von Leilas Tod gemacht hatte. Ihr Blick heftete sich auf einen Satz. Aber das ist doch falsch, dachte sie.

Es sei denn...

Wie ein erschöpfter Bergsteiger, den nur noch wenige Zentimeter vom Gipfel trennen, ging sie die Notizen durch, die sie zu Alvirah Meehans Tonbändern gemacht hatte.

Und fand die Lösung.

Sie hatte die ganze Zeit auf sie gewartet. Wußte er, wie nahe sie der Wahrheit gekommen war?

Ja, er wußte es.

Sie erschauerte, wenn sie sich an die scheinbar so unschuldigen Fragen erinnerte, an ihre verwirrten Antworten, die für ihn so bedrohlich geklungen haben mußten.

Hastig griff sie zum Telefon. Sie wollte Scott anrufen. Und dann ließ sie die Hand wieder sinken. Was sollte sie ihm sagen? Es gab nicht den Schatten eines Beweises. Es würde ihn niemals geben.

Es sei denn, sie konnte ihn zum Handeln zwingen...

8

Über eine Stunde saß Scott an Alvirahs Bett in der Hoffnung, sie würde noch etwas sagen. Dann erklärte er Willy Meehan: «Ich bin gleich wieder da.» Er hatte John Whitley draußen entdeckt und folgte ihm in sein Sprechzimmer.

«Haben Sie weitere Informationen für mich, John?»

«Nein.» Der Arzt wirkte zugleich wütend und perplex. «Ich hab was dagegen, wenn ich nicht weiß, woran ich eigentlich bin. Ihr Blutzucker war so niedrig, daß wir – in Ermangelung einer nachgewiesenen schweren Hypoglykämie – von dem Verdacht ausgehen müssen, jemand habe ihr Insulin injiziert. Es besteht nicht der geringste Zweifel, daß sich an der Stelle auf der Wange, wo wir den Blutstropfen entdeckt haben, ein Einstich befindet. Wenn nun der Kollege von Schreiber behauptet, ihr keinerlei Injektion im Gesicht verabfolgt zu haben, ist da irgendwas faul.»

«Wie stehen ihre Chancen?» fragte Scott.

John zuckte die Achseln. «Ich weiß es nicht. Zum jetzigen Zeitpunkt läßt sich noch nicht sagen, ob sie eine Gehirnschädigung davongetragen hat. Wenn Willenskraft sie zurückholen kann, dann schafft das ihr Mann. Er macht das genau richtig. Erzählt ihr von dem Flugzeug, das er hierher gechartert hat, von der Renovierung des Hauses nach ihrer Rückkehr. Wenn sie ihn hören kann, fühlt sie sich dadurch gefordert und – unentbehrlich.»

Von Johns Zimmer hatte man Aussicht auf den Garten. Scott trat ans Fenster. Wenn er doch nur eine Weile allein sein, das Ganze durchdenken könnte! «Wir können nicht beweisen, daß Mrs. Meehan Opfer eines Mordversuchs war. Wir können nicht beweisen, daß Miss Samuels ermordet wurde.»

«Hieb- und stichfest bestimmt nicht.»

«Das heißt also, selbst wenn wir herausbekämen, wer am Tod der beiden Frauen interessiert gewesen sein könnte – und den Mut aufbringt, seinen Mordplan ausgerechnet dort durchzuführen –, wären wir trotzdem vielleicht außerstande, irgend etwas zu beweisen.»

«Das gehört zwar eher in Ihren Aufgabenbereich, aber ich stimme Ihnen zu.»

Scott hatte noch eine letzte Frage: «Mrs. Meehan hat zu sprechen versucht und brachte schließlich ein Wort heraus – ‹Stimmen›. Ist es denkbar, daß jemand in ihrem Zustand sich tatsächlich eine Mitteilung abringt, die Hand und Fuß hat?»

Whitley zuckte die Achseln. «Meinem Eindruck nach ist das

Koma noch immer zu tief, um irgendwelche Rückschlüsse zu ziehen. Doch ich könnte mich irren. Es wäre nicht das erste Mal.»

Scott unterhielt sich nochmals mit Willy Meehan im Korridor. Alvirah wollte eine Artikelserie schreiben. Der Chefredakteur vom *New York Globe* hatte sie aufgefordert, so viele Insider-Informationen wie nur möglich über die Prominenz zusammenzutragen. Scott erinnerte sich an die unzähligen Fragen, die sie in seiner Gegenwart beim Dinner gestellt hatte. Was mochte Alvirah wohl unwissentlich erfahren haben? Das lieferte immerhin einen Grund für den Anschlag auf ihr Leben – sofern es sich um einen Anschlag gehandelt hatte. Und es erklärte die kostspielige Recorder-Ausrüstung in ihrem Koffer.

Um fünf hatte er einen Termin beim Bürgermeister von Carmel. Über das Sende- und Empfangsgerät in seinem Wagen hörte er, daß Elizabeth zweimal angerufen hatte. Der zweite Anruf war dringend.

Sein Instinkt veranlaßte ihn, die Verabredung mit dem Bürgermeister zum zweitenmal innerhalb von zwei Wochen abzusagen und direkt nach Cypress Point Spa zu fahren.

Durch das große Aussichtsfenster konnte er Elizabeth beobachten. Sie telefonierte. Er wartete, bis sie aufgelegt hatte, bevor er anklopfte. Die dreißig Sekunden boten ihm Gelegenheit, Elizabeth eingehend zu betrachten. Die schrägen Strahlen der Nachmittagssonne mit ihren Schatteneffekten brachten die hohen Wangenknochen, den breiten, empfindsamen Mund, die leuchtenden Augen zur Geltung. Wäre ich ein Bildhauer, hätte ich sie gern als Modell, dachte er. Sie ist nicht nur schön, sondern besitzt darüber hinaus Stil und natürliche Eleganz.

Eines Tages hätte sie Leila in den Schatten gestellt.

Elizabeth übergab ihm die Tonbänder. Sie wies auf den vollgeschriebenen Notizblock. «Tun Sie mir einen Gefallen, Scott, hören Sie diese Bänder sehr, sehr sorgfältig ab. Dies hier», sie deutete auf die Kassette, die sie aus der Rosette entnommen hatte, «wird Ihnen einen Schock versetzen. Spielen Sie's ganz ab und warten Sie, ob Sie das mitkriegen, was ich gehört zu haben meine.» Sie reckte das Kinn entschlossen vor, ihre Augen funkelten.

«Was haben Sie vor, Elizabeth?» fragte er.

«Etwas, das ich tun muß – das einzige, was ich tun kann.»

Mehr sagte sie nicht, so ernst auch Scott in sie drang. Er erzählte ihr, daß Alvirah Meehan schließlich ein Wort herausgebracht hatte: Stimmen. «Gibt Ihnen das irgendeinen Anhaltspunkt?»

Elizabeth lächelte vielsagend.

«Und ob», sagte sie heftig.

9

Ted hatte das Gelände von Cypress Point Spa um die Mittagsstunde fluchtartig verlassen und war um fünf immer noch nicht zurück. Henry Bartlett drängte es sichtlich wieder nach New York. «Wir sind hergekommen, um Teds Verteidigung vorzubereiten», beschwerte er sich. «Hoffentlich ist er sich klar darüber, daß sein Prozeß in fünf Tagen beginnt. Wenn er nicht mit mir konferieren will, dann hat es für mich keinen Sinn, weiter tatenlos hier herumzusitzen.»

Das Telefon klingelte. Craig sprang wie elektrisiert auf. «Elizabeth! Was für eine nette Überraschung... Ja, das stimmt. Ich klammere mich an den Gedanken, daß wir den Staatsanwalt trotzdem noch überreden können, auf ein

Schuldbekenntnis einzugehen, aber das ist ziemlich unrealistisch... Wir haben noch nicht übers Dinner gesprochen, aber natürlich wäre es schön, mit dir zu essen... Ach, das! Ich weiß nicht. Da war irgendwie kein Witz mehr drin. Und Ted hat sich immer darüber geärgert. Fein... Also dann bis zum Dinner.»

Scott fuhr mit heruntergekurbelten Wagenfenstern nach Hause, um die jetzt vom Meer wehende kühle Brise zu genießen. Das war angenehm, dennoch vermochte er die bösen Vorahnungen nicht abzuschütteln, die ihn erfaßten. Elizabeth führte etwas im Schilde, und er spürte instinktiv, daß es gefährlich sein könnte.

An der Küstenlinie bei Pracific Grove kam leichter Nebel auf, der sich später bestimmt verdichten würde. Er bog um die Ecke und steuerte in die Zufahrt zu einem hübschen, schmalen Haus. Seit sechs Jahren kam er nun in ein leeres Heim zurück und empfand jedesmal wieder die schmerzliche Leere, die Jeanies Tod hinterlassen hatte. Mit ihr hatte er über seine Fälle gesprochen. An diesem Abend hätte er ihr beispielsweise einige hypothetische Fragen gestellt: Meinst du, daß ein Zusammenhang besteht zwischen Dora Samuels' Tod und Alvirah Meehans Koma? Und noch eine Frage schoß ihm durch den Kopf: Hältst du es für möglich, daß zwischen diesen beiden Frauen und Leilas Tod ein Zusammenhang besteht?

Und schließlich: Jeanie, was zum Teufel hat Elizabeth vor?

Scott duschte, zog alte Hosen und einen Pullover an, kochte eine Kanne Kaffee und legte einen Hamburger auf den Grill. Als er sich zum Essen setzte, ließ er das erste von Alvirahs Tonbändern laufen.

Er begann mit dem Abhören um Viertel nach sechs. Um sieben war sein Notizblock ebenso vollgeschrieben wie der von Elizabeth. Um Viertel nach acht spielte er die Bandaufnahme aus der Klinik ab. «Dieser Mistkerl», murmelte er. Er hat ihr tatsächlich irgendwas gespritzt. Aber was? Wenn er nun mit dem Kollagen angefangen und sofort gemerkt hatte, daß sie kollabierte? Er war schließlich unmittelbar danach mit der Schwester zurückgekommen.

Scott ließ das Band nochmals durchlaufen, dann ein drittes Mal, und da wurde ihm endlich klar, was Elizabeth gemeint hatte. Als der Baron das erste Mal mit Mrs. Meehan sprach, klang seine Stimme irgendwie sonderbar: heiser, guttural, jedenfalls verblüffend anders als die, mit der er wenige Sekunden später der Schwester Anweisungen zubrüllte.

Er rief das Monterey Hospital an und verlangte Dr. Whitley, um ihm eine Frage zu stellen: «Kann es Ihrer Meinung nach einem Arzt passieren, daß nach einer Injektion eine Nachblutung auftritt?»

«Schlampige Injektionen hab ich auch bei erstklassigen Chirurgen schon öfter erlebt. Und wenn es ein Arzt war, der Mrs. Meehan mit dieser Spritze schaden wollte – dann war er vielleicht anstandshalber wenigstens nervös.»

«Vielen Dank, John.»

«Keine Ursache.»

Er wärmte gerade den Kaffee auf, als es an der Haustür klingelte. Er eilte hinaus, um zu öffnen. Vor ihm stand Ted Winters.

Zerknitterte Kleider, beschmutztes Gesicht, zerzaustes Haar, Arme und Beine mit frischen Kratzwunden übersät. Er stolperte herein und wäre hingefallen, wenn ihn Scott nicht rechtzeitig gepackt hätte.

«Scott, du mußt mir helfen. Jemand muß mir helfen. Das ist eine Falle, ich schwör's. Ich hab's stundenlang probiert, Scott, und konnte es einfach nicht. Ich konnte mich nicht dazu bringen.»

«Ruhig, ganz ruhig.» Scott legte den Arm um Ted und führte ihn zur Couch. «Du kippst ja gleich um.» Er goß einen ordentlichen Brandy ein. «Los, trink das.»

Nach ein paar Schlucken fuhr sich Ted mit der Hand über das Gesicht, als wolle er die schiere Panik wegwischen, die er gezeigt hatte. Ein kläglicher Versuch zu lächeln scheiterte, er war zum Umfallen müde. Er wirkte jung, verletzlich, keine Spur mehr von dem souveränen Leiter eines Wirtschaftsimperiums. Fünfundzwanzig Jahre waren ausgelöscht, und Scott meinte, den neunjährigen Jungen vor sich zu sehen, mit dem er immer fischen gegangen war.

«Hast du heute schon was gegessen?» fragte er.

«Ich kann mich nicht erinnern.»

«Dann trink den Brandy langsam. Ich mach dir ein Sandwich und Kaffee.»

Er wartete, bis Ted das Sandwich gegessen hatte, bevor er begann: «Na gut, am besten erzählst du mir jetzt mal alles der Reihe nach.»

«Scott, ich hab keine Ahnung, was eigentlich los ist, aber eins weiß ich: Ich hätte Leila nicht auf die Weise töten können, wie man es mir einzureden versucht. Mir ist es gleich, wie viele Zeugen auf der Bildfläche erscheinen – etwas stimmt da nicht.»

Er beugte sich vor, blickte Scott flehend an. «Erinnerst du dich an Mutters furchtbare Höhenangst, Scott?»

«Dafür hatte sie auch allen Grund. Dein Vater, dieser Schuft . . .»

Ted fiel ihm ins Wort. «Es widerte ihn an, als er bemerkte, daß sich bei mir die gleiche Phobie entwickelte. Ich war ungefähr acht, als er sie eines Tages auf die Terrasse des Penthauses kommandierte, von wo sie nach unten schauen sollte. Sie begann zu weinen und sagte: ‹Komm, Teddy›, und wir wollten hineingehen. Er packte sie, hob sie hoch und hielt sie über das Geländer. Das war achtunddreißig Stockwerke hoch. Sie schrie, bettelte. Ich krallte mich an ihm fest. Er hob sie erst zurück, als sie ohnmächtig wurde. Dann ließ er sie einfach zu Boden fallen und sagte zu mir: ‹Wenn ich dir je hier draußen auch nur die leiseste Angst anmerke, mach ich mit dir genau dasselbe.›»

Ted schluckte und fuhr mit erstickter Stimme fort: «Dieser neue Augenzeuge sagt, ich hätte das mit Leila gemacht. Ich hab heute versucht, die Klippen in Point Sur runterzuklettern. Ich konnte es nicht! Ich konnte meine Beine nicht zwingen, bis zum Rand zu gehen.»

«Unter Streß bringen Menschen ganz seltsame Dinge zuwege.»

«Nein. Nein. Falls ich Leila getötet habe, dann auf irgendeine andere Weise. Das weiß ich. Zu behaupten, ich könnte sie, betrunken oder nüchtern, über das Geländer halten ... Syd schwört, ich hätte ihm erzählt, mein Vater habe Leila von der Terrasse gestoßen; vielleicht kannte er die alte Geschichte. Vielleicht belügen sie mich alle. Scott, ich muß mich daran erinnern, was in jener Nacht passiert ist.»

Mitfühlend betrachtete ihn Scott, nahm die schlaff herabhängenden Schultern wahr, die unendliche Müdigkeit, die ihn zeichnete. Er war den ganzen Tag herumgelaufen, hatte sich zu zwingen versucht, am Rand einer Felsklippe zu stehen. Er wollte seine Höhenangst mit allen Mitteln überwinden, um die Wahrheit herauszufinden. «Hast du das erwähnt, als man dich wegen Leilas Tod zu verhören begann?»

«Es hätte sich lächerlich angehört. Ich baue Hotels, bei denen wir den Leuten den Wunsch nach einer Terrasse einsuggerieren. Ich konnte es immer vermeiden, eine zu betreten, ohne eine Affäre daraus zu machen.»

Es wurde dunkel. Über Teds Wangen rannen Schweißperlen. Scott machte Licht. Ted hatte anscheinend keinen Blick für das behagliche Zimmer mit den vielen Polstermöbeln, Jeanies handgestickten Kissen, dem hochlehnigen Schaukelstuhl, dem Bücherregal aus Kiefernholz. Er saß in einer Falle, die ihm andere mit ihren Zeugenaussagen gestellt hatten, stand unmittelbar vor der Verurteilung zu zwanzig bis dreißig Jahren Gefängnis. Er hat recht, befand Scott. Für ihn gab es nur die eine Hoffnung, sich in jene Nacht zurückzuversetzen. «Bist du bereit zu einer Hypnose oder Pentothal?» fragte er.

«Eins ... beides ... ist mir gleich.»

Scott rief abermals im Krankenhaus an und verlangte John Whitley. «Gehen Sie eigentlich nie nach Hause?»

«Gelegentlich schon. Ich bin jetzt gerade im Aufbruch.»

«Daraus wird leider nichts, John. Wir haben noch einen Notfall.»

10

Craig und Bartlett gingen zusammen zum Speisesaal. Sie hatten die «Cocktail»-Stunde absichtlich übersprungen und sahen gerade noch die letzten Gäste auf der Veranda aufbrechen.

«Mir gefällt das nicht», erklärte Bartlett. «Elizabeth Lange führt doch irgendwas Dubioses im Schilde, wenn sie uns um ein gemeinsames Dinner bittet. Ich kann Ihnen sagen, der Staatsanwalt wird wenig erbaut sein, wenn er hört, daß seine Kronzeugin mit der Gegenseite an einem Tisch sitzt.»

«Seine ehemalige Kronzeugin», erinnerte ihn Craig.

«Das ist und bleibt sie. Die Ross ist völlig übergeschnappt. Der andere ist ein kleiner Dieb. Ich hab nichts dagegen, die beiden ins Kreuzverhör zu nehmen.»

Craig blieb stehen und packte ihn am Arm. «Meinen Sie damit, daß Ted trotz allem noch eine Chance hat?»

«Natürlich nicht. Er ist schuldig. Und ein zu schlechter Lügner, um sich selber rauszuwinden.»

Ein Plakat in der Halle kündigte einen Konzertabend für Flöte und Harfe an. Bartlett las die Namen der Künstler. «Die sind erstklassig. Ich hab sie vergangenes Jahr in der Carnegie Hall gehört. Gehen Sie auch manchmal dorthin?»

«Gelegentlich.»

«Welches Musikgenre mögen Sie?»

«Fugen von Bach. Und das überrascht Sie vermutlich.»

«Offen gestanden, darüber hab ich noch nie nachgedacht», erwiderte Bartlett kurz. Himmel, werde ich froh sein, wenn dieser Fall abgeschlossen ist, dachte er. Ein schuldiger Mandant, der nicht lügen kann, und ein Vize, der sich alles aufbuckelt und nie über seinen Minderwertigkeitskomplex wegkommen wird.

Min, der Baron, Syd, Cheryl und Elizabeth saßen bereits bei Tisch. Nur Elizabeth wirkte völlig entspannt. Sie hatte irgendwie anstelle von Min die Rolle der Gastgeberin übernommen. Die Stühle rechts und links neben ihr waren frei. Als die beiden näher kamen, streckte sie ihnen die Arme entgegen. «Die Plätze habe ich eigens für euch reserviert.»

Und was zum Teufel soll das heißen, fragte sich Bartlett.

Der Kellner schenkte alkoholfreien Wein ein. «Ich muß dir gestehen, Min, ich freue mich jetzt schon auf den ersten kräftigen Drink zu Hause», sagte Elizabeth.

«Warum machst du's nicht wie alle anderen?» fragte Syd. «Wo hast du deinen Koffer mit Vorhängeschloß?»

«In dem sind weitaus interessantere Dinge als Schnaps», entgegnete sie. Während des Dinners gab sie den Ton an, schwelgte in Erinnerungen an die Zeiten, die sie hier gemeinsam verbracht hatten.

Beim Dessert ergriff Bartlett die Initiative. «Miss Lange, ich kann mich des Eindrucks nicht erwehren, daß Sie irgendein

Spielchen spielen, und ich für mein Teil mache bei so was grundsätzlich nicht mit, solange ich nicht die Spielregeln kenne.»

Elizabeth schob einen Löffel Himbeeren in den Mund, legte dann den Löffel nieder. «Sie haben ganz recht», entgegnete sie. «Ich wollte heute abend aus einem sehr speziellen Grund mit euch allen zusammen sein. Ihr alle sollt erfahren, daß ich nicht mehr glaube, Ted sei verantwortlich für den Tod meiner Schwester.»

Sie starrten sie entgeistert an.

«Laßt uns darüber reden. Jemand hat Leila absichtlich kaputtgemacht, indem er ihr diese anonymen Briefe schickte. Ich denke, das warst du oder du.» Sie deutete auf Cheryl, dann auf Min.

«Da bist du völlig im Irrtum», widersprach Min entrüstet.

«Ich hab dir doch gesagt, du sollst weitere Briefe beibringen und sie untersuchen lassen, um den Absender zu ermitteln», fuhr Cheryl sie giftig an.

«Vielleicht tue ich genau das», konterte Elizabeth. «Mr. Bartlett, hat Ted Ihnen erzählt, daß Syd und der Baron sich in der Nacht, in der meine Schwester starb, dort aufgehalten haben?» Sie schien seine erstaunte Miene zu genießen. «Hinter dem Tod meiner Schwester steckt mehr, als bisher ans Licht gekommen ist. Ich weiß das. Einer, vielleicht auch zwei von euch wissen es. Es ist nämlich eine andere Version denkbar. Syd und Helmut hatten Geld in das Stück investiert. Syd war bekannt, daß Helmut das Stück geschrieben hatte. Sie zogen gemeinsam hin, um Leila zu beknien. Irgend etwas ging schief, und Leila starb. Man hätte es als Unfall betrachtet, wäre da nicht diese Frau gewesen, die schwor, sie habe Ted im Handgemenge mit Leila gesehen. An diesem Punkt ließ meine Aussage, daß Ted zurückgekommen war, die Falle zuschnappen.»

Der Kellner näherte sich beflissen, Min winkte abwehrend.

Bartlett bemerkte, daß die Leute an den umliegenden Tischen sie beobachteten. «Ted hat keinerlei Erinnerung daran, daß er in Leilas Apartment zurückkehrte», fuhr Elizabeth fort. «Aber wenn er nun zurückging und sofort wieder kehrtmachte, wenn nun einer von euch mit Leila handgemein wurde? Ihr seid alle ungefähr gleich groß. Es regnete. Diese Ross könnte doch Leila gesehen und dann einfach als selbstverständlich angenommen haben, es sei Ted, gegen den sie sich zur Wehr setzte. Ihr beide habt euch geeinigt, Ted die Schuld an Leilas Tod zuzuschanzen, und die Geschichten ausgeheckt, die ihr ihm dann auftischtet. Wäre doch durchaus denkbar, oder?»

«Minna, die Frau hat den Verstand verloren», blubberte der Baron. «Du mußt wissen...»

«Ich bestreite nachdrücklich, in der fraglichen Nacht in der Wohnung gewesen zu sein», erklärte Syd.

«Du gibst zu, daß du hinter Ted hergerannt bist. Doch von wo aus? Von der Wohnung? Weil er dich Leila hinunterstoßen sah? Ein einmaliger Glückstreffer für dich, wenn er so traumatisiert war, daß sein Gedächtnis aussetzte. Der Baron behauptet, den Streit zwischen Leila und Ted gehört zu haben. Aber das gilt für mich genauso. Ich war Ohrenzeugin am Telefon. Und ich habe nicht gehört, was er gehört zu haben behauptet!»

Elizabeth stützte die Ellbogen auf den Tisch und blickte forschend von einem wütenden Gesicht zum nächsten.

«Ich bin überaus dankbar für diese Information», wandte sich Henry Bartlett an sie. «Sie haben jedoch anscheinend vergessen, daß es einen neuen Zeugen gibt.»

«Einen sehr gelegenen neuen Zeugen», entgegnete Elizabeth. «Ich habe heute nachmittag mit dem Staatsanwalt gesprochen. Dieser Zeuge entpuppt sich als geistig etwas unterbelichtet. In der Nacht, in der er von jener Wohnung aus angeblich Ted beobachtete, wie er Leila von der Terrasse fallen ließ, saß er im Gefängnis.» Sie stand auf. «Craig, würdest du mich begleiten? Ich muß noch zu Ende packen und möchte dann noch schwimmen. Es dürfte lange dauern, bis ich wieder hierherkomme – falls überhaupt.»

Draußen war es jetzt stockfinster. Mond und Sterne lagen hinter einem dichten Nebelschleier; die japanischen Laternen in den Bäumen und Sträuchern waren nur schwach glimmende Lichtpünktchen.

Craig legte ihr den Arm um die Schultern. «Das war eine Glanzvorstellung.»

«Genau das war es: eine Vorstellung. Beweisen kann ich gar nichts.»

«Hast du noch weitere anonyme Briefe?»

«Nein, das war reiner Bluff.»

«Die Enthüllungen über den neuen Zeugen waren ein Volltreffer.»

«Auch da hab ich geblufft. Er war tatsächlich an dem Abend im Gefängnis, wurde aber um acht gegen Kaution freigelassen. Leila starb um halb zehn. Sie können höchstens seine Glaubwürdigkeit in Zweifel ziehen.»

Vor ihrem Bungalow lehnte sie sich an ihn. «Ach, Craig, das ist alles so verrückt, nicht wahr? Ich grabe wie besessen nach der Wahrheit und komme mir dabei vor wie früher die Goldsucher ... Der einzige Haken ist, daß ich keine Zeit mehr habe, deshalb mußte ich zu sprengen anfangen. Aber letzten Endes habe ich vielleicht doch einen von ihnen so aufgeschreckt, daß er – oder sie – einen Fehler macht.»

Er strich ihr über das Haar. «Du reist morgen ab?»

«Ja. Und du?»

«Ted ist noch nicht wieder aufgekreuzt. Vielleicht ist er auf Sauftour. Ich könnte es ihm nicht verdenken. Allerdings sähe ihm das nicht ähnlich ... Wir werden wohl auf ihn warten. Aber wenn das Ganze vorüber ist und du magst – versprich mir, daß du mich anrufst.»

«Und kriege dann vom Anrufbeantworter deine Imitation eines japanischen Hausdieners geboten? Ach, ich vergaß. Du sagtest ja, daß du's geändert hast. Warum hast du das getan, Craig? Ich fand die Nummer immer sehr komisch. Leila auch.»

Er sah verwirrt aus. Sie wartete nicht auf Antwort, sondern fuhr fort: «Was haben wir hier früher für Spaß gehabt. Weißt du noch, wie Leila dich das erste Mal nach Cypress Point eingeladen hat, bevor Ted auf der Bildfläche erschien?»

«Natürlich erinnere ich mich daran.»

«Wie hast du Leila kennengelernt? Ich hab das ganz vergessen.»

«Sie wohnte im Beverly Winters. Ich schickte Blumen in ihre Suite. Sie rief an und bedankte sich, und wir nahmen zusammen einen Drink. Sie war auf dem Weg hierher und forderte mich auf mitzukommen ...»

«Und dann begegnete sie Ted ...» Elizabeth küßte ihn auf die Wange. «Halt mir die Daumen, daß mein Auftritt vorhin kein Schlag ins Wasser war. Wenn Ted unschuldig ist, liegt mir genausoviel an seiner Freiheit wie dir.»

«Das weiß ich. Du liebst ihn, nicht wahr?»

«Vom ersten Tag an, als du ihn Leila und mir vorgestellt hast.»

Elizabeth zog Schwimmanzug und Bademantel an, setzte sich an den Schreibtisch und schrieb einen langen Brief an Scott Alshorne. Dann läutete sie dem Zimmermädchen. Ein neues Gesicht, das sie noch nie gesehen hatte, aber das Risiko mußte sie eingehen. Sie steckte den Brief an Scott in einen zweiten Umschlag und kritzelte ein paar Zeilen dazu. «Geben Sie dies morgen früh Vicky. Keinesfalls jemand anders. Ist das klar?»

«Selbstverständlich.» Das neue Zimmermädchen war leicht gekränkt.

«Vielen Dank.» Elizabeth blickte ihr nach und fragte sich, was sie wohl sagen würde, wenn sie die Mitteilung an Vicky lesen könnte.

Sie lautete: «Im Fall meines Todes übergeben Sie bitte diesen Brief unverzüglich Sheriff Alshorne.»

Um acht betrat Ted ein Privatzimmer im Monterey Peninsula Hospital. Dr. Whitley machte ihn mit einem Psychiater bekannt, der ihn zur Verabreichung der Injektion erwartete. Eine Videokamera war bereits installiert. Scott und ein Hilfssheriff sollten als Zeugen für die unter Pentothalnarkose gemachten Aussagen fungieren.

«Ich bin nach wie vor der Meinung, du solltest deinen Anwalt dabeihaben«, mahnte Scott.

Ted schüttelte gereizt den Kopf. «Bartlett ist ja derjenige gewesen, der mich bedrängt hat, mich diesem Test nicht zu unterziehen. Ich gedenke keine Zeit mehr mit fruchtlosen Diskussionen darüber zu vergeuden. Die Wahrheit soll endlich ans Licht kommen.»

Er zog die Jacke aus, streifte die Schuhe ab und legte sich auf das Ruhebett.

Wenige Minuten nachdem die Injektion zu wirken begonnen hatte, beantwortete er Fragen nach der letzten mit Leila verbrachten Stunde.

«Sie beschuldigte mich unentwegt, daß ich sie betrüge. Hatte Fotos von mir mit anderen Frauen. Gruppenbilder. Ich sagte ihr, daß so was auch zu meinem Job gehört. Die Hotels. Ich war nie allein mit irgendeiner Frau. Ich bemühte mich, vernünftig mit ihr zu reden. Sie hatte den ganzen Tag getrunken. Ich hielt mit. Ich hatte es gründlich satt. Ich warnte sie, sie müsse Vertrauen zu mir haben, ich könnte solche Szenen nicht ein Leben lang ertragen. Sie sagte, sie wisse ja, daß ich mit ihr zu brechen versuchte. Leila. Leila. Sie geriet außer sich. Ich wollte sie beruhigen. Sie zerkratzte mir die Hände. Das Telefon klingelte. Es war Elizabeth. Leila schrie mich weiter an. Ich ging weg. Nach unten in mein Apartment. Sah in den Spiegel. Blut an der Wange. An den Händen. Versuchte, Craig zu erreichen. Wußte, daß ich so nicht weiterleben konnte. Wußte, daß es aus war. Dachte aber, vielleicht tut sich Leila was an. Besser bei ihr bleiben, bis ich Elizabeth erreichen kann. Mein Gott, ich bin so betrunken. Der Fahrstuhl. Leilas Stockwerk. Tür öffnen. Leila schreit.»

Scott fragte eindringlich: «Was schreit sie, Ted?»

«Tu's nicht! Bitte tu's nicht!» Ted zitterte,schüttelte den Kopf, entsetzt, ungläubig.

«Ted, was siehst du? Was ist passiert?»

«Stoße die Tür auf. Zimmer ist dunkel. Die Terrasse... Leila... Halt. Hör auf. Hilf ihr. Pack sie! Laß sie nicht fallen! Laß Mammy nicht fallen!»

Ted begann zu schluchzen, wurde von krampfartigen Zukkungen geschüttelt.

«Ted, wer hat das mit ihr gemacht?»

«Hände. Sehe bloß Hände. Sie ist tot. Mein Vater...» Die Worte kamen abgehackt. «Leila ist tot. Daddy hat sie runtergestoßen. Daddy hat sie getötet.»

Der Psychiater sah Scott an. «Mehr kriegen Sie jetzt nicht zu hören. Entweder ist das alles, was er weiß, oder er kann sich immer noch nicht mit der vollen Wahrheit konfrontieren.»

«Genau das befürchte ich», flüsterte Scott. «Dauert es lange, bis er wieder klar ist?»

«Das geht ziemlich schnell. Er sollte sich eine Weile ausruhen.»

John Whitley stand auf. «Ich schaue eben mal nach Mrs. Meehan. Bin gleich zurück.»

«Ich würde gern mitkommen.» Der Kameramann packte seine Ausrüstung zusammen. «Geben Sie das Band in meinem Büro ab», ersuchte ihn Scott. Und zu seinem Stellvertreter gewandt: «Sie bleiben hier. Lassen Sie Mr. Winters nicht weg.»

Die Oberschwester der Intensivstation war sichtlich aufgeregt. «Wir wollten Sie gerade holen lassen, Doktor. Mrs. Meehan scheint aus dem Koma zu erwachen.»

«Sie hat wieder ‹Stimmen› gesagt.» Willy Meehan strahlte

hoffnungsvoll. «Klar und deutlich. Ich wußte ja nicht, was sie damit meint, aber sie weiß, was sie zu sagen versuchte.»

«Heißt das, sie ist außer Gefahr?» erkundigte sich Scott.

John Whitley studierte das Krankenblatt und fühlte Alvirah den Puls. Er antwortete leise, damit Willy Meehan ihn nicht verstehen konnte: «Nicht unbedingt. Aber es ist zweifellos ein gutes Zeichen. Alles weitere müssen wir abwarten.»

Alvirahs Lider öffneten sich zuckend. Sie schaute starr geradeaus, dann konzentrierte sich ihr Blick auf Scott. Ihr Gesicht bekam einen drängenden Ausdruck. «Stimmen», flüsterte sie. «War's nicht.»

Scott beugte sich über sie. «Ich kann Sie nicht verstehen, Mrs. Meehan.»

Sie wollte ihnen sagen, wer ihr das angetan hatte, doch ihr fiel der Name nicht ein. Sie konnte ihn klar und deutlich sehen, aber an den Namen erinnerte sie sich nicht. Verzweifelt versuchte sie, sich dem Sheriff verständlich zu machen. «War nicht der Doktor . . . er hat's nicht getan . . . war nicht seine Stimme . . . Jemand anders . . .» Sie schloß die Augen und schlief ein.

«Es geht ihr besser», flüsterte Willy Meehan frohlockend. «Sie versucht, Ihnen was mitzuteilen.»

«War nicht der Doktor . . . war nicht seine Stimme . . .» Was zum Teufel meinte sie damit?

Scott eilte in das Zimmer, wo Ted wartete. Er saß jetzt mit gefalteten Händen in dem kleinen Kunststoffsessel. «Ich hab die Tür geöffnet», begann er tonlos. «Hände hielten Leila über das Geländer. Ich konnte bloß sehen, wie sich der weiße Satin blähte, wie sie mit den Armen um sich schlug . . .»

«Du konntest nicht erkennen, wer sie hielt?»

«Es ging so schnell. Ich glaube, ich versuchte, laut zu rufen, und dann war sie weg und dieser Jemand verschwunden. Er muß die Terrasse entlanggelaufen sein.»

«Hast du eine Vorstellung von seiner Größe?»

«Nein, es war, als ob ich meinen Vater beobachtete, wie er das meiner Mutter antat. Ich hab sogar das Gesicht meines Vaters vor mir gesehen.» Er blickte zu Scott auf. «Und geholfen hab ich weder dir noch mir, stimmt's?»

«Nein», antwortete Scott unumwunden. «Ich möchte, daß du jetzt frei assoziierst. Stimmen – sag, was dir spontan als erstes dazu einfällt.»

«Identifikation.»

«Weiter.»

«Einmalig. Persönlich.»

«Weiter.»

Ted zuckte die Achseln. «Mrs. Meehan. Sie brachte das Thema wiederholt auf. Offenbar hatte sie die Idee, einen Rhetorikkurs zu besuchen, und verwickelte jeden in Diskussionen über Akzent und alles, was mit Stimmen zusammenhängt.»

Scott dachte an Alvirahs Flüstern: «Nicht der Doktor... nicht seine Stimme...» Er vergegenwärtigte sich die Aufzeichnungen von den Gesprächen beim Dinner. Identifikation... Einmalig... Persönlich...

Die Stimme des Barons auf dem letzten Tonband. Er holte tief Luft. «Ted, erinnerst du dich, was Mrs. Meehan sonst noch über Stimmen gesagt hat? Etwas über Craig, wenn er deine imitiert?»

Ted runzelte die Stirn. «Sie fragte mich nach einer Geschichte, die sie vor Jahren in *People* gelesen hatte – daß Craig im Studentenheim die Anrufe für mich entgegennahm und daß die Mädchen unsere Stimmen nicht unterscheiden konnten. Ich sagte ihr, daß es stimmte. In der Schule hatte Craig mit seinen Imitationen immer stürmische Lacherfolge.»

«Und sie bat ihn um eine Probe seines Könnens, was er strikt ablehnte.» Als Ted ihn verblüfft ansah, schüttelte er ungeduldig den Kopf. «Spielt keine Rolle, woher ich das weiß. Das war's, worauf mich Elizabeth mit der Nase stoßen wollte.»

«Keine Ahnung, wovon du sprichst.»

«Mrs. Meehan hat Craig unentwegt gelöchert, deine Stimme nachzuahmen. Verstehst du denn nicht? Keiner sollte auf den Gedanken kommen, daß er ein guter Imitator ist. Elizabeths Aussage gegen dich basiert einzig und allein darauf, daß sie deine Stimme hörte. Elizabeth verdächtigt ihn, aber wenn sie damit rausrückt, nimmt er sie aufs Korn.»

Düstere Ahnungen trieben ihn zur Eile. Er packte Ted am Arm und brüllte: «Los, wir müssen sofort nach Cypress Point!» Auf dem Weg nach draußen schrie er dem Streifenbeamten Anweisungen zu: «Rufen Sie Elizabeth Lange in Cypress Point Spa an. Sagen Sie ihr, sie soll im Haus bleiben und die Tür fest verschließen. Schicken Sie noch einen Streifenwagen rüber.»

Er stürmte durch die Halle, gefolgt von Ted. In seinem Wagen schaltete Scott sofort die Sirene ein. Es ist zu spät für dich, dachte er, das Bild des Mörders vor Augen. Elizabeth zu töten hilft dir nicht mehr ...

Der Wagen raste über den Highway zwischen Salinas und Pebble Beach. Scott ratterte Anweisungen in das Sendegerät. Beim Zuhören erfaßte Ted erst die volle Bedeutung des Geschehens – die Hände, die Leila über die Terrasse gehalten hatten, wurden zu Armen, zu einer Schulter, Fragmente, die sich zu einem vertrauten Bild zusammenfügten. Entsetzen lähmte ihn, als er die Gefahr, in der Elizabeth schwebte, in ihrem vollen Ausmaß erkannte ...

Hatte sie mit ihm gespielt? Natürlich. Aber sie hatte ihn unterschätzt – wie die anderen. Und dafür würde sie bezahlen – wie die anderen.

Gelassen zog er sich aus und öffnete den Koffer. Als er die Taucherausrüstung herausnahm, erinnerte er sich amüsiert daran, wie Sammy im letzten Moment seine Augen hinter der Taucherbrille erkannt hatte. Als er sie mit Teds Stimme gerufen hatte, war sie sofort zu ihm gerannt. Allen Beweisen zum Trotz hatte sie bis zuletzt nicht gegen Ted Stellung bezogen. Und weder das erdrückende Beweismaterial, das er so sorgfältig arrangiert hatte, noch der manipulierte neue Augenzeuge hatten Elizabeth zu überzeugen vermocht.

Der Taucheranzug war lästig. Sobald alles vorbei war, würde er sich die gesamte Ausrüstung vom Hals schaffen. Sollte doch jemand an dem Unfalltod von Elizabeth zweifeln und Fragen stellen, wäre es höchst unklug, sich durch solche Gegenstände als qualifizierter Taucher auszuweisen. Ted müßte sich natürlich daran erinnern. Aber dem war ja in all den Monaten noch nicht einmal in den Sinn gekommen, wie täuschend er ihn imitieren konnte. Ted – so dumm, so naiv. «Ich hab versucht, dich anzurufen, daran erinnere ich mich deutlich.» Und so war Ted zu seinem einwandfreien Alibi geworden. Bis diese neugierige Alvirah Meehan nicht mehr locker ließ. «Ich möchte Sie Teds Stimme imitieren hören. Nur einmal. Bitte. Sagen Sie irgendwas.» Er hätte sie am liebsten erwürgt, mußte sich allerdings bis gestern gedulden, als er sich vor ihr in den Behandlungsraum C schlich, im Wandschrank auf sie wartete, die Spritze für eine subkutane Injektion in der Hand. Zu schade, daß ihr nicht bewußt geworden war, wie täuschend echt er die Stimme des Barons nachgeahmt hatte.

Den Taucheranzug hatte er nun an. Er schnallte sich die Druckluftflasche auf den Rücken, machte das Licht aus und wartete. Er öffnete die Tür einen Spalt breit und lauschte. Nichts zu sehen oder zu hören. Der Nebel verdichtete sich, kein Problem, sich hinter den Bäumen an das Schwimmbekken heranzupirschen. Er mußte vor ihr dort sein, warten, bis sie vorbeischwamm, sich die Trillerpfeife schnappen, bevor sie sie an die Lippen führen konnte.

Er schlüpfte hinaus, schlich geräuschlos vorwärts, hielt sich im Schatten. Hätte er das Ganze doch nur am Montagabend hinter sich bringen können ... aber da hatte Ted in der Nähe des Schwimmbeckens gestanden und Elizabeth beobachtet.

Ted war ihm immer im Weg. Immer derjenige, der Geld hatte, blendend aussah, dem die Frauen zuflogen. Er hatte sich gezwungen, das zu akzeptieren, sich Ted nützlich zu machen, zuerst auf dem College, dann im Büro: der Hofnarr, der verläßliche Assistent. Er hatte sich seinen Weg nach oben erkämpfen müssen, bis er nach dem Flugzeugabsturz dann sofort zur rechten Hand von Ted aufrückte; und nach dem Tod von Kathy und Teddy die Leitung der Firma übernehmen konnte ...

Bis Leila in Erscheinung trat. Leila, der er verfallen war, die ihm gehört hatte – bis er mit ihr hierhergefahren war und sie Ted kennenlernte. Und ihn ausrangiert hatte wie ein abgelegtes Kleidungsstück.

Er hatte zugesehen, wie diese schlanken Arme Ted umschlangen, wie dieser sinnliche Körper sich an ihn schmiegte, war dann gegangen – hilflos, erbittert. Er konnte den Anblick der beiden nicht mehr ertragen, sann auf Rache, wartete seine Zeit ab.

Und die kam mit dem Theaterstück. Er mußte beweisen, daß es ein Fehler war, darin Geld zu investieren. Daß Ted ihn auszubooten begann, war bereits klar zu erkennen. Und es war seine Chance, Leila innerlich zu zerbrechen. Diese Briefe abzuschicken, Leilas Verfall zu beobachten – ein unvergleichliches Hochgefühl! Sie hatte sie ihm sogar jedesmal gleich nach Erhalt gezeigt. Er hatte ihr dringend geraten, sie zu verbrennen, sie vor Ted und Elizabeth geheimzuhalten. «Ted hat deine Eifersucht allmählich satt, und wenn du Elizabeth erzählst, wie sehr dich das aus der Fassung bringt, läßt sie die Tournee sausen, um bei dir zu sein. Damit könnte sie ihre Karriere ruinieren.»

Leila hatte seinen Rat dankbar akzeptiert. «Sag mir nur eins, Bulldogge. Ist das wahr? Gibt es eine andere?» Seine ausgeklügelten Proteste hatten die gewünschte Wirkung. Sie glaubte den Briefen.

Diese letzten beiden hatten ihm kein Kopfzerbrechen bereitet. Er nahm an, die gesamte ungeöffnete Post sei einfach weggeworfen worden. Trotzdem war dadurch kein Schaden entstanden. Den einen hatte Cheryl verbrannt, den anderen hatte er Sammy abgenommen. Endlich arbeitete alles für ihn. Morgen würde er Aufsichtsratsvorsitzender und Direktor von Winters Enterprises.

Er war am Schwimmbecken angelangt.

Geräuschlos glitt er in das dunkle Wasser und schwamm zum seichten Ende. Elizabeth sprang immer an der tiefsten Stelle hinein. An jenem Abend im *Elaine* hatte er gewußt, daß die Zeit gekommen war, Leila zu töten. Jeder würde an einen Selbstmord glauben. Er hatte sich durch eine der Gästesuiten im Obergeschoß des Apartments Einlaß verschafft und ihren Streit belauscht. Als er Ted hinausstürmen hörte, war ihm die Idee gekommen, dessen Stimme zu imitieren und damit Elizabeth den Eindruck zu vermitteln, Ted sei unmittelbar vor Leilas Tod bei ihr gewesen.

Er hörte Schritte. Sie war da. Bald würde er in Sicherheit sein. In jenen Wochen nach Leilas Tod hatte er gedacht, das Spiel verloren zu haben. Ted war nicht zusammengebrochen. Er hatte sich Elizabeth zugewandt. Leilas Tod wurde als Unfall angesehen. Und dann ereignete sich dieses unwahrscheinliche Glück mit der Verrückten, die behauptete, das Handgemenge zwischen Ted und Leila gesehen zu haben. Und Elizabeth wurde zur Kronzeugin.

Eine Schicksalsfügung. Jetzt waren der Baron und Syd zu unentbehrlichen Zeugen gegen Ted geworden. Der Baron konnte unmöglich abstreiten, Teds tätliche Auseinandersetzung mit Leila gehört zu haben. Syd hatte Ted auf der Straße getroffen. Sogar Ted selbst müßte etwas von der Szene auf der Terrasse mitbekommen haben, doch sein betrunkener Zustand und die Dunkelheit hatten eine Bewußtseinsverschiebung bewirkt und ihn die Kindheitsepisode mit seinem Vater noch einmal durchleben lassen.

Die Schritte näherten sich. Er ließ sich auf den Beckenboden sinken. Sie war ihrer selbst so sicher, so clever. Doch er hatte sie durchschaut und würde ihren Plan durchkreuzen, ihr keine Gelegenheit geben, die Trillerpfeife zu betätigen und Hilfe herbeizurufen.

Elizabeth deponierte den Bademantel am Beckenrand und spähte angestrengt ins Wasser. Es war völlig unbewegt. Sie tastete nach der Trillerpfeife. Sie mußte es nur schaffen, sie an den Mund zu führen . . .

Sie sprang hinein. Das Wasser erschien ihr recht kühl. Oder lag es daran, daß sie Angst hatte? Ich kann schneller schwimmen als jeder andere, dachte sie. Ich muß dieses Risiko eingehen. Würde er den Köder schlucken?

Stimmen. Alvirah Meehan hatte dieses Thema immer wieder aufgegriffen. Diese Hartnäckigkeit würde sie vielleicht das Leben kosten. Sie hatte erkannt, daß es nicht Helmuts Stimme gewesen war, und sich bemüht, ihnen das mitzuteilen.

Stimmen. Mit ihrer Aussage, es sei Teds Stimme gewesen, hatte sie ihn als denjenigen identifiziert, der wenige Minuten vor Leilas Tod bei ihr gewesen war.

Craig hatte behauptet, er habe sich in jener Nacht in seiner Wohnung befunden und ferngesehen, als Ted ihn anzurufen versuchte. Niemand hatte bezweifelt, daß Craig zu Hause war. Ted war sein Alibi.

Stimmen.

Craig wollte Ted verurteilt sehen. Ted wollte ihm die Leitung von Winters Enterprises übertragen. Hatte sie Craig mit ihrer Frage wegen der geänderten Ansage auf seinem Anrufbeantworter hinreichend erschreckt, um ihn zum offenen Angriff zu zwingen?

Elizabeth begann Freistil zu schwimmen, als sie plötzlich von unten in einen Zangengriff genommen wurde, der ihre Arme wie ein Schraubstock an den Körper preßte. Sie keuchte und schluckte Wasser, würgte und wurde nach unten gezogen. Sie begann, mit den Fersen zu schlagen, die jedoch an dem dicken Gummi des Taucheranzugs abglitten. Mit einer verzweifelten Kraftanstrengung rammte sie die Ellbogen tief in die Rippen ihres Angreifers. Für einen Augenblick lockerte sich der Griff, und sie stieg langsam wieder an die Oberfläche. Als sie gerade mit dem Gesicht auftauchte, Luft holte und nach der Trillerpfeife tastete, umklammerten sie die Arme aufs neue, und sie glitt durch das dunkle Wasser hinunter zum Beckenboden.

11

«Nach dem Tod von Kathy und Teddy bin ich innerlich zerbrochen.» Es war, als spräche Ted nicht zu Scott, sondern zu sich selbst. Der Wagen passierte ohne Halt den Schlagbaum an der Zahlstelle von Pebble Beach. Das Heulen der Sirene störte den Abendfrieden, die Sichtweite betrug bei dem immer dichter werdenden Nebel nur noch wenige Meter.

«Craig übernahm die gesamte Geschäftsführung. Das gefiel ihm. Zuweilen meldete er sich am Telefon mit meiner Stimme und meinem Namen. Ich bat ihn schließlich, das zu unterlassen. Dann lernte er Leila kennen. Ich nahm sie ihm weg. In den Monaten vor Leilas Tod war ich vollauf in Anspruch genommen, weil ich eine Reorganisation plante. Ich hatte vor, seine Funktionen zu beschneiden, die Kompetenzen aufzuteilen zwischen ihm und zwei weiteren Mitarbeitern. Er wußte, was sich da anbahnte. Und er hat die Privatdetektive engagiert zur Beschattung der ersten Zeugin, eben jene Detektive, die so rechtzeitig zur Stelle waren, um den zweiten Zeugen nur ja nicht entwischen zu lassen.»

Sie waren auf dem Gelände von Cypress Point angelangt. Scott überquerte den Rasen und hielt vor Elizabeths Bungalow. Das Zimmermädchen eilte aus der Personalunterkunft herbei. Ted hämmerte an die Tür. «Wo ist Elizabeth?»

«Ich weiß es nicht. Sie gab mir einen Brief. Sie hat nichts davon gesagt, daß sie ausgeht.»

«Zeigen Sie mir den Brief.»

«Ich...»

«Geben Sie her.» Scott überflog die Mitteilung für Vicky, riß den andern adressierten Umschlag auf und vertiefte sich in den Brief.

«Wo ist sie?» drängte Ted.

«Mein Gott... so ein Wahnsinn...» Scott rang nach Fassung. «Sie ist zum Schwimmbecken...»

Der Wagen donnerte durch Hecken, über Blumenbeete zum Nordende des Areals. In den Bungalows begannen die Lichter anzugehen.

Sie erreichten die Terrasse. Ein Kotflügel streifte einen Tisch, warf ihn um, stoppte am Rand des Schwimmbeckens. Scott ließ die Scheinwerfer an, so daß die Wasserfläche beleuchtet wurde.

Sie blickten angestrengt in das Schwimmbecken hinunter. «Da ist niemand», stellte Scott fest. Panische Angst erfaßte ihn. Waren sie zu spät gekommen?

Ted deutete auf Luftblasen, die an die Oberfläche stiegen. «Sie ist da unten.» Er schleuderte die Schuhe weg und sprang hinein, tauchte bis zum Boden und kam wieder nach oben. «Hol Hilfe!» brüllte er und tauchte wieder.

Scott kramte im Handschuhfach nach seiner Taschenlampe, knipste sie an und sah eine Gestalt im Taucheranzug, die auf der Leiter hinauskletterte. Mit gezogener Pistole stürmte er zur Leiter. Mit einem raschen Sprung stürzte sich der Taucher auf ihn, rannte ihn um. Als Scott mit dem Rücken aufschlug, fiel ihm die Waffe aus der Hand.

Ted kam wieder an die Oberfläche, eine schlaffe Gestalt in den Armen. Er begann in Richtung Leiter zu schwimmen, und als Scott sich benommen aufsetzte, sah er, wie der Taucher sich rücklings auf Ted warf und ihn sowie Elizabeth nach unten zog.

Nach Luft ringend tastete Scott mit tauben Fingern umher, bis er seine Waffe gefunden hatte, er gab zwei Schüsse in die Luft ab, worauf zu seiner Erleichterung prompt die Sirenen der heranjagenden Streifenwagen ertönten.

Ted versuchte verzweifelt, Elizabeth mit einem Arm festzuhalten, während der andere seinen Angreifer mit Faustschlägen traktierte. Seine Lungen barsten; die Nachwirkungen der Pentothalnarkose machten ihm noch zu schaffen; er spürte, wie er das Bewußtsein zu verlieren drohte. Seine Attacken prallten wirkungslos an dem dicken Gummi des Taucheranzugs ab.

Die Atemmaske. Er mußte sie ihm vom Gesicht ziehen. Er ließ Elizabeth los, versuchte mit aller Kraft, sie an die Oberfläche zu stoßen. Einen Moment lockerte sich der Zugriff, eine Hand streckte sich nach Elizabeth aus, um sie wieder nach unten zu ziehen. Das gab ihm die Möglichkeit, die Atemmaske zu packen. Doch ehe er sie ihm abreißen konnte, ließ ihn ein heftiger Stoß zurückschnellen.

Sie hatte den Atem angehalten, sich ganz locker und schlaff gemacht. Es bestand keine Möglichkeit, sich ihm zu entziehen. Ihre einzige Hoffnung war, daß er sie für bewußtlos hielt und so liegen ließ. Sie hatte ihn gezwungen, sich vorzuwagen – und jetzt würde er abermals damit durchkommen.

Die Sinne drohten ihr zu schwinden. Halt durch, dachte sie. Nein, es war Leila, die ihr gut zuredete. *Spatz, das ist es, was ich dir zu sagen versucht hab. Laß mich jetzt nicht im Stich. Er glaubt sich in Sicherheit. Du kannst es schaffen, Spatz.*

Sie spürte, wie die Arme sie loszulassen begannen. Sie trieb nach unten, unterdrückte den Impuls, sich den Weg an die Oberfläche zu erkämpfen. *Warte noch, Spatz, warte. Laß ihn nicht merken, daß du noch bei Bewußtsein bist.*

Und dann hatte sie gespürt, wie jemand sie packte, nach oben zog ... andere Arme, Arme, die ihr Halt, Geborgenheit gaben. Ted ... Sie spürte die Nachtluft auf dem Gesicht, atmete tief durch, als er sie keuchend weiterschleppte. Und dann – noch ehe sie es sah, fühlte sie, wie die massige Gestalt sich auf sie wuchtete, und schaffte es, einmal tief einzuatmen, bevor ihr Gesicht wieder unter Wasser war.

Teds Arm straffte sich. Sie fühlte, wie er sich wehrte. Craig versuchte, sie beide umzubringen. Er hatte nur noch ein Ziel, sie hier und jetzt zu vernichten. Sie konnte nichts gegen Teds Zugriff ausrichten, spürte, wie er sie mit einem Stoß an die Oberfläche befördern wollte, spürte, wie Craig ihren Knöchel umspannte, und schaffte es, ihn wegzukicken.

An der Wasseroberfläche konnte sie die Wagen vorfahren sehen, die lauten Rufe hören. Sie holte ein-, zweimal tief Luft, pumpte die Lungen voll und tauchte dann wieder nach unten, wo Ted um sein Leben kämpfte. Sie wußte, wo sich Craig befand, sie hatte seinen Kopf angepeilt und war nun direkt über ihm. Er drückte Teds Hals zusammen. Scheinwerfer suchten die Wasserfläche ab. Sie konnte den Umriß von Craigs Armen erkennen, Teds Körper, der sich verzweifelt aufbäumte. Sie hatte nur eine Chance.

Jetzt. Sie war direkt über Craig. In einem waghalsigen Vorstoß gelang es ihr, die Finger unter die Atemmaske zu schieben. Er stieß heftig zurück, aber sie hielt die Maske fest, bis sie sie ihm vom Gesicht gezerrt hatte.

Sie hielt sie fest, während er danach griff, während seine Arme ihren Körper umklammerten, während er sie ihr zu entreißen versuchte, hielt sie fest, bis sie spürte, wie er von ihr weggezerrt wurde, hielt sie fest, bis sie sich mit berstenden Lungen an der Oberfläche wiederfand.

Endlich konnte sie durchatmen. Sie würgte, von heftigem Schluchzen geschüttelt, als Ted schließlich Craig den Polizisten überließ, die sich ringsum im Wasser befanden. Dann, wie von einer unwiderstehlichen magnetischen Anziehungskraft gesteuert, trieben sie und Ted aufeinander zu und legten eng umschlungen den Weg bis zur Leiter am Ende des Schwimmbeckens zurück.

Freitag, 4. September

Das Wort zum Tage:
Doch Liebe, Schönheit, Herzensfreude, sie sind unsterblich und unwandelbar.

SHELLEY

Liebe Gäste

Einige von Ihnen werden uns heute verlassen. Vergessen Sie nicht – unsere einzige Sorge galt Ihnen, Ihrem Wohlbefinden, Ihrer Gesundheit, Ihrer Schönheit. Kehren Sie zurück in den Alltag mit dem Bewußtsein, daß Ihnen in Cypress Point Spa Zuneigung und Fürsorge entgegengebracht wurden, daß wir uns sehnlichst wünschen, Sie bald wieder hier begrüßen zu können. Demnächst wird unser einzigartiges römisches Bad fertiggestellt sein. Es gibt für Frauen und Männer getrennte Öffnungszeiten, zwischen vier und sechs kann es jedoch nach europäischer Art von beiden gemeinsam benutzt werden, ein Vergnügen ganz besonderer Art.

Kommen Sie bald wieder, lassen Sie sich verwöhnen und Ihre Gesundheit festigen in der friedlichen Atmosphäre von Cypress Point Spa.

Baron und Baronin von Schreiber

1

Ein klarer, strahlender Morgen brach an. Der warme Sonnenschein vertrieb den Frühnebel. Seemöwen und Stärlinge kreisten hoch über der Brandung und ließen sich dann an der Felsküste nieder.

In Cypress Point Spa absolvierten die verbliebenen Gäste ihr Tagesprogramm. Im großen Schwimmbecken fanden die gewohnten Kurse statt, Massagen wurden verabfolgt, es gab Gesichtspflege, Kräuterpackungen, das Geschäft mit Schönheit und Luxus funktionierte weiter.

Scott hatte Min und Helmut, Syd und Cheryl, Elizabeth und Ted für elf zu einer Zusammenkunft bestellt. Sie versammelten sich im Musiksalon hinter verschlossenen Türen, den neugierigen Augen und Ohren von Gästen und Personal entzogen.

Elizabeth erinnerte sich an den Rest der Nacht nur verschwommen: Ted hielt sie... Jemand wickelte sie in den Bademantel... Dr. Whitley verordnete Bettruhe.

Um zehn vor elf klopfte Ted an die Tür ihres Bungalows. Hand in Hand gingen sie den Weg entlang, zwischen ihnen bedurfte es keiner Worte.

Min und der Baron saßen nebeneinander. Min sieht erschöpft, aber irgendwie ruhiger aus, dachte Elizabeth. In ihren Augen blitzte etwas von der früheren eisernen Entschlossenheit auf. Der Baron, wie immer tipptopp vom Scheitel bis zur Sohle, von selbstverständlicher Eleganz, als wäre das Sporthemd ein Hermelinmantel, reservierte Haltung, wiedergewonnene Sicherheit. Auch für ihn waren in dieser Nacht böse Geister ausgetrieben worden.

Cheryls Augen wanderten unablässig zu Ted, verengten sich, wenn sie ihm ins Gesicht sahen. Mit ihrer spitzen Zunge fuhr sie sich über die Lippen, wie eine Katze, die zum Sprung ansetzt, um die verbotene Sahneschüssel auszulecken.

Neben ihr räkelte sich Syd. Er strahlte etwas aus, das ihm lange gefehlt hatte – ungezwungene Erfolgssicherheit.

Ted saß neben ihr, den Arm auf ihrer Sessellehne, beschützend und wachsam, als fürchte er, sie könnte ihm entgleiten.

«Ich meine, wir sind nun am Ende des Weges angelangt.» Scotts müde Stimme verriet, daß er in dieser Nacht kaum geschlafen hatte. «Craig hat Henry Bartlett als Anwalt genommen, der ihm dringend empfahl, keine Aussage zu machen. Als ich ihm jedoch Elizabeths Brief vorlas, gab er alles zu. Ich möchte Ihnen diesen Brief jetzt ebenfalls vorlesen.» Scott zog ihn aus der Tasche.

Lieber Scott

Es gibt nur eine Möglichkeit, wie ich meinen Verdacht beweisen kann, und das möchte ich jetzt tun. Es könnte fehlschlagen, aber wenn mir irgend etwas passiert, dann hat das seinen Grund darin, daß ich in Craigs Augen der Wahrheit zu nahe komme.

Heute abend habe ich Syd und den Baron beschuldigt, Leilas Tod verursacht zu haben. Ich hoffe, dieser Köder genügt, um Craig in Sicherheit zu wiegen, wenn er mir etwas anzutun versucht. Ich glaube, das wird am Schwimmbecken geschehen. Meiner Meinung nach war er neulich abends auch dort. Ich kann mich nur darauf verlassen, daß ich schneller schwimme als jeder andere, und wenn er mich anzugreifen versucht, hat er sich selbst entlarvt. Wenn es ihm jedoch gelingt, machen Sie ihn dingfest – für mich und für Leila.

Inzwischen werden Sie die Bänder abgehört haben. Ist Ihnen aufgefallen, wie erregt er sich anhörte, als Alvirah Meehan zu viele Fragen stellte? Er versuchte, Ted das Wort abzuschneiden, als dieser davon sprach, daß Craig seine Stimme täuschend nachahmen könne.

Ich meinte Ted gehört zu haben, der Leila anschrie, sie

solle auflegen. Ich meinte sie sagen zu hören: «*Du willst ein Falke sein?*» Aber Leila schluchzte. Deshalb habe ich mich verhört. Helmut war in der Nähe. Er hörte sie sagen: «*Du willst mein Falke sein?*» Er hat richtig gehört, ich nicht.

Zu Alvirah Meehans Bandaufnahme im Behandlungsraum. Hören Sie genau hin. Die erste Stimme klingt wie der Baron, aber etwas stimmt nicht. Meiner Meinung nach war es Craig, der den Baron imitierte.

Scott, all das ist kein Beweis. Den wird es nur geben, wenn Craig mich als zu gefährlich ansieht.

Warten wir ab, was passiert. Eines weiß ich und habe es in meinem Innern wahrscheinlich immer gewußt. Ted ist unfähig, einen Mord zu begehen, und mich schert es nicht, wie viele Zeugen noch auftreten und behaupten, sie hätten gesehen, wie er Leila tötete.

Elizabeth

Scott legte den Brief hin und fixierte Elizabeth streng. «Ich wünschte, Sie hätten mir vertraut und sich helfen lassen. Sie sind fast dabei draufgegangen.»

«Es war die einzige Möglichkeit», entgegnete Elizabeth. «Aber was hat er Mrs. Meehan angetan?»

«Eine Insulininjektion. Sie wissen ja, daß er während seiner College-Zeit in den Sommerferien im Krankenhaus gearbeitet hat. In den Jahren bekam er eine Menge medizinische Kenntnisse mit. Das Insulin war allerdings ursprünglich nicht für Alvirah Meehan bestimmt.» Er sah Elizabeth an. «Seiner Überzeugung nach waren Sie gefährlich. Er wollte Sie kommende Woche vor dem Prozeß in New York irgendwie aus dem Weg räumen. Doch als Ted sich entschloß hierherzufahren, überredete Craig schließlich Min, Sie ebenfalls einzuladen. Wenn Sie Ted sähen, würden Sie eventuell von einer Aussage gegen ihn Abstand nehmen – mit diesem Argument überzeugte er Min. Er wollte sich damit die Gelegenheit verschaffen, einen Unfall zu arrangieren. Alvirah Meehan wurde zur Bedrohung. Er besaß bereits das Mittel, sich ihrer zu entledigen.» Scott stand auf. «Und jetzt fahre ich nach Hause.»

An der Tür blieb er stehen. «Nur noch eine abschließende Bemerkung. Sie, Baron, und Sie, Syd, waren bereit, die Justiz zu behindern, als Sie Ted für schuldig hielten. Sie taten ihm keinen Gefallen damit, daß Sie das Gesetz selber in die Hand nahmen, und dürften wohl indirekt für Sammys Tod und für den Anschlag auf Mrs. Meehan verantwortlich sein.»

Min sprang auf. «Wenn sie damit an die Öffentlichkeit getreten wären, hätte sich Ted vermutlich mühelos zu einem Schuldbekenntnis überreden lassen. Ted sollte den beiden dankbar sein.»

«Bist du dankbar, Min?» fragte Cheryl. «Meines Erachtens hat der Baron das Stück tatsächlich geschrieben. Du hast nicht nur einen Adligen, einen Arzt, einen Innenarchitekten geheiratet, sondern auch noch einen Autor. Du mußt völlig hingerissen sein – und pleite.»

«Ich habe einen Renaissancemenschen geheiratet», erklärte Min. «Der Baron wird seine chirurgische Tätigkeit an der Klinik wieder in vollem Umfang aufnehmen. Ted hat uns ein Darlehen versprochen. Es kommt alles in die Reihe.»

Helmut küßte ihr die Hand. Wieder erinnerte er Elizabeth an einen kleinen Jungen, der lächelnd zu seiner Mutter aufblickt. Min sieht ihn jetzt so, wie er wirklich ist, dachte sie. Ohne sie wäre er verloren. Es hat sie eine Million Dollar gekostet, das festzustellen, aber vielleicht findet sie, daß es das wert war.

«Mrs. Meehan ist über den Berg», fügte Scott hinzu. «Das haben wir Dr. von Schreibers Sofortmaßnahmen zu verdanken.» Ted und Elizabeth folgten ihm nach draußen. «Versucht, das alles hinter euch zu lassen», sagte Scott. «Ich hab so eine Ahnung, als ob ab jetzt alles viel besser für euch beide wird.»

«Das ist es bereits», versicherte Ted mit Nachdruck.

2

Die Sonne stand hoch am Himmel. Vom Pazifik wehte eine leichte Brise. Sogar die Azaleen, die vergangene Nacht von den Streifenwagen niedergewalzt worden waren, wollten sich offenbar wieder aufrichten. Die bei Nacht so bizarren Zypressen wirkten im strahlenden Sonnenschein tröstlich wie gute alte Bekannte.

Elizabeth und Ted blickten Scotts Wagen nach, drehten sich dann zueinander um. «Es ist wirklich vorbei», sagte Ted. «Ich fange gerade erst an, das zu realisieren, Elizabeth. Ich kann wieder atmen. Ich werde nicht mehr mitten in der Nacht aufwachen und darüber nachgrübeln, wie es sich wohl in einer Gefängniszelle lebt. Ich will wieder zu arbeiten anfangen. Ich will...» Seine Arme umfingen sie. «Ich will dich.»

Mach schon, Spatz. Diesmal ist's richtig. Vertrödel keine Zeit. Tu, was ich dir sage. Ihr zwei seid füreinander geschaffen.

Elizabeth lächelte Ted zu. Sie zog sein Gesicht zu sich hinab, bis ihre Lippen sich trafen.

Sie glaubte, Leila wieder singen zu hören – wie damals. «Ich will dich nie mehr weinen sehn...»